2013 年教育部人文社会科学研究新疆项目“二十世纪上半叶欧洲游记中的新疆形象与书写策略研究”成果之一（项目编号：13XJJCZH002）

新疆工程学院博士启动资金资助（2016BQJ011812）

殖民旅行研究

跨域旅行书写的文化政治

Colonial travel studies

张文瑜　著

暨南大學出版社
JINAN UNIVERSITY PRESS

中国·广州

图书在版编目（CIP）数据

殖民旅行研究：跨域旅行书写的文化政治/张文瑜著．—广州：暨南大学出版社，2016.12
ISBN 978-7-5668-1855-3

Ⅰ．①殖…　Ⅱ．①张…　Ⅲ．①游记—文学研究—西方—国家—近代
Ⅳ．①I106.6

中国版本图书馆 CIP 数据核字（2016）第 113755 号

殖民旅行研究：跨域旅行书写的文化政治
ZHIMIN LUXING YANJIU：KUAYU LUXING SHUXIE DE WENHUA ZHENGZHI
著　者：张文瑜

出 版 人：徐义雄
责任编辑：曹　军
责任校对：黄志波
责任印制：汤慧君　周一丹

出版发行：暨南大学出版社（510630）
电　　话：总编室（8620）85221601
营销部（8620）85225284　85228291　85228292（邮购）
传　　真：（8620）85221583（办公室）　85223774（营销部）
网　　址：http：//www.jnupress.com　http：//press.jnu.edu.cn
排　　版：广州市天河星辰文化发展部照排中心
印　　刷：佛山市浩文彩色印刷有限公司
开　　本：787mm×960mm　1/16
印　　张：18.125
字　　数：299 千
版　　次：2016 年 12 月第 1 版
印　　次：2016 年 12 月第 1 次
定　　价：46.00 元

序　言

西方早期最著名的旅行家无疑当属奥德赛，对之海上漂游，最后返乡经历的精彩描绘，也使荷马的这部传说被奉为西方文学最伟大的经典之一。“奥德赛”也被视为西方精神之“魂”的一部分，是可以从许多方面加以阐述的，而其颠荡的游历不仅赋予了这一形象超越狭隘空间与日常平庸的浪漫气息，更是确证了一种英雄式的人格征兆，由此而为后人迷恋不已。

15 世纪末之后，随着大航路的开辟，无数的西方人再次怀揣奥德赛情愫，从不同的港口扬帆出征，踏上了前往异域的旅程。从这个角度来看，西方现代性的展开也是与跨域旅行的步伐相接踵的。当然，现代奥德赛与作为原型的奥德赛在许多方面仍是有所区别的，比如从最初进入中国的利玛窦等一批人来看，便可发现前后两代人在装备与精神秉持上的一些差异。后来者也兼具前辈的人生“智巧”，以借此迎接陌生甚至险恶环境的挑战，却已经更多地为现代知识所充备，并以一种“文明人”的姿态出现在所往之域；到异地去远行对他们来说，虽然也同样意味着身体的冒险与灵魂的磨砺，但是在后来者那里会更多地包含一种“征服”的欲望，这与更大背景上的一套思想体系，尤其是帝国殖民主义工程与目标是密切相关的。进入 19 世纪后，随着西方殖民步伐的加快，其足迹几乎遍及地球上的每一片空旷之地。正是借着这种持续不息的跨域活动，西方人不仅建构出一种以自我/他者来界分的、愈益清晰的现代性主体，而且发展出了各种与异域相关的现代知识体系，比如人类学、地理学、博物学、东方学、比较语言学等。在另一个层面上，为了吸引其国内读者对域外世界的想象性消费，也涌现出大批描绘远方异国的旅行记、小说与新闻报道等，并培育了现代欧洲人的一种带有特殊情调的阅读习惯。

在很长一段时期内，在西方人的心目中，这些不断累积的有关异域的书写，虽然形态各异，但无论是学科性的，还是文学性的，都具有无可置疑的、在前提上的正当性，甚至于在素材上也相信其是基于事实的（至少是“想象的真实”）。而这些观念的确立又大致出于以下缘由：首先是基于一种群体性共认的原则，即“无意识中的自我言说正确性”，这包括殖民时代已被普遍信奉的文明论等，因此而将各种相关的叙述视为某种“自然而然”的效应。其次，在诸如人类学、地理学、博物学等文本中，由于表述的方式是被“科学”的名义担保下来的，它们不仅建立在一套严密的学科规则之上，而且需要经过长期的训练才能掌握，为此也很难从外部加以破解（尽管有少数学者也曾尝试性地对之加以解码）。最后，就是在书写与阅读之间形成的一种天然“距离的帷幕”，从一开始即将阅读者隔离开来，受者在没有亲历场景的情况下，很难辨别书写的可信度，其中也会掺杂一般阅读中常会出现的对作者人格化的某种预设性的信任。

但是这一为“英雄感”所涂染的历史，在后殖民主义、话语理论、文化研究兴起之后，则遭遇到了前所未有的质疑。从大的方面来看，这始于后理论对“常识”的考辨，由此而将所有历史的正当性均划入了有待质询的范畴。进而是身份理论的出现，以及由此而引起的对行动者、书写者“身份位置”的彻底检审，使得我们无法再以视而不见的方式“抹除”在身份角色中所包含的差异性权力的要素，并意识到不同的身份言说是以差别/权力递降的方式来完成其记叙性活动的。与此同时，对“观念结构”的分析也愈趋深入，单个书写者的人格特征，始被置于一种总体的政治与文化语境中来加以考察，即认为个体不仅会受到某一文化象征系统的提前预示，而且在其与语境的动态性交换中，也同样会形成一种相对一致的共识性的结构，并以集体想象的方式贯穿于对异域世界经验的描述中，为此，在后来的反身性分析中，我们也可以识别出人格化背后的那种具有更大规模的非人格化要素。无论叙述者是“无辜”的，还是带有清醒意识的，其实都无法摆脱这种不可自主的力量对之的塑形。时至今日，我想这些学术上的背景已经为我们所谙悉了，也正是基于这种理论上的突破，在20世纪70年代末，出现了对整个西方殖民历史及其话语模式的诘难，与之相随，与殖民运动纤毫无法分离的跨域旅行书写，也被纳入到了各分支学科的反思中，“旅行”，在这一时期中成为出现频率甚高的学术性概念之一。如果我们将这一研究视为后殖民研究的一个延伸模块，那么毫无疑问，“旅行”的视角也将获得独特的意义，即其可以从更为具体的知识生产的来源、路线与可触摸的空间上进入殖民文化版图构建的腹地。

文瑜在新疆生活三十余年，数年之前，怀着对新理论的渴望，来京随我学习文化研究。在几个层次的课程中，我们先是以时间为坐标，系统地梳理文化研究演变的轨迹，这大致需要花费一个学期的时光。然后在后续的一年中，我们会将该领域内的各类话题分为十几个类型或板块，并下系多部原著，通过一段时期的研读、汇报、交流与思想上的碰撞，便大致可深入地，也是比较全面地建立起对这一系统的一个总体性的认知框架。其中，也会穿插一些国际交流的实践，以便能近距离地与英美文化研究的代表性学者们接触。在此基础上，再让其按照自己的兴趣或旨趣择定今后的研究方向。记得当初在确定论文的题目时，文瑜已经有了两个选项，一是从文化研究的视角探察 19 世纪至 20 世纪初进入西北地区的欧洲探险家、旅行家的书写活动以及边域想象；二是从学术史的层面上，对当代西方世界有关殖民旅行的研究进行系统梳理，并尝试获取一些新的阐释。这两个选题固然是有密切关联的，但从程序上看，考虑到如果能够对各种理论资源有一先期的把握，则将会对随后的具体研究有所裨益，加之，也是鉴于文瑜在英语训练上的优势，因此我还是建议她先从后一选题入手，在功成之后再徐图前一课题的研究。

文瑜的论文很顺利地通过了答辩，并得到了专家们一致的高度评价。如先不计诸多的细部，仅从大的格局上来看，我感到这篇论文至少有两个方面的贡献可以在此一述。首先，论文提出了“殖民旅行研究”这一概念。尽管此前的西方各路学者所从事的研究都已经纷纷指向了这一含义，但作为一种概念，则还是隐形地存在于他们的意识中，更不用说是对之的系统化演述了。既然如此，通过对既有研究的较为完整的梳理，并同时将这一概念提升为一个可用于操作，及反观多种同类研究的核心命题，则可借此将散布于不同学科、文本中的论述集聚在一个总体性的叙述法则中，整合或构建出一个更大的理论话域，这当然是具有独到建树，并具重要价值的一项工作。

其次，是将各种与殖民旅行相关的文本，以“书写”的概念来关照与统合之，以此而可抹平不同文类之间固然存在的那些消极性隔阂。我们知道，诸如人类学、地理学、博物学等的撰述，在之前不单是处在各自为政状态的，而且由于均冠以“学科”的名义，故而一般都会将之视为一种

“研究”；而游记、纪行等文类则因其多靠近于“文学”，因此而又多称之为“创作”，这些不仅表现在对原文本的界定上，也相应地会呈现在对之所做的反思性研究中，由此也造成了在各撰述文类之间存在着一些几乎是难以逾越的鸿沟，很难将之置于同一个层面上予以考察。然而，如果我们用“书写”（writing）的视角去厘定之，那么就可以暂时悬置这些先定性的界限。虽然我们最终还是无法取消已有的文类界别，或将这些“形式化的根源”置之度外，以至于在具体的研究中还是需要虑及历史的坚执性，然而，当我们将不同的文类统摄在“书写”的名义之下时，则可突破表面既有的分界，在更深处发现它们之间存在的某种纠合及共同的叙述逻辑，或者是话语逻辑。毕竟，在一项新的研究中，“科学性”与“文学性”等已不再是至高关注的要素，更重要的是这些文类如何在一种相近的话语策略的支配下，来表达各自的多样化特征。相应地，将书写概念引入的另一个效应，也正如我在之前一些论述中所强调的，可以大幅度地超越文本主义的限制，将视野扩展至知识生产与传播的诸多环节中。

虽然这部著述的特点或贡献绝不仅限于以上所述，但序言仍然还是以简明为好，以免提前过多地干预读者对原著的阅读与判断。既然著作已成，一旦付诸出版就不再处于作者的掌控之下，那么得失也只能交付于“流水”。与此同时，无论是秉烛夜游也好，挑灯细看也好，也一样地皆已化为过往的烟云。因此，我们所更期待于文瑜的还是在下一个路口她将会以怎样的方式登场，并再次给我们带来怎样的意外惊喜。

黄卓越

2016 年夏于京城西北隅

目 录
CONTENTS

第一章　绪　论

旅行，作为一种人类空间移动的活动，古已有之，且人类许多重要的文化主题都与之有关。但作为一种观念，旅行无疑是伴随着现代性而来，同时又参与到西方的现代性事业之中。而旅行，作为学术范畴，则是始于20世纪70年代的后殖民主义文化批评，并在一开始就被纳入批判性反思的范畴之中：美国文化批评家爱德华·萨义德（Edward·W. Said，又译成爱德华·赛义德）在《东方主义》（*Orientalism*，1978）中，首次将西方关于东方的旅行书写看作是话语和政治性知识，并指出旅行书写对他者的表征是一种政治权力的运作，从而开启了旅行的反思之门。在他之后，文学、历史学、地理学和人类学等多个学科的学者开始基于后殖民的言说语境，采用文化研究的方法，对自身学科与旅行、旅行书写之间的关系进行了深层反思、分析与研究，旅行的概念也随之发生了具有颠覆意义的变化。旅行成为一个问题式，关于旅行的研究急速扩散，但各个学科的诠解又不约而同地采用了殖民旅行研究的观念与方法，不仅打通了旅行书写原有的文体分类限制，将旅行作为各学科研究共享的议题，而且在增添文化政治的维度之后，改变了过去对文本研究只偏向于美学、生存和主体等角度的状况。与之同时，随着全球化时代跨域旅行的日益频繁，不同的旅行方式也愈益受到许多学者的关注，考察其与传统殖民旅行之间的内在关联，及在新的流动语境中出现的变化，也已成为旅行研究中的重要部分。有基于此，需要设置一专门化的课题，对20世纪70年代以来的殖民旅行话题，以及包含其中的理论倾向做一系统与深入的观察、梳理与研究。

总体来看，要清楚地认识殖民旅行研究，我们有必要从以下两方面着手：首先，通过历史回溯的方法来论述为何殖民旅行研究被纳入旅行反思的范畴之中；反思视域下的旅行，在观念上出现了怎样的转变，这种转变对旅行书写的研究又提供了怎样的视角；在此领域中，在西方学术界又引发了怎样的思考。其次，随着后殖民文化理论的跨学科多元发展，殖民旅行研究亦呈现出跨学科性，那么殖民旅行研究大致都是在哪些领域得到关注，是如何被研究的，又取得了哪些重要的成果。下文将从这两方面对殖民旅行研究做一宏观上的勾勒。

第一节　旅行的反思与殖民旅行研究的兴起

美国人类学家凯罗尔·特瑞诺·威廉斯（C. T. Williams）曾宣称“整个人类历史就是一个旅行者，奥德赛的故事”①，虽然这一断言带有强烈的欧洲中心主义色彩，但真切地道出了旅行之于西方，尤其是西方文化史的重要性。欧洲现代性是由哥伦布航海以及新大陆的发现这一旅行活动所开启的，而随后的跨域旅行不仅成为西方人追求知识与财富、认识世界、拓展疆界和发现自我的途径，也是西方现代性延伸和全球化展开的主要路径。旅行，在某种意义上，已成为欧洲“历史变革的主要推动力”②。美国人类学家兼作家佐拉·尼尔·赫斯顿（Zora Neale Hurston）在描述美国南方修建铁路的情形时，即将每根钢钉楔入铁轨的动作看作是在提供“文明的灵魂”③——而其别称就是旅行，可见旅行之于西方文明的发展是何等重要。各种旅行文化现象展示了在旅行活动中和隐蔽在旅行活动之后的社会文化变革的图景和范式，同时，各种旅行观念的变迁也绘制出了西方思想观念的演变，以及文明这一“灵魂”的各种延续、演化和嬗变，因此，旅行可成为探究西方现代文明发展及其与其他地区交往的一个流动性的窗口。

---

① CAROL TRAYNOR WILLIAMS. Travel culture：essays on what makes us go. Westport：Praeger，1998：p. xi.

② ERIC LEED. The mind of the traveler：from Gilgamesh to global tourism. New York：Basic Books，1991：p. 18.

③ ZORA NEALE HURSTON. Dust tracks on a road. New York：Arno Press and the New York Times，1969：p. 189.

一、旅行观念的演变

作为一种人类活动的经历，旅行是“说明各种转变和变迁的隐喻”①，在西方不同的历史时期具有不同的含义和社会功能。古代和中世纪的人将旅行看作是人类命运的必然，是一种身体和精神上的受难，旅行的结束则是精神上的圆满，如奥德赛式的英雄旅行与各种朝圣旅行（pilgrimage）。此种观点强调旅行是一种考验，通过失去而获得自我认识与自我确认，旅行不是使旅行者发生新的变化，而是使其内在的、潜藏的性格品质显露出来。这种旅行常被称为“苦旅”（travel），强调旅途中身体的劳累，以及由此引起的精神或灵魂上的升华，在《圣经》中多有表现，延续至今。

自文艺复兴时代到启蒙时代，世俗文化兴起，由此而主要盛行两种世俗化旅行。一是以哥伦布地理大发现而引发的“新世界”探险旅行，各种跨域旅行丰富了欧洲对于世界与自然的认识，确立了各种学科体系，旅行与帝国疆域的扩展和殖民开始有了千丝万缕的联系，此种旅行一直持续到20世纪。一是以弗朗西斯·培根为首的英国经验主义者将旅行作为认识世界、获得真理和自我教育的途径，如培根认为，“对年轻人来说，旅行是教育的一部分；对成年人来说，是阅历的一部分”②，因此他主张年轻人在导师的陪同下到世界各地游学，记录所见所闻。这一游学模式影响了延续近两百年的英国“大旅行”（the grand tour，又译为“壮行”，时间为1660—1840年），使英国上流社会的年轻人能够到世界各地旅行，而英国的绅士教育也主要通过这种有组织的、有基本固定旅行地的“大旅行”得以完成。“大旅行”对英国的影响超出了一般的文化意义，因为“从头至尾，大旅行都是一次意识形态训练（ideological exercise）”③，资产阶级的

---

① ERIC LEED. The mind of the traveler：from Gilgamesh to global tourism. New York：Basic Books，1991：p. 3.

② FRANCIS BACON. Essays. Beijing：Beijing Foreign Languages Teaching and Research Press，1997：pp. 50 – 51.

③ JAMES BUZARD：The grand tour and after（1660 – 1840）. In PETER HULME and TIM YOUNGS（eds）. The Cambridge companion to travel writing. New York：Cambridge University Press，2002：pp. 37 – 52.

意识形态和文化价值由此得以巩固和传播。这两种世俗旅行被看作是一种推动个人和体制变化进步、转变的空间移动经历，因为在旅行中不仅可以获得关于广阔世界的知识，也可以获得关于自我的知识，这也使得旅行成为双重发现的航行（voyage）。

18 世纪末至 19 世纪中期，浪漫主义的兴起，标志着后启蒙时代表征空间的重新绘制：推翻了理性的控制，崇尚无限的冲动、个人表达和创造精神。这一时期的旅行热爱自然的原始性、文化差异，渴望沉浸于当地色彩，旅行不再是一种磨难、痛苦，而是一种"智性愉悦"、自由的表达和对愉悦的追求与新鲜事物的发现①，旅行更多的是年轻的资产阶级逃离日常重复生活所进行的观光旅游。此处，笔者用"游"取代了"行"，主要是借鉴了汉学家梅绮雯对"游"与"行"这两个基本概念的区分，她认为，"'行'是目标明确且在目的地有任务或使命的行进，而'游'则是一种平常无意图的自我决定的旅行或是漫游"②，在浪漫主义时期，"游"更多取代了"行"。当然，这一时期也见证了欧洲对各大洲有组织的内陆探险，这一活动的规模迅速达到顶峰，出现了众多的科学探险旅行者，以至于呈现出三种旅行者——探险者（explorer）、旅行者（traveller）和观光游客（tourist）③ 并行的情况。随着全球探险的展开，帝国主义也进入其黄金时期，殖民地旅行成为 19 世纪中叶到 20 世纪中叶这一时期的主导旅行模式。第二次世界大战后，随着交通技术的进一步发展，旅行形式变得愈益多样化，这也导致了旅行方式与观念的多样化，世界范围内的跨域旅行更加频繁，旅行俨然成为当代人重要的生活方式以及生活的必需品。

通过以上对旅行观念史的粗略梳理，我们可以大致为旅行做出如下的定义：从广义上讲，旅行是指跨越物理空间的活动，如巡游、军事远征、外交出使、商贸旅行、游学、科学探险和朝圣等集体性的或自愿选择的空

---

① ERIC LEED. The mind of the traveler：from Gilgamesh to global tourism. New York：Basic Books，1991：p. 13.

② 顾彬等：《中国古典散文：从中世纪到近代到散文、游记、笔记和书信》，上海：华东师范大学出版社，2008 年，第 95 页。转引自苗壮：《边疆书写：清帝国时代北部边疆的表征建构》，北京语言大学博士学位论文，2013 年，第 46 页。

③ 关于这三者的区别，可参见 PAUL FUSSELL. Abroad：British literary travelling between the wars. Oxford：Oxford University Press，1980：pp. 37 – 49.

间移动；狭义上的旅行主要指个人出于某种目的，自愿离开自己熟悉的环境，到达另一陌生的地方，然后再返回的行为。在此，笔者强调旅行的自愿性，以将之区别于游牧、早期移民或流放等空间移动。然而纵观由旅行这一行为而构成的整个旅行历史，我们发现两个基本事实：一是尽管旅行的观念随着历史语境发生了变化，但某些旅行的主要特质和观念，如之前的旅行会影响后来者，旅行对人的转变与其作为推动世界进步的力量等，依然延续至今；二是旅行的观念处在不断演变的过程中，这种演变记录了西方历史中的重要事件，并做出回应，即整个旅行的观念史在一定程度上反映并参与了西方“文明”与社会生活演进的历史。然而，旅行在很长时间以来，被当作人类的本能活动，或是人类获得知识，完成精神转变，以达到自我形塑的重要途径，而忽视了隐含其中的，也是更为广泛与深刻的这一社会文化功能。这种忽略，在学术界表现为主要以西方旅行者为中心，并以此来考量旅行者的进步、变化和身心感受，从而也就自然忽略了旅行者与旅行地、旅行地民的相遇和互动，进而忽略了旅行所可能携入与投射的诸多社会、政治和文化面向。

二、旅行书写的演变

旅行是如此普通而又频繁的日常活动，出现在各种叙事和记录之中，在中西文化中都可以找到源远流长的旅行书写，记录和铭写着自己的故事、他人的故事，甚至故事本身就起源于旅行①。然而旅行书写的范式也随着旅行观念的变化而变化，更受到政治、宗教、经济和其他社会人文思想的影响。在古代，各种旅行活动产生了许多和旅行相关的多种形式的文本，这些文本侧重于如实记录旅行者的旅行路线和见闻，很少谈及自身，

① John Zilcosky 认为故事起源于旅行，他引证了瓦尔特·本雅明的一句话，“当我们去旅行时，我们就有故事可讲了”。见 JOHN ZILCOSKY. Writing travel：poetics and politics of the modern journey. Toronto：University of Toronto Press Incorporated，2008：P. 1。内尔·瑞尼认为最早的旅行故事是收录在《埃及的第十二个王朝》中的故事《失事的海员》（The Shipwrecked Sailor），描述一个海员沉船后如何在奇异岛上生存下来的旅行故事，比《奥德赛》要早一千年。见 NEIL RENNIE. Far-Fetched facts：the literature of travel and the idea of the South Seas. Oxford：Clarendon Press，1995：p. 3.

从而具有非个人化的风格，常被奉为文献记载，如希罗多德（Herodotus）的《历史》（*The History*）①。在中世纪，朝圣作为一种主要的旅行模式，关于朝圣的旅行书写不再重点记录所遇到的周边事物，而是采用第一人称，关注灵魂的教育；与此同时，为方便朝圣的各种旅行指南开始出现，直到大旅行时期依然盛行。此外，“骑士追寻”这一母题的旅行文学也比较盛行，虽有文学的虚构成分，但也被作为真实的、非虚构的旅行记录而接受，这两种旅行书写对后来的旅行者及他们的旅行书写都产生了巨大影响。

从文艺复兴到启蒙运动时期，哥伦布的四次海航和航海日志成为旅行与旅行书写的分水岭，尤其是自16世纪以来，随着印刷术的广泛应用，书写成为旅行必不可少的一部分，“这种航海叙事不仅是为了意识形态目的而进行的事后记录，更成为所记载活动的组成部分”，是使得旅行得以完整的记录②。旅行书写被称为“航行与旅行”（voyages and travels），包括各种与旅行相关的文本，这些文本具有不同的形式与功能：轮船的航海日志，旅行者的日记与书信，商人、间谍或外交官员的报告，探险记录，朝圣，殖民征服，行政管理，沉船叙事等，但主要是描述欧洲旅行在异域所遇到的民族、宗教或仪式、风俗和语言等，这使得旅行书写包含了现代学科建制所确定的地理书写、历史叙述、民族志与旅行文学等文类。不同身份的旅行者书写了大量的旅行文本，不仅满足了读者对未知的异域风情的好奇心和世俗情趣，也为地理学、博物学、历史和其他科学的发展提供了大量一手的文献资料。我们可以看到，这一时期的旅行书写是个外延广泛的范畴，所有和旅行有关而产生的文本都涵纳其中。

自18世纪到20世纪，在旅行书写逐渐盛行的同时，旅行书写的范畴也开始分化，在这种分化中，旅行书写被现代学科人为地狭义化并设定为游记。自17世纪末，欧洲开始全球地理旅行探险，在这一过程中，各种与

---

① 卡尔·汤普森认为希罗多德是历史学家，但也可看作是旅行作家，因为在希罗多德的《历史》一书中，对波希战争的描述汲取了大量他在地中海和黑海周边的旅行见闻，包括他对所遇到的各种文化的冗长记录。见 CARL THOMPSON. Travel writing. London and New York：Routledge，2011：p. 36.

② MARY FULLER. Voyages in print：English travel to America，1576 – 1624. New York：Cambridge University Press，1995：p. 2.

旅行相关的学科建立并确立了自己的书写规范，例如：民族志书写是将自己的描述与分析限定在一个单一的社会时空而聚焦于某一社群；博物学书写侧重于旅行中所发现的各个物种的分类与描述；地理书写侧重于描述土地、自然景观与社会景观。事实上，这些描述分析都是基于旅行之上的，但被纳入学科体制后，大大弱化了旅行过程，失去了动态的叙事，成为静态的描述。换言之，这些学科的旅行记录通过去文学化的书写规范被人为地从旅行书写中分离出去，导致了旅行书写范畴狭义化为游记。与此同时，全球地理扩张激起了公众对异域的更多渴望，印刷术的发展也促成了各种旅行文本的传播，英国读者大众得以形成，以探险旅行为母题的小说大量涌现[①]，随之也出现了旅行文学的说法。由于旅行记录在修辞与叙事方面与小说有着诸多相同：旅行者是主角，行程是情节，[②] 此外，许多文学作家为了创作而跨洲旅行，如法国小说家古斯塔夫·福楼拜（G. Flaubert）和安德烈·纪德（Andre Gide），英国小说家杰拉德·康拉德（J. Conrad）、戴维·赫伯特·劳伦斯（D. H. Lawrence）、罗伯特·史蒂文森（R. L. Stevenson）等，至此，旅行与书写、阅读密不可分，进一步刺激了旅行文学的盛行。在这种大众阅读的语境之中，旅行文本因分享了跨域经历的印象与记忆而备受读者青睐，更激发了读者对异域风情的想象与向往，“二战”后，各种旅行文本更是占据了书店的货架，成为畅销书。列维—斯特劳斯（C. Levi-Strauss）曾描述过这一盛况：

> 描写亚马孙河流域、西藏、非洲的旅游书籍、探险记录和摄影集充斥书店，每一本都强烈地要吸引读者的注意力，结果是使读者无法评估这些书籍里面的证据是否有价值。看这类书籍的读者，其判断能力不但没有因这些著作而觉醒，反而要求多来一点这类精神食粮，然后狼吞虎咽一番。[③]

---

① 英国文学评论家波西·亚当认为18世纪小说的出现和演变与旅行文学有着重要联系。详见 PERCY G ADAMS. Travel literature and the evolution of the novel. Lexington: The university Press of Kentucky，1983，第二章。

② INNES M KEIGHREN and CHARLES W J WITHERS. The spectacular and the sacred: narrating landscape in works of travel. Cultural geographies，2012，19（1）: pp. 11 – 30.

③ CLAUDE LEVI-STRAUSS. Tristes tropiques（1955）. trans. JOHN RUSSEL. London: Hutchinson & Co.，1961: pp. 17 – 18.

读者对各种旅行文本，不论是真实旅行的记录或叙述（游记或是旅行书），还是虚构旅行的描写叙事（旅行小说），都充满了永无止境的欲望，旅行成为最为畅销的阅读题材。

相较于旅行的普遍性与重要性和旅行书写的盛行而言，对之的研究却一直甚为滞后，英国著名的旅行研究专家蒂姆·扬兹（Tim Youngs）甚至认为旅行书写的流行就在于它没有引起学术关注①。我国的人类学学者彭兆荣教授认为，旅行因为是过于普遍的日常生活而被学者看作是自然之事而被忽略，以致成为"失落的主题"②；史蒂夫·克拉克（Steve Clark）则从旅行书写本身对这一现象做出了解释，依他看来，旅行书写——作为旅行活动的载体和记录结果，长期被学术界拒之门外，一是因其通俗性而难以进入正规学术研究的视界，二是因其混杂性导致了学术研究的困难：一方面，旅行书写"过分依赖对某些恰巧发生的偶然事件的经验再现（empirical rendition）而无法符合文学标准；另一方面，大量修辞的使用又导致其无法进入人类学、社会学、地理或历史等学科"③。尽管旅行书写具有以上所说的混杂性，长期以来，它对所见所闻的真实记录这一传统观点使得对于旅行与旅行书写的研究多局限于哲学、历史和地理的研究视域之中，旨在通过旅行文本的研究，获得哲学思想（如阅读《乌托邦》和《西大西洋》）或获得彼时被描述区域的社会面貌或异域的地理信息（如《马可波罗游记》）。旅行文本，尤其是科学探险考察报告、民族志书写和旅行见闻则是异域知识的源文本，被各种学科表面化地当作真实材料加以利用，而鲜有将旅行书写看作是文化产品，进行深度反思和考量。

三、反思旅行：殖民旅行研究的兴起

直到20世纪70年代末，旅行才在学术批评范畴得到学者的关注，出

---

① TIM YOUNGS. The Cambridge introduction to travel writing. Cambridge University Press，2013：p. 7.

② 彭兆荣：《失落的主题——旅行文化作为民族志的表述范式》，《世界民族》2012年第1期，第36页。

③ STEVE CLARK. Introduction，travel writing and empire：postcolonial theory in transit. London：Zen Books，1992：p. 2.

现了对旅行的反思，旅行书写也因之成为批评对象。这一反思更多的是得益于英国文化研究引起的全球“文化转向”。所谓“文化转向”是指“文化对社会和经济生活各个方面的重大意义日益增强；文化对各种批评和知识分子话语以及学科的重整效果；文化显现为一种分析和方式的主要构成范畴，弥漫于现代社会生活的各个角落与缝隙之中”[①]。换言之，文化被提到了与社会政治、经济同等重要的地位上，且被看作渗透到了日常生活的各个面向。文化研究的两位开拓者引领了这一文化转向：一位是理查德·霍加特，他将文化置于日常的生活层面，如吃、穿、用、行等，更将这些文化置于研究的中心[②]，这不仅打破了高雅文化与通俗文化的界限，而且将长期排除在学术研究之外的日常生活作为研究焦点，包括旅行；另一位是雷蒙·威廉斯，他将文化界定为整体的生活方式，是平常的，文化不再是绝对的价值观，而是所有社会实践的构成部分，是整个社会进程本身。此外，他认为文化并非社会的反映，而是对社会的一种阐释和理解，但如何理解、阐释与再现则与意识形态有重大关联，因为意义与惯例都是社会性建构和历史性变化的。[③] 正是他们对文化的重新界定和认识以及对文化的研究使得旅行这一重要的人类日常生活实践得以进入学术视野，最终在萨义德对东方主义的研究中得到重新的认识，即对传统旅行观念的反思。

萨义德曾明确表明，他的思想观点深受威廉斯的“社会与文化必须要放在一起进行理解和研究”的文化观念的影响[④]，而这一文化观念具有两层含义：一是要在具体的社会进程或语境中去考量文化；二是文化是在不断变化的，不同时期对社会的阐释和理解是不同的，所以一切表征都是社会的、文化的，也是政治的。这种观念不仅激发了20世纪60年代“学术理论政治化”所引发的各人文社科领域的表征危机[⑤]，也为萨义德的“文

---

① S HALL. Richard Hoggart, the use of literacy and the cultural turn. http://www.sagepub.com/upm-data/34970_ CHAP_ 1.pdf.

② R HOGGART. The uses of literacy: changing patterns in English mass culture. London: Chatto & Windus, Ltd., 1957.

③ R WILLIAMS. Culture and society, 1780 - 1950. New York: Anchor Books, 1960.

④ E SAID. Orientalism. London and Henley: Routledge & Kegan Paul Ltd., 1978: p.27.

⑤ G E MARCUS and M J FISCHER. Anthropology as cultural critique: an experiential moment in the human sciences. Chicago: University of Chicago Press, 1986: p.9.

化批评与文化抵抗的策略”① 提供了理论依据。1978 年，《东方主义》的出版，不仅标识着后殖民文化批评的开始，也标识着旅行概念与传统的断裂，一个新的研究领域——殖民旅行的开启。作为旅行反思研究的首例成果，②虽然它只是全书总体框架中的一个分述部分，却由西方关于东方的旅行书写出发，从而确定了旅行反思研究的后殖民视角与研究的方法和基调。萨义德采用了知识考古学和谱系学的回溯性研究方法，细数了旅行书写与东方学互为依托和相互引证的关系，批判了西方建构异域知识时所带有的固定视角和固定形象以及西方优越感，揭示了西方旅行书写的权力、宰制与压迫，由此确立了旅行及其书写研究的后殖民研究视角。现代跨域旅行书写不再被看作是传统的中立、客观和真实的旅行记录，也不是对整个旅行活动的直接呈现，而是被视为与现代殖民历史和政治密切相关的一种有选择性的重组与书写，由此可以发现其与殖民和帝国的共谋关系：欧洲到东方的旅行成为具有殖民意味的空间移动，本身即浸淫着西方的权力和各种信仰系统。正如丹尼斯·波特（Dennis Porter）所评价的，自《东方主义》后，对旅行书写的研究必须要追问的一个问题是：“游记文学采取的一些主要形式是什么？它运用了哪些报道和再现技巧？当一个作者，按照某种文化的语言叙述成规来描述异质文化的零碎特征时，又会发生什么？”③ 作者是谁？为何而写？为何人而写？至此，旅行文本便始而成为人文学者检视权力与知识的新兴场域。

萨义德的研究成果引发了人文学者对旅行与旅行书写的深度反思与政

① 杨乃乔：《译者序：从殖民主义到后殖民批评的学缘谱系追溯》，见巴特·穆尔—吉尔伯特等编，杨乃乔等译：《后殖民批评》，北京：北京大学出版社，2001 年，第 1 页。

② 巴特·穆尔—吉尔伯特（Bard Moore - Gilbert）的《后殖民理论：语境、实践、政治》（*Postcolonial Theory: Contexts, Practices, Politic*, 1997）一书中指出“在殖民话语分析中，有越来越多的人对新闻作品和游记这样的边缘类型有兴趣，这一研究工作始于萨义德的《东方主义》”，见第 9 页。彼得·修姆（Peter Hulme）和蒂姆·扬兹（Tim Youngs）合编的《剑桥指南：旅行书写》（*The Cambridge Companion to Travel Writing*, 2002）一书的绪论部分指出，《东方主义》是第一部对旅行书写进行现代批评的著作，也是将旅行书写看作是洞察殖民话语运行的独特语料，见第 8 页。

③ 丹尼斯·波特：《东方主义及其问题》，见罗刚、刘象愚主编，陈永国等译：《后殖民主义文化理论》，北京：中国社会科学出版社，1994 年，第 43 页。

治性分析研究。安提瓜作家牙买加·金凯德（Jamaica Kincaid）借用其小说人物之口，激愤地指出旅游业与旅行的历史为殖民化提供了便利，指责这些加勒比海的欧洲旅行者制造了奴隶贸易、中间航道（middle passage）和欧洲殖民主义的全球扩张这样的残酷历史，① 直接揭示了旅行殖民性问题。美国历史人类学家詹姆斯·克利福德（James Clifford）则从民族志研究实践的角度出发，宣称将“旅行视为文化，是出于旅行的历史易染性：它总是与性别、种族、阶级特权、特殊意义表达方式、道路、行动者、边界、文献记载等等都有关联”②。由此，旅行是处于一定的社会、经济、政治语境中的文化活动，旅行的能力取决于社会、经济和政治的特权，并且也是经济和政治权力的反映。克利福德更是将旅行者界定为“拥有能相对不受限制的四处移动的后盾与特权之人”，或至少看上去拥有这一自由的人。③ 英国文化研究者詹尼特·伍尔夫（Janet Woolf）对于旅行所暗含的权力也有过类似的表达，她认为，并非所有人都能有机会旅行，因为“财富和文化资本的不等，以及阶级差异均导致旅行的获得和方式的不同”④，不同的社会地位，意味着不同的旅途、不同的旅行方式、不同的旅行入口与出口，这些特权会植入旅行的实践和书写之中。从他们的反思中，我们可以发现，旅行，表面上看，是平等的、人人可为的日常活动，其实隐藏了诸多的权力不平等。这种权力不均衡本身就是极具殖民色彩的，毕竟“内殖民”“性别殖民”等术语的出现都说明：殖民并非一定要与武力、征服、占有有关，优越感、态度、控制、特权以及由此引发的各种不平等都具有殖民的性质，这与后殖民文化理论的立场不谋而合。

人类学家尼克拉斯·托马斯（Nicholas Thomas）则更为明确地指出：“人类学、旅行与政府并非观念，而是嵌入殖民权力中的暧昧机器（appa-

---

① JAMAICA KINCAID. A small place. New York：Farrar，Straus and Giroux，1988：pp. 34 – 36.

② JAMES CLIFFORD. Traveling cultures. In L GROSSBERG，C NELSON and P TREICHLER. Cultural studies. London and New York：Routledge，1992：p. 110.

③ JAMES CLIFFORD. Traveling cultures. In L GROSSBERG，C NELSON and P TREICHLER. Cultural studies. London and New York：Routledge，1992：p. 107.

④ JANET WOOLF. On the road again：metaphors of travel in cultural criticism. Cultural studies，1993，7（2）：p. 224.

ratuses）和思维方式。”[①]“机器”一词的使用让人联想到路易·阿尔都塞（Louis Althusser）的“意识形态国家机器”（ideological state apparatuses，ISA）。我们似乎可以这样理解这三者的关系：与殖民地政府这种显性的殖民统治行政机构相呼应，旅行与人类学隐匿地充当了殖民主义工具；不同的是，旅行所固有的延伸移动的态度及其所带来的扩张行为不断地在发现并制造新的殖民地，人类学对异域文化的描写则在一定程度上表征并维护着殖民者的文化霸权，因而，人类学与旅行在某种程度上可看作是殖民文化实践，成为殖民主义文化意识形态的构成部分。通过对殖民话语理论进行回溯性批判，托马斯考量了殖民行为与文化持续的效力及其政治关联性，最终得出结论：“旅行、现代性、人类学与殖民主义是互相构成的。”[②]但在托马斯看来，殖民主义并非一个消极的过程，也具有建构性，甚至阻止了“‘堕落’的混血儿和文明的白人之间的简单划界或等级制”[③]。他将旅行与殖民主义文化联系在一起，意在挑战殖民主义单一性的观念。也正是基于他对殖民主义持有此种态度，他的研究不仅凸显出了旅行的政治面向，也暗示了旅行可用于分析和批评殖民权力，是以旅行与殖民主义呈现出共构与僭越的错综复杂关系。

这一系列的反思揭示了旅行和旅行文本携带着厚重的文化、政治因素，加之殖民主义作为一种与旅行密切相关的历史存在，以至于对旅行与权力、旅行书写与知识之间关系的关注都不可避免地集中到殖民旅行研究的版图之中。凯瑞·卡普兰（Caren Kaplan）甚至认为，旅行被当作术语，“在当下学术界的出现与殖民话语生产的历史也是密不可分的”[④]。这表明，旅行不仅在殖民历史时期与殖民权力密不可分，而且在解殖民化（decolonization）后的当下，依然与殖民主义观念有着某种联系。如果按照托马斯

---

① NICHOLAS THOMAS. Colonialism’s culture：anthropology，travel and government. Cambridge：Polity Press，1994：p. 5.

② NICHOLAS THOMAS. Colonialism’s culture：anthropology，travel and government. Cambridge：Polity Press，1994：p. 7.

③ NICHOLAS THOMAS. Colonialism’s culture：anthropology，travel and government. Cambridge：Polity Press，1994：p. 2.

④ CAREN KAPLAN. Questions of travel：postmodern discourses of displacement. Durham and London：Duke University Press，1996：p. 2.

的逻辑，殖民主义是一种“文化进程，它的发现与侵入都是通过符号、隐喻和叙事想象，并赋予其能量的”①，那么，它具有持续的文化效力，这一点也就不再难以理解。“殖民旅行”这一隐形学术话语浮出地表。虽然西方学者没有十分明确地提出“殖民旅行研究”这一概念术语，但揭示出了一些共同的议题：欧洲旅行和旅行书写不是一种自然而然的行为，而是与帝国、与殖民之间存在着某种共谋的关系，因此有必要关注西方的表征、权力与知识网是如何控制或宰制非西方的；旅行是如何让西方人成为主体而被旅行地和当地民成为描写和研究的客体，从而揭示出旅行者与被访者之间的权力不对等性。很显然，在这样的思考方式中，各种对现代旅行的研究便很难超越后殖民的认知框架，均可将之纳入殖民旅行研究的范畴。

当然，殖民旅行研究虽然是在后殖民的框架下进行，但有其自身的特点。后殖民主义下的殖民旅行研究关注的不是后殖民社会②，或是被殖民地的表征，而是殖民旅行者本身的制度与文化，特别是从旅行的范式下看欧洲的话语权力体系。正如英国文化研究者苏珊·巴斯耐（Susan Bassnett）所言：“旅行书写者是为了国内的消费者而创造他国文化形象的，因此注定了将异国建构成他者。尽管旅行记录看似无辜，但总是携带着意识形态的维度，因为旅行者是从某一特定视角处理他/她的材料的……文本是为那些无法获得被描述文化的读者而写的。”③ 为了迎合国内读者的文化想象与期待，旅行书写者创造了一个他者的形象，但这种创造不是随心所欲的，而是在书写者、读者或国家意识形态的允许范围之内，且受到作者

---

① NICHOLAS THOMAS. Colonialism's culture: anthropology, travel and government. Cambridge: Polity Press, 1994: p. 3

② 此处的后殖民社会主要是指前殖民地社会，主要依据后殖民这一术语有着不同的意义，如在时间上指殖民之后，但按照阿里夫·德里克（Arif Dirlik）的概括，仅“后殖民”一词就包含下面三种重要的意思：“对前殖民地社会的现实状况的一种真实描绘，在这种情况下它有着具体明确的指称对象，如后殖民社会或后殖民知识分子。”见 ARIF DIRLIK, The postcolonial aura: third world criticism in the age of global capitalism. Critical inquiry, 20 (2): pp. 331 – 332. 此外，阿什克罗夫特等在《帝国逆写》（*The Empire Writes Back*, 2002）中将后殖民用来描述“从殖民化那一刻到现在，所有受到欧洲帝国主义进程影响的文化”（第 2 页），如此，后殖民社会的研究主要锚定在前殖民地社会。

③ SUSAN BASSNETT and ANDRE LEFEVERE. Constructing cultures: essays on literary translation. Shanghai: Shanghai Foreign Language Education Press, 2001: p. 33.

的先见影响的。也就是说，在特定历史时期的特定文化中，对他者形象的塑造是不能任意而为的，旅行书写者既是社会集体想象物的建构者，又在一定程度上受到了集体想象的制约。有些形象甚至是程序化了的，是一种编码，如西方对东方的他者形象的描写刻画，在萨义德看来，就是一种知识的建构，并通过体制与旅行书写将这种知识固定化并延续下来。因此，萨义德、加拿大文学评论家玛丽·路易莎·普拉特（Mary Louise Pratt）和英国文化研究者莎拉·米尔斯（Sara Mills），也都强调了跨域旅行书写作为一种话语、知识生产体系，在维护帝国在殖民地统治中起到了重要作用，与殖民权力的扩展与巩固密不可分。

由是，现代欧洲跨域旅行书写作为殖民旅行研究的主要研究对象，本身也发生了概念上和范畴上的变化。传统上，旅行书写是一种旅行的真实记录、呈现和表达，但随着后结构主义将书写定义为“创造与社会之间的联系，是被社会最终目标转换的文学语言，是人类意图的形式，并与历史的重大危机相联系”①，书写不再是一个自然、中性的记录，而是投射了作者意图、意识和价值判断以及在确定社会情境中所做出的选择性语言组合，那么书写旅行这一行为本身也就成了一种文化政治行为。相应地，旅行书写不再被认为是整个旅行的真实客观再现，而是自觉或不自觉地受到作者自身的身份与价值观影响的过滤生产，是一种话语，是对异域知识文化的政治性阐释，而非简单再现。丹尼斯·波特对旅行书写有着类似的评述：

> 像所有的言语产品一样，旅行者的报告，包含了语言的变化与约定俗成的延伸……我们表征世界，将世界概念化，按照各种重叠的策略将世界各民族分类，确认我们与他们的关系，并将自身置于想象的全球地理的中心位置。
>
> ……
>
> 我们对异域事物的表征，或他者的知识是不可能与意识形态相悖的。②

---

① ROLAND BARTHES. Writing degree zero. trans. ANNETTE LAVERS and COLIN SMITH. New York: Hill & Wang, 1968: p. 14.

② DENIS PORTER. Haunted journeys: desire and transgression in European travel writing. Princeton: Princeton University Press, pp. 3 – 4.

波特承认了欧洲旅行者本身具有的书写中心的位置，甚至认为这是文本作为文化产品的必然后果，并且旅行书写的表征是在意识形态允许的范围内进行的。书写概念的变化遂引起了对19世纪以来的旅行书写范畴的反思，殖民旅行研究视域下的旅行书写，事实上是回到了旅行书写的本源，即旅行的延伸或记录，没有各种文类或体裁的划分，而是各种文类共同织成的网。因为殖民旅行研究不仅质疑了诸如地理学、人类学等现代学科的知识，也试图打通并跨越现代创立的文类划分，呈现出强烈的去学科、去体裁感，而且具有强烈的主题意识。

综上所述，反思之下的旅行，远非简单意义上人群在空间上的移动，或仅仅是自我教育、自我认识或愉悦自我的途径，而是表现为“在异质空间进行转换和交流的契机”，也是建立各种关系，包括“我者/他者”“主体/客体”“知识/权力”“分类/排斥” 的纽带”①，而不再是简单的空间位移、转移或延伸。旅行深刻地触及了社会的内部构造，是一种特殊社会文化的表述、表达和表演的范式②，是一种话语，需要在不同的传统和历史语境下重新思考。跨域旅行更是一种跨文化实践、冲突的空间实践，涉及如何占有空间、如何在空间移动、如何使用、如何绘制地图以及如何表征等诸多问题。而由萨义德所开创的殖民旅行研究正是基于旅行反思后的殖民话语研究，主要关注近500年来，殖民主义语境下欧洲旅行话语的权力、再现、表征问题和空间地理问题、差异性问题，旨在探寻旅行者与被旅行地民的压迫与控制关系，试图穿越表象，揭示西方旅行与旅行书写中所固有的西方的权力、特权与优越态度的运作及其方式。

第二节 殖民旅行研究的流变与几大模块

萨义德之后，对跨域旅行与书写的反思，也将对之的研究带入社会文化视域，各种被忽略的旅行文本被重新发掘和整理出版，引起了广泛讨

① 彭兆荣：《失落的主题——旅行文化作为民族志的表述范式》，《世界民族》2012年第1期，第37页。

② JAMES CLIFFORD. Notes on theory and travel. Inscription，1989（5）. http：//culturalstudies. ucsc. edu/PUBS/Inscriptions/vol_ 5/clifford. html.

论，甚至在20世纪90年代出现了旅行研究的小高潮，旅行已然成为人文社科的重要研究主题之一。一些重要的欧美学术期刊如《表征》（*Representation*）、《性别、地点与文化》（*Gender*, *Place*, *and Culture*）、《旅行书写研究》（*Studies in Travel Writing*）和《旅行》（*Journeys*）等，都展开了对旅行文本的专题研究，考察近代旅行文学的兴起与欧洲意识形态和殖民扩张之间的关系；或从历史的视角研究欧洲旅行书写与欧洲现代性和殖民的密切关系；或从欧洲如何建构自己、建构他者这个基本问题出发，揭示旅行文本中被忽略或被遮蔽的知识、权力、社会性别、文化身份等诸多全球化和后殖民时代的前沿理论问题。这些研究成果表明：旅行的研究已然超越了文学、历史或地理的传统单一的信息视域，进入跨学科的文化研究视域。

与此同时，在跨学科的基本模式下，各不同学科如人类学、文学、历史学和地理学等领域的学者也都开始大规模地加入对旅行的研究中，根据本学科关注的焦点，重新反思殖民语境下的旅行书写，并产生了诸多引人关注的批评成果。从整体上看，一方面，学科的惯性似乎也还存在，或潜在地引导着知识梳理的方向；另一方面，这种学科性的楔入又是与跨学科的视野纠缠在一起的，从而形成了一种交互共振的格局。在下面的部分，为更清晰地展示旅行与旅行书写的研究轨迹，我们依然大体上依据一些模糊的学科标志作为可资参考的坐标系，简要地勾勒出20世纪70年代末以来在文化研究视域下所进行的殖民旅行及其书写研究的流变与几大模块。

一、人类学旅行与“他者”文化的表征

人类学与旅行话语最为密切，可以说，人类学产生于现代旅行，它也是首先反思旅行与殖民主义关系的学科。自20世纪70年代，受到后结构主义理论和文化研究的影响，现代人类学家开始反思人类学知识生产的过程，“这场反思和批判是从人类学与殖民主义、帝国主义和欧洲中心主义

的密切却被忽视的联系开始的”[①]。以塔拉尔·阿萨德（Talal Asad）为代表的人类学学者发现了人类学与殖民主义的共谋，指出人类学植根于西方与非西方权力不平等的相遇之中，殖民主义只是这种相遇的某一历史时刻，然而正是这种相遇，使得西方获得了它所宰制的社会的文化历史信息，主导的欧洲文化与被主导的非欧洲文化这一权力关系使得人类学得以确立和有效。因此，从其产生上看，人类学是一项殖民主义事业，它的学科动力往往更多来自政治而不是学术兴趣[②]。1973 年，克利福德·格尔兹（Clifford Geertz）出版了《文化的阐释》（*The Interpretation of Cultures*），将人类学研究引向了阐释学解释，导致了民族志文本的表征危机。人类学反思与殖民旅行研究开始交织在一起，民族志文本——这一典型的旅行书写作为异域知识生产的源文本的权威性受到质疑，成为批判人类学在表征“他者”时所带有的西方优越感和西方中心主义的主要研究对象。

民族志的书写经历了传统、现代与经典三个阶段，其书写规范不断地完善，但不论在哪一阶段，其书写必须包含三大素材：有关制度和风俗的整体概观；对观察到的社会行动的现实情况的记录；民族志的说明，并且通常情况下，民族志的说明部分会用寥寥数语描绘民族志者到达这一地方的旅行。也正是由于此“寥寥数语”，民族志文本作为旅行结果的这一面向及其所包含的主体话语定位，常常被忽略。1983 年，美国文学人类学学者乔汉尼斯·费边（Johannes Fabian）首先从旅行的视角，批判性地指出人类学形构了“自己的研究对象——野蛮的、原始的他者”[③]，而且“他者”绝非发现的或遇到的，而是被制造出来的。他根据旅行相遇的共时空性本质，分析批判了西方民族志撰写中的时间运用策略、视野和修辞，不仅阐明了人类学的话语性质，也为人类学批评打开了新的前景，由此揭示了建立于现代性扩张时期的人类学学科的政治本质及其学科实践中所固有

---

① 高丙中：《〈写文化〉与民族志发展的三个时代》（代译序），载于詹姆斯·克利福德、乔治·马库斯编，高丙中、吴消黎、李霞等译：《写文化——民族志的诗学与政治学》，北京：商务印书馆，2008 年，第 11 页。

② TALAL ASAD. Introduction. Anthropology and the colonial encounter. Atlantic Highland：Humanities Press International. Inc.，1973：pp. 16 – 17.

③ JOHANNES FABIAN. Time and the other：how anthropology makes its object. New York：Columbia University Press，2002：p. 1.

的西方殖民主义思想。

将民族志文本界定为话语的标志性事件是 1984 年 4 月 16—20 日，由克利福德和乔治 · E. 马库斯（George E. Marcus）主持，在美国新墨西哥州圣菲（Santa Fe）的美洲研究院（School of American Research）召开了的题为“制造民族志文本”（The Making of Ethnographic Texts）的研讨会。与会学者严格控制为 10 位，其中 8 位来自人类学领域，1 位来自历史学领域，1 位来自文学研究领域，所有的参与者都与“文本批评和文化理论有关”①，且都在最近的民族志研究中质疑了学科和体裁问题。此次会议的目的是“通过展现各种阅读和书写民族志的方法，将一种文学意识（literary consciousness）引入民族志实践”，这也是因为在后殖民语境下的文学批评日益转向文化批评，关注“揭示出书写的历史和政治语境，而具有阐释倾向的民族志因忽略或避开这一维度而遭到长期批判”②。因而有必要在“系统性的权力不平等、世界体制的制约、体制的形构作用”这一大语境下，探求文化表征的政治学和诗学。③

会议勾勒彰显了民族志撰写的各种修辞和创新，指出了民族志与文学的关系，明确了民族志书写的“文学转向”，同时明确指出民族志文本本身就是一种旅行书写，是经过过滤的、有选择性的，以便突出民族志的文化叙述的建构和人为创造的性质。虽然与会代表致力于文本分析和文学分析方法，但他们的讨论也均涉及文本之外的权力、抵抗和制度语境，对民族志文本的科学权威提出怀疑，并且反思了民族志的书写。在这些学者看来，作为话语，民族志文本的分析就要追问“是谁在说？是谁在写？什么时候？在哪里？和谁在一起？写给谁看？说给谁听？在什么样的制度和历

① JAMES CLIFFORD and G E MARCUS. Writing culture：the poetics and politics of ethnography. Berkeley：University of California Press，1986：p. 7.

② G E MARCUS. Afterword：ethnographic writing and anthropology careers. In JAMES CLIFFORD and GEORGE E MARCUS. Writing culture：the poetics and politics of ethnography. Berkeley：University of California Press，1986：pp. 264 – 266.

③ JAMES CLIFFORD and G E MARCUS. Writing culture：the poetics and politics of ethnography. Berkeley：University of California Press，1986：p. 8.

史限制下”[1] 等等。这一事件的重要成果就是会议后来出版的论文集《书写文化：民族志的诗学与政治学》（*Writing Culture*：*The Poetics and Politics of Ethnography*，1986）——这一“表征危机”的里程碑。虽然研讨会和论文集尚未引入研究民族志文本的新范式，但是对民族志的文学修辞和话语本质的揭示，仍引发了对跨文化表征的批判，甚至影响到了整个人文社会科学界和文化研究，加速了学界对民族志和其他再现异域文化知识的旅行书写文类的社会和政治维度的关注。人类学家由此而始更多地从民族志书写本身探析关于异域知识的生产与政治、权力的关系。

关于民族志文本的反思研究更加强调其旅行话语的本质，因而对之的批判主要从生产语境与书写性两个面向切入。一方面，将民族志文本还原到其为旅行话语的一部分，探寻民族志书写的修辞性与权力；另一方面，从书写是多元决定的这一事实，探寻民族志的表征政治，而旅行范式的介入更为清晰地显现出民族志的书写政治。

人类学领域内与殖民旅行研究有关的另一重要关注点是物的旅行与民族志博物馆展览中的权力问题。在跨域旅行中，不仅仅是人在旅行，也伴随着物的旅行和文化的旅行。各种从旅行地带回来的器物不仅成为欧洲人类学家的研究对象，也成为欧洲各种古器物爱好者的收藏品，物的旅行方向本身就表明了西方对于旅行地的特权。克利福德首先指出，“收藏的历史有助于我们理解那些发明了人类学与现代艺术的社会群体是如何挪用异域的物品、事实和意义的”[2]，物的旅行与异域物品的收藏也是一个历史的文化政治行为，充满了策略性的选择，在收藏的那一刻，收藏者依据本国文化，为被收藏品赋予了为自己所用的意义。同时，民族志博物馆本身“确定了中心与外围，反映出不平衡的权力关系”[3]，因为“按照常规，博物馆主要迎合所设想观众的品位（tastes）——在宗主国机构中，是受过良

---

① JAMES CLIFFORD. Introduction：partial truths. In JAMES CLIFFORD and G E MARCUS. Writing culture：the poetics and politics of ethnography. Berkeley：University of California Press，1986：p. 13.

② JAMES CLIFFORD. The predicament of culture：twentieth-century ethnography，literature，art. Cambridge，M. A.：Harvard University Press，1988：pp. 220－221.

③ JAMES CLIFFORD. Routes：travel and translation in the late twentieth century. Cambridge，M. A.：Harvard University Press，1997：p. 193.

好教育的资产阶级白人观众的品位"[①]，因此，物的收藏与展示策略也由特定的主导历史、等级制、抵抗和移动所决定，尤其是物品从边远的部落之地旅行进入现代西方的都市博物馆，更显示出了殖民控制的一些可预料的结果。

在此观照之下，旅行的物与博物馆文化也受到了更多人类学家的关注。比如安东尼·艾伦·谢尔顿（Anthony A. Shelton）则探讨了18世纪至20世纪中叶各种机构，如博物馆、图书馆和其他知识机构之间相互交错的社会关系和做法，指出对"异域"物品的收藏和展览呈现了欧洲文明与"他者性"的关系，由此促成了帝国的构成，因而不应该将被展示的物理解为"彼此分离的、意义静止的、机械的表现"，而是能够进行"创造性意指过程"的载体。[②] 博物馆中的物品摆放本身就是一种意指过程。人类学学者对博物馆的反思研究与文化地理学者们的旅行空间建构研究交织在一起，构成了殖民旅行研究中的重要组成部分。

二、文学与文化批评：旅行书写与帝国的话语疆域

与人类学对民族志书写的研究主要偏向于对其文学修辞性的揭示，并将之看作是旅行的结果，从而质疑民族志知识的客观性不同，文学批评领域的学者对殖民旅行的研究更多地承继了萨义德文化批评方法，试图消解虚构旅行小说与实际旅行游记的传统界限，以及各种文类之间的壁垒，探讨殖民话语的书写策略以及对他者形象塑造的程式，进而去发现表征、权力与意识形态的运作特征。笔者将这一模式的研究归入文学与文化批评，主要是基于以下两个原因：一是研究者多是文学批评家，且他们的主要研究对象是游记（狭义的"旅行书写"）这一文学体裁，但为了说明旅行文本的互文性，偶尔会涉及其他文学体裁，如旅行小说、戏剧或传奇等；二是这些研究者采用了文学与文化批评相结合的研究方法，将游记视为文化

---

① JAMES CLIFFORD. Routes：travel and translation in the late twentieth century. Cambridge，M. A.：Harvard University Press，1997：p. 208.

② ANTHONY A SHELTON. Museum ethnography：an imperial science. In ELIZABETH HALLAM and BRIAN V STREET. Cultural encounters：representing "otherness". London and New York：Routledge，2002：pp. 155 – 193.

文本，从具体的语境出发，既探究这些游记的叙事策略、文体风格和形象塑造，又探寻游记生产的文化意义与意识形态观念的内在运作机制，换言之，游记的目的及其效果用途。然而，他们在接受东方主义理论的同时，比较赞同霍米·巴巴（Homi Bhabha）所述的殖民话语本身就蕴含着“压制与抵抗的双重性”[①] 这一观点，是以文学和文化批评领域所进行的殖民旅行研究主要围绕游记中的殖民话语、性别与游记，以及游记与帝国的关系这三个主题类型，强调旅行书写的复杂性与多样性、同质性与异质性并存的特质。

这一领域的旅行书写研究始于文本中殖民话语的探究，英国文学评论家彼得·休姆（Peter Hulme）指出，殖民话语暗含着这一观念，即在殖民时期，“大部分的非欧洲世界是通过话语被欧洲生产出来的”，这一话语与“多种推测、程序和分析的方法以及书写类别和形象交织在一起，却又分离出来，分属于具体的领域，如军事策略、政治秩序、社会改革、想象性文学、个人回忆录等”[②]。这表明殖民话语的研究本身就需要打破各种学科领域界限，方能看出某一话语贯穿一致的政治性和殖民性。休姆更是从后殖民视角，采用了考古学方法，通过分析哥伦布的航海日志，探寻了“食人族”（cannibal）这一话语起源与建构性，同时将之欧洲与另外四个关于加勒比的旅行文本（戏剧、小说和传奇等）中的食人情节相比较，揭示了食人族这一典型的他者刻板形象的发展传播的历史，及其二元主义的表征形式，表明当地民的态度在某种程度上会决定“发现”“相遇”这些旅行话语的呈现形式，挑战了殖民话语单一性的观念。

大卫·斯珀（David Spurr）基本延续了休姆关于殖民话语多样性的研究。他认为，殖民话语的基本核心就是遵从权威，而权威在不同的历史语境下会不断变化，因此，“殖民话语不是简单地再造一套意识形态或不断重复的观念，而是一种创造和回应现实的方式，以适应和保持基本的权力

---

① 见 HOMI BHABHA. The other question：stereotype，discrimination and discourse of colonialism. The Location of culture. London and New York：Routledge，1994. 该文最早以“The other question：the stereotype and colonial discourse”为题出现在1982年埃塞克斯的“理论的政治性”主题会议上。

② PETER HULME. Colonial encounters：Europe and the native Caribbean，1492 – 1797. London：Methuen，1986：p. 2.

结构"[1]。殖民话语的形式是随着时间与他者之间的差异性，呈现出不同的样态，为了说明之，他从文体学的角度罗列出新闻报道、游记与帝国行政文件常出现的11种殖民话语策略。虽然斯珀更多的是从文学修辞学的角度出发，总结帝国的修辞，忽略了所研究文本具体的社会历史情境，以及这些策略的形成过程、传播以及承继，但不可否认的是，殖民旅行书写作为一种铭刻和挪用，编织了殖民权力网，这种文体学的研究方法提供了联系各个旅行文本与帝国话语意指实践的途径，能有效发现跨域旅行文本的表征机制。

此外，女性主义者作为后殖民研究的重要力量，在殖民旅行研究的系脉中依然具有深刻的洞见。米尔斯通过研读女性旅行者的游记，从后殖民女性主义视角探讨了殖民与女性旅行的关系，从而将殖民旅行研究与女性话语研究缠绕在一起。她强调殖民权力生产知识的方式，认为在母国处于第二位的女性来到旅行地，因其来自帝国中心，便成为知识权威，但她更为关注的是帝国语境下的知识生产的性别属性，认为性别差异不仅体现在书写方式上，也体现在判断方式上，性别塑形了文本结构。[2] 所以，虽然殖民主义深深嵌入旅行话语，女性旅行话语与男性旅行话语仍有差异，女性旅行者对殖民主义和具体的殖民做法的批判与对殖民统治的肯定同样明显。莫妮卡·安德森（Monica Anderson）等人对在殖民地旅居的女性的游记进行分析研究，发现帝国的话语也从公共空间延伸到了家庭私人空间，呈现出了更多的样态。由此可见，性别研究的介入不仅扩大了帝国的话语疆域，也使得帝国话语呈现复杂性与多样性。

随着20世纪90年代西方学术界对帝国研究的升温，游记与帝国的关系这一主题也备受文学、文化批评学者的关注。普拉特是加拿大比较文学教授，主要从事旅行文本的研究，她在1978—1982年间一直在大学教授一门名为"旅行书写与欧洲扩张"的课程，并于1992年，基于课程讲义，出版了殖民旅行研究的重要著作《帝国之眼：旅行书写与文化嫁接》（*Im-*

---

① DAVID SPURR. The rhetoric of empire：colonial discourse in journalism，travel writing，and imperial administration. Durtham & London：Duke University Press，2001：p. 11.

② SARA MILLS. Knowledge，gender，and empire，in ALISON BLUNT and GILLIAN ROSE. Writing women and space：colonial and postcolonial Geographies. London：The Guilford Press，1994：p. 30.

perial Eyes：*Travel Writing and Transculturation*），分析了17—20世纪欧洲旅行者在非洲、南美洲等地的探险、旅行、考察所产生的旅行书写的叙事特征，指出旅行书写主要通过“去征服”（anti-conquest，普拉特针对老式的杀戮性征服提出的写作策略）的叙事策略承载殖民叙述，并通过游记这一大家喜闻乐见的方式构建、传播异域知识形象，从而“赋予欧洲读者一种对异域的占有感、使用权力和熟悉性……甚至掀起了对欧洲扩张的道德狂热。换言之，（旅行书写）是创造帝国的‘国内主体’的关键工具”①。因而，旅行书写在某种程度上是帝国扩张和殖民主义的帮凶。此外，她认为，殖民没有随着政治殖民控制的瓦解而结束，殖民的意识形态仍在继续，正如她在该书前言中所说：“20世纪80年代，里根—撒切尔时代出现的、延续至今的全球新联盟和意识形态巨变造成了极端痛苦，迫切需要对帝国主义解神秘化”，在此期间，“欧洲帝国主义、男性中心主义与白人优越的遗毒在教育与官方文化中”仍在延续，成为斗争的焦点。② 因此学者需要穿越表象，挖掘出新的殖民形式或变体。由于普拉特探究帝国话语的目的在于摆脱帝国的影响，因而她提出了要关注当地民的“自我民族志书写”（autoethnography），以对照欧洲旅行者对当地民的民族志书写（ethnography）③。这无疑为第三世界国家研究关于本国的欧洲旅行书写提供了视角与方法论。从这一角度看，普拉特与休姆有更多的相似，都探寻了帝国话语的历史性、具体性和复杂性。

史蒂夫·克拉克也持着类似的观点，他认为帝国与游记关系中最强有力的模式便是“游记促成帝国权力的运用，并使之巩固，并大加赞美；同时，这一意识形态弥漫于各个层面的表征实践之中”。这一模式似乎表明：游记本身就是一种隐伏的、暗中作恶的体裁，“它对他者性的表征本身就是某种入侵与暴力的形式，而这种表征的兴趣则仅在于相对清晰地呈现殖

① M L PRATT. The imperial eyes：travel writing and transculturation. New York and London：Routledge，2008：p. 3.

② M L PRATT. The imperial eyes：travel writing and transculturation. New York and London：Routledge，2008：p. 11.

③ M L PRATT. The imperial eyes：travel writing and transculturation. New York and London：Routledge，2008：p. 9.

民权力的运作机制”[①]。然而他编著的论文集《旅行书写与帝国：变迁中的后殖民理论》（*Travel Writing and Empire：Postcolonial Theory in Transit*，1992）所选择的论文拒绝将欧洲人与非欧洲人的相遇交往简化为控制与臣服，而是从游记的多义性出发，分析其与其他殖民话语的交叠，以及旅行自身所具有的编码的意识形态面向，强调英帝国在殖民前后的对比，同时显影其内在的变革连续性，从侧面说明了在后现代时期，殖民旅行依然存在。基于这些前期的研究，保罗·斯麦瑟斯特（Paul Smethurst）以“延续几个世纪的欧洲旅行书写不仅对关于世界其他地区知识的生产与传播有巨大的影响，更是激发了扩张与征服的志向”[②] 这一观点为基本立足点，探讨了旅行书写、帝国的话语疆域与旅行的形式等主题，揭示旅行书写为欧洲的读者明晰了帝国的观念。他与朱莉娅·库恩（Julia kuehn）所编的论文集更是探寻了旅行书写采用了哪些形式主义方式为欧洲人生产出他者世界，这些意义生产过程是如何通过旅行书写中的比喻、隐喻和其他修辞形式这些表征实践而产生作用，又是如何嵌入强化帝国主义话语的深层知识结构之中的。

游记与帝国关系的研究表明，后现代时期的欧洲游记部分上成就了帝国与殖民主义，且帝国的影响在后殖民时期依然存在。为了进一步追寻这一问题，帕特瑞克·郝兰德（Patrick Holland）、格莱海姆·付甘（Graham Fuggan）和德比·李斯尔（Debbie Lisle）以当代欧洲游记为研究对象，以考量其对于帝国殖民遗产的处理问题，他们的研究表明，全球化时期的旅行呈现出多样性，与殖民时期的游记有了些许差异性，但仍然受到殖民视野或帝国逻辑的潜在影响。

三、文化地理学与旅行空间的建构

现代地理学诞生于航海和各种探险，这就意味着旅行书写是现代地理

---

① STEVE CLARK. Introduction. Travel writing and empire：postcolonial theory in transit. NewYork：Zed Books Limited，1992：p. 3.

② PAUL SMETHURST. Introduction. In JULIA KUEHN and PAUL SMETHURST. Travel writing，form，and empire：the poetics and politics of molibity. New York and London：Routledge，2009：p. 1.

学家获取异地信息的主要来源，地理知识和地理空间与旅行书写有着天然的互为支撑关系。换言之，地理学家从这一学科诞生之日起就在使用旅行作家的文本作为获取异地信息的主要来源，相信旅行作家对当地的记录是第一手资料。尽管现代的地理学者意识到书写者是通过自身文化的过滤来看世界的，他们通常假设旅行者的偏见不影响对当地地理的描述。但旅行反思的兴起，使得一些地理学者开始借鉴、吸纳人类学与文学、文化领域的殖民旅行研究模式、研究成果和学术洞见。一方面，特雷弗·巴恩斯和詹姆斯·邓肯（Trevor Barnes and James Duncan）指出，在词源学上，“地理”（geography）是指“书写地球”（earth writing），“书写”成为地理学科观念的核心，但地理书写绝不是一个简单中性的描述过程，它包含了想象，不仅部分地反映现实世界，更建构和塑形现实世界。[①] 这一书写的问题意识不仅引发了地理学中对表征与现实、空间与景观的关注，也揭示了书写与真实地理的互为建构关系。另一方面，菲利克斯·德里弗（Felix Driver）著文《帝国地理学》（Geography's Empire，1992），首次探讨了帝国时期的现代地理学与欧洲殖民主义的共谋关系，将地理学界定为帝国的科学话语，[②] 以揭示铭刻在地理学科思想中的西方中心主义与偏见。循此，地理学者更偏向于关注旅行文本暗示出了作者怎样的环境；隐含在旅行文本生产者中的权力关系是什么；对真实的物质世界有什么影响；帝国是如何通过旅行叙事、博物馆这些文化媒介授予地理意义，进行区域想象的；在转换视角之后，我们又会看到怎样的话语实践的结果。而不再像旧的地理学者那样将重点放在提炼关于“真实”的人或地方的经验信息。

与以上的问题相关，地理学者对于旅行书写的研究主要集中于想象与景观、帝国与地理学科的关系上。首先，萨义德的“想象地理”（imaginative geography）[③] 引发了大量关于虚构地理和景观建构的研究，地理学者开始采用文化地理的视角重新审视旅行文本，考察“想象地理”产生的方

---

① TREVOR BARNES and J DUNCAN. Introduction：writing worlds. Writing worlds：discourse，text and metaphor in the representation of landscape. London：Routledge，1992：pp. 1 – 17.

② F DRIVER. Geography's empire：histories of geographical knowledge. Environment and planning D：society and space，1992，10（1）：pp. 23 – 40.

③ E SAID. Orientalism. London and Henley：Routledge & Kegan Paul Ltd.，1978：p. 49.

式，考量权力、欲望与殖民空间之间复杂交叉的关系。内尔·瑞尼（Neil Rennie）认为，“不同时期去不同地方的旅行记录，不论是真实的，还是虚构的，都参与了将文学的老生常谈在地理空间中反复换位、重新确立位置的历史进程，在这一历史进程中，文学虚构与发现屡次被揭示为地理事实”①。瑞尼对南海旅行书写（主要是南太平洋地区）的研究也说明了游记是真实与虚构相融，同时建构了人们对南海地区的地理知识。彼得·毕晓普（Peter Bishop）从西方旅行书写如何将西藏塑造成“圣地”（sacred landscape）这一传统与事实着手，指出了“从某种意义上，自然的景观是不存在的。我们不可避免地在塑造世界，即便不是在用我们的双手，也是在用我们的思维。我们在塑造世界的同时，创造了地方”②。瑞尼也认为西方探险者发现的“不是新土地，而是为表达那些有关消失了的地方的令人怀念的旧传说提供新的地点”③。地方不是自然存在的，而是被建构的，所谓的自然景观，其实都是一种文化的铭刻。

然而，还有部分文化地理学者并非完全依循萨义德的“想象地理”观点，他们认为，“想象地理”并非完全出于帝国的欲望，也受制于旅行地自身的地理特点。如，詹姆斯·邓肯与德瑞克·格瑞高里（Derek Gregory）强调旅行是政治化的媒介，旅行书写则是“肉身主体在物质景观中移动”所留下的痕迹。④ 因此，他们关注旅行书写的物质性和政治性，即景观的书写是旅行地的具体地理特性与帝国欲望协商的结果，而非完全出于想象。尽管如此，“想象地理”依然是地理学者反思殖民旅行的重要关注点。格瑞高里采用萨义德“想象地理”的概念，发表多篇文章分析多个旅行书写对埃及想象地理的差异，尤其是景观、空间和人的表征上的差异，阐明东方主义的建构是权力、知识和空间性所构成的星云，旅行书写成为想象

① NEIL RENNIE. Preface. Far-fetched facts：the literature of travel and the idea of the South Seas. Oxford：Clarendon Press，1995：p. 1.

② PETER BISHOP. The myth of Shangri-La：Tibet，travel writing，and the western creation of sacred landscape. London：Anthlone Press，1989：p. 1.

③ NEIL RENNIE. Preface. Far-fetched facts：the literature of travel and the idea of the South Seas. Oxford：Clarendon Press，1995：p. 1.

④ J DUNCAN and D GREGORY. Introduction. Writes of passage：reading travel writing. London and New York：Routledge，1999：p. 5.

地理的物质载体，也成为连接传统与当下想象地理的介质。事实上，格瑞高里认为，对殖民主义和帝国地理学的研究都有效地揭示了欧洲中心主义，以及对他者贬低性的表征依然存活在西方文化和地理想象中。他坚持强调后殖民主义的兴起不意味着殖民主义的消失，“想象地理”的持久力量依然体现在“殖民的当下”，并创造了“殖民化的地理”[①] 一词以说明地理旅行与殖民主义在无数方面都是相互关联的。

该领域对殖民旅行的研究也多与20世纪90年代的帝国批判反思研究铰合在一起。格瑞高里首先在《地理想象》（*Geographical Imaginations*，1994）一书中指出地理位于历史、空间、社会、政治和智识的星云之中，因此，帝国语境下的地理想象世界的方式适应男性欧洲中心主义的立场，与各种殖民主义和帝国主义交织在一起，地理学者成为“情境知识（situated knowledge）的创造者”[②]。莫拉格·贝尔（Morag Bell）等人也认为地理学者是“欧洲帝国主义的‘助产妇’，不仅提供海外征服与殖民化所需要的实用信息，而且通过气候、环境对不同种族演化的影响等观念学说，为扩张提供理性辩护”[③]。后殖民视角的种种反思，试图表明欧洲地理学科的建制，是以白人、男性、欧洲中心主义为确定的身份坐标建立起来的，从而使得各种地理知识和实践——有关探险和旅行、地图绘制以及空间比较、分类和规划体系都深深地卷入欧洲殖民主义和帝国主义工程之中，成为其物质上和智力上的帮手。

以上这些研究思想，也将我们对近代地理学的重新审视引向了“文化殖民”的概念维度。关于这点，萨义德在《文化与帝国主义》中即有呈露，在他看来，帝国主义对他人领土的占领与控制不仅仅是“关于士兵或大炮”的问题，同时也是“关于思想，关于形式、形象与想象”的问题。[④] 因此，我们需要重新思考地理学与文化的关系，将地理的拓展与文化的扩

---

① D GREGORY. The colonial present. Oxford: Blackwell, 2001.

② D GREGORY. Geographical imaginations. Oxford: Blackwell, 1994: pp. 165 -203.

③ M BELL, R BUTLIN and M HEFFERNAN. Geography and imperialism, 1820 - 1940. Manchester: Manchester University Press, 1995: p. 6.

④ E SAID. Culture and imperialism. New York: Vintage Books, 1993: p. 7.（本书对该书的引文均参考了萨义德著，李琨译：《文化与帝国主义》，北京：生活·读书·新知三联书店，2003年）

张联系在一起，看作是帝国工程不可分割的两个部分。与人类学的旅行反思相似，地理学领域首先将地理书写界定为旅行话语，然后通过探查殖民权力与地理知识的生产策略之间的关系，以质疑地理学知识，但有所不同的是，地理学除了考量殖民权力的空间政治，更关注帝国语境下的旅行文本的书写、表征对地理空间的建构，以及凝视、权力和想象地理之间的关系。

20世纪90年代后期，随着后殖民批评走向多元化，地理学者也开始考量殖民书写的复杂性。如普拉特所总结的帝国书写策略，便遭到了加拿大地理学者莱奥纳德·盖尔克（Leonard Guelke）与珍妮·凯·盖尔克（Jeanne Kay Guelke）的批驳，他们参照历史研究的人口统计数据，说明早期的地理记录提供了大量的信息，仍有其准确性。比如当时的南非确实是人烟稀少，方圆百里没有人烟，因此，早期地理书写中出现的当地民的缺失是事实，并非必然是帝国叙事策略。同时，他们也指出博物学家并非如普拉特所言，是"无辜地"加入政治和商业殖民的，相反，他们对驱逐当地民的行为也进行了谴责。由此而认为，普拉特的分析忽略了旅行者对殖民的矛盾态度，只关注原作中抹除了什么，而不关注其同时提供了大量的信息，而普拉特的批评方法也可看作是某种抹除，因其并没有涉及文本所描述的当地民生活，仍然是犯了欧洲中心主义原有的错误。① 他们对普拉特的批评，似乎印证了斯皮瓦克的观点，即学者通过参与表征他者的讨论，卷入"新殖民主义的意识形态生产"② 之中。可见，从后殖民的视角反思旅行，内部也存在诸多的分歧与争论，更说明了旅行的复杂性与殖民旅行研究的流变性。

综观国外殖民旅行研究，我们发现，这一研究本身就是在后殖民文化批评的框架下践行的一场穿越学科与理论等分界的浩荡旅行，将社会学、人类学、地理学、历史学、心理学与文学批评等都纳入关注的视野之中，由此而具有跨学科性和多面性等特征。但与此同时，它们又都将注意力集中在对"旅行书写的表意实践与帝国话语的'宰制结构'（master struc-

---

① LEONARD GUELKE and JEANNE KAY GUELKE. Imperial eyes on South Africa：reassessing travel narratives. Journal of historical geography，2004（30），pp. 11 –31.

② G C SPIVAK. The post-colonial critic：interviews，strategies，dialogues. New York：Routledge，1988：p. 210.

ture）之间的联系”[①] 上，做了深浅不同的考察。这一关于二者关系的研究从20世纪70年代末的《东方主义》为起始点，历经80年代对帝国旅行书写的异域文化表征危机研究，以及90年代对帝国旅行文本书写策略与表征空间建构的探寻，直至21世纪初期对帝国瓦解后的当代旅行书写所携带的殖民政治的剖析，都强调了跨域旅行书写是帝国话语的载体与实践。其中，殖民旅行研究的视野，也随着后殖民文化批评与研究的深入而又处在不断的推进状态，比如从早期单纯关注西方对非西方殖民地的文化宰制到后期逐渐地转移至兼顾在过程中存在的抵抗要素，甚至是主客文化的交互作用，以及话语建构的多重性与复杂性，考虑到殖民旅行文本在当代语境中的变化与向“世界性”的嵌入等。凡此这些，也需要我们将之置于一个流动的过程中去加以把握，而不是固着在某一个单一的定点上。

第三节　意义、概念与本书框架

一、研究意义与现状

虽然殖民旅行研究从开端到现在不到40年，却取得了大量的跨学科研究成果，然而国内外对殖民旅行研究成果的考察不仅相关的介绍较少，而且只停留在简要介绍层面上。首先，巴特·穆尔—吉尔伯特、彼得·修姆和蒂姆·扬兹均曾经指出《东方主义》是第一部对旅行书写进行现代批评的著作，但只是这么一说，没有细致梳理与论述萨义德是如何从事旅行书写研究的，关于这个话题，至今尚无人做出较为透彻的分析。其次，虽然鲍德温（E. Baldwin）将旅行研究放在文化研究的框架之下，但对克利福德的文章《旅行文化》只做了简单的概括，[②] 仅仅用了一页纸的篇幅，对

① PAUL SMETHURST. Introduction. In JULIA KUEHN and PAUL SMETHURST. Travel writing, form, and empire: the poetics and politics of molibity. New York and London: Routledge, 2009: p. 2.

② ELAINE BALDWIN, et al. Introducing Cultural Studies. Beijing: Peking University Press, 2006: pp. 175 – 176.

旅行研究的发展变化与各种模式只字未提。再次，克拉克在其编写的论文集《引言》中大致介绍了后殖民视角下的旅行研究，但只是简要提到萨义德和普拉特的部分观点，没有进行深入的探讨；玛丽·贝恩·坎贝尔（Mary Baine Campbell）在其所撰文章中概述旅行书写的研究时，也提到旅行书写与后殖民理论的关系研究是“最为重要的，也是最富有成果的”①，但她只是重点阐述了新历史主义和女性主义对旅行书写的反思研究，对其他的成果仅是一笔带过而已。由此可以看出，尽管国外的殖民旅行研究已十分兴盛，但对相关谱系的梳理依然未曾展开，仍止步于一些甚为单薄的介绍。

当然，国外的这些反思性研究曾引起国内少数学者的注意，如王小伦曾著文简要概述了从文化批评视野研究游记的部分成果与原因②；然其意图只为介绍从文化批评的视角研究游记的可能性，未涉及殖民旅行这一议题。也正是有基于此，笔者认为，我们有必要把殖民旅行及其书写相关的讨论作为一个专题从各个领域中析出，进行综合考量和谱系学上的梳理、解析与探讨。

本书试图绘制出 1978—2010 年这段时期西方学者对欧洲殖民旅行研究的历史，关注这一研究领域的发展。在一系列关于旅行与旅行书写的反思研究中，将有关的知识、权力、表征、他者与空间置于核心讨论位置上。基于前文对殖民旅行研究模块的大致概述，我们知道，殖民旅行研究关注自哥伦布以来西方的世界旅行及其文本所携带和传递的权力关系，以及持续了 500 年的殖民旅行是如何将非西方想象为一个“他者”进行书写，并将这一想象的集体表象代代传承的问题，并且尝试回答以下问题：旅行书写与政治是什么样的关系？殖民旅行书写采用了怎样的书写策略？这些书写策略是如何形成、传播和传承的？与书写者的身份有何关联？殖民旅行书写策略在政治殖民结束后发生了怎样的变化？旅行书写作为一种空间故事，对旅行地与旅行国的空间建构又会产生怎样的文化影响？在全球化时

① MARY BAINE CAMPBELL. Travel writing and its theory. In PETER HULME and TIM YOUNGS. The Cambridge companion to to travel writing. Cambridge：Cambridge University Press，2002：p. 261.

② 王小伦：《文化批评与西方游记研究》，《国外文学》2007 年第 2 期，第 56 - 63 页。

代，殖民旅行还存在吗？西方旅行书写在表征“他者”时发生了怎样的变化？因而，对于这一研究理论谱系的梳理会让我们对旅行书写与旅行的文化内涵有较为全面与深刻的认识和理解。

本书并非致力于穷尽所有的相关理论著作，而是旨在通过爬梳殖民旅行研究这一系脉的相关理论成果，对以上问题的认识提供一个相对完整的理解框架，这不仅对中西的学术研究具有理论意义，也有重要的实践意义。从理论层面看，从学术的视角考察殖民旅行研究的流变与类型模式，从而勾勒出它的大致轮廓，可借此洞悉20世纪80年代以来学术研究模式及变化或学术态势。同时，这一脉络的梳理或勾连也能为国内外学术界提供一个殖民旅行研究的框架，帮助国内学界了解西方学术界的研究取向。从国内旅行研究的实践层面看，西方自16世纪以来的各类旅行者（传教士、科学考察者、旅行家、商贸家与行政官员等），在中国逗留、暂居或途经中留下了大量相关材料，目前这一部分历史还没有得到相应的开掘。为此，国内的学者一方面可以借助西方理论已成形的各种视角，考察这些中国之行的文本；另一方面，不同的地域上的经历与书写也会有所差异，以故，国内学者对这些旅行文本的研究也可以补充与纠正现有的西方研究理论，这也是我们正在做的一部分工作。如，笔者正在致力于欧美的新疆旅行文本的挖掘与研究，其他年轻学者正在进行近代美国女传教士至中国的旅行文本的分析，西方学者也有一些关于西藏的旅行书写与西藏在西方文化中的形象研究，以及欧洲旅行文本中蒙古形象的变迁等，均可借鉴目前已有的西方对近代以来欧洲殖民旅行研究的成果，或在此基础上有所创造，对既有的理论加以补充或纠错，以形成一种跨国性的积极对话。

如果厘清殖民旅行的相关理论只是为了更好地了解过去，这一课题也就不那么紧迫了，然而，因为历史又总是会延伸到当代的思想观念之中，并对之有着某种程度的影响或塑造，这就使得对这一理论的考察将会为我们对当代一些问题的解答提供有力的启示。诚如尼古拉斯所述：“假设现代的阅读、写作与构成殖民文化研究的过去话语和文化相遇的分析之间存在联系，在某种层面上，探寻历史与表征是因为某种感觉，尽管在时间上已经久远，但它们一定会有回声，这与我们现在讨论的现代帝国主义与种族主义有关。”[①] 虽然西方意义上的现代性在“二战”后受到民族主义的冲击，但全球化作为现代性的结果依然是当今社会的主流，至少作为一种文化的残余，西方在殖民时代所建构的话语模式依然会在多元文化的时代延续下来。鉴于“东方主义”[②] 是一种知识生产机制，也是从不间断的分析机制，全球化时期的跨域旅行书写在大众旅游业与大众传播的支持下依然盛行，对殖民旅行研究理论的梳理也显得尤为迫切与必要了。如果本书能够在国内研究中消除将跨域旅行书写当作真实文本来解读这一现象，或是提醒读者或研究者从文化研究的视域看待这些异域游记，不仅仅考量其形式与审美，更关注其文化政治性，即表征的诗学与政治学，我们就能在雷蒙·威廉斯所说的对“固有的统治模式”的“忘却”过程中向前迈进一步[③]。

二、两个概念的廓清

这里首先有必要对本书所涉及的两个术语概念进行界定和廓清，这也是本书的研究得以开展的基础。

（一）旅行书写

随着近年来对旅行书写批评研究的增多，学术界给它贴上了许多标签：“游记（travel book）、旅行叙事（travel narrative）、旅行作品（journey work）、旅行备忘录（travel memoir）、旅行故事（travel story）、旅行见闻录（travelogue）、旅行者故事（traveller's tale）”，或者是“旅行书写（travel writing）、旅行文学（travel literature）”等，[④] 在此就不一一列举了。各种术语引发了混乱，以致我们有时会困惑大家是否在谈同一个问题。保

---

① NICHOLAS THOMAS. Colonialism's culture：anthropology，travel and government. Cambridge：Polity Press，1994：p. 20.

② 此处的东方主义泛指西方对他方的表征、意义建构机制。

③ R WILLIAMS. Culture and society，1780 – 1950. New York：Anchor Books，1960：pp. 355 – 356.

④ JAN BORM. Defining travel：on the travel book，travel writing and terminology. In GLENN HOOPER and TIM YOUNGS. Perspectives on travel writing. Farnham：Ashgate，2004：p. 13.

罗·福塞尔（Paul Fussel）甚至发出了如此的感慨："批评界也无法真正知道该如何为这种书命名!"① 对旅行书写研究颇深的扬兹也表达了同样的困惑："旅行书写源自其他文学形式，最后又回归到其他的文学形式中，试图去确立各种形式的边界似乎是不可能之事，我对任何以此为目的尝试都深表怀疑。（相较之下）旅行书写是如何产生效果的，又起了什么作用更为重要。"② 他此处所说的"文学"当泛指各种写作文本，因综观其书中所引用分析的非洲旅行者的书写，并不局限于游记，还包括新闻报道、民族志、地理探险书写以及旅行小说等，因而，我们不妨将旅行书写看作是一个容纳了各种文本的，并与旅行主题相关的概念集合体。

在旅行反思视角下，旅行书写的范畴问题似乎变得相对简单化，因为从萨义德开始，就意欲模糊学科间的切分，以便将旅行书写视为一般性思想、观念等的表呈者，而不是过于纠缠文体的类型。循此，殖民旅行研究者往往将旅行书写看作是伴随着旅行而产生的各种文化产品，同时也是各种文类的混杂体。它可以是"旅行中的个人日记、小品文、小故事、散文、概略的笔记以及修饰过的出于善意的桌边谈话"③，也可指"一种跨文类写作的实践，不管是备忘录还是小品文，新闻报道还是田园诗、小说、民族志"④。笔者比较倾向于使用"旅行书写"这一较全面的术语来涵盖以上所列的文类，既然这样，"旅行书写"就不仅能涵盖各种对实际进行的或虚构的旅行的叙事和描述，也可借此而确立起各种具有旅行主题和模式的叙事文本之间的"互文性关系"⑤，这自然也会使得旅行书写中的虚构与非虚构的区别不再如早期设想的那样轮廓分明了。

---

① PAUL FUSSELL. Abroad：British literary travelling between the wars. Oxford：Oxford University Press，1980：p. 202.

② TIM YOUNGS. Travellers in Africa，1850 – 1900. Manchester：Manchester University Press，1994：p. 8.

③ JONATHAN RABAN. For love and money：writing，reading，travelling. London：Collins Harvill，1987：p. 253.

④ TERRY CAESAR. Forgiving the boundaries：home as abroad in american travel writing. Athens，G. A.：University of Georgia Press，1995：p. 80.

⑤ JAN BORM. Defining travel：on the travel book，travel writing and terminology. In GLENN HOOPER and TIM YOUNGS. Perspectives on travel writing. Farnham：Ashgate，2004：p. 25.

当然，在此之下，根据实际的需要，旅行书写也是可以再做类别之区分的。萨义德曾就旅行书写范畴下的这些文类的区分做过简要的解说，他认为旅行作者的作品属于哪种文类，主要取决于作者的旅行意图是完全服务于专业东方学，还是服务于科学时保留些许独特性，还是完全服务于个人目的与审美。当可有所区别。基于这三种不同的目的，萨义德将旅行书写文本分为三类，分别以爱德华·威廉·雷恩（E. W. Lane）、理查德·伯顿（Richard Burton）和热拉尔·德·内瓦尔（Gérard de Nerval）的作品为代表，但同时声称，尽管这三类旅行书写的作者在文本空间中的个人化因素存在些许差异，但均具有较强的欧洲中心意识，[①] 因此又可归在同一大类中。普拉特进一步发挥了萨义德的文类划分方法，她在评论蒙格·帕克（Mungo Park）的《非洲内陆行记》（*Travels into the Interior of Africa*，1799）时认为，旅行书写采用何种形式完全取决于书写者想要成为哪种文类的作家："尽管他（帕克）确实可以这么做，但他没有将其书写成地理发现、观察或信息收集，而是写成了个人的经历与冒险。就此而言，他便不是作为一个科学者在书写，而是作为一个伤感的男主人公在书写，并且是在书写自己。"[②] 据此逻辑推断，旅行者可以将自己的旅行文本写成旅行小说，或写成民族志或各种科学探考报告等，可以理解为内容不变，变化的是书写形式。

萨义德与普拉特对于旅行书写分类的说明增加了旅行书写的多种可能性和混杂性，但也同时说明，各种文类是有其一定的书写范式的。关于文类书写的范式问题，我国著名的文化研究学者黄卓越教授曾做过详细论述，他指出，"文类具有强固的规定性"，是对"进入文本中的材料、思想与想象的一种秩序性安排"，虽然写作者"可以选择这一文类而不是那一文类，但同时又不可能在文类以外书写"，因为文类"是一种对界限的掌控，属于规范性原则"。最重要的是，文类的书写具有很强的预示，这就意味着"书写活动在一开始就会受到提前存在的文类习则的暗示，将各种

---

① E SAID. Orientalism. London and Henley：Routledge & Kegan Paul Ltd.，1978：pp. 157－158.

② M L PRATT. The imperial eyes：travel writing and transculturation. New York and London：Routledge，2008：p. 75.

材料按照不同文类中早已暗藏的规则（在中国也可称为‘章法’）进行编排”。[①] 据其所释，书写的目的确定了材料的选择、编排方式和读者接受的方式，同样，旅行书写也不例外，不论采用何种文类，其书写范式均受到社会和学科的话语架构的限制，且每种文类的书写都是通过阅读习得的，具有一定的范式。例如，通常情况下，旅行书写中的游记这一文类更加强调叙事性、个人化、奇特性与语言的文学性，常用第一人称叙事，且整个叙事是以时空变化为轴的，以强调旅行的空间移动特性；而民族志和地理书写这类更接近于学科化的书写，则会偏重于强调“描述的现实性、分类的系统化和比较解释法”[②]，因而，常常会以主题分类的形式去描述他方的文化与地理景观，抹除旅行所固有的动态性，由此也易遮蔽其作为旅行书写的属性。这些不同分类的形成，总体上看，或许也得益于旅行自身的张力，因为旅行是移动的，但同时总是试图停留在某个地方，从而造成了如休姆所说的“移动与地方之间的张力”，“留下来了解，即在某一地点旅行而不移动，而移动就注定了所有的印象均是肤浅的”。[③] 尽管这种情况并不必然就是构成旅行分类的全部原因，但游记书写与科学旅行书写之区别又常常会因之而产生差异。

此外，笔者认为，属于何种文类的旅行书写也取决于对某种类型的趣旨的变化，以及写作者和读者对其的定位。如，根据克利福德的观察，自17世纪始，西方的科学文本排除了某些富有表现力的风格：修辞（以直白的名义）、虚构（以真实的名义）和主观性（以客观的名义），尽管这些风格在文艺复兴之前也被广泛运用于科学文本，但在此后则被归属于那些具有隐喻、虚构和寓言性质的文学作品专有的特征。当然，在20世纪，文学的方法又一次影响并传播于人文学科，尤其是在人类学界，如布罗尼斯

① 黄卓越：《文类，文体及在“话语”中书写》，《社会科学家》2014年第1期，第125－131页。

② D GREGORY. Power, knowledge and geography. Geographishe zeitschirift, 1998 (86): p. 71.

③ PETER HULME. Deep maps: travelling on the spot, in JULIA KUEHN and PAUL SMETHURST. Travel writing, form and empire: the poetics and politics of molibity. New York and London: Routledge, 2009: p. 133.

拉夫·马林诺夫斯基（B. K. Malinowski）[①] 对英国作家康拉德的认同也是众所周知，而玛格丽特·米德（Magerate Mead）和露丝·本尼迪克特（Ruth Benedict）等更将自己看作是文学艺术家兼人类学家，[②] 出现了明显的人类学表述的"文学转向"。可见，即便是常被我们判定的科学文本，其书写范式也是处在不断的变化中。在另外的层面上，比如列维—斯特劳斯就很偏爱于文学，他的《忧郁的热带》（*Tristes Tropiques*，1955）既是人类学著作，也可看作是一部伟大的游记，关键在于读者的身份与期待。当然，作者的身份在很大限度上规定了文类的归属问题，这也是不可忽视的。因此，旅行书写既可分类，同时又可将之看作是类似于一种主题分类的混合体，很难将之视为一种固化的体裁（文体）[③]。同时，各种文类，如游记、旅行小说和科学报告之间又存在相互借用或重叠的现象，构成了旅行书写的互文网。

有鉴于此，本文所梳理考量的殖民旅行书写研究，不仅涵盖了对游记这类旅行叙事的批评反思，也包含了对民族志和地理文本这类科学旅行书写的反思研究。有些学者认为，地理学、人类学与社会学"这三个学科在某种程度上是由游记演变而来"，但采用了不同的方法论和话语模式。[④] 笔者基本赞同这一观点，也恰恰是不同的方法论与话语模式会呈现出完全不同的文本，使之归入不同的文类，也会带来不同的阅读期待。或者说，不同的文类有不同的书写体式或表意方式，同时也会给读者带来不同的预设。比如，个人性书写更具有小说或游记的特质，读者在其中寻觅的更多的是娱乐和猎奇的愉悦，对其中叙述的内容不太相信，而客观性、科学性的旅行书写则不同，人们一般会相信其中所说是真实的，是一种知识的载

---

① 著名的英国人类学家，因开创了田野作业的工作方式，被称为"民族志之父"。

② JAMES CLIFFORD. Introduction：partial truth. In JAMES CLIFFORD and G E MARCUS. Writing culture：the poetics and politics of ethnography. Berkeley：University of California Press，1986，pp. 31 – 33.

③ 这是 Jan Borm 的观点，笔者比较赞同。但也有一些文学理论家将旅行书写当作一种体裁，如 Carl Thompson 将旅行书写当作一种体裁进行界定，见 Travel writing. London and New York：Routledge，2011，第二章；Zweder von Martels 称旅行书写是一种没有边界的体裁。详见其编写的 Travel fact and fiction：studies on fiction，literary tradition，scholarly discovery and observation in travel writing. Leiden：Brill，1994：p. 11.

④ CARL THOMPSON. Travel writing. London and New York：Routledge，2011：p. 5.

体。由此，方法论和话语模式在一定程度上决定了阅读的方式，同时二者又在共同协商中建构出它的文类意义。也正是基于旅行书写的文类混杂性，而各文类的书写又有一定的预设性与规定性，我们将按照殖民旅行研究所关注的大致文类——民族志、游记、地理文本对之进行梳理与探讨，从而陈示出较为全面的殖民旅行研究的模式、发展与成果。

（二）旅行理论

旅行理论（travel theory）主要是指那些在研究旅行本身以及记录着旅行活动的旅行书写所产生的相关理论。许多后学理论家将旅行概念泛化为移动，由此而将以德·塞都（M. de Certeau）为代表的——所谓旅行无处不在[①]——即有关移动与移植的理论，如对离散、移民、流放和游牧等活动的论述都包容进来，并同时涵盖了诸如对全球化移动、大众旅游等的理论论述。对此，笔者依然坚持前文提到的旅行的定义，即旅行是自愿地离开原来的居住地，去往其他地方的空间位移，尽管有时与以上所述的概念之间的界限并非截然清晰，但不等同于德·塞都等意指中的“移动”的概念。由此，本书所称的殖民旅行，主要是指在殖民语境下欧洲到其他地区的旅行（自愿的，而非被迫离家）。有基于此，本书的梳理对象，也便是指以萨义德开辟的后殖民视角为依据，对欧洲旅行者在前往异域过程书写下的旅行文本加以研究的整个论述谱系，不涉及对离散、流放、移民、游牧等移动现象的研究及理论表述。

此外，在回顾旅行史时，我们会注意到伴随旅行活动而出现的观光旅游，二者仅一字之差，但“行”与“游”差别很大。不论是在日常生活中，还是在学术研究中，旅游因其过重的商业化色彩而显得比旅行低一等级。如文化地理学者麦克·克朗（Mike Crang）将旅行界定为“探索未知的不同世界，使自己接触到别样的生活与文化”，而旅游则是“参观一些被打造地与你的居住地相似的地方”[②]。克朗的界定突出了旅游的商业性和景观的人造性，并以此去衬托出旅行的冒险性与新奇性。另有一些学者认

---

① MICHEL DE CERTEAU. The practice of everyday life. trans. STEVEN RENDALL, Berkeley: University of California Press, 1984: pp. 115 - 130.

② MIKE CRANG. Travel/Tourism, in D ATKINSON, P JACKSON and D SIBLEY, etc. Cultural geography: a critical dictionary of key concepts. London and New York: I. B. Tauris, 2005: p. 35.

为，旅游是一群人按照既定的具体路线，为追求愉悦、休闲和教育的各种观光，从而与工业化、消费文化密切联系，少了旅行所强调的独立、冒险、好奇与努力。[①] 阿瑟·伯哲（A. Berger）则认为，在后现代时期，二者没有本质的差别，对于二者的划分与命名更多的是基于“心理倾向或意识形态系统”[②]。鉴于二者的相互缠绕性，本书会略有涉及旅游的研究。

在此值得一提的是“理论旅行”（traveling theory），这一概念主要源自萨义德的同名文章，也有学者译为“理论的旅行”，单从字面上看，是指“旅行着的理论”，强调理论的流动性。萨义德认为“思想和理论，像人和批评流派一样，也在旅行，从一个人到另一个人，从一种语境到另一种语境，从一个时期到另一时期，从一地到另一地不断地旅行”[③]，正是思想与理论的旅行，文化和知识生活才能不断得到滋养而繁荣。萨义德强调理论在新环境中进行自主性的吐故纳新：理论的旅行并非游牧式、无目标的漂泊迁徙，而是对各种文化的借鉴、适应、比较、排斥、转换和整合，进而形成某一个人群共同体可以共享的思想和理论。萨义德关于卢卡奇的意识理论在旅行过程中发生各种变化的研究，从侧面证明：任何文本与读者都不是中立的、一尘不染的，而是有一定的理论立场的。克利福德撰文从词源学的角度指出理论就是旅行[④]，是对萨义德理论的旅行思想的进一步阐发。理论旅行可作为旅行的复杂性的一个案例，表明事物在旅行过程中经历了各种转变，然而本书所要梳理的殖民旅行理论则与之关联不大，鉴于

① A BERGER. Deconstructing travel：cultural perspectives on tourism. California：AltaMira Press，pp. 6 – 10.

② A BERGER. Deconstructing travel：cultural perspectives on tourism. California：AltaMira Press，p. 10.

③ E SAID. Traveling theory. The world，the text，the critic. Harvard：Harvard University Press，1983：pp. 226 – 247.

④ “理论”（theory）一词源自希腊语 theōriā，意思是“观点”“视域”。Theōriā 的动词词根为 theōreein，本义是“观看”“观察”。在古希腊，“理论”原指旅行和观察活动；具体的行为是城邦派专人到另一城邦观摩宗教庆典仪式。“理论”原初意象指涉空间上的离家与回归，以强调不同空间差异所产生的距离、转换和比较等现象。简言之，“理论”即旅行——指一种脱离中心、离开家园熟悉的环境和自我文化，到另一个陌生的、异己的文化空间的旅行。见 JAMES CLIFFORD. Notes on theory and travel. Inscription，1989（5）.

陶家骏先生将这种理论的旅行也译为“旅行理论”[1]，特在此简要论述，做一澄清。

三、思路与框架的说明

本书主要是梳理后殖民研究框架下跨域旅行与书写的文化批评成果。由于这些研究采用了后殖民文化研究视角，以现代欧洲到世界其他地区（多为欧洲的殖民地）的旅行书写为分析文本，关注权力与知识，笔者便将这种检视旅行的权力与政治的研究称为“殖民旅行研究”。对于某一理论的梳理，常规的做法是以年代为线，概述并分析各个时期出现的相关理论者及其著作思想，考量这一理论的发展演变。但殖民旅行研究比较特殊：一方面，它涵盖面广，跨越多个学科，我们很难将之厘定在某个单一的理论谱系之中；另一方面，它从出现到达到鼎盛时期只有 20 年的时间，多数理论作品基本同时出现，且以论文居多。所以，本书无法采用惯常的学术史梳理方法，只能在部分采用谱系法厘清殖民旅行理论大致谱系的同时，根据殖民旅行研究者所研究的文类和主题，梳理解析现存的理论成果，呈现出相对完整的殖民旅行理论。虽然按文类划分与殖民旅行研究的跨文类的研究方法有些相悖，但笔者认为，恰恰是通过展现各文类之间的主题的相异性与观念的交叠性，才能将殖民旅行研究的跨学科性与理论观点以更为清晰具体的方式呈现出来。此外，尽管旅行不同于旅行的书写，但是因为我们今天所能看到与知道的所有的旅行，都是以书写形态呈示出来的，因此对殖民旅行的研究实际上会差不多等同于对殖民旅行书写的研究。

本书包括绪论、正文和结语三部分。正文共四章，从第二章开始。第二章试图将殖民旅行研究放置在整个后殖民文化理论的框架之中加以观照。第一部分主要追溯了 20 世纪 70 年代后殖民批评的兴起及其理论观点，通过对比殖民旅行研究与后殖民文化理论在主题和研究方法上的契合点，说明前者既是后者重要的研究细脉，又是对后者的补充与超越。第二部分

---

① 见陶家俊：《思想认同的焦虑：旅行后殖民理论的对话与超越精神》，北京：中国社会科学出版社，2008 年，第二章第一节旅行理论。

以《东方主义》为文本，采用文本细读的方法详论了萨义德关于殖民旅行的四个主要论点：第一，“想象地理”的观点；第二，现代欧洲旅行书写是一种异域知识的建构；第三，旅行书写是一种政治性书写，东方旅行不仅与带有帝国、殖民性质的东方学互为引征依托，而且旅行书写的风格也受制于旅行者所在国家与被旅行地的政治关系；第四，由于旅行中常见的“文本性态度”，旅行话语的表征具有很强的传播性和互文性，并且通过研究发现，旅行书写强化了欧洲大众的东方意识，是东方形象固化与传播的主要途径。

第三章着重梳理费边、克利福德、普拉特与琼·宝·鲁比斯（Joan Pau Rubies）对民族志的表征政治和权力的反思研究，尽管他们采用了不同的路径和切入视角，但均将民族志视为构建他者知识的重要旅行话语，并在旅行的范式下，通过将民族志书写动态化，清晰地陈示出民族志书写的西方中心主义，质疑了民族志知识的本质。

第四章基于学者们就游记的殖民相遇、女性旅行与后殖民语境这三个具有颠覆意义的话题的研究，重点梳理、探析跨域旅行书写的帝国修辞策略，揭示出帝国的话语疆域充满了差异性。

第五章首先论述了地理书写与各种旅行书写形式的交叉，以及其内在属于旅行书写，然后以景观的书写为主题，从“想象地理”与景观的书写、旅行空间性与知识形构、旅行的物与书写博物馆展览这些方面重点梳理讨论地理书写与殖民主义文化的种种关系的相关研究。

殖民旅行研究关注政治、经济和地区的语境，同时关注性别、阶级、文化、种族和个人心理这些决定因素和颠覆因素。本书对这些的综合考量和谱系学上的梳理、解析与探讨，提供了相对全面的理论框架，这一框架也可为今后的旅行研究提供理论与实践上的参照。

第二章　殖民旅行研究的缘起

殖民旅行研究作为问题意识出现在20世纪70年代，主要是以现代欧洲的旅行文本为研究对象，从文化批评的视角阐明跨域旅行所生产出的异域知识、意义和表征中的欧洲中心主义问题，以说明旅行的文化政治。萨义德是在论述东方主义的建构过程中，首次将欧洲的旅行文本作为话语进行分析研究，说明西方对东方的知识建构和表征中的欧洲中心主义，这些建构与表征既是某些政治活动的产品，也是帝国与殖民的工具或介质，成为殖民旅行研究的开端。从这一意义上看，殖民旅行研究是在一个复杂广泛的运动，即“后殖民主义研究”的影响下产生的，并属于后殖民研究的一部分。鉴于此，本章主要论述两个问题：一是比较对比“后殖民批评理论”与“殖民旅行研究”的主题观点，说明为何“殖民旅行研究”被包含在“后殖民主义研究”框架下；二是以《东方主义》为文本，采用文本细读的方法，解析讨论萨义德关于旅行、旅行书写与东方主义形成的几个观点，以说明为何将此书看作是殖民旅行研究的开端。

第一节　后殖民文化理论与殖民旅行研究

一、后殖民文化批评的兴起

“后殖民”一词的内涵丰富复杂，且不断变化。根据维贾伊·米什拉（Vijay Mishra）和鲍伯·霍奇（Bob Hodge）的考证，“该词最早出现在1959年12月12日：‘在后殖民（post - colonial）热情高涨的今天，印度多半不免会担心，自己和美洲相联系的那段历史必定会给它带来本与亚洲无涉的麻烦'"[①]。结合当时语境，后殖民应该是反殖民化的意思，更多的是与政治联系在一起。根据阿迈德·阿罕默德（Aijaz Ahmad）所述，"后殖民"作为术语，最早出现在20世纪70年代早期的政治理论之中，主要用来描述"二战"后摆脱了欧洲帝国们的第三世界国家的困境。[②]由此，这一术语具有了"殖民之后"的意思。但在《帝国逆写》（*The Empire Writes Back*，1989）中，阿什克罗夫特等将"后殖民"用来描述"从殖民化那一刻到现在，所有受到欧洲帝国主义进程影响的文化"[③]，"后殖民"专用于指受到帝国影响的文化，这就有了较为明确的内涵，而这一界定主要受到了文学研究的影响。因为"后殖民主义"一词最早来自文学研究，主要用于描述移居到第一世界国家的人的境遇，以揭示特定文本中建构意义的权力关系。随着批评学界的"文化转向"和政治关注，后殖民主义跳出了文学的界限，逐渐成为一种批评理论和学术运动，以知识/权力为核心，涉及殖民话语、主体性建立和身份、表征、种族与性别等多个与殖民历史有关的文化主题，可谓包罗万象。简言之，后殖民主义是一种带有鲜明的政治性的文化批评思潮，其目的是在文化与政治方面打破中心与边缘的区别，消解那些被认为是殖民（主义）思维方式遗留下来的二元主义，从而消除欧洲中心主义。

后殖民批评作为一种政治文化话语，很难确切地说始于何时，这也不重要，重要的是找到"有意义的断裂（break）——旧的思想传统被彻底改变，旧的研究群体被替代，一些要素，不论新旧，都基于不同的主张和主题进行重组"[④]。斯图亚特·霍尔在《文化研究：两种范式》开篇就明确宣称："严格地说，批判性的智识工作，没有'绝对的开端'，也几乎不存在

---

① 维贾伊·米什拉，鲍伯·霍奇：《什么是后殖民主义》，见罗刚、刘象愚主编，陈永国等译：《后殖民主义文化理论》，北京：中国社会科学出版社，1994年，第371页。

② AIJAZ AHMAD. The politics of literary postcoloniality. Race and class，1995：36（3）：pp. 5－7.

③ B ASHCROFT，G GRIFFITHS and H TIFFIN. The empire writes back：theory and practice in post-colonial literatures. London and New York：Routledge，2002：p. 2.

④ S HALL. Cultural studies，two paradigms. In J STOREY. What is cultural studies：a reader. New York：Arnold，1996：p. 31.

没有中断的连续性。”[①] 虽然学界有众多争议，但通常以 1978 年出版的萨义德的《东方主义》作为其标识性文本，以区别于殖民主义、新殖民主义、第三世界和帝国主义等批判视角和理论，但后殖民主义的兴起以及其丰富的内涵也是在与这些视角和理论的联系与对照中显影的。

萨义德深受自 20 世纪 60 年代以来欧洲大陆学术政治化的影响，采用知识/权力的视角，重新审视东西方关系。通过梳理东方主义的发生、历史演变、特性和传播，他发现了西方对东方历史与文明的建构与失真的表述，这一事实表明任何知识都不是纯知识，而是被一套权力性的话语所建构起来的。他指出，在人们似乎已经习以为常的西方知识谱系中，东方（orient）与西方这两个概念主要是“想象地理”，“并非自然的存在”，而是“人造的”（man-made）的结果。[②] 世界上的区域划分多是通过想象的特征将其区分开的，东西方的划分也是如此，如欧洲地理学家虚拟出了格林尼治线，并以此为世界的中心，界定了“中东”“远东”，这种界定与表征都凸显了欧洲中心主义的习惯性思维。根据萨义德所述，这种地理的划分虽然离不开航海探险和地理发现，离不开贸易和战争，但更离不开 18 世纪中叶开始的东西方关系中出现的两大主要特征：“其一是欧洲东方知识的日益增长和系统化，这一知识为殖民扩张以及对新异事物的兴趣所加强，被人种学、比较解剖学、语言学、历史学这些新兴的学科所运用；更有甚者，这一知识体系中还加进了由小说家、诗人、翻译家和旅行家所创作的数量相当可观的文学作品。其二是在东方与欧洲的关系中，欧洲总是处于强势地位，更不必说优势地位。”[③] 因此，“东方”，从更严格地意义上说，不是一个地理位置，而是西方为了确立自我中心所设定的一种观念体系，是一种历史性建构，充满了神话与幻象，因此也不仅仅是关于地方与地理的观点。而且，作为观念的东方具有了生产力，使得人们用某种方式认识和谈论某些事物。但与此同时，“东方”这一观念之所以能存在，就

---

① S HALL. Cultural studies, two paradigms. In J STOREY. What is cultural studies: a reader. New York: Arnold, 1996: p. 31.

② E SAID. Orientalism. London and Henley: Routledge & Kegan Paul Ltd., 1978: pp. 4 – 5.

③ E SAID. Orientalism. London and Henley: Routledge & Kegan Paul Ltd., 1978: pp. 39 – 40.

在于它又不仅仅完全是一种思想，似乎也有与之对应的现实创造，如埃及、中亚、南亚等地区（不同的欧洲国家对于“东方”有不同的地理设定），这就遮蔽了“东方”是被建构的这一事实真相。

关于“东方”的知识和社会文化身份的建构，离不开东方主义。萨义德将“东方主义”分为三种：①学术东方主义，即东方学，见于各种关于东方的教学、书写与研究机构中，看似中立，其实渗透着强烈的西方殖民意识。②想象的东方主义，是建立在东方与西方二元对立的基础之上的“一种思维方式”，与东方学相互关联，互为依托。东方主义的思维方式是以西方的本体论和认识论为基础，将东西方文化分裂隔开，对立看待，固持西优东劣的原则，并将之作为作家、哲学家、科学家等建构东方、书写东方的出发点，形成了各种表述东方的固定形象、词汇等。③作为话语的东方主义，萨义德借鉴了福柯的话语权力理论，将东方主义界定为“对东方进行描述、教授、殖民、统治等方式处理东方的一种机制”，是“西方控制、重构和统治东方的一种方式”[①]。萨义德使用话语这一概念展示了知识形式是由特定语言建构的方式，而这种语言充满各种文化推测、文化优越性和支配性态度，由此，东方主义也可视为“一种规范化（或东方化）的写作方式、想象方式和研究方式，受适用于东方的各种要求、视角和意识形态偏见的支配”[②]。因而，东方主义和殖民主义被分析为一种意识形态生产，贯穿于历史上各种不同学术机构、学科和地理区域所生产出的不同类型文本。

这三种东方主义，在各个学科领域相互借鉴和生成，从而形成密不透风的东方主义，使得西方关于“东方”的观念体系得以确立并不断发展。自现代以来，也许关于东方的形象、表征和知识在不断变化（萨义德称其为“显性的东方主义”），但西方人居高临下观察东方的视角和对待东方的强者心态始终没有改变（萨义德称其为“隐性的东方主义”），多样性与变化性遮蔽了东方主义所携带的权力关系。通过萨义德的分析，我们也可以看出，所谓东方学的知识不是关于东方的客观知识，而是西方不断建构、

---

① E SAID. Orientalism. London and Henley：Routledge & Kegan Paul Ltd.，1978：pp. 2 – 3.

② E SAID. Orientalism. London and Henley：Routledge & Kegan Paul Ltd.，1978：p. 202.

重复、积累、重构的话语，在整个过程中，东方是沉默的，无法言说自己的，只能作为欧洲的“他者”而存在。西方是言说的主体，而东方始终是言说的客体，正如在卷首萨义德引用的卡尔·马克思的名言“他们无法表述自己；他们必须被别人表述”[①]。这种表述的关系决定了知识的文化政治性。随着后殖民的发展，“东方主义”也逐渐泛化为西方对他方的观念、思维方式与话语，用于研究欧洲关于非洲、亚洲和美洲等非欧洲地区的书写。由此，殖民主义不再仅仅是政治、经济系统，同时也是一种文化进程或文化事件，这种认识使得后殖民批判根本不同于殖民主义批判。

正如罗伯特·扬（Robert Young）所说，恰是萨义德采用了与殖民主义批评或民族主义不同的批判视野、表达抵抗和批评的语言，将东方主义“看作总体话语”，“这一思想创造了一种总体的观念范式，通过这一范式，我们才能分析殖民和帝国意识形态的各种文化形式”，[②] 从而造成了与传统的某种断裂。尽管在此之前，也有抗拒殖民主义的声音存在，比如艾梅·赛萨尔（Aime Cesaire）、西努亚·阿契贝（Chinua Achebe）、弗朗兹·法依（Franz Fanon），但是与这些前辈不同，萨义德另辟蹊径，从认识论和文化的态度出发，反对后殖民社会的研究书写，转而考察欧洲如何采用科学的名义，对东方知识和形象进行建构，指出殖民不仅是军事占领和政治控制，还有话语控制或文化控制。他将福柯的话语概念扩展到异国文化的构建领域，意在拆解东方主义话语，暴露西方文化对东方的压迫系统，以清理东方主义的旧观念和一成不变的文化形象档案，这不仅从根基处批判解构了欧洲中心主义，也撼动了西方关于他方知识的真实性。《东方主义》本身就是对帝国主义话语的书写反击。

萨义德所开启的“殖民话语”（colonial discourse）研究展现了后殖民批评理论的广度与深度，不仅打破了传统各学科领域的界限，将各学科的文本与实践相互关联起来，而且通过暗示各学科文本实践网和殖民霸权的

---

① 卡尔·马克思：《路易·波拿巴的雾月十八日》。马克思批判1848年法国革命的乡村民众，说他们好比“袋子里的马铃薯，其同一性并不使其形成阶级。因此，他们不能代表（表述）自己，一定要别人来代表（表述）他们。他们的代表者（表述者）一定要同时是他们的主宰，是高高在上的权威”。

② ROBERT YOUNG. Postcolonialism：a historical introduction. Oxford：Blackwell Publishing，2001：p. 384.

权力关系使各学科都不可避免受到殖民语境的影响。殖民话语作为“一种新的思维方式，认为殖民主义的形构、持久性和瓦解都是文化、智识、经济或政治诸过程合力的结果。因此，殖民话语研究试图通过检视思想和机构、知识和权力的接合来拓宽后殖民主义研究”①。殖民话语研究赋予文化和智识过程以重要地位，认为西方的权力不仅存在于帝国扩张与入侵这样的政治经济行为之中，还存在于各种帝国主义和殖民主义文化之中，如语言与知识、文本与话语、形象与表征等。罗伯特·扬认为，通过萨义德的话语这一范式，可以分析殖民和帝国意识形态从不同的机构、学科和地理区域历史性地生产出来的大量文本。② 如此一来，殖民话语分析要求我们“重新思考建构知识的关键术语”③，正如扬在《白色神话》（*White Mythologies*，2004）一书中所指出的，殖民话语分析“不仅仅是主流研究的一种边缘性辅助，和少数人或是帝国主义和殖民主义研究的历史学家的特定行为，而是其本身就构成了质疑各类西方知识范畴和假设的要点”④，因为后殖民主义所批判的文化控制是以真实客观的学科知识的形式出现的，由此，殖民旅行研究将批判场域锚定在人类学和地理学，也就是顺理成章的事情了。

虽然《东方主义》招致不少批判，但它对后殖民批评理论具有划时代的意义，它通过挑战西方知识的客观性与真实性，以及表征和现实等之间想当然的对应，打开了后殖民文化批评的“水闸”。首先，萨义德将殖民主义当作某种话语，即以多种方式和多种区位进行生产、固定和解码的知识，激发了新一代学者重新考察被殖民主义审定的知识和认同，探索西方权力是如何围绕文化的投射、合并、改造和擦除等话语策略而转移的。简而言之，萨义德引出了话语认识论的殖民暴力。其次，《东方主义》引出了以下问题：“他者文化，社会和历史的再现，权力与知识的关系，知识分子的角色，有关不同文本、文本和语境以及文本和历史之关系的方法论

---

① ANIA LOOMBA. Colonialism/Postcolonialism. London：Routledge，1998：p. 54.

② ROBERT YOUNG. Postcolonialism：a historical introduction. Oxford：Blackwell Publishing，2001：p. 343.

③ P MONGIA. Contemporary postcolonial theory：a reader. London：Arnold，1995：p. 2.

④ ROBERT YOUNG. White mythologies：writing histories and the west. London and New York：Routledge，2004：p. 43.

问题。”[1] 这些问题都成为后殖民批评理论的核心议题。最后，萨义德通过考古学方法，打破了学科的界限，使得某些处于传统研究边缘的文体进入中心地带，如游记、新闻报道等。也正是基于后殖民的理论视角，对欧洲到其他地区的旅行与旅行书写的认知也一改其中性、科学的色调，被看作是确立欧洲中心、建构他者的主要手段和载体，从而开启了对旅行和旅行书写中所暗含的意义建构、各种权力不平等问题的反思研究，即我们所说的“殖民旅行研究”。

二、后殖民框架下的殖民旅行研究

尽管关于后殖民文化批评的研究已经很多了，但考虑到殖民旅行研究是在这一框架下进行的，就意味着二者的诸多观点、方法和研究主题的一致性，故前文对萨义德的殖民话语理论做一简要梳理有助于理解殖民旅行研究。笔者认为，旅行书写进入后殖民的批评视野，也当属自然之事。首先，鉴于后殖民的中心任务之一便是揭示殖民主义如何通过话语对其社会和政治策略进行编码和合法化的，旅行书写成为不可绕开的研究对象。殖民主义作为历史的存在，与欧洲跨域旅行有着相互支撑的关系，尤其是受到各种帝国机构资助而深入美洲、非洲和亚洲大陆内部的科学探险旅行，确立了欧洲中心的意识。用普拉特的话，“旅行书写是如何让帝国国家的公民感到帝国扩张意义重大并且渴望帝国扩张的”[2]，这一问题值得探究。其次，后殖民研究最主要的目的是质疑并解构西方为非西方所建构的社会文化身份和相关知识，以便建立自身独立的文化表征，而欧洲旅行书写作为建构他者形象、身份与知识的主要介质，注定会成为后殖民研究中的重要语料。二者的研究交汇到了一起，从此种意义上看，殖民旅行研究也可视为后殖民研究的重要组成部分。

在研究主题上，殖民旅行研究以殖民时期的旅行与旅行书写为研究对象，重点考察了现代欧洲旅行的权力关系及其效果，以及旅行书写中对他

---

① E SAID. Orientalism reconsidered. Cultural critique，1985（1）：p. 86.

② M L PRATT. The imperial eyes：travel writing and transculturation. New York and London：Routledge，2008：p. 3.

者的再现/表征、他者形象与身份的建构，空间景观建构，他者知识建构的生产机制及其与权力的关系等问题。首先，现代旅行是一种空间的实践，其方式、路线和方向暗含了一种权力的对比关系，由此引出了旅行与地理和权力的问题。一方面，旅行活动作为空间的移动，与地理和地方有着密切的关系。正如澳大利亚的后殖民研究者比尔·阿什克罗夫特（Bill Ashcroft）在论述旅行与权力的关系时所指出的：旅行不是关于旅行本身，更多的是关于地方，关于地方的占有，这种地方的占有主要是通过文体话语。事实上，"不论旅行文本怎样个人化或奇特，自现代以来，旅行日益卷入"占有"的争辩之中，关于谁占有这一世界的争辩之中"①。这与萨义德对帝国主义的定义是如此相似："帝国主义意味着对土地的谋划、占领与控制，而这些土地是遥远的、不属于你的、由别人居住并占有的。"② 就此而言，从某种意义上，书写旅行地是宣称对旅行地的占有；书写他者等同于对他者的驯化。

旅行书写主要是关于他人的地方的，而"地方"并不仅仅是地球上的某个物质存在，其具有一定的文化意义和精神内涵，甚至地方的划分与命名都是社会的或是想象的，正如萨义德所说的，"地域的边界以一种可以想见的方式与社会的、民族的和文化的边界相对应"：

> 一群生活在某一特定区域的人会为自己设立许多边界，将其划分为自己生活的土地和与自己生活的土地紧密相邻的土地以及更遥远的土地——他们称其为"野蛮人的土地"。换言之，将自己熟悉的地方称为"我们的"，将"我们的"地方之外不熟悉的地方称为"他们的"，这一具有普遍性的做法所进行的地域区分可能完全是任意的。③

这种看似"任意的"划分其实暗含着文化与社会的规范和以自我为中

---

① BILL ASHCROFT. Afterword: travel and power. In KUEHN and SMETHURST. Travel writing, form, and empire: the poetics and politics of mobility. New York and London: Routledge, 2009: p. 229.

② E SAID. Culture and imperialism. New York: Vintage Books, 1993: p. 7.

③ E SAID. Orientalism. London and Henley: Routledge & Kegan Paul Ltd., 1978: pp. 54 – 55.

心标准的立场，而关于“我们的”和“他们的”这种划分也说明，关于他者的意义、表征和文化的问题其实也是地理问题。此外，这种类似于“诗性空间”① 的思维、惯习和表述将地方看成了政治话语的权力场域，文化政治深深地铭刻于空间、地方和景观之中。这一切都表明，地理问题是殖民旅行研究中的核心问题之一。

另外，在现代旅行史上，旅行的线路多是以欧洲为中心，向周围辐射，这在一定程度上助长和确立了欧洲中心主义。旅行的方向体现了旅行者的母国与所到地的权力关系，也决定了这种权力关系下言说的主体与客体的关系与话语模式。关于这一点，萨义德在《东方主义》里就明确指出，为何是西方书写东方，而非东方书写西方？是因为西方到东方旅行比东方去西方旅行更加容易，“这种交流的自由总是西方人的特权；由于他的文化处于强势地位，他可以洞察迪斯雷利所称谓的伟大的‘亚洲秘密’，与之斗争，对其进行任意的塑造和解释”②，更重要的是，他们这么“随意思考东方”时，“不会受到太多来自东方的抵抗”③。虽然萨义德有如此的断言，但他未详细论述，主要将注意力投向了欧洲旅行书写，直到后来的殖民旅行研究者克利福德、普拉特和格瑞高里，在汲取了文化研究的相关理论之后，从后殖民主义的视角，较深入地研究了旅行线路所携带的权力及其对旅行叙事方式和空间知识形构方式的改变的问题。

尽管旅行书写是作为关于自我与他者的主要书写文本，但殖民旅行研究并未将研究重点放在个人主体性或自我身份建构等问题上，而是致力于考察旅行书写所设置的背景、相遇与表述之间的文化和权力的关系，以反思对他者的表征、知识与权力的关系。而对这一问题的反思，首要涉及的便是表征（representation）问题，因为表征不仅决定了他者的形象身份和关于他者的知识，也显现出了意义和知识建构的策略方式，以及权力和宰制在各个层面的表达。受到后殖民理论，尤其是萨义德关于表述的理论的影响，殖民旅行研究者认为，旅行文本无法真实表征他者，从而宣称了表征的虚幻性、想象性和建构性，而造成这种建构性表征的原因主要有以下

① 此术语以及空间的文化诗学思想主要借鉴 GASTON BACHELARD. The poetics of space. New York：The Orient Press，1964.

② E SAID. Orientalism. London and Henley：Routledge & Kegan Paul Ltd.，1978：p. 44.

③ E SAID. Orientalism. London and Henley：Routledge & Kegan Paul Ltd.，1978：p. 7.

两点：第一，现代旅行书写的表征受制于自我与他者、白人与黑人等二元对立的观念。萨义德认为，西方经济技术的强势，导致了在其与东方的关系中，永远存在着二元对立的观念，“东方”始终作为“西方”的他者而存在。因而在表征“东方”时，“东方是非理性的、堕落的、幼稚的、不同的”；而西方总是“理性的、道德的、成熟的、正常的”，并且西方以这种“宰制的架构来围堵、再现东方”。①正是基于自我与他者这一二元对立的观念，旅行书写中的他者也是作为书写者的对立面而出现的。由此，对于他者的表征成为一个问题。第二，现代旅行书写主要依靠语言这一表征系统生产和交流意义，而语言自身就是一个社会文化系统，负载着文化价值和意义，所谓用语言进行理解与交流，不过是因为语言使用了某些因素去呈现或表述我们想要说的，或去表达和传递我们想要传递的思想和情感，它更多的是一种“意指的实践”，是一种表征行为②。相应地，语言的操控者更是各种文化编码的承载者。正如萨义德的批判：

真正的问题在于，究竟能否对某个东西进行正确的表征（representation），或者，是否任何以及所有的表述，因其是表征，就首先受到表征者所使用的语言，其次受到表征者所属的文化、机构和政治氛围的制约。如果是后一种情况（我相信如此），那么，我们必须准备接受下面的事实：一种表征在本质上是牵连、编织和深嵌入大量其他事物之中的，唯独不与“真理”相连——真理本身也不过是一种表征。从方法论的角度来看，这一事实迫使我们认识到表征（或错误的表征——这二者之间的差异至多只是一种程度上的差异）里面包含一个公共的游戏场，决定这一游戏场的并不只是某种具有内在一致性的共同对象，而是某种共同的历史、传统和话语体系。③

对他者的表征是基于自我的标准之上的，而自我作为一种述行式的建

---

① E SAID. Orientalism. London and Henley：Routledge & Kegan Paul Ltd.，1978：p. 40.

② STUART HALL. Representation：cultural representations and signifying practices. New York：Sage，2012：p. 5.

③ E SAID. Orientalism. London and Henley：Routledge & Kegan Paul Ltd.，1978：pp. 272 – 273.

构，本身就受到本国话语体系控制，由此对于他者的表征也自然地与旅行者母国的话语体系连接在一起，受制于母国的批判标准和他者生产的观念。

也正是基于这种正确再现或忠实再现的不可能性，殖民旅行研究者在研究旅行文本时，更加愿意遵从萨义德的建议，主要关注“文体、修辞、场景设置、叙述技巧、历史和社会语境”①，将具体的旅行文本植入历史化的语境中，来考量旅行书写的帝国修辞、书写策略、空间和景观的建构及其生产机制，不仅要探索旅行书写的表意实践与西方话语的内在关系，还要考量读者是谁，旅行书写的表意形式，以及谁在控制书写的生产。费边和克利福德等人类学家质疑了民族志旅行书写的真理性，更愿意将其看作话语，将注意力投向民族志书写的修辞、文体技巧和历史语境。巴斯耐更是将旅行书写纳入英国文化研究以“探寻旅行书写作为一种体裁的源头，考虑是谁写的，为何而写，又是谁会读，为何会作为一种流行的形式出现在某一关键时刻”②。由此，对旅行书写，尤其是跨域旅行书写的研究同时进入文化研究的视域，表征与权力的关系成为研究焦点。

作为话语的旅行，便与政治权力、学术权力、文化权力、道德权力等之间进行相互的交换并为之形塑，由此涉及殖民旅行研究的另一组关键词——权力/知识，也导致了西方关于他者知识的全面危机。对于旅行话语来说，权力首先体现在观看的权力，然后才是言说或建构的权力，因为“整个旅行话语就是基于“目击”这一基本行为而建构的”③。观看什么、如何观看则取决于观看者的欲望，这就决定了旅行者的观看并非单纯地看，而是携带着自身的预设，这就意味着观看本身就是一种述行式建构，承担了叙事的权威——对当地民与旅行地的重新建构。旅行意味着从一个地域到另一地域的地理上的穿行和跨界，这不仅可表明移动主体的身份，

① E SAID. Orientalism. London and Henley：Routledge & Kegan Paul Ltd.，1978：p. 21.

② SUSAN BASSNETT. The empire，travel writing and British studies. In SACHIDANANDA MOHANTY. Travel writing and empire. New Deli：Katha，2003：pp. 1 – 23. 该文最早以《英国研究中的旅行书写》（Travel writing within British studies）为名刊载在杂志《旅行书写研究》（*Studies in Travel Writing*）1999 年第 1 期上。

③ STEPHEN GREENBLATT. Marvelous possessions：the wonder of the new world. Oxford：Claredon Press，1991：p. 122.

还伴随着将自己亲眼所见转化为对所见之物意义的辨明这一行为，而旅行文本则是通过认知性反思后，对整个观看行为的补充。是以，观看与书写“不仅要追问谁将是主人，还要追问主人想要什么”，如此一来，“旅行与权力和欲望联系在一起”[①]。这种追问就说明观看和书写在一开始就是有目的性的，就是一种权力的运作。

通过对旅行话语的研究，可以发现，权力与宰制问题可见于他者知识生产的各个层面。如科学探险中所采用的观看、命名、分类和测绘这些手段其实都是一种权力的运作。福柯在《词与物》的序言中引用了某一“中国百科全书”中对动物的划分[②]，以挑战科学话语中分类系统的内在真理性与合理性，同时表明尽管有许多方法去定义和描述世界，但是具体采用何种方法本身却基于一种权力的运作。观看与测绘都不是简单的动作，都是包含了行为人的价值观、态度或预想，在根本上是一种占有，而“绘制地图使用了‘监督’权力，地图是充满价值观的意象，是为社会建构的世界话语服务的”[③]。是故，在殖民旅行的视域下，科学旅行文本（包括民族志书写、地理书写、研究动植物的博物学等）同样成了现代欧洲的“科学”话语。除了“科学”话语以外，从旅行话语中对日常生活场景的记述中也可见到西方社会权力的痕迹。因为如萨义德所说，“呈现宗主国以外的生活场景的权力，即使是在随意的对话中，也是来自帝国主义社会的权力”[④]，可见，不论是关于他者的学科知识还是日常生活的知识，都不是自然的，都是经过了重新的排列与组合而再现的，是以他者的沉默和西方的优先言说权力为前提的。

从研究的对象和结果来看，后殖民框架下的殖民旅行研究通过解构旅行书写的真实性，解构西方关于他者所建构的知识；它不仅仅是对旅行文

---

① STEVE CLARK. Introduction. Travel writing and empire：postcolonial theory in transit. London：Zen Books，1992：p. 2.

② MICHAEL FOUCAULT. The order of things：an archaeology of human sciences. New York：Ransom House，1994：p. 15.

③ J B HARLEY. Maps，knowledge and power. In DENIS COSGROVE and STEPHEN DANIELS. The iconography of landscape：essays on the symbolic representation，design，and use of past environments. Cambridge：Cambridge University Press，1988：p. 279.

④ E SAID. Culture and imperialism. New York：Vintage Books，1993：p. 99.

本的研究，还包括对旅行活动、路线以及旅行空间建构方面的研究，这可以说是对后殖民批评的文本研究的一种超越，亦是对后殖民文化批评的一种补充和有力支持。后殖民研究者吉安·普拉卡什（Gyan Prakash）认为，“后殖民批评所产生的一个最为显著的结果便是，它迫使人们全面地重新思考和阐释由殖民主义和西方统治所创造并且权威化的知识形式与社会认同。由于这个缘故，它在知识领域里也创造了一种酵素”，然而，不同于之前的民族主义和马克思主义对殖民主义发起的强有力的挑战（他们没有摆脱以欧洲为中心的元叙事），后殖民批评“旨在瓦解将西方的特殊历程予以制度化并且作为历史而占有他者的欧洲中心主义”。[①] 后殖民框架下的殖民旅行研究认为旅行使得殖民冒险成为可能，旅行书写则是帝国主义宏大叙事的次叙事，是“研究殖民化进程的主要档案，不仅可提供关于西方人通过与想象的他者的相遇来建构西方主体性的原材料，而且可揭示文化和政治权力的参与”[②]，更能凸显出文化在普遍化知识的建构中的重要作用。因此，对旅行书写的反思研究无疑是挑战西方关于他者的知识以及欧洲中心主义最有力的突破口和最富有成果性与延伸性的领域。

在此，笔者想要再次说明，殖民旅行研究虽然是在后殖民理论的框架下进行的，是后殖民批评的一个系脉，但不能称为后殖民旅行研究。因为殖民旅行研究主要从殖民话语入手，以殖民旅行（colonial travel writing）——欧洲到他地或其殖民地的旅行和旅行书写为研究对象，考察旅行在欧洲对非欧洲地区的建构中扮演的角色和所起到的作用，以便揭露知识和权力、文化和政治之间的多重隐蔽关系，以洞察帝国权力的运作。它是关于第一世界对第三世界表述真实性的质询，因此更看重书写与政治的关系，而少有涉及原殖民地民移居到欧美第一世界，再返回故里或原殖民地

---

① GYAN PRAKASH. Postcolonial criticism and Indian historiography. Social text，1992，31（32）：p. 8.

② BRAIN MUSGROVE. Travel and unsettlement：freud on vacation. In STEVE CLARK. Travel writing and empire：postcolonial theory in transit. London：Zen Books，1992：p. 33.

的后殖民旅行书写（postcolonial travel writing）[1]，如阿米塔夫·戈什（Amitav Ghosh）、奈保尔（V. S. Naipaul）、牙买加·金凯德等人的旅行作品。即使殖民旅行研究涉及此类书写，也多在强调第一世界的旅行书写对他们的影响，如普拉特从帝国文体学的角度说明后殖民旅行书写对殖民旅行书写方式的继承性[2]，而不是像巴巴那样，将后殖民旅行书写引征帝国旅行记录或采用相似的叙事手法称为“模拟”（mimicry），并认为这是在颠覆或拒绝殖民旅行书写，是“对抗殖民权力与知识最有效却是最巧妙的策略”[3]。虽然以萨义德为首的殖民旅行研究是在后殖民的框架之下进行的，但鉴于其研究的文本是欧洲旅行者到欧洲以外的地区，多是欧洲的殖民地这一事实，笔者坚持将这一研究系脉称为殖民旅行研究。

第二节　萨义德与殖民旅行研究的开启

萨义德的《东方主义》主要研究西方是如何建构和表述东方的，尤其是指出这些表述是如何支持帝国主义的殖民野心和政治统治的，而在这些建构性表述中，旅行书写占据了重要位置。书的开头便是以一位法国记者在黎巴嫩（Beiruit）内战期间进行新闻采访时的话——“它让我想起了……夏多布里昂（Chateaubriand）和内瓦尔（Nerval）笔下的东方”[4]，引出了旅行书写对异域知识形象的建构与表征，以及旅行与书写之间的相

---

① 关于殖民旅行文本与后殖民旅行文本的区别，笔者主要采用了比尔·阿斯克罗夫等人编纂的《帝国逆写》中的观点，他们将后殖民文学界定为那些曾经是欧洲诸多殖民地的国家与地区的文学，并详细列出这些国家和地区为“非洲诸国、澳大利亚、孟加拉、加拿大、加勒比地区国家、印度、马来西亚、马耳他、新西兰、巴基斯坦、新加坡、南太平洋诸岛国和斯里兰卡”。具体参见 B ASHCROFT. The empire writes back：theory and practice in post-colonial literatures. London and New York：Routledge，2002：p. 2.

② M L PRATT. The imperial eyes：travel writing and transculturation. New York and London：Routledge，2008：pp. 197－223.

③ H BHABHA. Location of culture. London and New York：Routledge，1994：p. 86.

④ E SAID. Orientalism. London and Henley：Routledge & Kegan Paul Ltd.，1978：p. 1. 夏多布里昂是法国著名的浪漫主义作家，著有《巴黎到耶路撒冷、耶路撒冷到巴黎巡游记》；内瓦尔是法国浪漫主义诗人，著有《东方之旅》。这二人均至埃及和中东地区旅行，他们的旅行书写可视为实际旅行后的结果。

互依赖性和塑造性。从历史来看，正是西方的跨域旅行，开启了殖民征服，启动了欧洲的现代性进程，旅行不可避免地成为殖民主义的共谋；西方现代旅行书写，生产于殖民主义的语境之下，以一种相对隐匿的方式不断传递帝国文化的各种信息。萨义德从后殖民的文化视角反观现代欧洲跨域旅行与书写，从以下几个方面将旅行与旅行书写单纯无辜的外衣揭开，展示出其政治与权力运作的内核。

一、旅行、旅行书写与“东方化”东方

所谓“东方化”东方（orientalized orient）是指东方在本质上是西方人“创造出来的”[①]，是作为西方的“他者”而存在的“想象地理”。东方的“东方化”依赖于各种西方关于东方的书写，主要包括东方学著作、各种旅行文本和虚构小说。这些文本为欧洲大众建构出了得到认可的东方形象与知识，同时将东方的概念进一步深化，以达到驯化与占有东方的目的。正如萨义德所述：“在与东方有关的知识体系中，东方与其说是一个地域空间，不如说是一个被论说的主题，一组参照物，一个特征群，其来源似乎是依据引语，一个文本片段，或他人有关东方著作的一段引文，或以前的某种想象，或所有这些东西的结合。”[②] 东方因此也是想象的、文本化的东方。东方的产生本身就透射出西方凌驾于东方之上的权力和控制，对东方的思想、文化和历史的理解与研究都必须基于各种力量，尤其是权力构造的研究之上，既然如此，东方学著作与各种旅行书写便可以成为探究这一权力构造的主要路径。

东方学是关于东方的学术研究，包括人类学、社会学、历史学、语文学等，但它的产生和发展，在萨义德看来，与旅行、旅行书写有着千丝万缕的联系。首先，据他的考证，东方学的产生与安哥迪尔—杜贝隆（Anquetil-Duperron，1735—1805）[③] 和威廉·琼斯（William Jones，1746—

---

① E SAID. Orientalism. London and Henley：Routledge & Kegan Paul Ltd.，1978：p. 5.

② E SAID. Orientalism. London and Henley：Routledge & Kegan Paul Ltd.，1978：p. 177.

③ 本书中会涉及诸多20世纪前的旅行者或学者，为方便阅读，将标注出他们的生卒时间。

1794）的东方之旅居密切相关。前者在印度旅居期间，翻译了阿维斯陀京文本，显示了东方“语言和文明的物质性存在”；后者则旅行至印度“搜集有关东方的资料，进行限定、驯化并将其转变成了欧洲学术的领地”，因而被后人尊为东方学的奠基人。① 这一描述表明，在某种意义上，东方学的产生直接受惠于跨域旅行，并且始于东方古代文书的研究，通过认识古代东方来认识现代东方。这一开始方式便确立了欧洲学者的优越感，西方优于东方、现代东方需要被西方拯救的基调，用萨义德的话说，“欧洲人从东方的古代历史中得到的是一种想象视野，即只有他们才能使得这些古文本或成千上万的物品发挥其最大的效用”，“替东方判断什么是最好的、什么是最有用的”。② 也恰恰是出于这种优越感与“责任感”，面对印度的古老文明和现在的衰败与政治无能，来到印度的早期英国东方学家带有这样的目的：挽救东方昔日的辉煌，“希望推进那儿的社会改良，同时促进自己家乡知识的发展和艺术的提高”③。萨义德通过史料对英国东方学的产生及其目的的剖析，一方面，探源性地将东方学与跨域旅行联系在一起，暗示了东方学科中隐匿的研究主体与客体间的权力关系；另一方面，将东方学的产生置于帝国背景之下——英国东方学家的印度之行得益于帝国赋予的特权，从而使东方学与东方的跨域旅行被放置在帝国文化的框架之下，构成帝国文化的重要部分。尽管东方学不能归入殖民旅行的范畴之中，但基于东方学产生的具体语境，它可视为殖民旅行的目的或某种结果。

再者，拿破仑远征（可视为军事旅行）埃及，主要是出于英法争霸的考虑，但萨义德认为，部分也受到东方旅行书写的激励，而这一远征不仅激发了法国东方学的蓬勃发展，更促成了东方学自身“从学术话语向帝国主义机制的转化”④。拿破仑通过阅读描写东方的文本，萌生了占领埃及的

---

① E SAID. Orientalism. London and Henley：Routledge & Kegan Paul Ltd.，1978：pp. 77－78.

② E SAID. Orientalism. London and Henley：Routledge & Kegan Paul Ltd.，1978：p. 79.

③ 东方学的这一目标出现在1823年成立的“皇家亚洲研究会”（Royal Asiatic Society）的百年纪念文集之中，转引自 E SAID. Orientalism. London and Henley：Routledge & Kegan Paul Ltd.，1978：p. 79.

④ E SAID. Orientalism. London and Henley：Routledge & Kegan Paul Ltd.，1978：p. 95.

念头，在萨义德看来，拿破仑的最终决定受惠于法国旅行家康斯坦丁·德·沃内尔（Comte de Volney）1787 年出版的两卷本《埃及和叙利亚之旅》和 1788 年出版的《论土耳其的现实冲突》。一方面，这两本关于东方的旅行书籍，可以帮助欧洲人在“东方不会迷失方向”，将“东方控制在自己的股掌之中”，从而拿破仑依据这些旅行文本获得了文本化东方。另一方面，这些早期的旅行书写指明了近东对法国殖民扩张的重要性和占领统治它的必要性，[①] 如是而言，旅行书写在某种程度上可以看作殖民扩张或军事占领的建议书。拿破仑远征期间，随军带有诸多的东方学家，最终产生了里程碑式的远征作品集——《埃及志》（1809—1828），这部多达 22 卷本的东方学巨著用“科学”的态度，复原了古代埃及的历史，同时将在埃及的所闻所见都详细记录下来，可谓记录了法国人眼中的埃及社会，重申了东方作为欧洲附庸的角色，以科学之名美化了殖民期间搜集的知识，东方被吸纳到欧洲同样的学科知识体系之中。萨义德将《埃及志》视为“东方化”东方的样板，将拿破仑的埃及远征视为东方旅行的催化剂，因为在此之后，一方面，欧洲开始更加科学地认识东方，更权威、更系统地处理东方的事物，以致“欧洲旅行者和学者在讨论东方时，他们对东方和东方事物摆出一副甚为亲密甚至一种类似于所有者的姿态……将东方由异域空间转变成殖民空间”[②]。一系列关于东方的书写与研究重组再造了东方，将东方进一步“东方化”，标识着一种文化被另一强权文化所剥夺，且是以科学的方式和名义所掠夺。另一方面，欧洲出现了东方旅行与旅行书写的小高潮。虽然萨义德无意于将东方学置于旅行的范式之下（系统庞杂的东方学也无法置于旅行的框架之下），但从他的叙述方式中可以体察出来，他着力于强调旅行之于东方学的相互关系：殖民旅行所暗含的权力（想象的、话语的）会嵌入东方学研究之中；东方学对于东方旅行也会造成一定的影响。

从对萨义德表述的分析可知，除了东方学研究之外，导致“东方化”东方的另一重要因素便是各种旅行书写的互文性，或者用萨义德的话，“文本性态度”，即旅行文本之间的相互征引。为了论述旅行书写是如何通

---

① E SAID. Orientalism. London and Henley: Routledge & Kegan Paul Ltd. , 1978: p. 81.

② E SAID. Orientalism. London and Henley: Routledge & Kegan Paul Ltd. , 1978: p. 211.

过“文本性态度”将“东方化”的东方进一步固定并传播开来，萨义德罗列出了欧洲旅行者书写东方的必读书和参考书，如夏多布里昂的《巴黎到耶路撒冷、耶路撒冷到巴黎巡游记》（后简称《巡游记》，1811），阿尔封斯·德·拉马丁（Alphonse de Lamartine）的《东方之行》（1835），福楼拜的《萨朗波》（1865），爱德华·威廉·雷恩的《现代埃及风俗录》（*An Account Manners and Customs of the Modern Egyptians*，后简称《风俗录》，1836）和理查德·伯顿的《麦地那和麦加朝圣记》（*Personal Narrative of a Pilgrimage to al – Madinah and Meccah*，1855）。其中《莎朗波》为历史小说[①]，其他均为以个人的东方经历为基础的旅行书写，然而这些书中的东方描写存在着浓重的复制痕迹。依据萨义德的叙述，《风俗录》出版较早，由于用于欧洲及欧洲之外到处蔓延的各种机构而被奉为东方学经典，常为后来的东方旅行者所阅读引用，可谓复制之源。例如，内瓦尔、福楼拜和伯顿这样不同类型的作家都阅读和引用《风俗录》；伯顿模仿雷恩，将自己装扮成一个伊斯兰朝圣者；萨义德也明确指出，瓦内尔甚至一字不差地引用，以帮助自己描述叙利亚（而非埃及）的乡村风景。夏多布里昂则是拉马丁和福楼拜等摹写的对象，“后来的东方旅行者都不可避免地受到二人作品的影响，有时甚至是逐字逐句复制”[②] 二人书中内容，由此，旅行书写成为一种“抄写和复制的形式”（a form of copying）[③]。事实上，抄写与复制常见于旅行文本。列维—斯特劳斯就指出了旅行文本的抄袭复制现象，“一些信息碎片——这些碎片在一个世纪以来任何关于该地区的手册中都可以看到”[④]，而这些相互抄袭的现象导致关于某一地方的错误意象固定化与持续化。

后继的旅行者更多的是受到先前旅行文本的引导，来到东方，书写东方。然而，萨义德认为，关于东方的再现，他们更强调对伟大作品的忠实

---

① 萨义德将该书罗列在此，是因为这部历史小说的背景来自东方传奇，虽然他列出这一小说，但在书中谈及福楼拜与东方之时，萨义德主要基于福楼拜所著的《福楼拜在埃及：旅行有感》（*Flaubert in Egypt*：*A Sensibility on Tour*）一书。

② E SAID. Orientalism. London and Henley：Routledge & Kegan Paul Ltd.，1978：p. 176.

③ E SAID. Orientalism. London and Henley：Routledge & Kegan Paul Ltd.，1978：p. 177.

④ CLAUDE LEVI-STRAUSS. Tristes tropiques（1955）. London：Hutchinson & Co.，1961：p. 18.

性，而不是对东方的“自然”描写，换言之，“‘真正’的东方激发了他们的视野，但从未引导他们的视野”[①]，他们只能看到他们愿意看到的，存在于先前文本中的东方，包括像福楼拜这样的大作家，他们的视野与想象已经被西方对东方的集体书写所限制。关于这种视野的限制性，萨义德在书中曾以拉马丁的游记为例进行说明，如拉马丁的东方旅行书写完全陷入一种文本想象之中，他那“具有偏见的‘观察’”也是不胜枚举：见到的一个女人让他想起拜伦《唐璜》（*Don Juan*）中的艾德依（Haidee），另一个女人又勾起他对夏多布里昂《阿达拉》（*Atala*）的某个段落的回忆，这种类比比比皆是，也正是这种“文本性态度”抽空了东方的地缘政治事实，使得现实中的东方、东方的人或事成为一种若隐若现的“没有领土、祖国、权利、法律或安全的国度”，“焦躁不安地等待着”欧洲占领，以提供“庇护”。[②] 这种“文本性态度”看似荒诞可笑，但在东方旅行书写中颇为常见，东方也由此在各种旅行书写中被进一步文本化和东方化。

然而，笔者以为，首先，萨义德将这些旅行文本一一列出，以及不多的几个引用例子，其着力点并非仅仅要说明旅行书写的征引性质，还要试图强调关于东方的某些科学著作的书写性：都是基于个人的异域旅行经历，何以《风俗录》被列入东方学经典，属于科学领域，而其他旅行文本却是游记呢？意识到旅行所携带的权力，他以雷恩的《风俗录》为例，强调这一东方学经典的游记本质，从而说明关于“他者”的知识是政治的。他首先声称该书为雷恩两次旅居埃及之后的有意识之作，尽管雷恩一再强调所有描写中立、客观、无修饰性，但这一旨在“方便任何想要了解异域社会本质的人”[③] 而制作的有用知识文献，是他重新设定东方，过滤处理所有材料之后的结果。这一声言不仅强调了《风俗录》为典型的旅行书写，也突出其书写性，因为根据后结构主义的理论，选择材料、组织材料都是一种书写行为，而选择怎样的材料和如何组织这些材料本身会基于书写者的目的或倾向性，最终也会呈现出不同的意义。

其次，萨义德从叙事策略的角度致力于解构《风俗录》的客观性和科

---

① E SAID. Orientalism. London and Henley: Routledge & Kegan Paul Ltd., 1978: p. 21 - 23.

② E SAID. Orientalism. London and Henley: Routledge & Kegan Paul Ltd., 1978: p. 178.

③ E SAID. Orientalism. London and Henley: Routledge & Kegan Paul Ltd., 1978: p. 159.

学性，他认为，雷恩采用了18世纪小说的叙事模式，开篇即描述埃及的整个环境，看似沿着时间推进的叙事，却被各种关于埃及的细节描写所打断，而雷恩始终是一个固定的观察者，叙说现代埃及的发展变化。因而，整本书不是关于雷恩的旅居叙事，而是作为一种“完全受控于东方主义的再结构和细节操控的叙事结构”，萨义德将雷恩的这种叙事方法称为“运作操控”（operation），并认为，正是通过这一策略，“一些可能仅仅是异域旅行叙事，或者是单纯的文本被调控转化为展示异域的百科全书和供东方主义者精心研究的游乐场”。[①] 就萨义德的措辞可以看出，他对于将《风俗录》归为东方学著作是存在质疑的，他宁愿将之视为操控策略的结果。按照他的逻辑，游记与“科学”旅行文本的确存在些许差异：前者将叙述者卷入叙述中，且主要的叙事线索流畅清晰；而“科学”旅行文本的叙述者置身于叙述之外，与被叙述者保持一定的距离，从而显示出冷静的态度，叙事主线会被大量的描述性细节不断地打断、搁置。这种辨析尽管是表浅的，但依然说明了旅行文本的书写性。

再次，萨义德认为《风俗录》之所以采用了科学书写风格，不仅与书写者的意图有关，也与书写者的母国和被书写地的政治关系有着重要关系（事实上，书写意图也受到这一政治关系影响）。为了说明这一点，萨义德以雷恩和夏多布里昂的东方旅行书写为例，从他们分属的英国、法国与埃及的关系着手指出，对英国来说，对印度的完全占领（1888）意味着从地中海到印度的广大区域都是英国的殖民地，这种占领使得“可供想象的空间已经受到政治现实、领土合法性和行政权的限制”，“书写埃及、叙利亚或土耳其，恰如在这些地方旅行一样，其实质是在一个政治意志、政治管理与政治控制的王国中的巡游”。与之对照，法国则被英国赶出埃及，由于无法占有东方土地而无限向往，政治上的失败使旅行书写充满感伤，往往具有神秘化和审美倾向，对于东方的描写与计划只能是脑中想象的而无法在现实中实现。[②] 不同的政治关系导致了书写范式与语气的不同，因而，雷恩得以以一种上帝式的观察写作风格进行书写，而夏多布里昂只能采用

---

① E SAID. Orientalism. London and Henley：Routledge & Kegan Paul Ltd.，1978：p. 161.

② E SAID. Orientalism. London and Henley：Routledge & Kegan Paul Ltd.，1978：pp. 169 – 170.

一种怀旧感伤的想象叙述风格。尽管在这一分析中，萨义德忽略了审美、个人等因素，其结论有些过于简化与武断，但他这一创造性发现或论述视角首次涉及旅行书写的政治维度，为后继的殖民旅行研究确立了一个重要切入点。

以上的分析表明，游记通过书写策略可变成东方学著作，而这一东方学著作在确立其科学权威后，指引或规范后来的各种东方游记与旅行文学创作，可以说，东方的旅行文本受到以东方学为主导的东方主义思维或东方主义话语的影响。在萨义德看来，知识形成、积累的过程也是在“所谓研究成规之内进行选择性聚集、移植、滤除、重排和固持的过程”①。在对新材料进行判断时，更多的是借助前人的视角、观念和权威论说，如其所说：东方学这一建构的学科知识，它的“合理性主要来自对前人权威的诉求和征引……其结果是，东方学家相互之间都以同样的相互征引的方式对待同行们的著作”②。即所谓“三人成虎”，正是在这种重复性的建构与征引中，东方化的东方因知识和真理而体制化、文本化、学术化。萨义德关于征引的论述恰恰说明了东方主义思维和话语对于东方书写，包括东方旅行书写的限制。

当然，不无遗憾的是，萨义德在此忽略了一个不可回避的问题，即关于东方的旅行文本相互征引的是什么，是具体的内容还是情节，抑或是程式？他没有明确地交代。从萨义德零星的叙述与列举中，我们可以大致分辨出，这些复制主要是关于东方的内容、形象知识的复制，从而导致了东方形象与知识的程式化，并有效地限定了各种旅行书写对东方想象和表征的方式。这种限定性主要表现在萨义德所总结出的两个各类东方旅行文本中都会出现的基本母题：“作为朝圣奇观的东方和作为活人扮演的静态画面（tableau vivant）的东方。”③ 我们会发现，在这两个母题下，东方成为旅行者观察之下的东方。欧洲旅行者，要么假扮成一位理性的观察者，观

---

① E SAID. Orientalism. London and Henley：Routledge & Kegan Paul Ltd.，1978：p. 176.

② E SAID. Orientalism. London and Henley：Routledge & Kegan Paul Ltd.，1978：p. 176.

③ E SAID. Orientalism. London and Henley：Routledge & Kegan Paul Ltd.，1978：p. 158.

看、评判东方，建立知识体系言说东方；要么以审美的眼光欣赏、想象和阐释东方。不论是何种方式，东方始终处于被凝视的无语状态，作为一个客体，任由欧洲旅行者重构与表征，似乎东方也只能按欧洲旅行者所设想的：在西方的凝视和重构下得以拯救和复活。

虽然萨义德强调东方学的产生、发展与东方旅行密不可分，甚至某些东方学专著从其源头看，本身就是一种旅行书写，但这并不意味着所有的东方学著作都是旅行书写，因为有许多东方学家并未到过东方，大多凭借东方旅行者带回的文书、各种器物等来研究东方，他们对于东方的书写并非旅行书写。因而，萨义德所指的旅行书写基本可以采用殖民旅行研究的旅行书写的标准，即真实旅行后所产生的文本，这些文本多为游记，这一点在他谈论福楼拜时尤为明显。福楼拜作为著名的文学创作家，谈及福楼拜，便会想到小说这种纯文学创作，因而当萨义德在讨论福楼拜的东方书写时，虽会提及他小说中东方人物的刻板形象，但主要分析引述的文本仍为《福楼拜在埃及：旅行有感》（*Flaubert in Egypt*：*A Sensibility on Tour*），该书主要以日记、书信和旅行札记的形式记录了 1846 年福楼拜的埃及之行。虽然在整本书中，萨义德对旅行书写着墨不多，只是一种分述，但他的分析明确了旅行书写的风格和内容是传统、机构、叙事意识与政治所表现出的特定的现实环境的产物，改变了人们通常将旅行文本作为旅行真实记录来阅读这一习惯性认识；同时也提醒我们对旅行文本的研究不能只关注主体性，还要考量政治的参与及更广的意识形态背景，从而开辟了旅行书写批评的文化研究新视角。

二、旅行书写与东方形象的传播

如前文所述，东方旅行文本既是东方话语的一部分，也是东方形象的塑造与描述，在概括东方的方式方面受制于东方话语。19 世纪，随着印刷业的蓬勃发展和欧洲大众对域外世界的热衷，“东方化”东方的各种形象不断地通过翻译家、旅行者、文学创作者在普通民众中传播。萨义德认为，东方旅行文本是最广为接受的传播工具，并指出，“即使是最无意的旅行书籍，也对欧洲大众的东方意识起着强化作用”[①]。为了阐明这一点，萨义德以东方旅行书写中常见的话题——东方与性欲为着眼点，分别论述了雷恩与福楼拜在旅行文本中是如何将之呈现的。依他所说，在雷恩的笔下，埃及由于“过度的性自由，以致与东方相关的一切都是对家庭生活、卫生保健和性爱规范的一种威胁”[②]，雷恩对肉欲的东方表现出焦虑与恐惧，认为东方的纵欲会带来种种的危险。与之相反，福楼拜在东方追寻法国无聊道德景观的“想象性替代物”（visionary alternative），怪异和性成为他的主要关注点，是以福楼拜笔下的东方充满了异域风情，所有旅行活动都和性编织在一起[③]。福楼拜笔下的东方是充满性欲的地方：性是开放自由的，人们随意地裸露身体，甚至是性器官；还有人公然在众目睽睽之下进行交媾，这些与欧洲被禁锢和道德规范化的性形成鲜明的对比。所有的描述都在宣称“东方是可以找到在欧洲无法获得性体验的地方”，萨义德接着写道：

> 实际上，1800 年之后书写东方或游历东方的欧洲作家都心存此念：福楼拜、内瓦尔、伯顿和雷恩只不过是最突出的代表而已。20 世纪，纪德（Andre Gide）、康拉德（J. Conrad）、毛姆（W. S. Maugham）等许多人，他们（的异域之旅）所寻找的，常常是不同的性爱……东方的性已经成为商品被标准化了。[④]

通过这段评论，萨义德对性欲东方的形象做了一个清晰的表陈，充满了性诱惑的东方，已然成为东方旅行书写的一个典型形象，也成为英法书写东方旅行的传统与定式。但是雷恩与福楼拜分别代表了两种态度：对东方肉欲的恐惧与渴望，这两种态度在随后的英法旅行文本中得到延续。

福楼拜对舞女库楚克·哈内姆（Kuchuk Hanem）的描述不仅延续了西方对东方的看法中反复出现的母题——东方与纵欲，更是成为后来旅行书

---

① E SAID. Orientalism. London and Henley: Routledge & Kegan Paul Ltd., 1978: p. 192.

② E SAID. Orientalism. London and Henley: Routledge & Kegan Paul Ltd., 1978: p. 167.

③ E SAID. Orientalism. London and Henley: Routledge & Kegan Paul Ltd., 1978: pp. 185 – 187.

④ E SAID. Orientalism. London and Henley: Routledge & Kegan Paul Ltd., 1978: p. 190.

写中东方女性肉欲诱惑的原型形象，将男权与殖民话语交织在一起。为了证明东方女性被书写为肉欲的机器，萨义德特意引用了《福楼拜在埃及》中福楼拜对库楚克的评价："东方女人不过是一部机器：她可以不加选择地跟一个又一个男人上床。"① 哈内姆之于福楼拜，不存在丝毫的爱意，只是性欲工具。根据描述，我们可以看出，福楼拜采用了典型的概括式殖民话语，单以一位埃及舞女的表现就为东方女人做出如此的断言，何况依据《福楼拜在埃及》中的描述，他在开罗主要出入巴扎和各种妓院，这些场所虽能部分地反映出开罗的社会，但不能代表整个埃及，更不用说东方了。西方人对东方女性，并不是把她当作一个主体的人，而是当作一个客体的物。萨义德认为，旅行的方向决定了福楼拜的言说权力，而库楚克只能是一个沉默者。她"从不谈自己，甚至不表露自己的感情、存在和过去"，是福楼拜"在替她说话，将她表征为这种样子"，两人的关系清晰地"体现了东方（the east）和西方之间力量互比的模式，以及这一模式所产生的关于东方（orient）的话语"②。这种关系对比模式和东方女性形象还出现在其他的旅行书写中。李德通过研究欧洲现代旅行史，指出旅行本身就是男性主导的活动，又根据男性在旅行中不断获得性体验这一现象将现代旅行称为"精液的旅行"（spermatic journey）③，这一说法也适合欧洲男子的东方之旅。

那么这个色情化的东方形象究竟源自何处？为什么"东方似乎不仅暗示丰饶，也暗示着性的希望（和威胁）、毫无厌倦的性欲、毫无节制的欲望、深不可测的生育力"④，这让萨义德困惑，但他也无意探寻。然而，只要我们把视野放开阔些，便能发现，所有与欧洲相对立的"他者"之地都被描绘成了性欲自由泛滥之地，如非洲和美洲，黑人女佣常常与堕落和妓女联系在一起，代表异常的无法控制的性欲，成为危险与焦虑之源；美洲

---

① G FLAUBERT. Flaubert in Egypt：a sensibility on tour. Boston：Little，Brown & Co.，1973：p. 220，转引自 E SAID. Orientalism. London and Henley：Routledge & Kegan Paul Ltd.，1978：p. 187.

② E SAID. Orientalism. London and Henley：Routledge & Kegan Paul Ltd.，1978：p. 6.

③ ERIC LEED. The mind of the traveler：from Gilgamesh to global tourism. New York：Basic Books，1991：p. 224.

④ E SAID. Orientalism. London and Henley：Routledge & Kegan Paul Ltd.，1978：p. 188.

的土著女子则通常是裸体的自然状态。迈克·克朗（Mike Crang）认为这种描写是殖民旅行者为其强暴当地女性找到合适的理由[①]——是被引诱而为之。这种描写是如此普遍，以致“所有的殖民地都变成了西方的后宫”[②]，东方并非特例。斯珀认为，旅行书写将非欧洲地区与无休止的肉欲联系起来，甚至将这些土地书写为女性的形象，与整体的殖民话语的某种结构是相一致的，这种书写策略本身就是一种帝国的修辞[③]。正是通过这种书写，才能将他们与欧洲的禁欲对立起来，所以自由而泛滥的肉欲成为英法作家表征“他者”的殖民书写策略，更是引起一种“在欧洲被禁止的不可触及的东方情结”[④]。正如前文所言，萨义德认为19世纪的东方旅行者都为“得到在欧洲无法获得性体验”而来，而他们的书写又吸引了更多的东方旅行者。如此一来，纵欲的东方作为一种异国情调不断地被各种旅行书籍所复制、放大，并传播开来。

与纵欲的东方形象相连的是东方的神秘化形象，正如伊斯兰国家的后宫不仅被西方人视为充满肉欲之所，也充满了神秘感，但是后现代时期对东方研究的日益标准化和文化类型化加剧了将“神秘东方”妖魔化的趋势。据萨义德考证，神秘而怪异的东方最早出现在欧里庇德斯（Euripides）的《酒神的女祭司》（*The Bacchae*）中，随后的各种东方旅行书写组成了一组感知东方的棱镜，增加了其神秘感以及危险感，直至拿破仑入侵埃及，试图撕开东方的神秘面纱。在欧洲人眼中，尤其是法国人眼中，东方“自古以来就代表着神秘浪漫、异国情调、难忘的回忆、美丽的景观和非凡的经历”[⑤]，法国的旅行书写在塑造与传播东方的神秘形象方面尤为突出。真实埃及的颓败与文本描述中的东方截然不同，法国旅行者试图通过

---

① 迈克·克朗著，杨淑华、宋慧敏译：《文化地理学》，南京：南京大学出版社，2003年，第84页。

② 女性批评家 Yvonne Kniebiehler 和 Regine Goutalier 语，转引自 DAVID SPURR. The rhetoric of empire：colonial discourse in journalism，travel writing，and imperial administration. Durtham & London：Duke University Press：p. 170.

③ DAVID SPURR. The rhetoric of empire：colonial discourse in journalism，travel writing，and imperial administration. Durtham & London：Duke University Press：pp. 170 – 183.

④ 迈克·克朗著，杨淑华、宋慧敏译：《文化地理学》，南京大学出版社，2003年，第85页。

⑤ E SAID. Orientalism. London and Henley：Routledge & Kegan Paul Ltd.，1978：p. 1.

想象性书写复活埃及的神秘：夏多布里昂将圣经所述之地看作是神迹之地，即使身处荒寂之地，也能看到“诗歌描写的一切，圣经描述的所有景象”；[①] 内瓦尔将埃及比喻为“神秘而可企及的”母体[②]；福楼拜试图用充满“令人兴奋的奇观与持久神秘性”的东方取代“一成不变”“老生常谈”的法国。[③] 东方的神秘形象也是通过一本本诸如此类的旅行文本建构传播的。

在萨义德看来，旅行文本之所以具有异域形象固定与传播的功能，是因为人们在旅行时最容易采用“文本性态度”，将先前存在的旅行书籍或指南作为自己旅行的向导。萨义德总结了两种极易采用“文本性态度”的语境，其中之一便是人们在一个陌生的地方旅行，遇到了一些不确定的因素危及他们内心平静时，往往会求助于文本，而不愿与现实进行直接接触，即使是像内瓦尔与福楼拜这样的作家，也宁可相信是雷恩所写，不愿相信自己的眼睛。人们总是持有这样的观念：“人、地方与经历总是可以通过书本（或文本）进行描述的，甚至文本比它描述的现实还更有权威，用处更大。”[④] 尤其是像雷恩这种带有东方学知识的旅行书写更有权威，以致旅行者的旅行经历都为他阅读的书所限定，而旅行者的经历又反过来影响作家的话题。克利福德曾对萨义德的“文本性态度”观点做出这样的评价：“在萨义德看来，一种话语就是‘文本性态度’的文化政治形构”，并且“在某些条件之下这种‘文本性态度’固化为一套严格的文化阐释，决定个体对某种真实情况进行何种表达”[⑤]。也正是“文本性态度”所固化的话语和传统不断地强化东方主义，使得西方文化不断赋予东方人的行为以“意义、可理解性以及现实性”[⑥]，关于东方的知识被建构起来。

在谈及西方书写建构东方所采用的“文本性态度”时，萨义德采用了历史

---

① E SAID. Orientalism. London and Henley：Routledge & Kegan Paul Ltd.，1978：p. 173.

② E SAID. Orientalism. London and Henley：Routledge & Kegan Paul Ltd.，1978：p. 182.

③ E SAID. Orientalism. London and Henley：Routledge & Kegan Paul Ltd.，1978：p. 185.

④ E SAID. Orientalism. London and Henley：Routledge & Kegan Paul Ltd.，1978：p. 93.

⑤ JAMES CLIFFORD. Of orientalism. The predicament of culture：twentieth-century ethnography，literature，art. Cambridge，M. A.：Harvard University Press，1988：p. 264. 该论文最初以“Edward Said. Orientalism”为名，发表在 1980 年 *History and Theory*（第 204－223 页）上，后收录到这一论文集中。

⑥ E SAID. Orientalism. London and Henley：Routledge & Kegan Paul Ltd.，1978：p. 95.

和人类学的混杂视角，考察了各种书写东方的文体，指出所有作品都采用了“策略性形构”（strategic formation）而密切地联系在一起。他继续解释道：

> 我使用“策略”是为了确认每位写作东方题材的作家都面临的问题：如何把握这一题材，如何接近这一题材，如何才能不为其高深、其范围、其令人生畏的广度所挫败或击倒。任何就东方写作的人都必须以东方为坐标，替自己定位，具体到作品而言，这一定位包括他所采用的叙述角度，他所构造的结构类型，他作品中流动的意象、母题的种类——所有这一切综合形成一种精细而复杂的方式，回答读者提出的问题，发掘东方的内涵，最后表述东方或代表东方说话。然而，这一切都是凭空产生的。每位就东方进行写作的作家都会假定某个先驱者、某种前人关于东方的知识（甚至就荷马进行写作的作家也同样如此）的存在，这些东西称为他参照的来源、立足的基础。①

由上可知，关于东方的旅行书写和其他各种文体交织在一起，形构了关于东方的知识、意象和母题，所有的书写表征在不断的重复与传播中形成了权威，与东方主义的表征场域链接在一起，成为东方主义的重要构成部分。此外，“文本性态度”更是压抑和清除了西方人与东方人实际交往中的种种复杂性与双面影响，从而将旅行书写完全变成了单行道：东方人永远是沉默的，一种缺席的存在——在“东方主义舞台”（orientalist stage）② 上，听不到东方人的声音。

《东方主义》细致地说明了旅行书写如何建构他者文化形象，采用了怎样的知识建构机制将东方的形象固定化并延续下去；“想象地理”这一概念更将地方纳入了文化政治范畴，也揭示了所谓的“东方”是西方通过

---

① E SAID. Orientalism. London and Henley：Routledge & Kegan Paul Ltd.，1978：p. 20.

② 该术语由萨义德创造，用于指一种严格的道德和认识论体系，是一种表述西方体制化的东方知识的学科，“舞台”这一修辞也常被后来的殖民旅行研究者使用。见 E SAID. Orientalism. London and Henley：Routledge & Kegan Paul Ltd.，1978：p. 67.

语言和文化意象建构、由权力网塑形的[①]。欧洲人的东方旅行不是单纯的娱乐活动，旅行书写也不再是对异域的真实记录，而是与殖民政治有着千丝万缕的联系，其不仅为殖民提供了合法性，更是参与了欧洲的殖民计划，所以，现代欧洲旅行不是无辜的个人行为，而是一种殖民旅行。而就旅行的权力问题，早在1955年，列维—斯特劳斯看到所乘轮船上的法国士兵们时写下了如此感言："只有到了那个时候，我才知道，也许是第一次知道，旅行的概念是如何被权力概念所完全腐蚀的。"他继续做出如下解释：

> 旅行不再能生产出完整的财富：南海的岛屿变成了静止的航空母舰；整个亚洲都病入膏肓；棚户区丑化了非洲；商业或军用飞机在"尚未开发"却已毁坏的南美和美拉尼西亚群岛森林呼啸而过……旅行所带给我们的是肮脏，我们制造的肮脏，并将它投掷到人类面前。[②]

斯特劳斯对西方旅行者的指责明确了旅行所携带的权力以及对旅行地的不良后果。旅行的概念本身就充满了权力，萨义德的研究凸显了这一观念，并将之带入学术批判的视野中。

依据以上的分析，我们可以将萨义德所开辟的殖民旅行理论概括为以下五个观点：

第一，旅行促使了欧洲看向世界，自我的优越感得以建立，欧洲的跨域旅行书写对东方的表征都是在殖民框架之内，是一种西方权力凌驾于东方之上的再生产，是一种异域知识的建构。正如克拉克所言："旅行书写不可避免是个单行道，因为是欧洲人绘制世界而不是世界绘制欧洲。旅行者，仅凭借获得交通技术，便属于一个更加发达的文化，与剥削、占有有着密切联系的探险史无可非议地将他们变成了敬畏和予以回避的对象。"[③]

---

① JAMES R RYAN. Postcolonial geographies. In J DUNCAN, NUALA JOHNSON and RICHARD SCHEIN. A companion to cultural geography. Oxford: Blackwell Publishing Ltd., 2004: p. 473.

② CLAUDE LEVI-STRAUSS. Tristes tropiques (1955). London: Hutchinson & Co., 1961: p. 39.

③ STEVE CLARK. Introduction. Travel writing and empire: postcolonial theory in transit. London: Zen Books, 1992: p. 3.

技术使得在东西方的旅行中，欧洲占有更多的优势，从而获得更多的东方旅行以及书写东方的特权。旅行本身就是一种不对等的权力关系，各种权力之网弥漫于旅行话语之中。

第二，跨域旅行书写是一种政治性书写。东方旅行不仅与带有帝国、殖民性质的东方学互为应征依托，而且，旅行书写的风格也受制于旅行者所在国家与被旅行地的政治关系，旅行书写所建构的异域知识本身就是对“他者”的异化。在此值得注意的是，萨义德并非否认旅行书写具有政治功能以外的其他功能，并非将所有的旅行书写都简化为帝国殖民的工具，而否认其多样性和书写者的个人审美权力以及对书写对象的同情。

第三，旅行书写强化了欧洲大众的东方意识，是东方形象固化与传播的主要途径，从这一意义上，它参与了欧洲的殖民扩张与殖民政治。不同的文类有不同的表意方式，同时也会给读者带来不同的预期或预设，如小说读者更多的是一种娱乐的心态，不太相信其中叙述的内容；而旅行书写则不同，人们相信其中所说的是真实的。这种具有知识权威，又充满了异域风情的书写更容易激发读者对旅行与扩张的兴趣，也易于被不断地复制与引用，激发欧洲人的帝国意识，文体的风格与内容在传递意识形态方面同样重要。

第四，旅行话语的表征具有很强的传播性。旅行书写受到先前的文化表征的影响，更牵涉到心理、美学、物质、技术和政治等方面，这些都阻碍了旅行者中立地体验目的地，也强化了旅行艺术、书写、出版和阅读各环节的创造性。旅行书写的研究涵盖了生产、流通和消费等环节，应采用跨学科的文化研究视角。

第五，提出了“想象地理”概念，不仅质疑了东方学知识的科学性，也质疑了地理学知识，彰显出“地理、知识和权力之间已经实现了一种微妙的结合”[①]。正如萨义德所言，“地理学实际上是东方知识的物质基础。东方所隐伏不变的特征都建立并且植根于其地理特征之上”[②]，也正是基于这一点，地理学者对于地理旅行书写的反思是从想象地理开始的。

波特称：“萨义德的著作具有尼采谱系学的特点：划出一个探索的领

---

① E SAID. Orientalism. London and Henley：Routledge & Kegan Paul Ltd.，1978：p. 215.

② E SAID. Orientalism. London and Henley：Routledge & Kegan Paul Ltd.，1978：p. 216.

域，以便暴露知识和权力之间、文化和政治之间的多种隐蔽关系。”① 笔者将这一领域称为殖民旅行的研究领域。殖民旅行研究的重点是对他者的表征，以及这些表征中所隐含的自我服务的动机和不均衡的权力关系。萨义德从根本上改变了旅行作为经历的形式、旅行书写作为再现的模式的观念，认为殖民时期欧洲人的跨域旅行是一种文化政治活动，是带有殖民性的旅行，而旅行书写成为一种权力话语，是关于异域知识的一种政治性建构。在萨义德及其他后殖民批评家看来，旅行书写不仅反映和伴随着殖民权力，而且使得殖民权力的实施变得更容易。萨义德辩论道：“不研究思想、文化和历史自身的力量，或更准确地说，它们对权力的建构力量，就无法认真地研究和理解思想、文化和历史。”而且“西方和东方的关系就是权力关系、控制和不断变化的复杂的霸权关系”②。福楼拜对舞女的描述恰好说明了这一权力与控制的关系，萨义德使用这一案例是在暗指旅行书写是西方控制、表征东方进程的一部分。

我们将萨义德对于东方旅行书写的研究视为殖民旅行研究的开端，这表明了自此之后，会采用一种新的看法或研究方法来讨论旅行。因为如萨义德所说，开端“不只是一种行为；它也是一个思维框架，一种工作，一种态度，一种意识”③。开端，意味着不同的意图与方法的开始。萨义德的研究不仅打破了旅行书写的客观性和真实性，有效地将旅行书写与政治、意识形态联系在一起，也开启了以旅行文本（主要是西方旅行者去世界其他地方的旅行记录）为研究对象的殖民旅行研究范式，这一研究范式采用话语分析理论和葛兰西的霸权理论，将研究的视角转向了再现、表征、意识形态和空间的文化研究视角，更多关注的是权力与权力的不平衡，从殖民话语研究的视角揭示殖民性；在方法上，采用了知识考古学的方法，打破学科界限，以发现隐藏在表象之下的表征模式、知识生产机制及其延续性，从而在 20 世纪 80 年代掀起了种族、帝国主义、东方主义与其他相关话题的新一波研究，并在 90 年代达到高潮。正如弗雷德里克·詹姆逊

① 波特：《东方主义及其问题》，罗刚、刘象愚主编：《后殖民主义文化理论》，北京：中国社会科学出版社，1999 年，第 44 页。

② E SAID. Orientalism. London and Henley：Routledge & Kegan Paul Ltd.，1978：p. 5.

③ 爱德华·萨义德著，章乐天译：《开端：意图与方法》，北京：生活·读书·新知三联书店，2014 年，第 15 页。

（F. Jameson）在《政治无意识》（*The Political Unconsciousness*，1981）中宣称的“一切都是社会的和历史的——事实上，所有的一切，‘最终分析后’，都是政治的”[①]，旅行书写也不例外。虽然萨义德主要研究的是自19世纪英法在中东的旅行书写，但他所确立的旅行书写、表征与帝国相互联系的观点影响到了无数从欧洲去往别地的旅行文本研究。

正如萨义德所说：“（《东方主义》）试图提出并探讨与人类经验相关的一系列问题：人民是如何表述其他文化的？什么是另一种文化？文化（或种族、宗教、文明）差异这一概念是否行之有效，或者，它是否总是与沾沾自喜（当谈到自己的文化时）或敌视和侵犯（当谈到“其他”文化时）难解难分？……观念是如何获得权威、‘规范’甚至‘自然’真理的地位的？”[②] 殖民旅行研究意在对他者知识和形象的真理性提出挑战，并对这些问题进行更为细致的解答。萨义德对旅行话语与东方学的相互依托也引发了后来学者对与旅行有关的科学文本的研究，如费边和克利福德等将民族志文本作为一种权力话语，社会学家对博物学文本所含的帝国视野的研究等，掀起了对旅行与旅行书写中的权力与知识的大讨论，这些讨论均对萨义德以上五个观点进行了肯定、细化、延伸和某种程度上的修正与补充。

---

① FREDERIC JAMESON. The political unconsciousness：narrative as a socially symbolic act. London：Routledge，1981：p. 21.

② E SAID. Orientalism. London and Henley：Routledge & Kegan Paul Ltd.，1978：pp. 325－326.

第三章　旅行范式下民族志书写的表征政治

萨义德对东方学与旅行文学互为文本、相互支撑的分析批判揭示了文本或意象与权力和宰制相关联这一事实，提供了理解文本与意象的“表征政治”方式，同时进一步引发了人文科学的表征危机。同东方学相似，人类学亦是关于他者文化的描述，虽然不同的国家根据其传统和关注点对人类学有着不同的关键词，如英国使用人类学，美国使用民族志，法德使用民族学或人种学，但都将这一学科锚定为异域人类文化和社会结构的研究。克利福德认为：“萨义德对东方主义‘权威’的批评分析尤见成效，为沉默的东方‘代言’或重构的西方作家总是以一种父辈口吻伤悼真正东方的逝去，他们比东方本地人知道得更多。对这种关涉他者的重构式的书写方法提出怀疑是很有用处的，可以从东方主义扩展到一般的人类学实践。”① 确实，萨义德关于他者文化建构的观点引起了人类学科的震荡，这一学科的反思亦是始于将自身回归到旅行的范式之中，以揭橥民族志书写的表征政治。

无法否认，人类学与旅行有着天然内在的联系，斯特劳斯一方面宣称“讨厌旅行与旅行者”（travel and traveller）②；另一方面又不得不出于职业的需要进行长期旅行和探险，他对这一两难境地的描述更加确认了二者的不可分割性。从人类学的起源与发展来看，其实践活动与文本产品的书写和旅行密不可分。传统的人类学学者主要是在家中，加工整理派出的“旅

---

① JAMES CLIFFORD. The predicament of culture：twentieth-century ethnography，literature，art. Cambridge，M. A.：Harvard University Press，1988：p. 258.

② CLAUDE LEVI-STRAUSS. Tristes tropiques（1955）. London：Hutchinson & Co.，1961：p. 17.

行者"[1] 发送回来的民族志信息，因而人类学的知识与文本基本源自这些旅行者的旅行观察、问询和记录。自 19 世纪末 20 世纪初，法兰兹·鲍亚士（Franz Boas，或译弗朗茨·博厄斯）和马林诺夫斯基将田野作业确定为现代人类学的典型特征或工作方式之后，人类学学者需要旅行到异域的、地理位置相对遥远的地方去研究某一社区的社会与文化生活的各个面向，并将自己置入这一研究社区，成为一个参与性的观察者，记录下自己所见所闻之事，即民族志文本。至此，民族志撰写者是有着人类学学者身份的旅行者，借用克利福德的话，"民族志实践是现代旅行的演化实践"[2]，其核心——田野作业——可视为传统的探险旅行的延伸。克利福德在《人类学与/作为旅行》（Anthropology and/as Travel）一文中也明确指出："旅行与旅行话语不应缩小到文学旅行这一狭窄的概念，因为这一概念的'旅行'一方面否认了新生的民族志和其他形式的科学田间研究，另一方面也否认了旅游业。"[3] 因而，从某种意义上看，现代人类学的民族志研究方式将人类学与旅行的关系转化为"作为旅行的人类学"[4]。是以殖民旅行研究者从后殖民的视角探寻人类学旅行及民族志书写中的知识、权力和他者的关系，不仅对人类学旅行实践进行了反思，也分析了民族志这一科学文本的文学性和书写策略问题，将异域旅行、他者知识与政治联系在一起。

本章所涉及的殖民旅行研究者主要是英国文化人类学教授乔汉尼斯·费边，美国历史、文化人类学家詹姆斯·克利福德，英国历史学家鲁比斯，以及涉足与旅行相关的多个领域的加拿大文化研究者普拉特，他们依循着萨义德方法的精髓，选择旅行与民族志文本为探寻异域知识、权力与表征政治之间复杂关系的路径。虽然他们的研究在表面看来与萨义德的殖民旅行理论没有直接关联，但他们的研究都强化了殖民旅行的存在与民族

---

① 这些旅行者主要是政府官员、旅行者、传教士和商人等，他们携带由英国科学发展协会（British Association for the Advancement of Science）和皇家人类学学院（Royal Anthropology Institution）联合出版并被重印无数次的《田野调查手册》（*Notes and Queries on Anthropology*）延续了问卷与指南这一长期传统，主要为旅行者和非人类学家在殖民地进行旅行、民族志数据收集所用。

② JAMES CLIFFORD. Traveling cultures. In L GROSSBERG, C NELSON and P TREICHLER. Cultural studies. London and New York: Routledge, 1992: p. 97.

③ JAMES CLIFFORD. Anthropology and/as travel. Etnofoor, 1996, 9 (2): p. 9.

④ JAMES CLIFFORD. Anthropology and/as travel. Etnofoor, 1996, 9 (2): p. 9.

志书写中的殖民风格策略，更准确地说，可视为殖民旅行理论的重要系脉和发展，也可视为对萨义德关于旅行与东方主义关系论述的细化与引申，这一点在我梳理和提取他们的观点理论并展开论述时会变得逐渐清晰。这些学者不仅探讨了从欧洲去往欧洲之外旅行所携带的殖民意识，以说明人类学实践中的权力与知识的关系，更详述了民族志表征的殖民风格和他者性建构策略，以及与游记的各种相似点和类同点，陈示民族志文本的书写性，阐明了民族志旅行的实践与书写都是政治的，而殖民语境是考量民族志旅行的核心要素。

第一节　作为旅行的民族志：观念与修辞

乔汉尼斯·费边是继萨义德之后，首位从后殖民的视角对人类学旅行与书写发出批判的人类学家，他跨学科的研究方法和洞见都为人类学的旅行反思打开了新视野，进一步揭示了民族志文本的表征政治。正如萨义德指出的，东方没有现实的地理对应物，是西方的意识形态的建构表征。费边则断言，人类学精心制作了自己的研究客体——原始的“他者”，人类学知识和表征是一种政治行为，这种“政治，可用于指从系统压迫到无政府的相互承认之间的任何行为”[①]。为了进一步论述异域知识与权力的关系，他从民族志实践本身就是旅行活动，而民族志文本是旅行话语这一视角着手，指出人类学自身存在的巨大矛盾，即人类学一方面强调学科依赖于个人与他者的长期交流的民族志研究之上，另一方面又宣称人类学的研究话语是对时空上都很遥远的“他者”的阐释，造成这一矛盾的根本原因是人类学话语的时间运用问题，也恰恰是时空转换，人类学才得以“建构其研究对象——野蛮的、原始的他者”[②]，并且将在旅行中存在的他者从表征中抹除。这种时间的策略性不仅被运用于人类学旅行之中，也贯穿于民族志的书写，有效地确立了欧洲的优越性和特权，也将他者永久地降格为

① JOHANNES FABIAN. Time and the other：how anthropology makes its object. New York：Columbia University Press，2002：pp. 1 – 2.

② JOHANNES FABIAN. Time and the other：how anthropology makes its object. New York：Columbia University Press，2002：p. 1.

研究的客体，定格在被观察的时间，既没有历史也没有将来。他直接将民族志看作旅行，并在旅行的范式下指出了民族志的书写性与政治性，影响了后来的学者，如克利福德和普拉特，他们也从旅行的视角介入，更多地采用文学和文化批评的方式考量民族志文本的书写性，讨论民族志文本的修辞特征，进一步明晰了现代民族志的政治面向。

一、哲学旅行：人类学旅行观念与欧洲中心的确立

费边将民族志置于旅行的范式之下，洞察出人类学的观念与文本书写中对时间的策略性使用。他经研究发现，人类学实践“无一例外地有意使用时间，只为使被观察者的时间与观察者的时间相距遥远”[①]。简而言之，就是将观察者与被观察者分处于不同的历史时代，可见，哲学旅行观念是其学科的根本主旨。所谓“哲学旅行”（philosophical travel），采用李德的通俗解释，即指“时间上的旅行，是到文化秩序开始的原点之地的旅行”，也可称为“历史的旅行”。[②] 这种旅行观念通常是将欧洲作为中心，将边缘地区称为欧洲文化的源头时期，如去埃及或印度的旅行就是去探源西方文明在古代时期的样子，到“新世界”或“新大陆”的旅行，则是探寻前文明时期的原始面貌。早在1972年，费边就著文批判了现代人类学将其研究对象工具化为过去的具体化身的倾向[③]，在《时间与他者》（*Time and the Other*，1983）一书中，更是通过追溯人类学旅行的历史详细论述了人类学将空间旅行当作时间上的旅行的错误做法。

依据费边的论述，哲学旅行观念最早源自文艺复兴后的世俗旅行，主要是与中世纪的宗教旅行相对立。作为一种世俗旅行，哲学旅行是指“从

① JOHANNES FABIAN. Time and the other：how anthropology makes its object. New York：Columbia University Press，2002：p. 25.

② ERIC LEED. The mind of the traveler：from Gilgamesh to global tourism. New York：Basic Books，1991：p. 133.

③ JOHANNES FABIAN. How others die—reflections on the anthropology of death. Social research，1972（39）. 后收录入 JOHANNES FABIAN. Time and the work of anthropology：critical essays 1971－1991. Amsterdam：Harwood Academic Publishings，pp. 173－190，本文引自该论文集。

学识与权力的中心到周边地区，在那里，人除了自身，什么都不会发现”，与“朝向宗教的中心、朝向灵魂以获得拯救”的宗教旅行不同①。由此，旅行成为人们的哲学或世俗知识的来源，也将欧洲确定为权力的中心，甚至在18世纪末确立了“旅行即科学”的观念与实践，这一观念和做法由法国哲学家约瑟夫—玛丽·德捷朗多男爵（Baron Joseph - Marie Degerando，1772—1842）所接受，并在人类学出现之初便被当作规范确立下来，直到20世纪初仍在左右民族志旅行者的视野。在他给科学旅行者的指南《观察野蛮民族》（*The Observation of Savage Peoples*，1845）中，他对哲学旅行观念做了简要清晰的阐释：

> 驶向地球那头的哲学旅行者实际上是在时间中旅行；他在探访过去，他所走的每段旅程其实都是在历经一个时代。他到达的无名岛屿，对他来说，是人类文明的摇篮；我们鄙视的各种人展现在他面前，是各时代起源的古老而又宏伟的纪念碑。②

这段解释明确了三层含义：第一，去往欧洲以外的旅行是在探访欧洲的过去，从而将欧洲确定为发展的更高阶段，而旅行所到之地是欧洲文明之前的某一阶段；第二，旅行地的当地民的地位是低于欧洲人的，应该被“鄙视”；第三，当地民被物化为各个时代印记的物质载体。在哲学旅行观念的指导下，人类学旅行者在出发之前就确定了自己的权威和优越性，他们虽然是在进行跨越空间的移动，但同时又被放置在了一个设定了框架的某一地方，进行时间上回溯式的旅行——所发现的人，不过是几个世纪前的自己，对新民族的风俗的描述，其实是对欧洲的前现代历史的描述，是在补全人类的历史，非欧洲地区的居民被当作了时光机器，成为欧洲人叩访自身历史和过去的具体载体。由此，人类学建立了欧洲为发达先进的世界中心，而旅行发现之地为野蛮、边缘这一旅行观念，而这一观念是典型的帝国、殖民主义观念。与此同时，当空间被转化成为时间，时间也就不

---

① JOHANNES FABIAN. Time and the other：how anthropology makes its object. New York：Columbia University Press，2002：p. 31.

② JOSEPH-MARIE DEGERANDO. The observation of savage peoples（1800）. London：Routledge & Kegan paul Ltd.，1969：p. 63.

再"是一个中性的概念，而是演化进步的观念"，当空间旅行的距离转化为时间上的距离之后，"空间的旅行不仅等同于时间上的回溯，也等同于回到了一个更低下的、原始的存在状态"。[①] 这种将空间的差异转化等同于时间的差异的观念显现出了明显的等级制，即欧洲优越于其他地区，从而延伸出各种欧洲白人优越论。

基于以上分析，费边指出在弥漫了人类学的西方文化中，时间与空间是合二为一的，"世界上各个地方的关系……可以理解为时间上的关系。空间的分散直接反映为时间上的顺序"[②]，这种混合本身是携带着权力面向的。从这种西方文化的时空观推演过去：对于欧洲人，"这儿"就是西方欧洲——权力之位，而"那儿"就是需要被研究的臣属之位。以此类推，离欧洲这一文化权威最远的地方，也是时间上最原初的地方。如此一来，发展、演变、文明、文化、现代等术语的观念内容都源自演化的时间，与原始、野蛮一样具有时间的内涵，是某一时间阶段的具体化，作为进化话语的技术话语，表示发展次序的一个阶段，是过去的标识，表明了主体与客体的时间关系。如此一来，人类学中的政治性时间和空间均不是自然资源，而是被意识形态建构的权力工具。

由此可以判定，人类学的旅行观念是源自当时西方盛行的社会进化论的。随着达尔文的生物进化论引入社会文化研究，自然界的等级制延伸成社会等级国家，将世界上的国家划分成不同的等级，这不仅进一步确认了时间演化观念，同时也将时间空间化与自然化。斯珀在研究帝国的修辞时，也发现了旅行书写中这一时空转换观念，"对达尔文来说，世界地图就好比一张大大的餐桌，不同的民族并肩而坐，但他对这些民族的功能和特点的研究表明：这些民族处于发展进程中的不同阶段，这一发展进程的最高阶段是由现代欧洲文明呈现的"[③]。也就是说，不同国家处于不同的进化阶段，而欧洲文明是终极阶段，其他地区则处于原始、不发达或半文明

---

① JOHANNES FABIAN. Time and the other: how anthropology makes its object. New York: Columbia University Press, 2002: p. 17.

② JOHANNES FABIAN. Time and the other: how anthropology makes its object. New York: Columbia University Press, 2002: pp. 11 – 12.

③ DAVID SPURR. The rhetoric of empire: colonial discourse in journalism, travel writing, and imperial administration. Durtham & London: Duke University Press, 2001: p. 64.

阶段。通过将非欧洲以外的世界空间时间化，即看作是欧洲现代文明社会之前的社会，由此确立欧洲文明的先进性，进而确立白种人的优越性。此外，时间的自然化也将他者自然地降格为需要被拯救的对象，为欧洲对其他地区的文化暴力穿上了合法的外衣。不论怎样，人类学或人种学就是在这种文化进化主义的认知情境中发展的，并在智识上证明殖民主义和帝国主义的合理性。德捷朗多对人类学家任务的界定，更清晰地说明了这一点：

（人类学家）要找到建构不同文明程度精确等级所需的材料，并指出每一等级的特性；这样，我们就能知道人类社会的各个时期的所需、所想和习惯。因为这些地方的激情和智力能力的发展都很受限制，我们就能很容易地了解他们的本性，决定他们基本的法律；又因为不同的代与代之间影响甚微，有利于我们回到自身历史的最初时期，从而建立可靠实验的以确定关于起源、各代人的思想、语言的形成与发展，以及思想与语言的关系。①

他明确指出了搜集异域资料的目的在于建构不同的文明等级，了解自身的过去。因而，可以说，人类学“（作为）研究消失的科学，倾向于将他者建构为负面的：野蛮人、无历史的、无书写、无宗教与无道德的，被看作是即将消失的世界的一部分，是需要记录的”②。从旅行的视角可以将这一点看得更为清晰，即人类学的等级标准和分类范畴是欧洲确定的，而且在旅行者的凝视中，被凝视的“他者”已经被重新整理、分类、划分等级，纳入欧洲的秩序之中。

尽管人类学在表面上关注客观地处理其所研究的社会，但这种时空混合的观念占据着人类学的各种旅行实践和观念，强化着欧洲中心主义。文化批评家李德也很赞同费边的观点，认为人类学这种将“空间的旅行”转换成“时间上的旅行”的观念本身确立了欧洲对非欧洲地区的权威性、控

---

① JOSEPH-MARIE DEGERANDO. The observation of savage peoples（1800）. London：Routledge & Kegan Paul Ltd.，1969：pp. 62－63.

② ELIZABETH HALLAM and BRIAN V STREET. Introduction. Cultural encounters—representing otherness. London and New York：Routledge，2000：p. 2.

制管理和暴力的合法性：将欧洲以外的其他地区变成欧洲文明与智性秩序的“婴儿时期”（infancy）[①]，从而将欧洲文化与其他地区文化建构成“成人与孩子”“发达与原始”的关系，现代发达的欧洲文化对“孩子”进行监督管教是自然之事，对非欧洲地区的暴力也被解读成家长对不听话孩子的惩罚；掠夺则是工作伦理的指示；对当地资源的占有只是成人控制其依附者的例证。[②] 是以，哲学旅行这一概念本身就充满了占有的殖民话语，也充当着欧洲的秩序工具。一方面，“将空间的差异时间化使得欧洲剥削与占有世界资源从道德上是正确的，将之等同于成年人对孩子的监护、教育和礼物馈赠”[③]，提供了欧洲殖民的合理合法性；另一方面，哲学旅行所获得的知识有效地建立了帝国视野与权威，人为地改变了旅行地的文化秩序和意义模式，成为帝国殖民的有效辩护。

费边对哲学旅行的分析表明了产生或促成了人类学话语的知识理论，其视觉空间概念、模式和类型建构似乎合力反对时间的连续性和观察者与被观察者之间的同时存在性，然而，人类学中的民族志实践的基本条件是观察者与被观察者处于同一时空。费边将这一矛盾称为“时间异构”（allochronism），或“否认同时代性”（denial of coevalness），即“将人类学的所指对象放置到与人类学话语生产者的不同时间段上的一种持续不断的、系统的癖好”。[④] 这一“癖好”引发了人类学话语的时间分裂性。通过用“原始”“前历史”或“前工业”“发展中”这样具有文化时间内涵的词语来描述他者，将他者界定为欧洲文明的遥远过去，从而他者无法自我存在，只能依附于欧洲，成为欧洲的模拟仿制品而失去了自身的独立与自由。正如东方学的研究客体——东方，不论是“作为原始状态、欧洲的古老原型，（还是）作为欧洲理性发展源泉的富饶之夜，东方的现实都无法

---

① ERIC LEED. The mind of the traveler：from Gilgamesh to global tourism. New York：Basic Books，1991：p. 134.

② ERIC LEED. The mind of the traveler：from Gilgamesh to global tourism. New York：Basic Books，1991：pp. 172 – 173.

③ ERIC LEED. The mind of the traveler：from Gilgamesh to global tourism. New York：Basic Books，1991：p. 172.

④ JOHANNES FABIAN. Time and the other：how anthropology makes its object. New York：Columbia University Press，2002：p. 31.

挽回地被退缩为一种范式化的活化石”[①]，这种时间异构的人类学话语将他者永久地定格为欧洲的研究对象或附属品，并将之自然化与化石化。

现代的人类学家也意识到了传统人类学话语的时间异构性，然而，不无遗憾的是，费边认为，他们对时间采用的策略恰恰强化了“否认同时代性”的做法。一些人类学家采用了文化相对主义，指出时间的概念是一个文化信仰和价值观的核心，从而将时间分成“我们的时间”“他们的时间”以回避同时代性问题[②]；一些人类学家，如列维—斯特劳斯采用结构主义的二元对立分类法，用空间取代了时间，从而抹除了跨文化研究和交往中的时间问题，文化差异被视为符号建构的系统，所有知识都依照二元对立的逻辑进行组织。费边对以上两种实践均做出了批判。他认为，首先，人类学历史表明：“时间是社会现实的构成面向，一旦时间被公认为人类活动的一个维度，而不仅仅是衡量尺度，任何将之从阐释性话语中剔除的企图都会导致表征的扭曲和无意义。”[③] 这种将人类学旅行与面对面交往中的特定时间划分为“我们的时间”和“他们的时间”，看似是在尊重异国文化，其实在无形中放大了“我们”与“他们”的差异，将二者置于不同的时间，更强化了时间的政治。其次，他认为结构主义避而不谈的做法，往往是最危险的，因为“当时间距离化从一种明确的关注转变成隐性的理论设想时，会加剧否定同时代性的倾向与做法”[④]。分类法作为一种民族志调查报告的重写，将他者的时间不加考虑地纳入我们的时间，这种表面上的无时间性做法实际上是典型的时间异构话语。由此可以看出，“将‘我们’与‘他者’的关系看作是进化的这一观念是人类学的出发点，而非结论”[⑤]，尽管文化相对主义者和结构主义者放弃了进化主义，但他们的时间观念没有改变，进化的时间依然是他们共同的认知基础和话语习惯。因

---

① E SAID，Orientalism reconsidered. Cultural critique，1985（1）：p. 94.

② JOHANNES FABIAN. Time and the other：how anthropology makes its object. New York：Columbia University Press，2002：pp. 38－52.

③ JOHANNES FABIAN. Time and the other：how anthropology makes its object. New York：Columbia University Press，2002：p. 24.

④ JOHANNES FABIAN. Time and the other：how anthropology makes its object. New York：Columbia University Press，2002：p. 39.

⑤ JOHANNES FABIAN. Time and the other：how anthropology makes its object. New York：Columbia University Press，2002：p. 104.

而，费边评论说：“当现代人类学家开始用一些暗含着距离、差异和对立的惯用词语或主题建构他们的‘他者’时，他们首要的意图就是建构有序的空间和时间——一个宇宙供西方社会居住，而不是要理解其他各种文化这一表面使命。”① 费边的这一评判将人类学的殖民性直接表呈出来。这些观念均深深地刻于民族志文本的内在生成机制之中，因而有必要探寻这一观念在文本中的修辞策略，费边也正是基于这一目的，细致地剖析了策略性使用时间的表征机制，即民族志书写中的时空转化策略。

二、在场与表征：民族志书写的时空转换策略与他者客体化

从费边关于哲学旅行的观念导致人类学学科出现了“否认同时代性”的病症这一论述可以看出，他对人类学话语的批判是基于民族志是旅行活动这一基本认知之上的，尽管他并未对之展开论述，而是很自然地将民族志看作旅行，民族志文本是旅行文本，这就意味着民族志文本中所涉及的人与书写者共处于同一时空之中，相遇并且交流。假如民族志不是旅行活动，他的批判，如人类学分析的过程中出现的类型化时间的划分，或采用原始、前现代或现代这类时间术语，并由此导致了民族志书写的“时间异构”性，也就不可能产生了。也是基于同样的认知，费边进一步探讨了民族志书写使用的时空转换（temporalization）策略，以说明民族志的书写性与殖民性。对于这一策略，他做出了明确的界定：

> 时空转换是一种活动，是对时间进行编码的复杂实践。从语言学上讲，时空转换指的是一种语言表达时间关系上所采用的各种方法；从符号学上讲，它用表示时间的指示物标明了各种符号关系的制定和构成；从意识形态上讲，时空转换可将话语对象置入宇宙框架之下，从而使得时间关系成为中心而备受关注（如在空间关系之上或是与空间关系相对）。②

---

① JOHANNES FABIAN. Time and the other：how anthropology makes its object. New York：Columbia University Press，2002：pp. 111 – 112.

② JOHANNES FABIAN. Time and the other：how anthropology makes its object. New York：Columbia University Press，2002：p. 74.

这段文字重申了费边的观点：时空转换不仅是人类学旅行的主导观念，也是民族志书写所采用的语言技术策略，更是民族志书写所要达到的一种效果，即用时间关系来确立空间世界的诸多关系，以便将他者客体化。为了进一步阐明作为民族志修辞的时空转换策略，费边从语义层、句法层和文体层面进行了简要分析，再次表明了人类学话语如何运用时空转换策略以否定主体与客体的同时代性，建构了自己的研究对象——原始的“他者”，从而使得民族志文本成为一种殖民话语。

（一）时间化词语的使用

同萨义德一样，费边更加关注人类学话语中词汇使用的政治性和文化内涵，认为异域文化的描绘都是具有政治含义的。人类学的语言充满了各种示意时间观念和时间观念的表达，如表示先后顺序、持续时间、间隔、时期、起源和发展等的词汇，费边由此很关注词汇层面标识时间的词汇，但他看重的不是那些有着清晰的时间指示性的表达，如日期、一段时间，或是表示过去、将来、现在的词汇，而是那些在具体语境下，使用后具有空间时间化功能的词汇。因为他认为，要考察“时间异构”话语，要着重检视内涵含义，而非指示含义，“时间距离化（time-distancing）的效果更多地通过具有道德政治内涵的时间术语，或者是具有时间内涵的‘技术性’分类术语而获得”（temporal connotations of “strictly technical” classificatory terms）①。这就意味着，对于民族志中词汇的考量，应更看重具有演变的时间内涵的词语，而不是通常意义上所说的表示时间的词汇。

何谓“具有时间内涵的‘技术性’分类术语”？它又有什么样的功效？费边以“原始状态”（savagery）一词为例，进行了简要的论述：

作为进化话语的技术术语，原始状态表示发展次序的一个阶段。任何名义上的技术性都不能清除这一术语的道德、审美和政治内涵，这些累积起来，就导致其在语义上不仅仅是技术的，而具有以上所说的所有面向了。作为人类学话语主体与客体的时间关系的标记，它清晰地表达了时间

① JOHANNES FABIAN. Time and the other：how anthropology makes its object. New York：Columbia University Press，2002：p. 75.

距离化，由此，原始状态标识着过去。[1]

这一例证说明了三个问题：一是某些含有进化内涵的技术术语，看似客观中性，本身就携带了审美与政治内涵，是一种价值判断和等级制的确定；二是词汇的意义不是其直接字面的，更多地与文化积累和联想联系在一起，这就涉及词汇的文化内涵的传播与传承；三是对词汇的考察势必会涉及词汇层面之外的语义层面、话语修辞层面，甚至是更为广阔的文化语境层面，否则很难洞悉时空转换策略的认知与政治暗示。由此可以看出，具有时间内涵的词汇可视为一种文化编码，在描述异域文化时，它的使用都是有其深意的，不是孤立、随意的。

“原始状态”是一个带有对异域文化贬低的政治性词汇，这已然为后殖民学者所认同，似乎也不是什么新鲜例证，但费边对“亲属关系”（kinship）一词所具有的时间内涵分析却相当具有启发性。“亲属关系”，从词的本身来看再单纯不过了，但费边以亲属关系系统的划分争论及其在当下欧洲社会的重要性为切入点，指出亲属关系“暗含着‘最原初的’纽带与根源，因此特殊的力量、留存和意义都作用于这种社会关系类型，对亲属关系的看法可用来衡量高级或现代化的等级，由此，通过比较不同社会或群体中亲属关系纽带的重要性，我们可以建构发展级别，即时间的刻度”[2]。于是，亲属关系成为一个充满时间内涵和象征功能的词汇，引导我们考量人类学话语中的隐喻或其他修辞的使用。费边的分析和思维模式打破了人类学这一科学话语的客观性和中立性，将其置于具体的历史文化语境下进行考量，对修辞和暗喻的使用研究也将民族志文本当作一种充满了意识形态的“文学体裁”（literary genre）[3]，强调了民族志的文本性属性。这影响了后来的学者，如克利福德和普拉特，他们更多地采用文学和文化批评的方式考量民族志文本，讨论民族志文本的修辞特征，进一步明晰了

① JOHANNES FABIAN. Time and the other：how anthropology makes its object. New York：Columbia University Press，2002：p. 75.

② JOHANNES FABIAN. Time and the other：how anthropology makes its object. New York：Columbia University Press，2002：pp. 75 –76.

③ JOHANNES FABIAN. Time and the other：how anthropology makes its object. New York：Columbia University Press，2002：p. 86.

现代民族志与殖民的种种关联。

为了进一步考量民族志文本中时间内涵词汇的文化编码，费边引入了符号学的分析方法来探寻人类学话语生产所固有的问题。依据符号学的理论，如果将人类学话语看作是自足的符号系统，则每个符号都是由所指与能指构成的，时间符号也是如此，那么话语的指示物或客体也成为符号关系以及内容构成的一部分，从而语言表达的内容与真实世界的实际内容分离开来。因而，费边得出以下结论：在符号学中，我们要“避免将‘内容’与真实的世界混淆，相应地，人类学话语中的‘原始’或‘野蛮’并非指真实世界的异域人民”，这里的“原始，只是话语中的内在指示物或是学科建构出的研究对象”。[①] 准确地说，人类学使用“诸如原始、野蛮这类词语的话语并不考量、观察，或批评式地研究这个‘原始’本身，而是思考、观察和研究语言所指的原始。原始基本上是西方思想的一个时间观念，一个范畴，而不是对象客体”[②]。如是，“原始”没有现实对应物，只是西方人类学家为研究而建构的范畴或概念，只是一种指示幻觉，与现实中的所指物关涉甚少，民族志文本所描述的从来都不是真实的现实。费边对“原始”一词的辨析与萨义德对“东方”的解释具有异曲同工之妙：将“原始”或“东方”看作是西方话语为制造自己的研究客体而进行的建构，不具有现实世界的指涉，或与现实世界关涉甚少。从这种意义上说，这些具有时间内涵的词汇是用来制造研究客体的，同时也表达了作者与客体之间的时间距离，也巧妙自然地将远方文化定义为过去，构成了“时间异构”的人类学话语。当我们将人类学话语还原为旅行话语（共时空性）之后，其建构性与内在的矛盾性也就不言而喻了。

对于这种富有文化意义的词汇的使用功能，斯图亚特·霍尔做出了如下的解释：

正是文化的参与者赋予人、客观物及事件以意义……而在某种程度上，我们给予事物的意义是依凭我们表征它们的方法：我们所用的有关它

① JOHANNES FABIAN. Time and the other：how anthropology makes its object. New York：Columbia University Press，2002：p. 77.

② JOHANNES FABIAN. Time and the other：how anthropology makes its object. New York：Columbia University Press，2002：pp. 17 – 18.

们的语词，所讲的有关它们的故事，所制造的有关它们的形象，所产生的与它们相关的情绪，对它们分类并使之概念化的方法，以及加之于它们的各种价值。①

词汇作为表征的一部分，它的选择确定了一种文化态度或价值观念，从来都不是随意自然的，而是与我们的目的和表征方法息息相关，是充满文化意味的。

从费边对具有时间内涵的词汇的分析，我们似乎可以得出以下结论：通过时空转换策略，“特定的时间话语类型与其所指物之间的关系，犹如具体的时间符号与其所指的关系，鲜有清晰的指示或参考”②。当指示功能下降时，在指导实际的政治行为中，语言的权力就会增大，而语言一向是非中立性的。正如“原始”这一术语，不仅仅是标准的时间化词汇，更是人类学这一时间化话语的核心术语。也正如费边所展示的，通过使用诸如“落后”“原始”“封建”“中世纪”“发展中国家”和“前工业”这类词来描述被殖民国家，将这些国家安置到英国历史发展或西方进步的过去阶段，从而这些国家无法自我生存，只能作为欧洲文明的欠发达状态存在。这些具有时间性内涵的词汇，“其内涵的所指，在本质上，如果你愿意的话，是一种普遍的、全球散播的意识形态碎片”③，这就意味着在使用这类技术性术语时，意指过程更多地倚重内涵、意识形态和含糊不清，那么关于他者文化的知识虚假性也赫然出现，作为知识分子的人类学学者也开始为此进行反思与深思。

（二）民族志书写的现在时态

正如前面所表明的，对于词汇层面的考察必然会涉及语义层、句法层乃至整个文本的文体学，费边对民族志文本的句法与文体的研究多集中在时态的使用上。在英语语言中，文本中标识时间的形式不仅仅是一些表示

① S HALL. Introduction. Representation：cultural representations and signifying practices. New York：Sage，2012：p. 3.

② JOHANNES FABIAN. Time and the other：how anthropology makes its object. New York：Columbia University Press，2002：p. 82.

③ ROLAND BARTHES. Writing degree zero，and elements of semiology. Boston：Beacon，1970：p. 91.

时间的日期或表示时间的副词表达，而更多是通过时态，尽管各语言的时态动词形式不同，但时态的使用不是随意的，而是经过慎重考虑和选择的。费边发现，在将被殖民国家安置到遥远的过去的同时，殖民文本倾向于使用一个特定的时态，即“民族志的现在时态”（ethnographic present，也有学者译为“民族志的当下”），费边将之概括为“在记述他者文化和社会时采用现在时态”。[①] 根据语法规范，现在时态主要在以下情况使用：①目前经常发生的行为或所处的状态；②用于真理的陈述。因此一般现在时的陈述暗含着陈述具有逻辑和本体上的指示有效性，或是对亘古不变的事实的陈述。但是民族志文本中的现代时态，费边认为，并非具有如此的功能，而是出于修辞的意图。

使用现在时态来记录异域文化的首个范例是希罗多德的《历史》，然后这一传统被沿袭下来，也广泛地用于各种旅行书写之中。但在费边看来，当民族志被反思为一种具有时间含义的书写行为和文学体裁，关于异域文化中的仪式、习俗等不过是书写者恰巧的选择时，这种书写范式受到了质疑。首先，从逻辑统计的角度上说，现在时态是用于报告计数或数值的最佳时态，如某个民族是母系民族的，但是如果没有了一些表示量化的限制词，现在时态就会过度夸大这一陈述，使之具有普遍性，从而导致统计或数据的失真或丧失有效性。其次，从本体论上看，事物本身是在不断发展的，民族志者用现在时态描述一个异国的社会就暗含这一社会是停滞的、没有发展变化之意，因此，从本体论出发的批评者认为，现在时态凸显了民族志书写者对他者社会的分类观点，而且将“这一社会‘冰冻’在观察的那一刻”，“包含了原始他者具有重复性、可预知性和保守主义这些推测”，[②] 他者被定格在没有时间性的现在。为了反驳以上的质疑，许多批评者宣称民族志的现在时态“仅仅是一种文学技巧，用以回避过去时态或不断交叠在一起的数字和时间修饰语所造成的尴尬状态”[③]。这一反驳将民

---

① JOHANNES FABIAN. Time and the other：how anthropology makes its object. New York：Columbia University Press，2002：p. 80.

② JOHANNES FABIAN. Time and the other：how anthropology makes its object. New York：Columbia University Press，2002：p. 81.

③ JOHANNES FABIAN. Time and the other：how anthropology makes its object. New York：Columbia University Press，2002：p. 81.

族志更多地被当作一种文学实践，同时，不符合逻辑和本体论的现在时态使用也成为传递作者意图的修辞或技巧。费边甚是赞同这种说法，他认为，尽管民族志描写了作者过去的旅行经历与旅行观察，甚至是自传的一部分，却使用现在时态，这在逻辑使用上是行不通的，只是作者出于人文主义而非科学意图的一种修辞。[①]

当时态成为作者表达意图的修辞时，时态的使用便成为一种选择，也就不再能仅仅通过语义（概念所指的内容）和句法（构造话语的功能）来理解了。德国语言学家哈拉尔德·魏因里希（Harald Weinrich）在1964年就提出了篇章（文本）语法，指出时态可“构成交流情境，这一交流情境的具体化产品是文本，而非词语或句子”，因为它是说话人（作者）与听众（读者）交流的方式之一，因此动词的时态使用不能简化为提供时间信息[②]。在此理论基础上，费边认为，“某一文本中主导的时态可直接表明书写者的修辞意图，而与文本所涉及的‘真实世界’的时间没有直接的指示性”，作者使用现在时态意味着“作者意欲对这一世界进行讨论或评论”。[③]这一说法与阐释人类学的观点相似，将民族志视为书写者的阐释与评价，而非对真实世界的记录。由此，采用何种时态进行民族志记录成为一种作者的选择：具有科学倾向的人类学者将用过去式书写民族志，而具有人文主义历史倾向的可采用现在时态书写。这一结论与费边早先提及的民族志多采用现在时态的现象消解了民族志的真实性和科学性，将民族志归入人文历史，而非科学。

此外，费边认为，时态的选择还表达了一种认知：

> 人类学话语中现在时态的使用不仅通过话语的风格态度标识出民族志这一文学体裁，而且展示了对其对象的认知立场，即假设人类学的研究对象是被观察者……现在时态是将话语确定为观察者语言的一个标志，这种

---

① JOHANNES FABIAN. Time and the other：how anthropology makes its object. New York：Columbia University Press；2002：p. 83.

② 转引自 JOHANNES FABIAN. Time and the other：how anthropology makes its object. New York：Columbia University Press，2002：p. 82.

③ JOHANNES FABIAN. Time and the other：how anthropology makes its object. New York：Columbia University Press，2002：p. 83.

语言提供了将世界书写成被看的所有词汇，它描绘并重现另一文化；它是自身语言方式的再生产。①

时态与认知立场关系的解释表明，使用一般现在时态可有效地将被观察地区及其子民变成知识对象，将他者客体化，使得知识具体化，从而对其宰制，以确保作为殖民权力代表的叙述者的地位。因而，继续反驳民族志的现在时态使用不当已经没有什么意义了，重要的是评析这些非时间的表达模式如何被民族志文本时间化，以进一步揭示这种将他者关系时间化的政治性话语与将知识看作是对被观察世界的再生产这一认知之间的关系。

（三）民族志中第三人称的使用

他者客体化的进程不仅仅由现在时态完成，还得益于与现在时态动词形式密切关联的人称。费边发现，民族志文本不仅偏爱现在时态，也青睐第三人称，由此构成了民族志叙述中固定不变的“他们是（做、有）”这一形式，也颇有深意。费边主要从以下两种方式解释这一组合：“一是探寻动词人称与人称代词更深层的意义；二是跨越民族志记录的直接交流情境的限制，探寻其中的现在时态的语言内表现行为的功能，揭示关于知识本性的某些基本推测的根源。”②

首先，从语言理论上说，人称代词的使用具有自身的意义：第一、二人称都具有对话性，而第三人称则是不参与任何对话的人称，所以语言学家埃米尔·本维尼斯特（E. Benveniste）认为，第一、二人称处于“主体性的相互关系”中，而“‘第三人称’不是指人称，事实上，这一动词形式的功能是为了表达非人称”③。民族志记录采用了第三人称与现在时的奇怪组合，一方面使用现在时态，暗示民族志文本本身具有对话性；但在另一方面又使用了“非人称性”的第三人称，由此构成了人与非人、主体与

---

① JOHANNES FABIAN. Time and the other：how anthropology makes its object. New York：Columbia University Press，2002：pp. 86 – 87.

② JOHANNES FABIAN. Time and the other：how anthropology makes its object. New York：Columbia University Press，2002：p. 84.

③ EMILE BENVENISTE. Problems in general linguistics. Coral Gables：University of Miami Press，1971：p. 201.

客体的对照关系，从而不仅有效地将被观察文化和世界创造成客体，而且也将这一他者从对话中驱逐出去。正如费边所观察到的，“第三人称单数的代词和动词形式标识出对话之外的‘他者’。他/她/它不是谈话对象，但又被假定（暗示）为谈话对象以与对话中参与者人称形成对照”①。这种将他者移除出对话的书写策略是“否定同时代性”的又一话语实践，即在旅行实践中在场，但在旅行的文本表征中缺席。

其次，从认知理论来看，第三人称的使用不仅加剧了民族志文本的时间异构矛盾，也使当地民丧失了生产自身知识的主体地位，沦为客体，彰显了民族志文本书写的认知立场和殖民策略。依据前文费边对“民族志现在时态”的分析，可以说，民族志是对异域文化的阐释，这就势必会在分类描述和重写过程中卷入选择与判断，因此“民族志文本仍是书写，这就限定了民族志文本是由主体生产出来的，是认知模板与文学常规的再生产物”②。欧洲民族志旅行者作为书写的主体，在异域知识的生产中占据重要的位置，旅行地的他者被客体化，这就意味着他者丧失了生产自身文化的地位。从实践的角度来看，民族志叙述主要来自民族志者与当地民的对话或问询之中，这是一个“我”与“你”的交往对话，用第一人称单数“我”与现在时态搭配在一起更为合适，不仅反映出了民族志者的言语态度或交流情境，更能让听众相信，所有的报告都是事实。然而，民族志文本并未采用此种写法，而是使用了第三人称。第三人称的使用有效地将存在于民族志实践中的当地民清除出了互动的主体性，换言之，当地民在实践中是知识产生的主体之一，但在书写中，当地民降格为知识的客体。此外，第三人称的使用再次强化了现在时态的认知立场，即旅行者是观看主体，被旅行地民是被观看的客体，抹除了二者的交流与对知识生产的共同作用。这种欧洲人自我抹除的叙述人称，使得欧洲知识生产者在抹除了与当地民进行的具体的、真实的相遇与交流的同时，能够只叙述自己的旅行，与此同时，他者化他者。

从以上分析可以看出，不论是从语言学还是认知立场，第三人称成为

① JOHANNES FABIAN. Time and the other: how anthropology makes its object. New York: Columbia University Press, 2002: p. 85.

② JOHANNES FABIAN. Time and the other: how anthropology makes its object. New York: Columbia University Press, 2002: p. 97.

普拉特所说的“一种常见的、稳定的他者化（othering）形式”；不论是被他者化为同质的集合词“他们”，还是进一步被符号化为“他”，第三人称皆成为现在时态的动词主语，将“他”或“他们”都永久地定格在没有时间性的现代，[①] 没有历时性，只是某种习俗或特色的一个例子而已。如此一来，非欧洲地区的民众被进一步同质化，关于当地民的全球陈述得以制造，好像他们实际上本可以简化成一个单一的“标本”。民族志的现代时态与第三人称的组合有效地将与他者的相遇与交流文本化、程序化为某种特征的细目和详表，从而建构总体的西方与他者关系：看与被看、认识与被认识、书写与被书写，忽略了他者的多样性和差异性。对于费边和普拉特而言，将这些完全不同的语法特点绑定在一起的重要因素是它们都有助于将他者标识到人（humanity）之外，从而成为研究对象而被物化，即被动的结构或阐述目标，便可忽略研究对象作为人所具有的动机、价值观和信仰。

为此，费边对民族志中代词使用的修辞功能做了精辟的总结：

> 修辞——在对信息提供者、群体和部落的所有代词的使用，第一人称单数或复数——都是人类学关系话语的标识，这一话语最终属于政治经济，而非心理或伦理的……时空转换将旅程表达为从野蛮到文明、从农业社会到工业社会，长期为获得商品以供应我们的市场这一意识形态服务。[②]

描述他者文化时所采用的特定时态与人称都是将他者客体化的时空转换策略，这种时间政治是为欧洲的殖民意识服务的。同理，第三人称在小说修辞学中所代表的客观、中立在民族志话语中已然失效，不过是与现在时态合谋的另一他者化的策略罢了。

从旅行的范式之下，费边对民族志鞭辟入里的分析给民族志的知识权威予以沉重的抨击：他使用了文学体裁、书写以强调民族志的本质是政治性表征。在他看来，田野作业是用来生产数据的，但这些数据会“被选择

---

① M L PRATT. Scratches on the face of the country; or What Mr. Barrow saw in the land of the bushmen. Critical Inquiries, 1985, 12 (1): p. 120.

② JOHANNES FABIAN. Time and the other: how anthropology makes its object. New York: Columbia University Press, 2002: p. 95.

和操控以证明，各种理论均是在人类学话语中构想出来的，而且是以理论学家认为合适的形式方式进行阐述的"[①]，从这种意义上看，民族志的数据不再是可以用于各种分析机制而收集的信息，也不是给予的，而是创造的。由此，民族志的材料成为主体的和自传式的。长期以来，人们认为人类学家能像其他的科学家一样生产出事实话语，而非虚构话语。但费边的研究表明：只要与"过去"与"他者"有关联，就不可避免会涉及记录、解释和书写，哪一个是制造的，哪一个又是事实，根本就是说不清的事情，更何况西方民族志者的研究时间会影响到知识生产（研究三个月和十年，二者对他者的知识会有巨大的差异）[②]。尽管在西方人文科学中，科学文本的书写者会采用一些"客观"的方法过滤掉那些影响信息质量的、经验性的、不和谐想法，生产出客观的知识，但谁又能确定一个情景比一个声音、一种气味或滋味更客观呢？我们偏爱这个，反对另一个，这是一个文化选择问题，因而不具有普遍的正当性。由此，人类学关于异域的知识便成为一种权力斗争或协商的结果，也可看作是将他者这一主体征服为客体的过程。

通过分析民族志实践与书写中的时间运用，费边成功地揭示了欧洲民族志书写者将他者客体化为知识对象的认知立场与修辞策略，也凸显了他者在实际旅行过程中在场，而在表征中缺席的问题。恰恰是由于费边对民族志的旅行实践与书写中所主导的殖民主义观念的揭露，罗伯特·扬称他是一位后殖民主义者，费边自己也坦言，萨义德的《东方主义》对于他对人类学中时间问题的研究影响很大，甚至让他更确信自己的研究，因此这两本书在"意图和方法上有很多相似之处"，甚至在某些具体事例上，他的书也是对萨义德殖民理论的详细论述。[③] 的确如此，正如萨义德对东方学科提出的批评，费边从政治—权力的批判向度对人类学学科本身的合法性表示质疑。他采用了跨学科的研究方法论证了人类学是如何制造自己的

---

① JOHANNES FABIAN. Time and the other：how anthropology makes its object. New York：Columbia University Press，2002：p. 72.

② JOHANNES FABIAN. Time and the other：how anthropology makes its object. New York：Columbia University Press，2002：p. 73.

③ JOHANNES FABIAN. Time and the other：how anthropology makes its object. New York：Columbia University Press，2002：p. xliii.

研究对象——他者，从而成为“关于另一时间的其他人的科学”[①]，因为它创造的范畴“原始”（或者是其他关联词“野蛮”“部落”“传统”等）实质是源于社会进化模式的时间概念：将它当前研究的民族假定为属于过去。同时，时间的距离化否定了“人类学的他者，最终是与我们同时代的民族”[②] 这一事实，然而这种“否定同时代性”的存在既有政治条件，也有知识基础，从而使得人类学学科，以差异之名，却与压制和宰制差异同谋。费边使用了不同的词汇说明人类学否定同时代性，如异构时间、裂分时间（schizochronism）和时空转换指出了文本生产的政治因素，关注民族志知识生产固有的西方优越性，以及人类学话语的建构性与政治性，加剧了人文社科的表征危机，推进了民族志研究的文学转向，为“书写文化”开辟了道路。

三、“书写文化”：民族志话语的文本性

费边的《时间与他者》很自然地将民族志者视为旅行者，将民族志文本作为旅行书写，并在此基础上对之进行了书写修辞的分析，揭示出民族志文本的话语性质及其表征的政治性。就在同一年，罗伯特·桑顿也以关于非洲的民族志为例，著文说明早期的民族志主要是先由居住在殖民外围地区的传教士书写，宗主国的学者再基于这些传教士的专著、信件与报告书写出完整的人种学专论。并且，理论化的民族志文本需要将人的行为和环境进行分类，而欧洲社会学科的学者所使用的分类系统与当地民的系统是不相匹配的，这就使得民族志文本有了使用修辞策略的可能性。[③] 二人对于民族志书写性的探寻都将之与旅行联系在一起。克利福德也发表文章，论述了历史上四种民族志权威的模式：经历型、阐释型、对话型和复调型，他没有否认任何一种范式，只是指出，“没有一种模式是过时的、

---

① JOHANNES FABIAN. Time and the other: how anthropology makes its object. New York: Columbia University Press, 2002: p. 143.

② JOHANNES FABIAN. Time and the other: how anthropology makes its object. New York: Columbia University Press, 2002: p. 143.

③ ROBERT THORNTON. Narrative ethnography in Africa, 1850 – 1920: the creation and capture of an appropriate domain for anthropology. Man, 1983, 18 (3): pp. 502 – 503.

纯粹的：每种范式均有进行制造的空间”[①]，这一空间使得民族志书写者拥有了选择数据和书写策略的权利。因而，他与费边持有相同的观点，即书写他国文化成为一种制造的过程，这一行为本身就是一种殖民权力的运用。

1984 年，克利福德主持了那场具有里程碑意义的研讨会“制造民族志文本”，启动了民族志与文学书写、社会历史语境和权力的关系研究。在会议论文集《书写文化：民族志的诗学与政治学》的导言中，他明确指出：

民族志的书写至少受制于以下六个方面：①在语境上（它来自充满意义的社会环境并创造之）；②在修辞上（它与表达惯例互为所用）；③在体制上（书写者既在特定的传统、学科内，针对具体的读者写作，同时又反对上述诸因素）；④一般情况下（民族志通常不同于小说或旅行记录）；⑤在政治上（表述文化现实的权威不是平等地分享，有时要凭借斗争方能获得）；⑥在历史上（上述的所有惯例与限制都在不断变化）。这些决定要素控制、铭刻了内在连贯的民族志虚构。[②]

克利福德从两个方面概括了民族志是一种书写：一是民族志的撰写受语境、修辞、制度、旅行文学、政治和历史等因素的制约，而这些民族志材料必须在设计好的组织叙述中才有意义，而这些组织和叙述不仅仅具有参考价值，还具有约定俗成的、政治的和意味深长的意义；二是民族志报告看似真实客观，但依然含有虚构成分，甚至是一种铭写，即“出于考虑，在某种给定的结构内书写”[③]，是受到书写者所在国家的社会指令限制

---

① JAMES CLIFFORD. On ethnographic authority. Representation，1983，1（2）：pp. 21－54. 该文后收入 JAMES CLIFFORD. The predicament of culture：twentieth-century ethnography，literature，art. Cambridge，M. A.：Harvard University Press，1988. 本文引文出自该书第 53－54 页。

② JAMES CLIFFORD. Introduction：partial truths. In JAMES CLIFFORD and G E MARCUS. Writing culture：the poetics and politics of ethnography. Berkeley：University of California Press，1986：p. 6.

③ MICHEL BUTOR. Travel and writing. In SUSAN ROBERSON. Defining travel：diverse vision. Jackson：University Press of Mississippi，2001：p. 86.

的。由此，明确了民族志文本是经过过滤的、有选择性的，其叙述的所指不是"一个被再现的'世界'，而是话语的特定例子"[①]，一种知识与经验的独特建构，所谓的真实、亲历、在场都是一种修辞。民族志作为对异域文化的表述与记录，是对文化的一种书写。

在此，克利福德虽然承认民族志的书写属性及其与文学的联系，但他依然委婉地指出，"一般情况下"，民族志不同于旅行记录，以承认民族志与旅行的关系，但同时强调它的学科规范性，他的强调并未阻止其他学者将民族志文本与游记进行类比性研究，以阐明民族志是一种旅行书写文类。相较而言，参加会议的普拉特，更多地采用了费边的观点，为了说明民族志文本的书写性，在会议文章《寻常之地的田野作业》的开头便指出：民族志者将民族志文本定位在"高于并对立于游记、个人回忆录、报刊文章以及传教士、移民和殖民官员的记述，这些古老的、非专业性的体裁之上"，以确立自己的权威性和合法性，从而"遮蔽了其本身的话语实践源于这些别类体裁，且至今仍与之共享的事实"，因而，"民族志也如其他任何话语形式，受到修辞的雕琢"。[②] 为了说明这一点，普拉特从书写修辞上论述了民族志与游记书写的共同点。

普拉特将现代民族志列入旅行书写的范畴，主要是依据民族志文本是田野作业的结果，从而将民族志者视为田野作业者、旅行者与科学工作者的三位合一。基于此，她十分重视民族志文本中的个人性叙述，即关于个人田野经历的叙述。依普拉特所述，民族志书写中的个人性叙述常常以两种形式呈现：一是作为科学民族志（通常出版在前）的配套文本出现，带有自传性，如马林诺夫斯基的个人日记，从而出现了一次旅行，两个不同类型的旅行文本；二是作为民族志的常规组成部分，常出现在导言或开篇的几章，交代民族志作者如何来到田野，与当地民初次相遇的情境，之后

---

① JAMES CLIFFORD. Introduction：partial truths. In JAMES CLIFFORD and G E MARCUS. Writing culture：the poetics and politics of ethnography. Berkeley：University of California Press，1986：p. 14.

② M L PRATT. Fieldwork in common places. In JAMES CLIFFORD and G E. MARCUS. Writing culture：the poetics and politics of ethnography. Berkeley：University of California Press，1986：p. 27.

是如何和当地民相处并开展调查的，以及离开时的心情。[1] 这些个人性叙述可视为对整个民族志旅行的简短概述。尽管基于民族志书写的规范，这些个人性的叙述所占篇幅很少，甚至被边缘化，但普拉特认为，它是至关重要的。一方面，它“为民族志文本的主体——民族志作者、当地民和读者——进行最初的定位”；另一方面，这一书写背景的介绍将占主导的民族志分类描述根植于田野亲历，以确立民族志知识的真实性与权威性。[2] 对于亲历的强调，凸显出民族志者的旅行者形象，以及这一事实：民族志书写是一种旅行者的主观与感性经历的结果，从而还原了民族志是一种旅行书写的本质属性。

当然，在普拉特看来，个人性叙述在民族志文本中的意义还不仅于此。正如费边发现，民族志作者通过时空转换这一“否定同时代性”的做法，将面对面的调查对象放置到遥远的过去。普拉特认为，个人化叙述部分实现了民族志作者视角位置的类似转换。

借用它自己的比喻说法，一方面，科学言说的视角就像是观察者置身于某一空间的边缘，向内或向下观看他者。另一方面，主观性的经历则由一个移动的视角来言说，而这一言说视角是置身于被观看的事物之中的，既看，也被看，既谈论，也被谈论。要将田野工作通过田野笔记这一介质转化为正规的民族志，就需要将后者的话语立场（与他者面对面）转换为前者，而这种转换是极其困难的。而且在这一转换过程中，势必会丢失大量信息。

……

通过将个人经历的权威性（民族志也正是来自这一经历）嵌入民族志文本，个人叙述调解了介于田野工作所要求的参与（engagement）与正规的民族志描述所要求的抹除自我（self - effacement）之间的矛盾，或者至

---

① M L PRATT. Fieldwork in common places. In JAMES CLIFFORD and G E MARCUS. Writing culture: the poetics and politics of ethnography. Berkeley: University of California Press, 1986: p. 31.

② M L PRATT. Fieldwork in common places. In JAMES CLIFFORD and G E MARCUS. Writing culture: the poetics and politics of ethnography. Berkeley: University of California Press, 1986: pp. 31 - 32.

少部分地消解了它给人带来的苦恼。因此，将面对面的田野相遇转换为客观化的科学时被剔除的东西，至少可通过个人性叙述复原少许碎片。①

就此段文字看，普拉特将民族志看作是旅行经历的产品，且指出了民族志中个性化叙事与客观描述之间视角的切换，这一切换掩盖了民族志的旅行面向，确定了科学话语的客观性，明示了民族志的科学权威是依靠其修辞来获得的，而非其内容，因而，个人化叙述中民族志专著中不可或缺。

借助以上的叙述，普拉特认为，民族志的这一书写方法——个人性叙述与客观化描述共同存在——来自游记，因为“直至 16 世纪，欧洲的游记书写的习惯依然是记录个人旅行的第一人称叙述和对所经之地的动植物和风俗习惯的描述”并存，尽管“个人叙述占主导，描述性部分常被视为用来堆放无法融入叙事中的‘剩余信息’”。② 依她所云，在游记书写中，也会出现将个人经历的叙述置于全书的前一部分，而后一部分以各种标题来分类，描述所经过地区的风俗（这种书写体例与现代科学民族志是很相似的）；或者是叙事时穿插描述性话语（游记的经典写法），并且这两种话语并存的结构一直延续至今。就此而言，游记与民族志在书写体例上具有相似性。不同的是，游记更加遵循以叙事为主，以描述为辅，以突出故事性。普拉特关于民族志的开篇与游记有着明显的延续性的论述，揭示出民族志主要是通过学科界限来强调自身不同于游记，将民族志文本等同于旅行叙事。

普拉特不仅指出了民族志书写大量借用了游记书写的记述、描述方式，沿用游记写作中的修辞，而且认为，“民族志作者在哪个特定地区（中非和南太平洋地区）从事田野工作，他的自画像就受到描写这一地区

---

① M L PRATT. Fieldwork in common places. In JAMES CLIFFORD and G E MARCUS. Writing culture: the poetics and politics of ethnography. Berkeley: University of California Press, 1986: pp. 32 – 33.

② M L PRATT. Fieldwork in common places. In JAMES CLIFFORD and G E MARCUS. Writing culture: the poetics and politics of ethnography. Berkeley: University of California Press, 1986: p. 33.

的游记写作传统的影响”①。从普拉特的分析来看，民族志者所创造的自我形象常常调用了游记文学中已然确立的形象，第一种是以马林诺夫斯基为代表的老式的漂流者的形象，这一形象使民族志作者的处境神秘化、去体制化，但同时使得民族志作者可以不断地在参与者与观察者之间变换言说立场，从而形成了个人性叙事与描述话语相互穿插的书写形式，民族志者存在于文本之中。第二种自我形象便是以雷蒙德·弗思（Raymond Firth，马林诺夫斯基的学生）为代表的王者形象，出现在“王者降临”场景中，这种修辞方式宣称了民族志者的优越性，及其所进行的活动是一种权力。第三种形象则是以埃文斯—普理查兹（Evans – Pritchards）为代表的冒险家的形象，以国家的名义，将自己置于各种危险或困境当中，他们的书写较为僵硬地将文本分割为个人性叙事和客观化描述。基于这三种形象所出现的地区与该地区中西方游记的旅行者形象具有相似性，游记与民族志中出现了类似的“到达场景”（arrival scene），形成了某种地区的旅行话语传统，同时也说明：言说的主体并非如文本主体部分所呈现的那样，是一个抹除了自我的科学话语主体。

至此，普拉特打通了游记与民族志的界限，将二者等同起来，她的这一观点立场也可见于她对布斯曼人（Bushman）形象变化的研究之中。她所使用的分析材料既有传统上被确定为游记的文本，也有被认定为科学民族志的文本，通过研究旅行话语中布斯曼人形象的变迁，她认为，民族志者对当地民的叙述本身就是一种侵犯，“不管民族志者的态度如何”，他们也卷入欧洲扩张计划之中。② 基于普拉特的研究，我们可以说，不论是传教士、旅行者，还是民族志者和行政官员带来的民族志，当一种文化成为民族志的文化时，某些本质的东西被遗失了，因为文类的书写范式潜在地决定了材料的筛选与制作。因此，民族志不是异域文化的真实、全部的表述，民族志作家就像希腊神话中的赫尔墨斯，“承诺绝不说谎，但并不承

---

① M L PRATT. Fieldwork in common places. In JAMES CLIFFORD and G E MARCUS. Writing culture：the poetics and politics of ethnography. Berkeley：University of California Press，1986：p. 42.

② M L PRATT. Fieldwork in common places. In JAMES CLIFFORD and G E MARCUS. Writing culture：the poetics and politics of ethnography. Berkeley：University of California Press，1986：p. 42.

诺说出所有的真相”[①]。至于说什么，如何说，都取决于民族志田野工作的目的。由此，民族志成为一种对他者文化的表征，20 世纪 80 年代的“米德—弗里曼之争”[②] 很清晰地揭示了这一点。

根据马库斯对会议的描述，普拉特所提出的游记与民族志“体裁的同一性”问题在会议上进行了进一步的追寻[③]，遗憾的是，他没有记述追寻的结果。但有一点是肯定的，普拉特的这一观点引起了广泛的思考与讨论，至少揭橥了民族志的修辞使用。借用克利福德的说法，普拉特对于“到达故事”（arrival story）的讨论将“民族志作者的个人化声音视为一种风格”，“一种语气或是事实的润色。此外，民族志者的田野经历是以一种高度风格化的方式来呈现的”。[④] 由此，书写是民族志的核心，民族志不再是对异域文化的自然记录，而是选择、排除、组织与重写的结果，书写不仅具有“写”的意义，还具有“政治意味”。书写者的身份、兴趣、价值判断都会影响到文本的表征，即使是以客观著称的科学学者，也不能免俗，在他们的“‘意识’和‘无意识’里，存在着所谓科学家的自发哲学”[⑤]。费边的研究也表明：自 18 世纪起，欧洲旅行科学家的“自发哲学”

---

① VINCENT CRAPANZANO. Hermes dilemma：the masking of subversion in ethnographic description. In JAMES CLIFFORD and G E MARCUS. Writing culture：the poetics and politics of ethnography. Berkeley：University of California Press，1986：p. 76. 赫尔墨斯是众神之王宙斯的“代言人”，负责将宙斯的命令传达并解释给众神，同时将众神的答复再解释给宙斯。

② “米德—弗里曼之争”主要指的是年轻的人类学家玛格丽特·米德受老师博厄斯（文化决定论者）指点到太平洋岛屿调查萨摩亚人的青春期生活，后基于这一田野调查在 1928 年出版了《萨摩亚人的成年——为西方文明所作的原始人类的青年心理研究》一书，指出了萨摩亚人未受到美国青少年所遭遇的青春期困惑，由此赢得了文化决定论的胜利。但在 1983 年，澳大利亚国立大学荣誉教授德里克·弗里曼推出的《米德与萨摩亚人的青春期——一个人类学神话的形成与破灭》，指出了米德民族志中大量虚构或错误报导，论证了萨摩亚人也遭受青春期的困惑。这一争论持续至今。

③ G E MARCUS and JAMES CLIFFORD. The making of ethnographic texts：a preliminary report. Current anthropology，1985，26（2）：p. 269.

④ JAMES CLIFFORD. Introduction：partial truth. In JAMES CLIFFORD and G E MARCUS. Writing culture：the poetics and politics of ethnography. Berkeley：University of California Press，1986：p. 13.

⑤ 阿尔都塞著，陈越编译：《哲学与政治：阿尔都塞读本》，长春：吉林人民出版社，2003 年，第 66 页。

便是欧洲中心主义和欧洲文化是高级文明的哲学旅行观念。

基于20世纪80年代民族志书写性的反思，费边著文对民族志这一术语进行了再考证，以标明民族志表征的非客观性，以及作为书写的民族志本身就是政治的。他认为：

> 如果术语民族志（ethnography）是按照宇宙学（cosmography）或者地理学（geography）的模式而创造的，它“单纯”的意思仅指“描述各民族”。除了这个词之外，ethnoi早已经失去其作为中性术语的单纯性，而具有某种评价的观念……更重要的是，描述、书写的因素从一开始就具有某种名义上的倾向，它对书写活动本身的暗示远不及书写的产品——描述、静态描写，简而概之，表征。[①]

因此，“表征”作为书写的生产成果，是具有倾向性或某种态度的，而“表征”一词的使用旨在强调现实与其同貌者的差异，及其书写的诗学与政治学。因此，对于民族志文本，“表征的问题不在于真实与其意象的差异，而在于在场与表征之间的张力”[②]。人类学家从欧洲去往他地，民族志书写将那时制造为现在，这两种行为的聚合构成了在场，因此他者在场也是“界定他者化过程”的方式，对二者张力的研究不仅有助于我们再次证明经历的首位是要求同时同地的在场；也会强调表征的加工和生产本质，这里的加工不仅仅意指任何行为或是发生的连续事件，生产也不是指预先选择好的结果，而是指转变、塑形与创造。[③]在人类学话语的主导修辞中，他者在民族志中的在场与理论化中的缺席是一体的，在民族志中，他者被展示，因而作为表征的客体而存在，但同时他者是缺席的，因为他者的声音、要求和价值观都在理论化的人类学话语中缺失了。正如萨义德对东方话语的批判：“在讨论东方时，东方是缺席的，人们只能感受到东方

---

① JOHANNES FABIAN. Presence and representation：the other and anthropological writing. Critical inquiry，2000，16（4）：p. 758.

② JOHANNES FABIAN，Presence and representation：the other and anthropological writing，Critical inquiry. 2000，16（4）：p. 755.

③ JOHANNES FABIAN. Presence and representation：the other and anthropological writing. Critical inquiry，2000，16（4）：p. 756.

学者和他所说的在场，但是我们必须要记住：恰恰是东方的有效缺席使得东方学者确保了其在场。”[①] 同理，在人类学家给读者提供的文本中，他者不在场，但是在田野作业中他者会发出自己的声音，也恰恰是这些他者曾经说话，但又处于存在缺席的状态下，人类学家才能够表征他们。表征本身成为一种携带着认知立场与意识形态的政治实践，成为权力关系的标识。

第二节　文化即旅行：作为空间实践的民族志

《书写文化》，不论是症候还是导火索，当它将民族志界定为文化的铭写、话语时，这就意味着必须将民族志放置到更为广大的语境之中去考量。根据福柯的观点，话语不是一组标识或是文本的延伸，而是“系统地形构所谈之物的实践”[②]，不仅要研究陈述，更要研究使得陈述存在，并有意义，富有力量的一套结构。正是基于这一话语的理论视角，克利福德更多地关注民族志实践，在他随后的研究中，不论是《文化的困境：20 世纪民族、文学、艺术》（*The Predicament of Culture*：*Twentieth-Century Ethnography*，*Literature*，*Art*，1988）还是《路线：20 世纪晚期的旅行与翻译》（*Routes*：*Travel and Translation in the Late Twentieth Century*，1997），他都关注民族志这一现代旅行实践涉及的权力与知识生产问题，将民族志界定为“书写、收藏、现代主义拼贴、帝国权力和颠覆性批评的混杂活动”[③]，以及民族志引发的文化政治性问题和表征过程。与此同时，克利福德坦言，他深受威廉斯的《文化与社会》的影响，因为该书教会他在讨论诸如“文化”与“艺术”等思想时，不能仅仅关注知识分子的影响力，还要将各种

---

① E SAID. Orientalism. London and Henley：Routledge & Kegan Paul Ltd.，1978：p. 208.

② M FOUCAULT. The archaeology of knowledge. London：Tavistock Publications Limited，1972：p. 49.

③ JAMES CLIFFORD. The predicament of culture：twentieth-century ethnography，literature，art. Cambridge，M. A.：Harvard University Press，1988：pp. 13 – 14.

思想看作是与历史进程交织在一起的复杂回应。[①] 因此，他采用历史化的思路处理民族志文本与活动，在具体的历史语境中去探索人类学中文化对人文思想的延续和不同，这一历史语境便是《文化与社会》未触及的，即殖民语境。一方面，他在具体的殖民语境下探寻人类学知识的生产：民族志者在各种复杂和模糊的权力关系中挣扎、对抗，将其自身限制为历史的主体；另一方面，他重点讨论了民族志的旅行属性。因此，克利福德对旅行文化和民族志的研究的出发点就是政治—认知之辩。

一、作为空间实践的田野作业与旅行路线

如果说，20 世纪 80 年代学界对民族志文本的反思与批评深化了人类学的表征危机，那么克利福德在 90 年代后对民族志实践的话语性研究则将他的殖民旅行研究锚定在人类学危机和跨域文化研究的边界上，这种研究转向主要集中表现在 1990 年 6 月的伊利诺伊（Champaign-Urbana，Illinois）“文化研究：现在与未来”（Cultural studies，now and in the future）研讨会上的发言《旅行文化》（Traveling Cultures）。克利福德不仅提出了“文化即旅行”[②]，指出了旅行的本质是政治文化活动，与性别、种族和阶级都有密切联系，也更倾向于“将民族志看作一种旅行形式”，不仅因为民族志“无法避开总是出现在旅行记录中的重要、有趣的事物，而这些事物在社会科学记录中鲜有出现”[③]，而且不可避免地将民族志定位化为田野作业所带来的危险性，以便考量民族志旅行的方向与路线。克利福德从旅行的角度重新考量文化及其科学——人类学，从而将建构的历史性、移动场域、各种干涉和互动，以及路线和转化都引入了殖民旅行研究的视界，“文化

① JAMES CLIFFORD. On the edges of anthropology. Chicago：Prickly Paradigm Press，2003：p. 2.

② JAMES CLIFFORD. Traveling cultures. In L GROSSBERG，C NELSON and P TREICHLER. Cultural studies. London and New York：Routledge，1992：p. 103.

③ JAMES CLIFFORD. Traveling cultures. In L GROSSBERG，C NELSON and P TREICHLER. Cultural studies. London and New York：Routledge，1992：p. 112.

即旅行关系的民族志”（culture-as-travel-relations ethnography）①成为克利福德对人类学实践与知识生产的研究切入点，进一步显现出民族志知识的建构性，以及西方旅行所携带的殖民权力与意识。

从“文化即旅行关系的民族志”的视角出发，克利福德主要聚焦于“民族志田野作业——一组使得文化世界被表征的学科实践”②，并且，整个民族志实践是一个旅行—暂住—旅行的过程，而为人类学的文化知识提供资源的田野作业则是欧洲旅行历史的一部分。如此一来，田野不再是一个地方或地点，而是空间。根据德·塞都对“地方”与“空间”的划分：“地方是与分布到各种共存关系中的因素相一致的秩序”，“暗含着稳定性”；而“空间是由移动的要素交织在一起构成的”，“当考虑到方向、速度和时间变量时，空间就产生了”，所以，“空间是实践的地方”，是“由历史的主体确定的”。③ 或者我们可以采用当代文化批评理论对空间更清晰明了的解释：“空间并不是人类活动发生于其中的某种固定的背景，因为它并非先于那占据空间的个体及其运动而存在，却实际上为他们所建构”④，也就是说，空间是一种社会性的建构，其边界是不断变化的。基于此，民族志的田野进入旅行话语后，不再是作为民族志观察的单纯的某个村庄或社区的确定的物质性地点，而是作为一种空间，是一种想象性界定和话语绘制——是由专业的人类学家根据研究目的需要自行确定边界和占有的空间，空间本身就是政治的，充满了权力。克利福德因而将田野作业视为一种“空间实践”⑤，以阐明民族志实践是非中性的，也是政治性的。田野作业，如克利福德所说，也是“发生在物质世界的、偶然的旅行关系

① JAMES CLIFFORD. Traveling cultures. In L GROSSBERG, C NELSON and P TREICHLER. Cultural studies. London and New York: Routledge, 1992: p. 102.

② JAMES CLIFFORD. On the edges of anthropology. Chicago: Prickly Paradigm Press, 2003: p. 8.

③ MICHEL DE CERTEAU. The practice of everyday life. Berkeley: University of California Press, 1984: pp. 117 – 118.

④ 丹尼·卡瓦拉罗著，张卫东等译：《文化理论关键词》，南京：江苏人民出版社，2006 年，第 187 页。

⑤ JAMES CLIFFORD. Traveling cultures. In L GROSSBERG, C NELSON and P TREICHLER. Cultural studies. London and New York: Routledge, 1992: p. 97.

之中，而不是被控制的研究场域之中”[①]，从而我们可以将对民族志实践的研究放在更具体的社会历史语境之中，洞悉民族志的建构性及其隐蔽的权力。

从对克利福德表述的分析可知，以往将民族志的田野视为一个地点的做法，即地点化的策略是充满危险性的，也是不妥的。一方面，这种由马林诺夫斯基所开创的地点式的参与性观察的做法，不仅“将文化置于某一特定场所的中心”，也倾向于将田野作业“建构成共同居住的实践，而非旅行，甚至不是游览”。[②] 这种策略将民族志者与当地民的关系描绘成和谐的社区成员关系，一种“兄弟”（brother）的关系，忽略了旅行交往中从“他者”（other）[③] 到兄弟的互动过程，也遮蔽了二者之间的协商、对抗与权力的不对等性。另一方面，这种地点化的策略也存在以下四个方面的危险性：第一，忽略了旅行，以及交通工具，不仅将民族志话语与旅行话语相分离，也脱离了具体的社会语境；第二，抹除了所有到达专业人类学家所划定的“田野”途径的地方和路径信息，如首都城市、国家语境等；第三，抹除了研究者的信息及其相关背景；第四，场域与转化关系最小化，使得所涉及的协商和政治层面消失，容易忽视或抹除民族志框架中的历史现实。[④] 总而言之，这种地点化策略抹除了跨文化交流所涉及的空间移动、技术和目的等政治、经济和文化因素之间的诸多差异，而事实上，恰恰是这些差异暗示着权力的不平衡。

也正是基于此，克利福德提倡将田野作业作为“空间实践”，以便避免忽视民族志的地点化策略所遮蔽的各种权力问题，因为将田野作业看作

---

① JAMES CLIFFORD. Routes：travel and translation in the late twentieth century. Cambridge, M. A.：Harvard University Press，1997：p. 68.

② JAMES CLIFFORD. Traveling cultures. In L GROSSBERG，C NELSON and P TREICHLER. Cultural studies. London and New York：Routledge，1992：p. 98.

③ 斯蒂芬·格林布拉特在论及欧洲殖民者对非欧洲人的态度时，他利用“他者”（other）与“兄弟”（brother）这两个单词的发音与拼写的接近性，创造了一个双关语。他指出，在欧洲殖民者眼中，本地人都是作为原始的他者而存在，通常缺乏人性，只有通过欧洲人的恩赐，他们才能成为兄弟。参见 STEPHEN GREENBLATT. Marvelous possessions：the wonder of the new world. Oxford：Claredon Press，1991：p. 138.

④ JAMES CLIFFORD. Traveling cultures. In L GROSSBERG，C NELSON and P TREICHLER. Cultural studies. London and New York：Routledge，1992：pp. 99 – 100.

旅行实践的一部分，便强调了“具体的活动都是在历史与政治界定的地方进行的”①。当田野作为空间，田野便成为携带着各种文化的旅行者，相遇与交流的空间，或者借用普拉特的术语，“交往地带”（contact zone）——历史与地理都各自分开的不同民族文化开始接触并建立各种关系的社会空间，通常涉及压制、极端的不平等和难以消除的冲突的状况，亦是“各种文化交汇、冲突、斗争的社会空间”，普拉特同时指出，这一社会空间常出现在“权力关系高度不对等的语境之下”。② 这种权力的不对等在民族志实践中尤为明显，因为民族志的田野作业不仅是“空间实践”，还是话语实践。在马林诺夫斯基开创的参与性观察田野实践之前，民族志者与白人同伴生活在一起，召唤信息提供者到他们的宿营地或阳台谈论文化，每位信息提供者基本只是按提问者的问题回答，而非进行正常的交谈或辩论。在这一话语实践中，西方民族志者完全控制整个交流活动。虽然作为本土的信息提供者与民族志者共同参与了对自身文化知识的生产，但其只负责言说——且言说也是受到了民族志者的限制，最后的书写权力依然掌握在西方的民族志者手中。

此外，作为空间实践的田野作业也完全打破了旅行者与居住者、内者与外者的边界—— 作为民族志的旅行，本身就打破了旅行与居住、内者与外者的传统对立，而是呈现为一种克利福德所说的“居住中的旅行和旅行中的居住”（traveling-in-dwelling，dwelling-in-traveling）③ 的样态。在这种状态下，不论是民族志者还是信息提供者都扮演着双重角色：一方面，民族志者旅行至一个他/她建构为田野的地方，支起帐篷，暂时居住在这里，学习当地的语言，观察当地民的生活，和他们交谈，参加各种仪式或活动，努力成为他们生活的一部分；他/她不仅仅是他所建构的研究客体——某一部落、社区的观察者，更是参与者，由此，民族志者具有了既是外者又是内者的混杂身份。另一方面，依克利福德所云，早期的民族志者所研究的人多是旅行归来者，而非始终在家之人。以他所盛赞的“斯岗

① JAMES CLIFFORD. On the edges of anthropology. Chicago：Prickly Paradigm Press，2003：p. 8.

② M L PRATT. Arts of contact zone. Profession，1991：p. 33.

③ JAMES CLIFFORD. Traveling cultures. In L GROSSBERG，C NELSON and P TREICHLER. Cultural studies. London and New York：Routledge，1992：p. 108.

托效应”（Squanto effect）[①] 为例，斯岗托也是一位刚刚从欧洲旅行回来、会说英文的土著人。同时，他指出，多数的“信息提供者起初以当地人的角色出现，又以旅行者的身份出现”[②]，他们也是自己文化的内者与外者，他们提供的信息和文化阐释并非完全可信。由此，在旅行的表述范式下，民族志者与当地民的身份都不再是单一的，而是充满了混杂性和多元文化的特质。

当然，克利福德有意地打破了民族志者是旅行者，信息提供者是“当地民”（native）的传统的人类学观念，其用意并非仅仅是要用信息提供者也是旅行者这一概念来挑战或替代信息提供者为与地民的民族志观念，而是要凸显出另一个常常被忽略的事实，即“当地民”这一概念本身也是民族志建构而成的。关于这一点，阿君·阿帕杜莱（A. Appadurai）曾著文论述“当地民”这一人类学技术术语的本质。他认为，作为民族志研究客体的“当地民”并非指生于此、长于此的人，而是指生活在“过去和现在均远离西方宗主国的某些地方的人或人群”，或者是禁闭在这些地方的人。[③]由此，当地民只是传统上使用的技术术语“原始”的又一替代词（关于“原始”作为技术术语的论述见本章第一节），其所含的哲学旅行观念或等级制等观念依然存在，民族志话语更是通过表征的本质主义化对他者进行了定格在当下的描述。

正是从旅行的视角，我们发现，旅行路线体现了人类学这种学术权力的归属，也决定了文化铭写的权力。正如克利福德所引用的詹姆斯（C. L. R. James）的话：“重要的是移动，不是你在哪里，拥有什么，而是你从哪儿来，又将去向哪里”[④]，重要的是旅行的方向或路线。西方的民族志者来到一处非西方之地，一个部落或岛国，将之命名建构为田野，对当

---

① 克利福德的“斯岗托效应”是一种旅行（居）者与当地民能互相帮助、互相融合的状态。斯岗托是一位会说英语的印第安人，在 1620 年帮助第一批来到马萨诸塞洲普利茅斯的清教徒度过了艰难的冬天。见他的文章“Traveling Cultures”，第 97 页。

② JAMES CLIFFORD. Traveling cultures. In L GROSSBERG, C NELSON and P TREICHLER. Cultural studies. London and New York：Routledge，1992：p. 97.

③ ARJUN APPADURAI. Putting hierarchy in its place. Cultural anthropology，1988，3（1）：pp. 36 –40.

④ 转引自 JAMES CLIFFORD. Traveling cultures. In L GROSSBERG，C NELSON and P TREICHLER. Cultural studies. London and New York：Routledge，1992：p. 96.

地的文化进行描述本身就是一种特权的使用，是对当地文化的潜在干预，而旅行的方向决定了二者之间力量关系的模式。事实上，在殖民主义背景下，能随意到达某地这一旅行事实本身就携带着优越感和特权，就意味着占据主导权，这些旅行者也常常将技术的先进性转化为文化的优越性。

事实也确实如此：通过来访者询问和书写被访者，被建构的当地民丧失了对言说和书写的控制，从而导致了民族志实践与书写中的等级和权威。

民族志——现代旅行的演变实践——在建构与表征“各种文化”时开始警惕某些本土化的策略……我批评一套过于简化的做法，不是主要基于这些做法是错误的、不真实的，或政治上是不准确的。每个聚焦点都会排除其他点；所有文化间的阐释方法都是政治的。要再现截然不同的文化方式，不可避免地要使用一些本土化策略。但“本土”是谁的视角？这些不同在政治上是如何清晰表达的？又是如何挑战的？是谁来决定社区在何处？（或何时）划定它的边界，界定其内者与外者？①

这段文字直接从几个方面凸显了民族志实践的权力问题。第一，民族志是现代旅行的实践，旅行的方向、路径都携带着权力，决定了来访者拥有“建构与表征”他者文化的权力，被访者自然处于被动的状态，成为被表征者而物化。用霍尔的话，当地民是被动地“进入表征”。但为了掩饰这种西方文化对另一文化的掠夺，民族志会采用一些本土化的策略，如采用当地语言进行问讯；和当地民居住在一起，以抹除各种社会、政治因素和权力的不对等性，使得民族志实践呈现为中性的科学研究。

第二，民族志，不论是实践还是文本，均是政治的，是一种话语。“话语的概念比一般理解的书写更加广泛，俨然是学术机构和政治上的文化运用”②，而民族志所进行的选择、分类、排除、过滤与记录都是民族志者权力的运用：对他者文化的再现是基于母体文化的视角还是他者文化的

---

① JAMES CLIFFORD. Traveling cultures. In L GROSSBERG, C NELSON and P TREICHLER. Cultural studies. London and New York: Routledge, 1992: p. 97.

② JAMES CLIFFORD. On the edges of anthropology. Chicago: Prickly Paradigm Press, 2003: p. 106.

视角？对关注焦点是如何进行取舍的？为何将有些材料排除在外？这些其实都是制度化学科的具体实践，而这些实践是有一套衡量的标准的，也是现在的田野工作者必须接受专业的培训并且掌握的，以便他们能“迅捷抵达文化的核心地带，获得他者文化基本的体制和结构”[①]。这其实是将民族志实践与书写严格地归入体制之中，这种培训不仅仅是技术的培训，也带有西方核心价值的培训，这种培训更多的是教会旅行者如何用眼睛看，如何询问各种操作指南，这些指南决定了田野工作者的视界，如何获得材料，以及对材料取舍的标准和评判。每个民族志者所接受的正规学科训练注定了民族志作者在记录书写之初，就开始了对异域文化的阐释与建构，这种跨文化的叙述是一种阐释，是具有政治性的阐释，是一套体制化的话语。

第三，各种术语和划分的界定都是由西方民族志者决定的。克利福德的追问引发了后殖民时期的学者对民族志书写中的权力机制与运作进行探究，显影了西方的“他者”失去了铭写自己故事的权力，西方成为他们的代言人这一事实。这种现实本身就是斯皮瓦克所说的“认知的暴力”[②]，他们无法言说自己；他们只能被别人言说，当地民由此成为被访者和物质上、思想上的被压迫者。在此，划定界限，也是充满了政治文化意味的活动。通过划界，流动中的自然物被纳入了西方民族志者的规范之中，使得田野作业这一空间秩序得以被构建出来，也正是通过划界，自我与他者、内者与外者、中心与边缘被建构定位。因此，划界的特权充满了殖民权力，自我—他者的关系因而演变为权力和修辞问题，而非实质问题。

通过考量旅行的作用，以及物理空间移动和暂时居住构成的田野作业，克利福德使我们更清晰地看到民族志实践的建构性——田野是建构的，作为“互动性旅行的具体实践”的空间；作为信息提供者的“当地民”是建构的，进一步凸显出“中性的、非政治性的社会科学本身就是一

---

① JAMES CLIFFORD. The predicament of culture: twentieth-century ethnography, literature, art. Cambridge, M. A.: Harvard University Press, 1988: p. 30.

② G C SPIVAK. Can the subaltern speak. In L GLOSSBERG. Marxism and the interpretation of culture. Urbana and Chicago: University of Illinois Press, 1988: p. 280.

种历史与政治的创造”①，似乎没有自然的、固有的人文学科，民族志者拥有建构的权力与权威。与此同时，克利福德创造性地提出了旅行路线问题，认为“当一个人的地理政治路线和相遇被限制后，那么这些路线与相遇也被最终决定下来。地点不是牢狱，而是由未完成的物质、地图和多种历史构成的。……全球化下的跨国旅行流动，塑造和重塑了文化与地方”②。基于此，现代历史时期，西方旅行者的路线少有限制，这就赋予了他们对旅行地及其文化进行塑造铭写的特权，因而，克利福德将路线当作考量现代旅行的重要面向，克服了传统民族志研究中所忽略的问题：一是民族志者为何，又是如何进入这一命名为田野的空间的；二是民族志者在田野实践中所进行的一系列转换活动，包括身份的转变、观察方式的转变以及获取的资料的转变；三是旅行线路势必会关涉到具体的时间，标识出跨国语境、交通技术，以及与当地民（具体的、个体的，而非集体的、无名的）的接触与互动，从而将民族志实践变成具体历史语境下的文化活动。

二、民族志旅行与书写：跨文化的翻译

当克利福德将文化看作是一个被穿越的场所，或是旅行与居住的场域而重新考量民族志实践时，旅行被突出为文化实践，关于旅行的知识也需要重新进行慎重讨论。通过从后殖民视角检视旅行文化的历史，克利福德发现“旅行所携带的性别、阶级、种族和文化的标记都非常明显”：

> “好的旅行”（英雄的、教育的、科学的、探险的、高贵的）是男人（该）做的，女人则不允许参与这种庄重的旅行。一些女性到远方，多为陪伴或者是特例……“女士”（lady）旅行者（资产阶级、白人）与众不同，是主导的话语与实践中的特殊人群……旅行与欧洲历史、识字、男

---

① JAMES CLIFFORD. Traveling cultures. In L GROSSBERG, C NELSON and P TREICHLER. Cultural studies. London and New York：Routledge，1992：p. 112.

② JAMES CLIFFORD. On the edges of anthropology. Chicago：Prickly Paradigm Press，2003：29.

性、资产阶级、科学、英雄、娱乐、意义和实践密不可分……种族主义当然与此息息相关，因为在主导的旅行话语中，只有白人的形象才是英雄式的探险者、审美的阐释者或是科学权威。[①]

克利福德对现代旅行的观察解释至少说明了三个问题：第一，严肃的旅行是男性主导的，或是女性根本就没有进入此类旅行的入口，如此一来，旅行成为男性的专有；女性旅行者相对较少，即使有，也多以男性的陪伴身份参与到旅行活动中，处于附属的地位。这一说法更加验证了萨义德对欧洲男子的东方之旅与性的分析，从而使得异域旅行与男权联系在一起，增加了旅行的殖民面向。第二，尽管女性旅行者处于旅行的被动状态，但资产阶级白人女性作为特殊的旅行个体而存在，由此，旅行更多地受到阶级的影响，而非性别，这本身就说明了为何来自帝国的女性在旅行地能获得权威的问题。第三，旅行受到种族主义的浸染，以至于旅行的主角或主导者多为欧洲白人。克利福德对旅行实践和话语中所透射出的殖民意识分析更加彰显出现代旅行的种种权力不平衡。旅行从来都不是中性的、未被污染的术语或概念，而是处于一定的社会、经济、政治语境中的政治文化活动。

相应地，旅行者则是在强大的文化、政治和经济保证下进行移动，这就意味着某些旅行者享有各种物质特权，而其他的则处于压迫地位，具体的跨文化语境，尤其是殖民、新殖民和后殖民都对跨域旅行起着至关重要的作用。旅行者所享有的政治经济权力也决定了其享有更多的言说、表征他者的权力。鉴于旅行经历素有“知识和权力之源”[②] 的盛名，旅行意味着“一系列的物质与空间实践，从而生产出知识、故事、传统、习惯、音乐、书籍、日记和其他文化表现形式”[③]，但是这种知识的生产权力是不均衡的。如一些旅行者的随从、陪伴、翻译或向导，他们也在旅行中获得知

---

① JAMES CLIFFORD. Traveling cultures. In L GROSSBERG, C NELSON and P TREICHLER. Cultural studies. London and New York: Routledge, 1992: pp. 105 – 106.

② JAMES CLIFFORD. Traveling cultures. In L GROSSBERG, C NELSON and P TREICHLER. Cultural studies. London and New York: Routledge, 1992: p. 107.

③ JAMES CLIFFORD. Traveling cultures. In L GROSSBERG, C NELSON and P TREICHLER. Cultural studies. London and New York: Routledge, 1992: p. 108.

识、故事和跨文化理解，但他们的旅行更多等同于一种劳作，而且他们也很少生产出物质性的文化表现形式——旅行书写，即使有，也很难找到用西方语言发表的入口。就此而言，旅行的权力与旅行书写的权力始终为“阶级、性别、种族、经济、语言和某种文学性所浸染”①。作为一种跨界行为，旅行不再是单纯的个人获得知识和自我身份的个人行为，而是一项重要的文化、政治行为和话语。

鉴于旅行是跨文化的政治话语，成为性别、阶级、种族等的汇集点，克利福德更愿意将民族志旅行看作是“翻译性术语”（term of translation）②，这进一步强化了旅行话语表征的政治性。旅行与翻译都意味着改变，罗莱达娜·博乐兹（L. Polezzi）对“旅行与翻译的关联性”做出了生动而又简洁的描述：

> 旅行者总是依赖于阐释者，正如自己也在扮演中间人的角色；翻译者与旅行者都要通过已知的、熟悉的术语转述未知的、陌生的术语；旅行者与翻译者的最终不可靠性；他们具有欺骗、混淆和背叛的潜力，也具有充当可靠的导游、中介和目击者的潜力。③

将旅行当作翻译术语，更增加了旅行的复杂性或双重性，旅行可提供相对真实的信息，同时也可能提供虚假信息，由此，旅行话语的表征再次受到挑战。分析了克利福德的《路线》一书后，博乐兹指出：“旅行者与翻译者，以及他们的产品都深深嵌入权力关系中，并与之不断协商……旅行与翻译实践都卷入制造表征、改变表征的活动中，而这些表征在创造和维护或破坏文化、政治和经济的等级制中起着至关重要的作用。”④ 换言

① JAMES CLIFFORD. Traveling cultures. In L GROSSBERG, C NELSON and P TREICHLER. Cultural studies. London and New York: Routledge, 1992: p. 110.

② JAMES CLIFFORD. Traveling cultures. In L GROSSBERG, C NELSON and P TREICHLER. Cultural studies. London and New York: Routledge, 1992: p. 110.

③ LOREDANA POLEZZI. Translation, travel, migration. Translator, 2006, 12 (2): p. 171.

④ LOREDANA POLEZZI. Translation, travel, migration. Translator, 2006, 12 (2): p. 177.

之，旅行者与翻译者“远非中立或学术的，而是会带来实践和道德的后果”[①]。无论旅行者如何强调，这是对事件“未加修饰”的记录，这一记录都受到了影响，即使旅行书写者没有被其社会化、文化语境和意识形态所决定。因此，旅行与翻译一样，很难与性别、种族、语言、历史等隔离开来。

正如翻译，作为一种语言间和文化间的转换过程，很难做到对等翻译，因为两国的文化与语言不是对等的，语言所引起的文化联想也是不同的，民族志书写也很难完整无误地呈现当地民的社会文化。在民族志的书写中，往往会出现旅行地的物产和风俗无法在母国语言中找到，甚至作者都不知那些物品是什么，自然不知如何呈现。桑顿在研究民族志词汇的来源时曾指出，民族志者常采用当地的语词以填补欧洲语言中的缺失，然而“这些语词的最原初的、当地的意义往往会被歪曲，以回答欧洲的某些道德问题”[②]。由此可以看出，铭写异域文化的民族志与翻译一样，不是一种简单的信息传递，更多的是一种改写与阐释。苏珊·巴斯耐和安德里·勒菲芙（Andre Lefevere）也表达过类似的观点：

> 翻译就是对原著进行重写。这种重写，不论出于何种目的，都反映出某种意识形态和诗学或是操控文学按着某种方式发生作用。重写是一种权力操控，且为权力服务，用考古学的方法去探寻翻译、文化与历史的关系，更能清晰地看到翻译中的权力操控。[③]

正是基于同样的认识，巴斯耐后来宣称“地图绘制者、翻译家和旅行作家并非纯粹是一种无辜的文本制造者，其制造的作品尽管标榜说是其他

---

① LOREDANA POLEZZI. Translation，travel，migration. Translator，2006，12（2）：p. 179.

② ROBERT THORNTON. Narrative ethnography in Africa，1850 – 1920：the creation and capture of an appropriate domain for anthropology. Man，1983，18（3）：p. 511.

③ SUSAN BASSNETT and ANDRE LEFEVERE. The general editor's preface. In ANDRE LEFEVERE. Translation，history and culture：a source book. London and New York：Routledge，1992：p. 11.

东西，但实际上是塑造和决定我们对他者文化态度这一操控过程的一分子”①。可见，旅行书写者总是把所见的“异域”文化视为“他者”文化，并盘踞在权力核心位置，有意识或无意识地输入了自己的价值判断，自己的情感意识、价值取向和意识形态等，书写文本已经历了一个被置换的转变过程。旅行书写是在建构他者文化，而非再现，“建构各种文化”已然成为“旅行书写的政治学”②。

在民族志实践中，这种翻译或转换更是包含两个过程：一是将他者世界转换到文本之上；二是将当地民语言转换为某种欧洲语言。基于科学民族志实践规范，民族志者与信息提供者多以本地语言交谈，获得信息，但是民族志的书写多是用民族志者的母语写成的，且不说通常的三个月的语言训练是否能保证民族志者完全理解信息提供者，单单是这一书写的过程也是一个翻译的过程。遗憾的是，尽管“翻译”一词出现在《路线》一书的标题之中，似乎表明克利福德意在于探寻旅行与翻译相结合的实践，却对旅行与翻译的关系几乎没有涉及，而更多地将注意力放在了旅行路线这一可透视旅行权力的面向之上。

然而，克利福德在《路线》中，以民族志实践为依据，多处定义旅行，更加丰富了他的旅行理论，也使其成为旅行下定义最多的理论家，这些定义图绘出他的旅行理论的演变与发展。早在1989年，为了回应萨义德的《理论旅行》，克利福德在《旅行与理论随笔》开篇就明确了旅行的功能，“旅行可用来描述全球化语境下后殖民世界中，不同的栖居和移动方式、身份及其变化轨迹，以及叙事和理论化；旅行也是将自我安放在某一空间或多个大型空间的一系列实践，是一种探险与规训并存的表述范式”，“旅行暗含了具体历史下更加日常的、体制化活动”。③ 克利福德更关注的是在后殖民混杂的语境下，旅行的流动性所带来的跨文化的交流与协商，但这种交流和协商，从旅行路线来看，具有权力的不对等性。在《旅行文

---

① SUSAN BASSNETT. Comparative literature：a critical introduction. Oxford：Blackwell Publisher，1993：p. 99.

② SUSAN BASSNETT. Comparative literature：a Critical introduction. Oxford：Blackwell Publisher，1993：p. 92.

③ JAMES CLIFFORD. Notes on travel and theory. Inscription，1989（5）. http：//culturalstudies. ucsc. edu/PUBS/Inscriptions/vol_5/clifford. html.

化》一文中，他借用了“村社”和“旅馆”这两个文化意象，打破了传统上民族志的观看与被观看——民族志者的帐篷能搭建在村中心，需要得到许可，而当民族志者在观看当地民的同时，还要承受当地民投来的目光和各种议论和阐述，内者与外者的转换，旅馆作为旅行的中转之地。借此，克利福德将旅行情境当作一种“众聚合地方（paradigmatic place）的占据”①。及至后来的《路线》，旅行被界定为“未完成的现代性的重要场域”②，克利福德的“旅行”都“意味着离开熟悉的场景去寻找差异、智慧、力量、探险、另一视角的自愿活动”③。他使用的“旅行”是一个极具包容性的术语：

> 它包括一系列几乎是自愿的离家去其他地方的活动。这种移动多是为了物质上、精神上或科学上的获得：它涉及获得知识，和/或有某种“经历”（兴奋、陶醉、愉悦、疏离、开阔眼界）。将“田野”这一空间实践包含在内的漫长旅行历史是由西方主导的，男性和中上阶层占有绝对优势。④

他的这一概括更加强化了旅行与特权、性别、阶级、种族和殖民的关系，以及旅行的目的在于获得。我国学者张德明认为，克利福德“自愿”一词的使用有待商榷，因为有些并非“自愿”，如“那些从旧世界被迫迁徙到新世界的移民——英国本土的囚犯、非洲的黑奴和亚洲的契约劳工”⑤。而笔者认为，克利福德“自愿”一词的使用是最为精妙的，因为它排除了将旅行无限扩大化为任何空间移动的危险性，从而将旅行与移民、

---

① JAMES CLIFFORD. Traveling cultures. In L GROSSBERG, C NELSON and P TREICHLER. Cultural studies. London and New York: Routledge, 1992: p. 97.

② JAMES CLIFFORD. Routes: travel and translation in the late twentieth century. Cambridge, M. A.: Harvard University Press, 1997: p. 2.

③ JAMES CLIFFORD. Routes: travel and translation in the late twentieth century. Cambridge, M. A.: Harvard University Press, 1997, pp. 90-91.

④ JAMES CLIFFORD. Routes: travel and translation in the late twentieth century. Cambridge, M. A.: Harvard University Press, 1997: p. 66.

⑤ 张德明：《从岛国到帝国：近现代英国旅行文学研究》，北京：北京大学出版书，2014 年，第 3 页。

离散、游牧和放逐这些空间移动区隔开来。而他提倡的在新语境下（后殖民语境下）重新审视旅行的观点也是值得我们去深思、探究的。

克利福德反对二分法或本质论，将民族志置于旅行的表述范式中，让一切成为流动的、正在形成的，而唯有在旅行范式下，才能更清楚地看到民族志的殖民性本质和权力关系。他强调了现代民族志旅行中权力的变化和复杂性，认为西方的权力并非铁板一块，不可撼动，但他研究的侧重点依然是将民族志放入旅行的视野，以凸显民族志的西方主导权力，也突出了表征的政治性。他对现代民族志的研究，彰显出他一贯的研究主题，即“旅行的模式，理解和在各种世界游走的方式”①，因为在他看来，“自16世纪始，这种方式从制图学的意义上已经统一。民族志最主要的功能之一是‘价值定位’（orientation）——这一术语由欧洲旅行者发明，与‘东方’这一术语有着奇妙的一致性”②。如果要改变这种表征的政治性所引发的表征危机，正如克利福德的分析，民族志书写策略的改变——观察型、阐释型、对话和复调型和本土化的民族志实践策略均无法奏效，因为这些没有根本改变来访者与被访者之间的权力不对等关系，只能依循萨义德在一篇文章中所主张的，只有帝国主义的西方与它的人类学他者——它的对话者的权力关系发生变化，才能走出表征的危机③。在后来的社会学对观光游的研究中都可以看到他的影响，如克里斯·罗杰克（C. Rojek）和约翰·尤里（J. Urry）宣称，他们受到了萨义德的“东方主义”“旅行理论”和克利福德“旅行文化”概念的启发，认为“旅行文化”的前提并不是建立在操作性的行为之上，也不是建立在抽象的经济策略之上，而是置于更为广阔的、以旅行为基本特征的社会文化现象中。④ 所以，旅行作为日益扩大的各种经历，显得尤为重要，各种跨界实践和交流扰乱了地

---

① JAMES CLIFFORD. The predicament of culture: twentieth-century ethnography, literature, art. Cambridge, M. A.: Harvard University Press, 1988: p. 13.

② JAMES CLIFFORD. The predicament of culture: twentieth-century ethnography, literature, art. Cambridge, M. A.: Harvard University Press, 1988: p. 13. 这两个英文单词具有很大的相似性，都有“orient”这一词根。

③ E SAID. Representing the colonized: anthropologists' interlocutors. Critical inquiry, 1989, 15 (2): pp. 205 -225.

④ C ROJEK and J URRY. Touring cultures: transformations of travel and theory. London: Routledge, 1997: pp. 1 -4.

方主义关于文化的许多共同假定。

第三节　民族志知识生产：从游记到科学民族志

前文的殖民旅行反思，不论是对人类学的旅行观念、民族志的话语本质，还是被涵纳于旅行历史的民族志实践，都指向了一个问题：民族志知识的生产及其本质问题。鲁比斯认为，“这一问题（也）成为民族志历史发展批评中的核心问题”①，因而对这一问题的探寻，还是要回到民族志的历史发展中。贾斯汀·斯塔戈尔（Justin Stagl）与克里斯托弗·平尼（Christopher Pinney）对此表示赞同，但他们认为，不论是对民族志历史还是对民族志知识本质的追寻，都需关注“旅行实践的历史”，因为自“阐释学转向”以来，大家已经达成共识，即民族志知识铭写于文本之中，而这些文本知识主要来自旅行的个人经历与对他异性（alterity）的挪用。②因而，民族志是如何规范其体制化书写进而确立其科学话语的地位的这一历史转变，成为探寻民族志知识本质的关键。鲁比斯与斯塔戈尔等学者对这一问题进行了追溯，阐明了民族志在帝国扩张、殖民、欧洲现代性和现代身份构成过程中所起的巨大作用，从而显现出民族志知识生产的机制及其本质。

一、旅行的方法化与民族志书写的体制修辞

费边、克利福德和普拉特从旅行方式对民族志的研究依然基于民族志是学科实践规范这一既定事实，鲁比斯则有所不同，他更倾向于将民族志看作是现代欧洲跨域旅行书写中必不可少的部分，因为大量的旅行书写中嵌入了“对其他民族的本性、习俗、宗教、政府形式和语言的描述”，可

① JOAN-PAU RUBIES. Travel writing and ethnography. Travellers and cosmographers: studies in the history of early modern travel and ethology. Farnham: Ashgate, 2007: p. 7.

② JUSTIN STAGL and PINNEY CHRISTOPHER. Introduction: from travel writing to ethnography. History and anthropology, 1996, 9 (2-3): p. 121.

视为一种“民族志冲动”（ethnographic impulse）。[1] 因此，他将传教士、殖民官员、海员和商人旅行记录中的民族志描述都纳入民族志文类之中（人类学家通常将这类书写称为人类学的边缘文本[2]），认为民族志旅行书写的历史可看作是“各种类型的旅行者的出现与演进的历史”[3]，从而将民族志纳入整个旅行的历史当中。作为历史学家，鲁比斯一直在从事中世纪晚期与早期现代民族志的研究，但他更关注的是，在跨域旅行语境下，欧洲民族志创造之后的历史逻辑，以及这种实证性民族志对欧洲智识文化的影响；同时，他基于历史具体性对旅行与民族志进行了溯源性的研究，将欧洲对其他各洲的殖民看作是历史事实，以考量殖民语境对民族志话语制造的影响。

正如本章第一节所提及的，在中世纪末期，世俗旅行兴起，开始逐渐超过宗教旅行，由此也导致了旅行功能的转变；新大陆的发现，更让现代旅行成为欧洲人获得世界知识和自我教育的重要途径，为了更好地实现这一功能，自文艺复兴以来，出现了各种旅行指南，旅行因而也被方法化[4]。鲁比斯认为，所谓的方法，并不仅仅指技巧，而是科学与教育事业中具体而明确的部分，同时展示出各个学科是如何简化为固定程序的，旅行的方法化主要体现在教会旅行者看什么和如何记录这两方面。[5] 借用伦敦皇家自然知识推广学会（The Royal Society of London for Improving Natural Knowl-

---

① JOAN-PAU RUBIES. Travel writing and ethnography. Travellers and cosmographers：studies in the history of early modern travel and ethology. Farmham：Ashgate，2007：p. 1. 该文最早收录于 PETER HULME and TIM YOUNGS. The Cambridge companion to travel writing，Cambridge. New York：Cambridge University Press，2002，修改后收入鲁比斯的论文集。

② 参见 PETER HULME and RUSSEL MCDOUGALL. Writing，travel，and empire：in the margins of anthropology. London and New York：I. B. Tauris & Co. Ltd. ，2007. 该书主要是对传教士、殖民官员、海员和商人的民族志记录的研究。

③ JOAN-PAU RUBIES. Travel writing and ethnography. Travellers and cosmographers：studies in the history of early modern travel and ethology. Farmham：Ashgate，2007：p. 19.

④ JUSTIN STAGL. The methodising of travel in 16th century：a tale of three cities. History and anthropology. 1990（4）：pp. 303 – 338.

⑤ JOAN-PAU RUBIES. Instructions for travellers：teaching the eye to see. Travellers and cosmographers：studies in the history of early modern travel and ethology. Farnham：Ashgate，2007：pp. 139 – 190. 该文最早以同样的题目刊登在杂志 *History and Anthropology*（1996 年第 9 卷第 2 – 3 期）之上。

edge）秘书罗伯特·胡克（Robert Hooke，1635—1703）的话说，“要为海员与旅行者制造‘指南’以引导他们在旅行或逗留异地期间应该观察什么，如何观察，如何记录”①。这些指南就是为了教会人的眼睛如何采用一种分析的方式去看、去分类、去选择，从而将旅行方法化、系统化。但是胡克并不满足于仅训练旅行者的观看，还进一步提出，在出版旅行者的记录之前，旅行者应该与帮助他用适当的方法写出合适文本的人面谈，对旅行记录进行编辑。鲁比斯认为，原始的观察文本通过编辑转化而生产出人种学话语以适应各种欧洲语境的需求，同时，未来的旅行者也在接受教育和训练以便能够采用特定的方式进行观察，这种有目的的旅行者，他们观察事物和对事物进行分类的方式是受到训练的，大脑的思维方式也受到道德教育的规训。② 由此，旅行受到各种个人与社会语境的影响，无法真实呈现异域现实，对异域的知识可算是文化翻译，所谓的野蛮和文明的意象，以及等级制等都通过旅行指南，以一种潜在的方式在民族志书写中传递下去。

在鲁比斯看来，教会旅行者要观察什么，如何用一种分析的方式去观察这一想法表达了方法化的观念。为了明示这一旅行方法论的后果，我们不妨先回溯一下视觉之于知识获得的重要性。现代旅行者对“他者”的感知更多来自眼睛，这就决定了视觉在“他者”形象与知识建构中具有举足轻重的作用。在西方社会的历史中，从柏拉图和亚里士多德起，视觉被认为超越了嗅觉与听觉而享有普遍的特权，更是人类认识世界与自己最可靠的感官中介。尤其是 17 世纪上半叶，培根将观察作为旅行获取真知的“方法”和“制度”，以对抗中世纪知识；17 世纪下半叶，博物学家将古代和中世纪积累的所有知识都搁置一边，开始根据可视的特征分析自然生物，并将之分类。如瑞典博物学家卡尔· 林奈（Karl Linaeus，1707—1778）通过观察生物、孤立确定特征、辨识出相同的和不同的事物，重新

---

① JOAN-PAU RUBIES. Instructions for travellers：teaching the eye to see. Travellers and cosmographers：studies in the history of early modern travel and ethology. Farnham Ashgate，2007：p. 139.

② JOAN-PAU RUBIES. Instructions for travellers：teaching the eye to see. Travellers and cosmographers：studies in the history of early modern travel and ethology. Farnham Ashgate，2007：p. 141.

分组，根据物种与族科进行分类。1797 年，法国外科医生珀蒂（M. A. Petit）的要使“科学视觉化”主张使得观看确立了它的权威与至上的权力——眼睛获取知识，做出决定，统治一切①，尽管怀疑论者指出了观察也有其局限性，会有对真实的歪曲或错误感觉，如笛卡尔。从 19 世纪始，人们逐渐接受了视觉观察，而不是先验的中世纪宇宙观的知识，以观察为基础的科学更为盛行，如地理、人类学、博物学和地质学等。旅行则被“看作是一个目击者的观察过程”②，是为了搜集和观察、测绘和分类。鉴于观看在获得异域知识方面的权威，因而，对观看的方法或规范化其实限定了旅行者的视野（vision），也限定了知识的可见性，即哪些知识是可见的，哪些是不可见的。

视野是一个极其复杂的词汇。人们通常认为，视野是受外界刺激，呈现在视网膜上的外部世界形象，仅获得外部世界的信息。然而詹姆斯·吉布森（James J. Gibson）认为这一学说是错误的。他声称“视野不仅获得外部环境的信息，也获得自我的信息”③。这就决定了视野的非客观性和非无辜性：眼睛所看到的，是观者想要看到的，视野不仅仅是看的能力或视力的具体化，更融合了想象，并在大脑中创造意象，视野的这种创造力可超越时空，将预见命名为看见。因此“视野不仅包含了记录外部世界的眼部活动，也包含了创造和突出意象的抽象感和想象，这两层意思都具有社会、历史和心理学的特征”④。视野具有社会与历史的本质，“是技能性的文化实践”⑤，而非中立客观。如果将视野刻画为自然的或原子化个体的产品，不仅将视野的社会和历史本质自然化，也将观看的权力关系自然化了。旅行者的凝视视野深受旅行主体的兴趣、倾向、身份和彼时的社会历史语境所左右，也受到母国文化或学术机构的旅行指南的限定。可见，旅

① MICHEAL FOUCAULT. The birth of the clinic：an archaeology of medical perception. Taylor and Francis E-Library，2003：pp. 88 – 89.

② JOHN URRY. The tourist gaze. Thousand Oaks：Sage publications，2002：p. 146.

③ JAMES GIBSON. The ecological approach to visual perception. Boston：Houghton Mifflin，1979：p. 183.

④ DENIS COSGROVE. Geography and vision：seeing，imagining and representing the world. London and New York：I. B. Tauris & Co. Ltd，2008：p. 6.

⑤ CHRIS JENKS. The centrality of the eye in the western culture：an introduction. Visual culture. London：Routledge，1995：p. 10.

行者的视野基本是按其身份或旅行目的提前设定好的，如英国的博物学家约瑟夫·班克斯（Joseph Banks，1743—1820）的太平洋旅行是以古物收藏研究协会和伦敦皇家协会的会员身份进行的，他在出发前已经“对南海有了自己的设想”[①]，这一设想决定了他在旅行中会搜集怎样的动植物标本。总而言之，观看本身就成为一种社会情境和语境，或更加准确地说，是一种社会性的或文化性的话语行为，包含着种种社会文化内涵，而对观看的指引与限定使得民族志从一开始就进入了学科体制，并受到了政治的浸透。

由此可知，在一定视野下的观看在某种程度上可视为一种表征性观看。暂且撇开书写者采用“我看到……”这样的句式来描写一些想象之物，以契合“眼见为实”这一常规，将想象的他者摹写为社会真实。即使是真的亲眼所见，观者看到和接触的也许只是“他者”世界或不同世界的一个碎片。当然，那个世界是缺席的，或也只是一点点，观者将这一世界呈现给世人之前，目击知识的有限性，需要通过想象补全，而这种想象更多来自集体凝视。新历史学家斯蒂芬·格林布拉特（S. Greenblatt）对于想象、视野和表征的关系进行了如下的描述：“想象对视野的补充进一步扩展了感觉域，将远处的山丘与峡谷或者是整个小岛或大陆都压缩在一起构成整体的表征”，这一表征开始传播，“秘密地或公开地，快速地或缓慢地，暴力强加地或自愿接纳地，出于愧疚焦虑而克制的，或是体验为愉悦——控制调节着他者文化的空间、吸收和表征”。[②] 当这一表征传递给未来的旅行者，则成为他们旅行的视野期待，约束着他们的旅行活动和感受，就如同旅行者易于采用“文本性的态度”来处理自己的旅行经历，先前对旅行地的文化表征限定了之后旅行者的凝视视野。

至此，我们看到，“教会旅行者观看”是个充满了文化政治的行为，基本限定了旅行者的视野与书写表征。旅行指南以及其他类似的书写表征建构了旅行者的凝视，确立了欧洲旅行者的观看特权，而不同的旅行身份

---

① DAVID MILLER. Introduction. In DAVID MILLER and PETER REIL. Visions of empire：voyages，botany and representations of nature. Cambridge：Cambridge University Press，1996：p. 5.

② STEPHEN GREENBLATT. Marvelous possessions：the wonder of the new world. Oxford：Claredon Press，1991：pp. 121 – 123.

则框定了凝视视野。欧洲地理学者会更加关注自然风景与地貌，绘制地图；欧洲博物学家则聚焦于各种动植物，通过观察与分析，按照欧洲的分类法，将这些动植物分门别类，确立秩序；人类学家则会关注各种原始的仪式，试图找出与现代欧洲的某种关联；作家则会发现各种奇异的人与事；旅游者更是追求一种与日常生活完全不同的新奇感。正是在指南的指导下，旅行者的凝视视野是有侧重点的、有限的，才会出现“他者”表征的定型化。

旅行记录的方法化主要表现为确定了民族志书写的格式和修辞的规范。依鲁比斯所述，在罗伯特·诺克斯（Robert Knox，1641—1720）[①] 之前，旅行者很少遵循胡克的建议，但是诺克斯的表弟约翰·斯特里普（John Strype，1643—1737）采纳了胡克的旅行方法论，按照旅行指南所列出的几个标题，将诺克斯的旅行记录分列入传统的主题分类范畴：首先，要描写旅行地的地理人文环境，包括经济、植物、动物和整个旅行地的地图；然后描述国王、他的政府以及他统治期间的历史，包括各种起义。其次，描述当地的人民，包括他们的幽默感和品质、社群、宗教信仰与实践、日常生活、语言、法律和从生到死的各个阶段。最后，诺克斯以个人的旅行和各种情境的描述而结束。[②] 由此可以看出，规范化后的旅行记录与现代民族志的书写形式是很相似的，不同的是，现代民族志的书写往往在开头的序言部分交代民族志旅行者如何来到“田野”及其开启工作之前的经历。诺克斯的旅行记录反映出对这种分析式分类范畴的赞同，这种系统有序地描述远方民族的书写话语可用于欧洲人进行自我反思、殖民实践与人文科学的研究。鲁比斯认为，胡克对旅行方法化所表达的观点构成了“新型体制修辞的核心，但不仅仅是修辞，也是对欧洲知识系统——从宗

---

① 诺克斯是东印度公司的一位海员，被锡兰岛（现在的斯里兰卡）捕获，作为俘虏，在岛上生活多年，1681 年出版了《锡兰岛的历史关系》（*Historical Relation of the Island of Ceylon*），该书真实、详尽而又全面地描述了锡兰岛，被视为一部科学文献。

② JOAN-PAU RUBIES. Instructions for travellers：teaching the eye to see. Travellers and cosmographers：studies in the history of early modern travel and ethology. Farnham：Ashgate，2007：pp. 140 – 141.

教到科学权威不断发生转变的回应”①，他所进行的规划是体制性的，以他的身份地位，他将旅行者纳入一种可操控的科学事业之中，而他所提倡的方法化旅行也为18世纪兴起的科学旅行所接受和贯彻，科学机构也成为旅行书写和方法化旅行的主要传播与保存阵地。

综观英国的各种旅行方法或指南，鲁比斯发现，这些指南不仅具有相似的观察过程和观察记录对象，而且这些方法都是为“特定的社会群提供的道德和智识建议”，即这些指南“产生于基本限定的社会语境之中”，这就导致了英国的方法化旅行不仅仅是道德和实践的，也赋予旅行者以世俗政治的语言。② 这些旅行指南不仅论述了旅行的重要性与必要性，如托马斯·威尔逊（Thomas Wilson，1523—1581）将旅行的真谛分为“正直、利润、愉悦性、从容性、合法性、赞美和必要性”这七个范畴③进行论述，以推动英国的海外旅行；罗伯特·达林顿（Robert Dallington，1563—1637）为旅行观察提供了实践的建议，他不仅列出了观察和分析旅行话语的范畴，还根据这一范畴进行实际性操作。正如培根在《致年轻旅行者的指南》中所指出的：“指南的内容从分析范畴清单和次范畴到常见的书信和散文的道德主题，清晰地证明了辩证和修辞传统是无法完全分开的。”④ 事实上，指南的道德目的和修辞本质与文化语境是一致的，即这些对旅行者的实际的建议，是完整的审美理论，卷入道德和政治的困境中。按照人类学分析，当旅行与道德、身份、自我的文化形式有巨大的影响之时，后者也在作用于前者，那么这种方法化的旅行与旅行书写都很难脱逃旅行者

① JOAN-PAU RUBIES. Instructions for travellers：teaching the eye to see. Travellers and cosmographers：studies in the history of early modern travel and ethology. Farnham Ashgate，2007：p. 139.

② JOAN-PAU RUBIES. Instructions for travellers：teaching the eye to see. Travellers and cosmographers：studies in the history of early modern travel and ethology. Farnham：Ashgate，2007：pp. 171 – 172.

③ JOAN-PAU RUBIES. Instructions for travellers：teaching the eye to see. Travellers and cosmographers：studies in the history of early modern travel and ethology. Farnham Ashgate，2007：p. 165.

④ JOAN-PAU RUBIES. Instructions for travellers：teaching the eye to see. Travellers and cosmographers：studies in the history of early modern travel and ethology. Farnham Ashgate，2007：p. 175.

母国的诉求，因为包含了民族志描述的各种国外地方的记录出现在各种文学体裁中，并通过实证的旅行者模糊地联系在一起，即旅行者的个人经历是证明话语真实性的核心所在。然而，在鲁比斯看来，不同的规范和猜测，常常是无意识的，各种社会交际语境的要求都会影响到民族志描述的生产与转换，而且个人的意图和道德立场都会在这些规范和猜测中追寻发展[①]。由此，我们可以看出，19 世纪后期，当自然科学进化论进入社会科学，人种学话语融入了民族志，这种规范与意向对民族志所表征的异域知识产生了巨大的影响。

通过鲁比斯的研究，我们可以得出这样的结论：各种旅行指南传入英国后引起了些许变化，从而将旅行变成"国家扩张的一种途径"和"文化转变的一部分"而"具有了政治用途"。[②] 一方面，这些旅行指南导致了英国旅行者与旅行书写的编撰者放弃了对科学地理和其他自然现象的一贯兴趣，而转向人文主义，通过提供异域的土地、民族与路线等信息促进英国的扩张。另一方面，旅行记录通过将英国人书写为航海和大发现的中心人物，激发民族主义情感[③]，构成了英国人的身份政治。如英国著名的旅行者与旅行文集编纂者理查德·海克勒特（Richard Hakluyt，1553—1616）所编写的旅行记录[④]，放弃欧洲大陆所强调的普世主义，而更加强调英国

---

① JOAN-PAU RUBIES. New worlds and renaissance ethnology. Travellers and cosmographers: studies in the history of early modern travel and ethology. Farnham Ashgate, 2007: pp. 166 – 167.

② JOAN-PAU RUBIES. Instructions for travellers: teaching the eye to see. Travellers and cosmographers: studies in the history of early modern travel and ethology. Farnham Ashgate, 2007: p. 163.

③ JOAN-PAU RUBIES. Instructions for travellers: teaching the eye to see. Travellers and cosmographers: studies in the history of early modern travel and ethology. Farnham: Ashgate, 2007: p. 159.

④ 他编写的首个重要旅行文集《与发现美洲相关的几个航行》（*Divers Voyages Touching the Discovery of America*, 1582）中的航海故事多来自非英语国家，他编写的第二部航海文集《英国民族国家重要的航海、航行、贸易与发现》（*The Principal Navigations, Voyages, Traffics and Discoveries of the English Nation*, 1589—1600，简称《重要的航海》），主要是为了挑战欧洲人认为英国人无所作为的偏见，通过将英国人塑造成"充满活力、浪迹天涯、探索未知世界的男子汉"，推动一种创新进取的精神。详见 Peter Hulme 与 TimYoung 合编的论文集 *The Cambridge Companion to Travel Writing*，第 19 页。他一生中的个人异域冒险都受到了国家的支持。

的国家骄傲和拥有的可操控权力，以确立英国的优越性与权威。他不仅表达了旅行所携带的经济目的，如为东印度公司开辟新航线和在美洲建立贸易区以对美洲进行殖民，而且试图通过旅行书写提升英国在海外的地位以确立其政治身份，正如他建议的，“可以引用外国作家的资料，但仅限于当他们谈论英国的发现或壮举之时”①。也就是说，他一方面提倡要相信一手材料（原始材料）的可信性，另一方面又建议材料采用时的选择性——选择有利于建立英国海外权威的材料，这就涉及对原始材料的大量挪用。作为英国旅行与旅行书写史上的重要人物，海克勒特对旅行书写的指南性建议影响了后来的旅行书写编撰者，这种方法背后所携带的英国民族主义精神不仅引发了英国国内的民族自豪感②，而且确立了方法化旅行书写的基调，进一步推动了英国的海外旅行殖民。

为了进一步说明旅行方法化与海外殖民主动权的关系，鲁比斯特意研究了旅行指南在法国的发展，并将之与英国的情况做了大致比较。依他所云，法国的旅行指南相比英国，出现较晚，直到17世纪末期才开始，且与英国的旅行指南有所不同。它更多地受到了中世纪宇宙观念的影响，将重点放在百科全书式的综合推理上，而非盛行英国的经验主义所推行的旅行与观察至上。因此旅行与旅行书写主要对关于各种科学的认知问题产生影响，且常导致怀疑。如笛卡尔，他质疑一切来自学校与旅行所获得的知识，更相信理性，即事物被认识，不是由于看到了或被感知了，而是由于被思想或理性理解了。这些在一定程度上导致了法国更加崇尚理性思考以包容人类的多样性，从而丧失了海外殖民旅行的主动性和行动力。

---

① 转引自JOAN-PAU RUBIES. Instructions for travellers：teaching the eye to see. Travellers and cosmographers：studies in the history of early modern travel and ethology. Farnham：Ashgate，2007：pp. 161－162.

② 英国维多利亚时期的评论家J. A. 弗劳德曾将海克勒特编写的《重要的航海》称为“英国民族的散文史诗”，以说明此书对于英国民族身份建构的意义，详见张德明著《从岛国到帝国》，第50－54页。此外，德国学者海尔加·考德弗利格（Helga Quadflieg）也将《重要的航海》视为“施为性的言语行为”（performative speech act），他认为，这些关于遥远国家的报告与其说是“对辉煌过去的记录”，不如说是对未来的期许；其意义不在于描述在某些过去事件中“英国民族国家”的主导力，而在于“书写国家”这一话语议程中所担任的角色。详见Hooper与Young合编的论文集*Perspectives on Travel Writing*，第27页。

值得注意的是，类似的指南是各种利益群体，包括科学家、哲学家和赞助者对旅行者如何观察，如何记录他们的观察发布的，甚至成为人类学的基础，直至20世纪初才遭到质疑。“这些旅行书写者不仅将即将到远方观看、学习和获益的主体的注意力做好态度上的准备；同时，他们还提供了以描述为目的的现实应该怎样建构到几个观念范畴中。他们继承了一种复杂的修辞实践和逻辑……由此，科学书写也确定了一套受制于感知想法的标准与惯例。”① 由此，旅行者的视野和书写体式受到了体制化的限制，这些方法和结构鼓励旅行者去涉及各种相关的主题，考量前人的叙事，从而出现了“他者”表征的固定化和程式化，科学知识的权威也得以确立。

旅行的方法化是为了更好地获得关于他者的知识，然而这些方法、技巧和建议都是基于欧洲的语境与文化认同，从而使得这些知识在一开始就不可避免、或多或少地具有某些偏见和预设，其知识也就不再是纯的知识。正如鲁比斯所评论的，“在欧洲进行海外扩张时期，民族志是如此深地嵌入了阅读精英们的文化视野中，以至于它能貌似真实地建构另一类社会，以传递政治与宗教想象”②。因此，旅行的方法化不仅限定了民族志表征的各种策略和模式，也确定了其知识的政治性；科学民族志作为体制物质产品，也成为体制的意识形态产品。由此，鲁比斯的研究具有对民族志书写体式形成的探源性，虽然晚于费边和克利福德等人，但他对科学民族志和意识形态的探讨揭示了前人所论述民族志表征政治的根源，也陈示了民族志知识的生产过程。

二、旅行模式与民族志知识的生产

事实上，鲁比斯关于旅行方法化的讨论，为我们描绘了游记转变为体制化民族志的早期过程，这一转变也导致了旅行的观察与书写都被纳入欧洲的体制知识系统之中。殖民旅行研究的学者认为，自鲁比斯所描述的民

---

① JOAN-PAU RUBIES. Instructions for travellers：teaching the eye to see. Travellers and cosmographers：studies in the history of early modern travel and ethology. Farnham Ashgate，2007：p. 142.

② JOAN-PAU RUBIES. Travel writing and ethnography. Travellers and cosmographers：studies in the history of early modern travel and ethology. Farmham：Ashgate，2007：p. 26.

族志体制修辞确立之后，人类学家便不断地通过学科的界限将民族志与游记完全分割开来，以确立民族志知识的权威，这一过程可视为从游记到民族志的过程，或者说，是“民族志替代游记的这一转变过程”①。因而，在探寻民族志知识的生产与本质时，这些学者试图复原这一过程，因为借助于福柯与萨义德关于知识的历史，以及前人对民族志的反思研究，他们认为，“追寻真理这一行为并非客观中性，而是与真理追寻者的‘权力意愿’密切相连的。知识，由此也是一种权力形式，是一种潜藏在科学客观性外衣下的表达人的自我价值观的方式”②。正是基于这一观点立场，他们对异域知识生产领域中，游记为民族志所替代的这一转变过程进行了探寻，一方面说明科学书写并未超脱于语言和历史，而是始终位于社会历史进程之中；另一方面阐明体制化的西方民族志书写只能使异域知识文本更加符码化，也携带着书写者凌驾于被书写者的权力。

斯塔戈尔与平尼首先从知识的生产过程上消解了民族志学科所确立的民族志知识与游记知识的根本对立，以阐明民族志知识与游记知识没有根本上的区别，只是采用了不同的修辞和书写格式而已。为了详细说明这一点，他对这两种旅行模式的知识生产过程做了如下描述：

> 这种他异性一旦被转换成文本的形式，便被征用、高度概括化和客体化。各种印象、经历、形象与物体都被放置到新语境中，读者从这一新语境中重新建构最初的他者性。操控着此类文本的生产、分布与消费的规程与惯习也决定了共享的他者社会知识的本质。就此而言，业余的人类学家与专业的人类学家之间没有根本的区别。这两类旅行者均获得并整理他们的他者性经历，并将之以一种文化上可以接受的方式分别与相关的群体交流。③

这一语段至少提供了两个方向上的信息：第一，游记与民族志这两类

---

① JUSTIN STAGL and CHRISTOPHER PINNEY. Introduction：from travel writing to ethnography. History and anthropology，1996，9（2－3）：p. 121.

② MARK POSTER. Foucault and history. Social Research，1982（49）：pp. 116－142.

③ JUSTIN STAGL and CHRISTOPHER PINNEY. Introduction：from travel writing to ethnography. History and anthropology，1996，9（2－3）：p. 121.

旅行书写在创造关于他者社会知识的方式上是一样的，均是将亲身经历进行重新整理、拼贴、概括和再语境的过程，并将他者性作为书写的重点；第二，读者在这一知识生产中扮演着重要的角色。一方面，斯塔戈尔强调读者在“这一新语境中重新建构最初的他者性”而参与到这一知识的生产之中；另一方面，从旅行书写者的视角看，他们在创作之初，是有其读者定位的，并且会以之为基点，确定文本的修辞与形式以便与预期读者进行有效交流。

当然，斯塔戈尔强调游记与民族志的知识生产方式的相同性，并非意欲将二者等同起来，而是旨在说明，“从游记到民族志专著的演变是一个认知过程”①。他认为，相较于普通的旅行者，人类学家需要了解更多的他者性表现，并以更为系统的方式处理之，因而，在通常情况下，人类学家的知识会被认为更可靠，更深刻，更有质量（不过，他认为这只是毫无根据的假设）。因而，二者的不同在于程度上，民族志更加“更加异域化，书写更加规范化”②。此外，在斯塔戈尔看来，二者的受众不同，也导致生产出来的知识形式有所不同。如普通旅行者通常是与他自身的社会文化群体进行交流，而人类学家需要吸引跨文化的学者群体。从他的叙述可知，正是基于不同的交流群体，二者采用了略有不同的方式进行信息的加工处理，与其所呈现的民族志知识没有实质上的区别。也正是基于这一认识，科学的民族志要不断地将自己抬高到游记之上，将自身与民族志分割开来，以确定自己的科学知识权威。

为了获得关于他者知识的书写权威，民族志书写的体制化修辞一方面远离游记的书写惯习，如倾向于遮蔽具体的旅行者和经历他者性的确切时间与地点，用大量的描述性话语代替在游记中占主导地位的叙事话语；另一方面，如桑顿所言，“在形式与修辞上刻意地模仿博物学科学书写”③。事实上，这一模仿不仅仅在于书写修辞上，民族志在很大程度上承继了博

---

① JUSTIN STAGL and CHRISTOPHER PINNEY. Introduction：from travel writing to ethnography. History and anthropology，1996，9（2－3）：p. 122.

② JUSTIN STAGL and CHRISTOPHER PINNEY. Introduction：from travel writing to ethnography. History and anthropology，1996，9（2－3）：p. 121.

③ ROBERT THORNTON. Narrative ethnography in Africa，1850－1920：the creation and capture of an appropriate domain for anthropology. Man，1983，18（3）：p. 503.

物史的思维方式和描述范式，这主要表现在引入了博物学的分类系统。这种分类系统的使用，一方面淡化了民族志文本是一种旅行书写范式的本质属性，另一方面也将民族志知识演变为欧洲帝国扩张的帮凶。根据普拉特的研究，自18世纪中叶，随着各种身份的欧洲旅行者进入非洲、美洲内陆旅行探险，欧洲对异域知识的制造途径发生了变化：在此之前，所有知识的生产主要使用航海术语，一方面进行环球航行并著书记录旅程，另一方面绘制世界的海岸线，并借此确立了欧洲人的全球主体意识；内陆旅行导致了博物学的产生，欧洲学者通过分类法、命名法将这些陆地上的人和动植物进行系统划分，纳入欧洲的秩序之中，从而创建了欧洲中心的“全球意识”（planetary consciousness）。换言之，“博物史确立了宗主国有文化的男性对整个地球的权威”[①]。与之相似，民族志学者采用了博物学旅行所使用的观察法来收集数据，在书写上则将他者社会通过标题区隔到不同的范畴之中的分类方法，将他者社会确定为研究客体而打断了当时存在的人、植物和动物之间的历史和物质关系网。

然而，从普拉特对于博物学的分类研究来看，民族志不仅引入了博物学的分类法，还引入了博物学的相关知识，尤其是关于人种的划分与描述。从普拉特的叙述可知，1735年，生物学家卡尔·林奈将人分为两类，即人类（homo sapiens）和畸人类（homo monstrosus），非洲黑人、美洲印第安人、中国人均属畸人类。及至1758年，这种划分发生了变化，除了包括侏儒与巨人的怪人分类之外，人类被简单分为六种并做了简短描述，如：四足行走且多毛的野人；“固执、满足而自由”的美洲人；“英俊、自信乐观、身体强壮”并且“温柔、敏锐、富有创造力”的欧洲人；“多愁善感、死板”且“苛刻、傲慢、贪婪”的亚洲人；“迟钝、轻松自在”且“狡猾、懒惰、粗心”的非洲人。[②] 这段关于人种特点的文字，看上去是令人熟悉的，尤其是这些描述性的形容词与后来欧洲人种学中的描述也是极其相似的，这些形容词还可见于后来的游记、民族志和旅行小说之中，构成了对他者刻板印象的描述。这种对现代人类的简单划分确定了欧洲人的

---

① M L PRATT. The imperial eyes: travel writing and transculturation. New York and London: Routledge, 2008: pp. 29－37.

② M L PRATT. The imperial eyes: travel writing and transculturation. New York and London: Routledge, 2008: p. 32.

优越性，且影响了后来旅行书写中对各种当地民的描写与塑造。就此而言，瑞典博物学家林奈对人的简单分类和描述影响了人类学的分类，且这种分类延续至今。也正是基于类似的民族志知识以重要的方式参与到了西方关于他者的话语生产之中，普拉特将民族志、博物史与军事回忆录等统称为“帝国前沿”（imperial frontier）[①]。

与斯塔戈尔和普拉特从横向的比较来考察旅行模式与民族志知识生产的研究有所不同，鲁比斯依然从民族志发展的历史切入，他认为，民族志随着历史语境的变化而不断转变，因此，对民族志知识本质的讨论首先要关注在民族志的兴起与发展中，“民族志实践的主旨、意识形态假设和哲学或科学关注之间的关系”[②]。当然，在这一考古学式的分析中，我们依然能看到不同的旅行模式与民族志实践和知识生产之间的关系。鲁比斯从最早的民族志描述源头开始探寻这一旅行书写形式，并且发现，体制化之前的民族志实践或流行的民族志作为描述异域民族的冲动，是基于人类多样性这一假设而产生的好奇，渴望准确全面提供关于其他民族的信息。然而，在具体的实践中，对他者的描述基本上“专注于母国的文化认同”，如希罗多德对埃及人的描述：“埃及人的行为方式和风俗习惯都与人类的普通实践相反”，这种描述他者时的“自我表征是旅行书写中的核心面向，对民族志的阐释也是至关重要的”。[③] 换言之，欧洲的旅行者在表征他者时，用母国的文化实践标准去判断和评价他者，如尼古拉斯·托马斯所说，“在对异域空间真正感兴趣的伪装下，确认并强化中心的价值和优先权”[④]，在无意识中确立了欧洲中心主义。体制化之前民族志的这一表述倾向在20世纪的民族志书写中依然可见。文森特·克拉潘扎诺（Vincent Crapanzano）曾就这一点批评过人类学家克利福德·格尔兹，认为他在研

---

① M L PRATT. The imperial eyes：travel writing and transculturation. New York and London：Routledge，2008：p. 89.

② JOAN-PAU RUBIES. Travel writing and ethnography. Travellers and cosmographers：studies in the history of early modern travel and ethology. Farmham：Ashgate，2007：p. 3.

③ JOAN-PAU RUBIES. Travel writing and ethnography. Travellers and cosmographers：studies in the history of early modern travel and ethology. Farmham：Ashgate，2007：pp. 5 – 6.

④ NICHOLAS THOMAS. Colonialism's culture：anthropology，travel and government. Cambridge：Polity Press，1994：p. 6.

究巴厘的斗鸡活动时，将巴厘人变成他“描述、阐释和理论化的陪衬”，成为“他自我呈现的陪衬”[1]。威尔弗莱德·尼培尔（Wilfred Nippel）也追溯了希腊与罗马的民族志描写中对他者性的表述，指出这些表述对欧洲人感觉观念的影响一直持续到 18 世纪。[2] 将他们的研究结合起来看，我们会发现，民族志一开始就带有自我的优越感，其对于他者的表述也是具有传承性的，而且民族志实践的主旨并没有随着时间的变化而发生根本的变化。

民族志成为体制性话语后，鲁比斯认为，它不仅受控于露骨的帝国主义假设和文明的各个历史阶段同时存在的推测，还受控于人种学这一理论话语，从而使其知识充满政治性。依他所述，最初描述原始的野蛮人不是旅行民族志的重点，但当人种学理论话语在 19 世纪主导了民族志，且将民族志的注意力引向“野蛮”和“原始”人，最终与人类学这一专门研究遥远、原始部落而非整个人类的学科相一致。[3]当民族志与人种学交叠在一起，意识形态的假设不可避免地具有欧洲中心主义，民族志则成为经济、宗教、政治和科学的汇流处而错综复杂，并非出自简单的好奇、自我反思或对异域的兴趣。因此，鲁比斯将科学民族志视为“欧洲殖民扩张的政治经济语境下的历史创造，也是欧洲智识与文学转变的文化创造”[4] 或者是“殖民帝国主义的一种新类型”。[5] 不论采用哪一种说法，殖民语境之于体制化的民族志均至关重要。这种民族志产生于殖民扩张历史语境下，与殖民和帝国主义有着千丝万缕的联系，其知识可视为一种文化翻译或误译，本质上也可视为为欧洲旅行者的到来与对当地民的控制寻找合理的借口。

---

① VINCENT CRAPANZANO. Hermes dilemma：the masking of subversion in ethnographic description. In JAMES CLIFFORD and G E MARCUS. Writing culture：the poetics and politics of ethnography. Berkeley：University of California Press，1986：p. 71.

② WILFRED NIPPEL. Facts and fiction：Greek ethnography and its legacy. History and anthropology，1996，9（2 –3）：pp. 125 –138.

③ JOAN-PAU RUBIES. Travel writing and ethnography. Travellers and cosmographers：studies in the history of early modern travel and ethology. Farmham：Ashgate，2007：p. 10.

④ JOAN-PAU RUBIES. Travel writing and ethnography. Travellers and cosmographers：studies in the history of early modern travel and ethology. Farmham：Ashgate，2007：p. 6.

⑤ JOAN-PAU RUBIES. Travel writing and ethnography. Travellers and cosmographers：studies in the history of early modern travel and ethology. Farmham：Ashgate，2007：p. 3.

尽管鲁比斯认为科学理想推动了体制化民族志的确立，但作为科学的民族志，如托马斯所说，“并不仅仅是普遍的人类好奇的学科性表达，而是将人性置于宏大叙事和博物史进行类比的现代话语”[①]。民族志的书写经历了最早的自发性民族志书写者，如为满足殖民者和贸易需求的罗伯特·诺克斯，到为了满足知识需要的博物学旅行者，再到将权力与知识相结合以改善“较低文明”的“帝国主义绅士”旅行者，最后到专业的民族志者，这些旅行模式的变化，只是用更深的凝视代替了之前各种类型的旅行者观察，通过区别于普通旅行者，宣告其所生产知识的权威性。鲁比斯认为，这一学科的确立导致了对当地民形象表征的深刻变化——由未受到文明恶疾腐蚀的野蛮人变成了残忍暴力、易于欺骗的野蛮人。[②] 当将异域的土地与民族通过书写而纳入欧洲的秩序和控制之下，好奇心便慢慢消失，科学民族志成为扩张和建立以现代性为核心的西方政治的一部分。

鲁比斯将民族志视为欧洲殖民与帝国所特有的文类，但与此同时，他的研究又表明：民族志最基本的描述技巧和分析范畴一直在延续，甚至某些意识形态假设和观念也获得了跨文化共识，这使得民族志知识获得了一种普遍性而具有权威性，遮蔽了民族志知识的具体性、历史性和政治性。[③] 从他的叙述中可知，首先，现代民族志者采用了传统的修辞以书写完全不同的作品来表现野蛮与文明这一经典对立，如此一来，民族志描写的基本技巧出现在古代、中世纪和现代，甚至出现在非欧洲的民族志中[④]。这就使得民族志描写可互相借鉴，甚至抄袭，即使将某一民族志文本嵌入另一文本也严丝合缝，促成了萨义德所批判的“文本性态度”。其次，跨文化的共识，如“根据城市化和经济技术的先进程度来确定文明的等级”这一观念不仅为欧洲的旅行观察者所采用，也为亚洲或非洲的作家所采用，这

---

① NICHOLAS THOMAS. Colonialism's culture：anthropology，travel and government. Cambridge：Polity Press，1994：p. 6.

② JOAN-PAU RUBIES. Travel writing and ethnography. Travellers and cosmographers：studies in the history of early modern travel and ethology. Farnham：Ashgate，2007：pp. 36－37.

③ JOAN-PAU RUBIES. Travel writing and ethnography. Travellers and cosmographers：studies in the history of early modern travel and ethology. Farmham：Ashgate，2007：p. 19.

④ JOAN-PAU RUBIES. Travel writing and ethnography. Travellers and cosmographers：studies in the history of early modern travel and ethology. Farmham：Ashgate，2007：p. 20.

种具有殖民视野的观念因获得了普遍性而遮蔽了欧洲民族志知识的殖民意识，亦对被殖民地的旅行书写造成影响。最后，民族志的一套基本的分析范畴从中世纪一直延续到20世纪，基本没有改变，不同的是，旅行方法化后，对这些范畴进行了系统化和精确化，从而为民族志知识披上了科学的外衣而具有真实客观性。然而，“考虑到这些分析范畴（和叙事语言）是以欧洲背景所界定的，这就意味着旅行观察者很难让当地民发出声音”[①]。由此，所谓的民族志科学知识，成为欧洲旅行观察者从欧洲的视角对他者文化的观看、判断和阐释。鲁比斯所指出的这种民族志修辞的跨区域性传承现象，是后殖民社会在进行自我民族志书写时应当警醒的。

克拉潘扎诺对于民族志作者工作过程的描述，清晰地呈现出民族志知识的生产是一种创造，而非简单的记录。描述如下：

> 民族志者有点像赫尔墨斯：一个被赋予了各种方法以揭示隐蔽的、潜藏的和无意识之事物的信使，甚至会通过偷窃来获取所需信息。他要呈现各种语言、文化和社会，无论它们是多么的模糊、陌生与无意义；然后还要像魔术师、释经者和赫尔墨斯本人一样，厘清模糊之处，变陌生为熟稔，赋予无意义以意义。他解码讯息。他做出阐释。[②]

通过这段论述，克拉潘扎诺对他理解的民族志作者所扮演的角色做了一个清晰的表陈，也明示出民族志知识有可能是一种无中生有的阐释。这一阐释的过程也是不断地解码与重新编码的过程，由于民族志者作为唯一的民族志知识的制造者，因而对之的评估，依然要考量这一专业旅行者的意识形态推测和政治意图。

---

① JOAN-PAU RUBIES. Travel writing and ethnography. Travellers and cosmographers: studies in the history of early modern travel and ethology. Farmham: Ashgate, 2007: p. 23.

② VINCENT CRAPANZANO. Hermes dilemma: the masking of subversion in ethnographic description. In JAMES CLIFFORD and G E MARCUS. Writing culture: the poetics and politics of ethnography. Berkeley: University of California Press, 1986: p. 51.

本章小结

从以上的梳理与分析可以看出，旅行的殖民性研究不仅仅探寻了民族志表征政治的根源、策略和导致的结果，也动摇了西方关于他方的知识，也只有将民族志放置在旅行的范式之下，方能更清晰地洞悉出它所携带的权力问题。从费边到克利福德，再到普拉特和鲁比斯，他们的研究都说明民族志所建构的事物，是一种虚幻的现实，而在传递想象的过程中，需要质疑的，是霍米·巴巴所说的“他者性的表征模式”（mode of representation of otherness）①，以及隐藏于其中的欧洲中心主义。不论是费边所批判的哲学旅行观念以及民族志所采用的他者化的表征策略——时空转换，还是克利福德等人所阐明的作为话语的民族志，以及在旅行范式下才得以显现的西方凌驾于他方的权力，抑或是鲁比斯的旅行方法化所导致的民族志书写的体制化和政治性，都指出了民族志话语的结构，而这一结构是典型的殖民主义意识和观念。

首先，在殖民旅行的反思研究中，现代欧洲民族志旅行的表征是一种文化政治，它不再是无辜的，而是深受其产生与发展时期的社会、文化语境——殖民主义的影响，也成为一种殖民的社会实践活动，是将“他者”纳入欧洲秩序的政治文化活动。当人类学家力图标榜自己清纯的时候，他们在心理上已经确立了他们理所当然具有权威甚至霸权，天经地义地应该高居于被旅行地民之上的观念，如德捷朗多男爵的指南、神话和狂想帮助建构了科学旅行者的文化视域，通过想象，将物质、技术的优越转化为文化优越，从而确立欧洲中心的权威。在殖民旅行的研究中，这些隐藏于文本之后的观念以及嵌入民族志文本中的表征模式受到了质疑。正如当代文化评论者常常使用的追问：“他们为什么要跑到别人的领土上？”“为什么研究别人？”“他们去那儿干什么去了？”从当地民的视角来看，民族志作

---

① H BHABHA. The other question…Homi K. Bhabha reconsiders the stereotype and colonial discourse. Screen，1983，24（6）：p. 19. 本文最早出现在 1982 年 7 月 Essex 会议“文学的社会学”（Sociology of Literature）上，巴巴通过论述萨义德的《东方主义》，首次阐发了“殖民话语”这一概念。该文后收录到巴巴的 *The Location of Culture*（1994 年，第 66－84 页）中。

者旅行至某地，书写阐释当地民及其文化是不合常理的，用普拉特的话说，民族志作者，不论其自身态度如何，可被视为欧洲扩张计划的一部分[①]，这就决定了民族志作者与其所研究的群体之间的物质关系和权力关系。是以，研究远方文化本身就具有政治的意义。这一点早在“二战”后就被美国人类学家马格丽特·米德提出，她在《远方文化研究》（*The Study of Culture at a Distance*，1953）中指出手册具有如下的政治目的：“在一个国家内执行特定的政府项目，促进联盟之间的关系，指导与敌人控制的国家中的党派关系，评估敌人的强项与弱点，提供在国际层面记录的逻辑依据。”[②] 著名的民族志专著，鲁丝·本尼迪克特的《菊与刀：日本的文化模式》（*The Chrysanthemum and the Sword*：*Patterns of Japanese Culture*，1946），其前身就是她为美国政府提供的一个报告，可视为米德观点的明证。总之，民族志的表征与知识的政治性在殖民旅行研究的系脉中显现得更加清晰。

其次，对民族志旅行的反思研究体现了殖民旅行研究的跨学科和跨领域性，不仅多个领域的研究者对民族志进行研究，且研究者所使用的方法更是跨越了多个学科。例如，费边对民族志的研究采用了语言学（对民族志书写策略，如词汇、时态和代词的使用）、社会学（对于视野和哲学旅行）和文化研究（话语与形象建构）的方法。随后的克利福德、普拉特和鲁比斯，对民族志实践与表征的研究进入了比较的领域——跨文化比较，不仅采用了语言学和文学的分析方法，更加关注政治、经济、历史和地区语境，以及性别、政治、文化、种族、心理这些决定因素和颠覆因素，从而在彰显民族志旅行书写的表征政治之时，提供了多样化的研究方法。

最后，民族志的书写性研究更加关注民族志的文本性，将其与文学，主要游记的书写密切联系起来。克利福德指出 20 世纪民族志的文学转向，

---

① M L PRATT. Fieldwork in common places. In JAMES CLIFFORD and G E MARCUS. Writing culture：the poetics and politics of ethnography. Berkeley：University of California Press，1986：p. 42.

② MARGARET MEAD and METRAUX RHODA. The study of culture at a distance. Chicago：University of Chicago Press，1953. 转引自 JOHANNES FABIAN. Time and the other：how anthropology makes its object. New York：Columbia University Press，2002：p. 48.

认为民族志与游记的边界需要重新划分，但至于如何划分，似乎是个无法解决的问题，而普拉特与鲁比斯在后殖民语境下对民族志与游记的对比研究更加深了这种划分界线的不可能性，在颠覆了民族志的科学权威之时，更增加了民族志旅行书写的复杂性和多样化，打通了学科间的传统界限。

是以，对民族志旅行殖民性的研究不仅跨越了多个学科领域，采用了跨学科的方法，也打破了传统上科学与文学、政治与科学知识的对立，使得关于异域的知识处于质疑之中，这些知识权威的最终确认，可以采纳普拉特的建议，即引入当地民的自我民族志作为参照，从而引入了更加多元的视角。西方学者对民族志文本的反思彻底引发了表征危机，更加验证了萨义德的跨域旅行文本—异域知识建构说，因而，“争论的焦点不是人类学话语的真理价值，而是总体上，民族志在多大的程度上，如何具体地表达和制定了权力关系”[①]。表征的政治性导致表征的内容是否真实已经不再重要，重要的是表征的权力、表征的生产掌握在何人的手中，而旅行的方向和路线确定了西方民族志者作为书写者的特权，即使是在后殖民关系中，不平等的权力关系依然嵌入人类学中，也正是基于此，克利福德将民族志看作是旅行实践，以考量民族志旅行书写背后更为隐蔽的关系。

---

① JOHANNES FABIAN. The other revisited：critical afterthoughts. Anthropological theory，2006（6）：p. 144.

第四章　差异性同构：游记中的帝国话语

虽然殖民旅行研究者认为，民族志旅行文本与游记的边界难以确定，二者有多种重叠，且这种重叠也随着社会文化语境的变化而变化，但由于二者在现代概念体系中又长期以来被分属于不同的学科，这就意味着它们在表意方式或书写体式、关注重点和阅读接受的方式等方面都会有所不同，从而使得游记文学与民族志的表征方式既有交叠又有所歧出。是以，游记文学构成了不同于民族志的旅行话语，但又具有民族志的价值。但是，相较于民族志书写，游记文学受到的体制化限制和书写规范毕竟要少一些，其目的主要是通过书写语言，将一个陌生的世界变得为国内读者所熟识，或者是在文本中创造一个更为奇异的世界，以满足读者对外面世界的好奇心，因而，游记的书写会更加强调动态的叙事和空间的移动。此外，游记书写也一般会更强调个人性和主观性的经历叙述，甚至会采用自传的形式，旅行观察者往往不是作为一个冷静的旁观者，而是“置于事物中间或中心，卷入观看和被观看、谈论和被谈论”① 的事件之中。因此游记弱化了标准民族志书写中客观性细节堆砌式的描述，取而代之的是赋予作者以自由表述的空间进行个性化叙事，并多会重视形象的塑造和审美化的自我感受，诉诸美学想象和亲历性。

当然，这种美学化的效果仍然无法摆脱一些来自更深层次的制约，以致其无法成为所谓的“纯文本”，因此，对于游记的研究也强调其生成的社会文化语境。尽管游记的重点是叙述旅行者在异国他乡的经历，强调亲历，但这不意味着作者可以完全摆脱其母国生活的语境。在文化研究的视域下，作为生产者的旅行作家会受到文学书写范式的影响，形象、想象与

---

① M L PRATT. Fieldwork in common places. In JAMES CLIFFORD and G E MARCUS. Writing culture: the poetics and politics of ethnography. Berkeley: University of California Press, 1986: p. 33.

感受都会受到具体的社会文化的限制，甚至是叙事方式也会随着审美的变化而变化。正如萨义德所言：“作者并不是机械地为意识形态、阶级或经济历史所驱使；但是我相信，作者的确生活在他们自己的社会中，这在不同程度上塑造着他们的历史和社会经验，也为他们的历史和经验所塑造。”① 是故，游记的书写并非全然是对旅行的个人的、真实的记录，而是受到社会文化历史语境的影响，携带了某种集体的印记或由此出发的对异域的想象与期待。欧洲殖民主义是个真实的历史存在，对世界的秩序造成了巨大的影响，也推动了现代欧洲跨域旅行的盛行，因而对现代旅行书写的考察，很难跳过存在了五百多年的帝国文化。况且帝国文化“对旅行书写的生产、接受与意识形态知识产生了实质性的影响。帝国主义的影响在旅行叙述中尤其明显，因为这些旅行叙述本身就是产生于殖民经历”②，不同的帝国主义范式（西班牙、法国、英国）采用了不同的策略将普爱论与国家兴趣结合在一起，再次证明了现代旅行书写深受国家政治的影响，但不同的历史时期会有不同的书写策略，这都意味着游记的书写是个复杂的过程，是特定语境下的文化产品。

传统上，游记似乎是没有归属的一种文本形式，难以进入批评视野。基于文化研究的视角，笔者在这里将游记列入文学的范畴，主要是基于以下三个原因：第一，《不列颠百科全书》将“文学”界定为“用文字记录下的作品的总称”③，《辞海》将“文学”解释为“社会意识形态之一。用语言塑造形象，以反映社会生活，表达作者思想感情的艺术”④。根据这些定义，只要是以语言为工具，形象地反映社会生活，传递个人情感的文本都可以视作文学文本，游记当属于文学范畴。第二，虽然在传统观念中，游记被认为是对旅行的真实记录而不被狭义的文学（虚构的）所接纳，但是英国文学评论家波西·亚当姆斯（Percy Adams）采用文化批评的视角，指出旅行者都是撒谎者，为了得到声名、利润和表达自己的观点而编造游

---

① E SAID. Culture and imperialism. New York：Vintage Books，1993：p. 22.

② JAS ELSNER and JOAN-PAU RUBIES. Introduction. Voyages and visions：towards a cultural history of travel. London：Reaktion Books，1999：p. 47.

③ 美国不列颠百科全书公司编著：《不列颠百科全书》（第10册），北京：中国大百科全书出版社，1999年，第128页。

④ 上海辞书出版社编：《辞海》，上海：上海辞书出版社，1979年，第3512页。

记，尤其是18世纪的游记，大多是为了满足作者的虚荣心与读者的偏见而作。并且，不同的国度还会有不同的书写策略，如将敌国描写成罪恶之地，友邦则是和善之所，并在美洲创造了野人。① 他甚至论述说，游记促成了小说的生成与发展。② 由此，也可将游记看成虚构与事实参半的文本，而且易于采用一种类型化形象的塑造。第三，随着后殖民文化理论的兴起，萨义德所开启的殖民旅行研究，采用文学、文化批评的视角，将游记列入旅行文学，运用殖民话语理论进行研究，突破了文学文本研究中常用的叙事、美学等视角，将游记看作是基于本国集体文化、对异域的建构。同时，游记不仅包括我们以上概括的典型游记，还包括在异地游历或暂居期间的日志、日记、信件等，因为这些文本在日后多以游记的形式结集出版。综上所述，我们也可将游记归入文学的范畴，其也会具有明显的意识形态面向，而殖民话语理论的批评介入，则可揭示出游记中隐含的书写政治。

殖民话语理论作为游记反思研究的重要理论，萨拉·米尔斯将之界定为，由萨义德开启，“批判性地研究英国帝国主义时期或帝国语境下的文学和非文学书写，以及殖民主义和殖民文本对当代社会的影响”③。米尔斯同时使用了“帝国主义”与“殖民主义”两个词语，有必要在此对这两个词语进行具体的分疏。萨义德将“帝国主义”界定为主导宗主国中心在统治远方领土时所采用的实践与理论态度，将伴之而来的“殖民主义”界定为“到这一遥远属地上的定居”④。米尔斯对于这一界定进行了阐发：

> 通常情况下，殖民主义用来指涉这一状态，即某一国家的代理人侵入并定居于另一国家，并且强行建立立法系统、政府和其他体制结构；帝国主义这一术语常用来指涉其他剥削关系，诸如强加的贸易关系、宗教，以及由一外国实体对政府和立法系统的干涉行为……然而，帝国主义与殖民

① PERCY G ADAMS. Travelers and travel liars 1600 – 1800. Berkeley and Los Angeles: University of California Press, 1962. pp. 9 – 17.

② PERCY G ADAMS. Travel literature and the evolution of the novel. Lexington: The University Press of Kentucky, 1983.

③ SARA MILLS. Discourse. London and New York: Routledge, 1997: p. 105.

④ E SAID. Culture and imperialism. New York: Vintage Books, 1993: p. 9.

主义之间没有泾渭分明的区别，殖民话语研究通常将二者等同。①

据其所释，二者可以相互替代，但有不同的内涵：殖民主义更加强调领土的占有与政治的控制；而帝国主义更加强调经济、文化、心理等其他方面的控制。是以，殖民主义必然会导致帝国主义，但殖民主义的结束并不意味着帝国主义的结束，某些帝国主义的隐匿形式也许在当下依然存在，诸如某些观念，如某些土地及其人民需要被统治，同时也会从这一观念中派生出一些特指性的文化词汇和概念，如“劣等民族”“臣属”“权威”等。基于此，殖民话语的研究不仅仅涉及殖民语境下的游记，反观游记与殖民扩张的关系，而且也纳入了当代欧洲的跨域游记，以探寻帝国主义在当下是否依然存在。殖民话语不仅仅是语言或修辞，还含纳特定的视野，或者说是意识形态，因此对其功能的考量也需要放置在更大的社会经济与政治实践之中。

继萨义德之后，后殖民批评家巴巴明确提出了“殖民话语”分析。他在承认殖民话语具有宰制权力的前提下，试图发现其隐含的当地民的抵抗与依赖，从而主张殖民话语具有双重性，即包含着压制与抵抗。他认为，作为一种权力机器的殖民话语依赖于“既承认又否认种族、文化、历史差异，其最重要的策略性功能是通过实施监督，刺激快感或不悦形式的知识生产，创造一个‘臣属民族’（subject peoples）的空间”，然后依据种族根源，将被殖民者建构成堕落的民族，以证明征服、建立政府和规程的合理性。② 因而，殖民话语将被殖民者生产成为固定不变的现实，首先是他者，然后又是完全了解的、可见的他者，由此可见，殖民话语依赖于意识形态建构中他者性的确定性。然而，巴巴同时指出：“作为殖民主义话语的文化、历史、种族差异的确定性，本身就是一种矛盾的表征模式：它包含着僵化和不变的秩序，但同时也包含了无序、腐化和恶魔式的重复。正如其主要的话语策略——模式化或程式化的描述（stereotyping）——是一种知识和认同形式，摇摆于已然为人所知的‘确定’的与一些不断被焦虑

① SARA MILLS. Discourse. London and New York：Routledge，1997：p. 130，note 1.

② H BHABHA. The other question…Homi Bhabha reconsiders the stereotype and colonial discourse. Screen，1983，24（6）：p. 23.

地重复着的事物之间。”[①] 巴巴关于殖民话语的双重性观念影响了休姆、米尔斯、阿希克罗夫特和史蒂夫·克拉克等殖民旅行研究者，促使他们在反思游记书写中的帝国话语的同时，考量了当地民的抵抗与依赖在旅行殖民话语中所产生的多样性，殖民话语的核心策略——程式化的描述成为殖民旅行研究重要的切入点。

对于游记中殖民话语的单一性挑战是从揭示相遇话语的多样性开始的，而后女权主义的介入，进一步强调了殖民旅行记录的多样性，也正是这种多样性，方能更清晰地展现殖民旅行的文化政治。因此，本章将依循这一研究轨迹，着重梳理殖民旅行研究者是如何通过质疑食人族这一相遇的刻板形象，然后研究了性别与解殖民化语境等颠覆因素给游记书写所带来的变化。这些话题的论述展现出现代欧洲跨域游记既具有东方主义话语的同质性，又具有基于不同因素的差异性。

第一节　程式化的相遇与食人族话语

跨域旅行作为一种物质空间的物理移动，就意味着旅行者不断地与不同的文化和人相遇并接触，由此，相遇即便是没有构成游记书写的叙事全部，也成为叙事的核心，甚至在某种程度上确定了旅行者与当地民的进一步接触与交流的方式。相遇场景，因而也成为殖民旅行研究者的重要关注点和游记殖民研究的切入点。休姆与普拉特研究发现，亚当姆斯所揭示的地区的类型化书写，以及萨义德在《东方主义》中所讨论的“文本性态度”，也同样存在于相遇故事之中，从而导致了相遇描述的互文性乃至程式化。在这一认识之后，我们对后殖民文化批评的框架的把握就会更为清楚，其对跨文化相遇场景的研究一方面需要揭示出赖以确立的语言、形象或修辞技巧等，另一方面还必须将这一场景的叙事及其作用置于更为广阔的社会经济与政治实践之中进行考量。如此一来，殖民游记中的相遇不是单纯的个人的相遇，而是不同文化与社会或意识形态的相遇，对于相遇的

---

① H BHABHA. The other question…Homi Bhabha reconsiders the stereotype and colonial discourse. Screen，1983，24（6）：p. 18.

描述权力本身体现了一种权力的不均衡。

一、两种模式化的相遇场景

普拉特首先注意到了游记中与他者相遇场景的模式化书写现象。1985年，她在分析约翰·巴柔斯（John Barrows）的南部非洲游记时指出，巴柔斯在描述自己与当地民的相遇场景时，多采用第三人称这一他者化的策略，集中描绘当地民的身形或身体部位，从而使得“面对面的相遇，不论是真实的，还是想象的，都变成身体景象”，并且最惯常的做法是将生殖器作为相遇场景的身体元素。[①] 这种做法通过物化他者而将差异性编码植入相遇话语之中。对于相遇的此种描写标识出他者化书写的开始，而且将他者描绘为某一身体部位的物化策略，本身就是一种殖民话语。此外，这种“身体景观”（body scape）[②] 相遇场景的描述与第三人称和民族志现在时态的连用，使得相遇失去了具体的时间、地点性，这种话语使得与他者的相遇被文本化为身体特点的详细列表，对于他者的描述也成为一种普拉特所说的“行为方式与风俗的描写”（manners-and-customs description）[③]。普拉特认为，这种描述是“意识形态标准化、编码化与具体化的一种范式”[④]，而这种范式常常被嵌入各类的旅行书写中，并成为旅行探险书写中的主导形式以获得可信性与权威。

这种“身体景观”的做法发展到比较极端的状态，便是没有了真正的相遇，旅行者只是发现了一些痕迹，如脚印、熄灭的篝火或骨头等，这些被巴柔斯称为“地球表面的刮痕”（scratches on the face）[⑤] 以推测出当地

---

① M L PRATT. Scratches on the face of the country; or what Mr. Barrow saw in the land of the Bushmen. Critical inquiries, 1985, 12 (1): p. 120.

② M L PRATT. Scratches on the face of the country; or what Mr. Barrow saw in the land of the Bushmen. Critical inquiries, 1985, 12 (1): p. 120.

③ M L PRATT. Scratches on the face of the country; or what Mr. Barrow saw in the land of the Bushmen. Critical inquiries, 1985, 12 (1): p. 121.

④ M L PRATT. Scratches on the face of the country; or what Mr. Barrow saw in the land of the Bushmen. Critical inquiries, 1985, 12 (1): p. 121.

⑤ 约翰·巴柔斯语，转引自 M L PRATT. Scratches on the face of the country; or what Mr. Barrow saw in the land of the Bushmen. Critical inquiries, 1985, 12 (1): p. 119.

民的存在。当然这引起了对当地民的各种联想，其中最为常见的便是对野人、食人族的联想。因而，普拉特直接将这种相遇称为“帝国相遇”，认为相遇构成了旅行者与被旅行地民之间的“殖民前沿”（colonial frontier）[①]。但她认为，所谓“前沿”，更多是从欧洲扩张分子的视角命名的，由此她发明了另一中性视角的术语“交往地带”以便强调旅行者与被旅行地民之间的共同存在。然而她的这种努力恰恰凸显出殖民相遇中权力的不对称性，以及欧洲旅行者的优越性。

当然，这种身体场景的殖民相遇叙述，并非唯一的模式化相遇表述。普拉特在1986年总结出了另一种程式化相遇场景。她在讨论游记与民族志在叙事与情节上的相似性时，指出了游记与民族志的“到达场景”（arrival scene）非常相似，即欧洲旅行者与当地民的首次相遇具有程式化的描述：“欧洲的来访者没有被当地民当作可疑的异族，而是像弥撒亚一般受到全体当地民的信任、膜拜与盛情邀请。”这一乌托邦式的相遇成为“经典场景”，且在各种旅行探险的文献中老生常谈。[②] 普拉特对于该种相遇范式的总结显现出欧洲旅行者的一种心理上的优越感，这种“王者降临”的方式宣布了欧洲旅行者的主导或中心权威，因而，描述它的修辞，也是一种“征服者语言风格的组成部分”[③]。

由上可知，相遇话语似乎是基于当地民的态度，初次相遇是刀枪相见，还是恭候光临？这两种态度决定了欧洲旅行者笔下的他者形象。普拉特对于两种殖民相遇话语差异性的考量，一方面是为了阐明殖民相遇话语中的帝国意识形态，另一方面意在说明帝国话语的多样性。正如她所解释的：

---

① M L PRATT. The imperial eyes: travel writing and transculturation. New York and London: Routledge, 2008: p. 8.

② M L PRATT. Fieldwork in common places. In JAMES CLIFFORD and G E MARCUS. Writing culture: the poetics and politics of ethnography. Berkeley: University of California Press, 1986: pp. 35 – 37.

③ M L PRATT. Fieldwork in common places. In JAMES CLIFFORD and G E MARCUS. Writing culture: the poetics and politics of ethnography. Berkeley: University of California Press, 1986: p. 37.

我想要强调的并非单一、固定的主体立场，而是编码他者的多样性，固定主体的多样性，以及主体假设的各种设定好的差异类型的多样性。欧洲的渗透与挪用通过千变万化的语义方式，这些方式会相当不同，甚至相互矛盾。因为游记话语具有多声部性，因而，我希望在考量意识形态时，不是仅仅考量其意义简化的方面，还要考虑其意义繁衍的面向。①

这段文字表明了普拉特殖民游记研究的切入点与立场：她建议采用意识形态的视角来考量游记中的帝国话语，但拒绝将之看作是单一的，而是关注各种因素带来的多样性，以及帝国话语表征形式的多样性，甚至是相互矛盾性。

二、盛行的殖民相遇场景：食人话语

普拉特主要以非洲游记为文本，探寻典型的殖民相遇话语的多样性，而彼得·休姆则从现代欧洲与他者的首个殖民相遇着手，以加勒比地区的欧洲游记为重点，探寻了发现姿态下的相遇，对于相遇话语的形成与发展传播机制进行了细致的论证。休姆认为，这种新发现的姿态，其实是一种掩藏策略，因为它通过在首次相遇时遮蔽了土地与当地民的关系，将欧洲人、当地民与土地这一经典的殖民三角关系简化为欧洲人与当地民的关系，从而出现了一系列关于欧洲人与当地民首次相遇的叙事，“土地的话题被野蛮的话题所遮蔽，这种置换与遮蔽是所有的殖民相遇叙事的特点”②。从现代旅行的历史看，加勒比地区是个特殊的地方，它不仅是跨域旅行实践中欧洲人与非欧洲人（美洲人）相遇的首个地方，也是认知和话语中文明与野蛮首次相遇的地方，最重要的是，出现了表征野蛮的经典话语：食人习俗（cannibalism）。在欧洲关于异域的旅行书写中，食人（cannibal）是经常出现的形象，不论是在游记还是人类学著作中，不论是在美

---

① M L PRATT. Scratches on the face of the country; or what Mr. Barrow saw in the land of the Bushmen. Critical inquiries, 1985, 12 (1): p. 122.

② PETER HULME. Colonial encounters: Europe and the native Caribbean, 1492 - 1797. London: Methuen, 1986: pp. 1 - 3.

洲游记、南太平洋游记还是非洲游记中，甚至在当下的异域探险文本（电影和游记）中也会有食人的出现，食人意象也成为他者表征中最为宽泛而常见的母题，成为殖民相遇他者化的重要策略。从这种意义上可以说，休姆对于加勒比地区相遇这一殖民话语的研究是探源性的。

休姆从词源学的角度，质疑了食人习俗的存在性，将之揭示为典型的殖民话语。对于食人族话语的研究，首先要回溯到它最初使用的时间、地点以及当时的场景，他的研究也正是从哥伦布的航海日志这一首次提到食人的旅行文本开始。根据休姆的考证，基于同行的西印度群岛人（Indian）[①] 的描述，哥伦布的日志（1492 年 11 月 23 日）首次提到了“cannibal”一词——这也是欧洲文本中第一次出现该词，日志做了如下记载：

> 在这个海岬的远处，有另一片陆地或海岬向东延伸，随行的西印度群岛人称之为“波海奥”（Bohio）。他们说，这片土地很广阔，居住着前额长有一只眼睛的一种人，还有一种人，他们称为“Cannibals”，对于后者，他们表现出巨大的恐惧。当他们看到我们要走这条航线时，都默不作声。他说，因为这些人吃过他们的人，并且非常好斗。[②]

如此，这一词是哥伦布借用当地民的术语，且在欧洲旅行文本的首次出现便与吃人肉联系在一起。然而休姆对于哥伦布是否能听懂西印度群岛人的话表示怀疑，因为哥伦布只会翻译希伯来语、亚拉姆语（Aramaic）和部分阿拉伯语，不可能如此轻易地理解所有的信息。此外，欧洲本身就有一个词，源自希腊以指代食人，即“anthropophagi”。哥伦布舍弃了欧洲的词汇，而选择了当地的术语“Cannibal”，笔者以为，大概是为了与帝国话语的发现主题和差异话语相契合，使之与欧洲的食人话语区分开来，以便为“他者”注入差异性。“食人”一词的首次亮相，便成为欧洲人确立自我、建构他者的语言策略。

---

① 哥伦布航海受到了《马可·波罗游记》的激发，其出发时的目的地是印度，主要的关注点是寻找金子。因此，当他遇到岛屿和大陆后，就以为自己到了印度，将北美洲大陆上的原始居民称为印度人，后来的西班牙人称之为阿拉瓦克人（Arawak）。

② 《哥伦布航海日志》，转引自 PETER HULME. Colonial encounters：Europe and the native Caribbean，1492 – 1797. London：Methuen，1986：pp. 16 – 17.

此外，休姆研究发现，哥伦布的日志将加勒比人与食人形象联系在一起，更多是出于个人的推测。根据哥伦布日志（1493 年 1 月 13 日）的记载：他的手下遇到了一群拿着弓箭的人，于是将其中一人带来见他，这人长相奇丑，面黑如木炭，长发扎成马尾，上插有鹦鹉毛，与其他人一样，全身赤裸。他判断这人“肯定是吃人的加勒比人（Carib）中的一员”[①]。在这一相遇场景的描述中，我们也再次看到普拉特所批评的相遇叙事模式：将相遇变成对当地民身体特征的罗列。休姆首先运用现代民族志知识，指出该人属于哥伦布之前遇到的阿拉瓦克人的一支，然后批评了哥伦布仅凭此人“奇丑”“面黑”这些身体特征就将之判定为食人的加勒比人未免过于武断。日本学者本桥哲也（Ted Motohashi）也认为，哥伦布如此草率的断定是受到欧洲食人话语（anthropophagi）的影响，因为这一话语中的几个主题与哥伦布对美洲原住民的描述相符，如有自己独特的语言和仪式。[②] 然而，“食人 = 加勒比人”这一话语进入欧洲语言，并且传播开来，这种观念是如此的牢固，以至休姆将《牛津英语字典》中“食人”的词条摘引如下：“吃人肉的人（尤其指野人）；吃人者；食人者。最初专指安德烈斯群岛上吃人的加勒比人。”[③] 甚至于我们今天所用的“食人”这一词便是源自“加勒比”这个词，凶猛的加勒比人是食人肉的，他们种族的名字“加勒比人”逐渐被用来指任何有此行为的人。逐渐地，食人成为一种野蛮的能指，而食人话语成为游记中常见的他者化策略，出现在美洲、南太平洋和非洲的现代游记中。

如果休姆对食人话语来源做了细致的考证，以质疑食人场景的真实存在性，说明食人是一种语言建构、一种殖民话语的话，那么本桥哲也则在此基础上，进一步将游记中的食人话语确认为殖民策略，将之看作殖民相遇的必然话语。他认为，在遇到陌生异族时都会产生吃人的幻想，因此

---

① 《哥伦布航海日志》，转引自 PETER HULME. Colonial encounters：Europe and the native Caribbean，1492 – 1797. London：Methuen，1986：pp. 39 – 40.

② TED MOTOHASHI. The discourse of cannibalism in early modern travel writing. In STEVE CLARK. Travel writing and empire：postcolonial theory in transit. London：Zen Books，1992：p. 87.

③ 出自《牛津英语字典》（Oxford English Dictionary），转引自 PETER HULME. Colonial encounters：Europe and the native Caribbean，1492 – 1797. London：Methuen，1986：p. 16.

"不同文化的相遇暗含了食人话语的相互本性（尽管这种相互性是不对称的）"，食人族是作为建构或确立他者以确立自我而创造的殖民话语。[①] 相遇的殖民性存在于命名行为之中，从表面上看，哥伦布采纳了西印度群岛人的术语，但我们会注意到，西印度群岛人提供了两个术语，一个是岛名，一个是"食人"，何以"食人"这一术语成为异域游记中的重要母题，这本身就因为"食人"更加符合欧洲人对异域他者的期待，也可作为区分自我与他者差异性的有力意象。这种选择使得命名成为一种单边的行为，如齐泽克（Zizek）所言，命名是"回溯性地构成了其所指物，命名是有必要的，但是，可以这么说，只在后来，当我们都'身在其中'了才会需要"[②]。哥伦布不需要岛名的术语，更需要能体现差异性的"食人"这一名称，最终的事实也证明，哥伦布的选择是正确的，因为食人确实在欧洲学界与大众读者中引起了轰动与关注。

休姆与本桥哲也关于"食人"一词溯源式的研究质疑了食人实践的真正存在。我们同时会发现，跨文化相遇中的语言问题成为二人关注的焦点：哥伦布对于西印度群岛人口头叙述的理解正确吗？究竟他是否真的听懂了西印度群岛人的话？他们对此表示怀疑。菲利普·鲍彻尔（P. Boucher）则根据哥伦布的旅行记述，着意研究了阿拉瓦克人（哥伦布称为印第安人）语言中"carib"的意思为"吃树薯粉者"（manioc eater）或"无畏的勇士"[③]，这一发音与"食人者"（man-eater）的发音的确很接近，似乎在暗示哥伦布犯了理解上的错误。考量到没有真正发生食人事件，殖民旅行研究者质疑其真实存在性，更愿意将食人族话语看作一种征服书写的策略，或者是帝国的语言。当食人成为欧洲对异域异族的中心想象后，暴力殖民获得了合法性。

食人场景在各种旅行文本的反复出现，有必要将哥伦布的航海日志看

---

① TED MOTOHASHI. The discourse of cannibalism in early modern travel writing. In STEVE CLARK. Travel writing and empire：postcolonial theory in transit. London：Zen Books, 1992：pp. 83 – 85.

② SLAVOJ ZIZEK. The sublime object of ideology. London and New York：Verso, 1989：p. 95.

③ PHILIP BOUCHER. Cannibal encounters：Europeans and Island Caribs, 1492 – 1763. Baltimore and London：John Hopkins University Press, 1992：p. 139, note.

作是欧洲在美洲的首个寓言，尽管它宣称，它是真实记录，但作为日志，休姆认为，可以是“个人的回忆录、民族志的记事本和欧洲关于东方想象的摘要：一张真正的羊皮纸，可以擦除与重写”①。因而，在他看来，这一食人话语，在很大程度上是一种虚构。一方面，哥伦布的这一描述记录并非自己亲眼所见，基于自己的观察，而是基于他人的描述，考量到语言的障碍，食人这一事实本身具有诸多可质疑的地方；另一方面，哥伦布以《马可·波罗游记》为指导，在新大陆上找寻马可·波罗文本中所描述的东方文明，这本身就反映出旅行期待想象与现实的冲突，这种冲突也造成了哥伦布航海日志中出现两种不同的话语系统：东方文明与东方野蛮的冲突。当然两种话语具有共同的所指物，即金子，哥伦布将加勒比人想象为守护金子的士兵。玛丽·坎贝尔回溯了游记的前现代历史，表明哥伦布将中世纪东方这一人间天堂和田园般的安乐之所接合在一起，从而使得加勒比属于中世纪地理幻想中的他者世界，而且哥伦布相信，怪诞不仅能“吸引现代的读者，也有助于扩散怪物的刻板形象”②，因而将之用于塑造美洲的当地民。坎贝尔的研究似乎表明，哥伦布的食人形象，不过是西班牙帝国探险常用的怪物形象的延续，是增加旅行惊险性的一个策略。

既然这样，可以断定，食人族的概念更多的是不同文化相遇时，出于对他者未知的恐惧而产生的一种幻象，或者说，跨域或跨文化相遇之时，似乎本来就会内在地产生某种食人的恐惧与幻想。这也就可以部分地解释为何食人出现在大量跨域旅行书写中，且不局限于加勒比地区，甚至延伸到美洲、南太平洋、非洲内陆以及部分亚洲地区的欧洲游记书写中。这一现象也引起了后殖民主义者对于食人话语的关注。在1995年艾塞克斯专题研讨会（Essex Symposium）上，十位分别来自人类学、文学与艺术史学科的专家探讨了西方对于食人话语的迷恋及其历史、文化意义，以及食人形象是如何影响西方关于非西方的表征的。这一研讨会的成果最终以《殖民世界与食人族》（*Cannibalism and the Colonial World*，1998）为名结集出版。休姆在该书的序言中再次表达了食人形象为想象话语的观点：“西方

---

① PETER HULME. Colonial encounters：Europe and the native Caribbean，1492－1797. London：Methuen，1986：p. 18.

② MARY BAINE CAMPBELL. The witness and the other world. New York：Cornell University Press，1988：pp. 10－11.

人亲眼所见的主要食人族场景是其后果，而非实施行为。”① 准确地说，食人行为和食人者是缺失的，只有所谓的人骨头。如此一来，学界对于食人话语的讨论从人类学到文学，跨越了多个学科，但这些探寻基本上是质疑食人的真实性，将其作为帝国殖民主义话语的一部分，尽管学者们的质疑点有所不同。休姆将这些质疑总结概括为以下两类：

第一，怀疑论者认为食人族的确存在：是作为殖民话语中的一个术语而存在的，主要用于描述一些野蛮人可能会实施的吞食人肉的残暴行为。这种存在虽然是存在于话语之中，但仍然是历史的，不管食人族这一术语是描述一个属实的还是现存的风俗。第二，（本书的作者们）认为质疑开启了关于食人族的诸多有趣的问题，尽管对之有所改变，但未结束之。②

休姆的总结表明，殖民旅行的反思将食人族问题凸显出来，而作为话语的食人族为何会持续不断地出现在各类旅行文本中，也成为殖民旅行反思者着重考量的问题。

那么游记中相遇场景的食人话语究竟会有怎样的功效呢？休姆尝试着通过五个加勒比地区的旅行文本中对食人相遇的描述来解释这一问题。依据对休姆表述的分析可知，相遇话语中的食人族话语具有以下功能：

第一，食人族有效地将当地民从他们的土地上驱逐出去，强化了殖民旅行的“发现”叙事，将殖民自然化。一方面，相遇被简化为欧洲人与土地的相遇。事实上，欧洲人、当地民与土地构成了经典的殖民三角关系，而欧洲人用“美洲”一个词涵盖了土地与当地民，掩饰了二者之间存在的关系；“发现”的姿态同时也是一种隐藏计策③，它遮蔽了当地民与他们生

① PETER HULME. Introduction：the cannibal scene. In F BARKER，PETER HULME and M IVERSEN. Cannibalism and the colonial world. Cambridge：Cambridge University Press，1998：p. 2.

② PETER HULME. Introduction：the cannibal scene. In F BARKER，PETER HULME and M IVERSEN. Cannibalism and the colonial world. Cambridge：Cambridge University Press，1998：p. 4.

③ PETER HULME. Colonial encounters：Europe and the native Caribbean，1492 – 1797. London：Methuen，1986：p. 1.

活的土地关系。而且，诚如休姆所分析的，食人族在游记文本中常常被塑造为“残忍地食用人肉”[①]，这一形象有效地将之驱逐出了人类的领域，即当地民不属于人类，再次将土地与当地民分割开来，由此，将欧洲旅行者、土地与当地民三者的相遇简化为二者，这也是为何在所有的食人场景描述中，面对面的相遇是缺失的，多数场景是旅行者根据骨头残存物进行推测的。另一方面，当当地民成为非人类时，旅行者的优越性得以确立，随之得以建立的便是帝国话语的等级制，这为殖民占有提供了合理性。这一驱逐性的话语还表现在对食人族生活的描述上，他们不侍农垦，到处游走抢掠，由此，他们只拥有土地的自然权，而没有居住权，因为没有真正的定居、使用土地，土地成为“处女地”，需要英国人担负起建构这一地方的重任。由此，殖民相遇中的土地问题被自然地抹除了。

第二，食人话语在激发人的恐惧与欲望方面，仅次于性话语，而食人族带来的暴力威胁，造成了旅行文本叙事的某种延宕，增加了旅行文本的异域性，从而塑造了两个世界，文明与异域的敌对世界，借此以明确自我与他者的界限。

第三，食人是典型的他者行为，由此，与食人族的相遇，有时甚至是想象性的交战，可以塑造资产阶级的个人英雄形象。

第四，食人话语强化了欧洲中心主义的种族话语。休姆研究发现，食人话语只出现在殖民时期，而殖民时期的食人话语带着明显的种族倾向：食人实践常和黑皮肤联系在一起，加勒比人和美拉尼西亚人（黑人群岛）就比阿拉瓦克和波利尼亚人更容易成为食人族，且在殖民修辞中，吃人肉会让皮肤颜色变得更深。[②] 休姆的这一论述也验证并支持了萨特的观点，即“种族人文主义是永远不会改变的，因为欧洲人只有创造出奴隶和魔鬼，才能变成人”[③]。西方文明生产出食人族，而不是将其毁灭，现代主义时期出现的这一修辞话语亦在于建立并巩固帝国的等级制。

---

① PETER HULME. Colonial encounters：Europe and the native Caribbean，1492－1797. London：Methuen，1986：p. 84.

② PETER HULME. Colonial encounters：Europe and the native Caribbean，1492－1797. London：Methuen，1986：p. 30.

③ JEAN-PAUL SARTRE. Preface. In FANON FRANTZ. The wretched of the earth. New York：Grove Press，1963：p. 26.

食人话语出现在哥伦布游记中，并在各种旅行话语中不断传播与强化，从而成为跨域相遇中的模式化描述，并形成了“他者”的刻板形象。休姆对这一刻板形象的研究是为了说明，刻板形象是片面的、倾向性的描述，主要是得力于将复杂的差异变成硬纸剪画，不同的特点集聚或是压缩在一起，再将这种夸张性的简化附着在某一主体或地方之上。特征变成标识，通过此特征，主体为人所知，并通过这一标识来界定。修姆对这一过程做了详细描述：

> 通常情况下，刻板形象主要通过形容词的精确组合来确立某些看似永远真实的特征——“凶恶的”“好斗的”“充满敌意的”“凶残野蛮、充满报复心的”。并且，这些特征不受任何社会历史时刻的影响，它们作为内在的、不受环境影响的特征而存在。当然，他们（加勒比人）过去是食人族，这一事实已经被各种词汇所锁定，无人会对此表示质疑。[①]

以上的引述清楚地揭示了食人话语是如何通过程式化描述而形成并固定下来的，休姆对于语言词汇的强调也再次说明，食人是一种话语的形构。

值得注意的是，依据休姆的论述，哥伦布的日志不仅将加勒比人与食人形象联系在一起，而且他还将加勒比人与阿拉瓦克人进行对比，也奠定了欧洲的加勒比地区旅行的基本叙事故事，以及欧洲殖民主义话语对加勒比地区当地民形象的塑造。哥伦布之后的西班牙旅行者将当地民分为两类：和平的阿拉瓦克人和好战的加勒比人，后者被描述为入侵阿拉瓦克人领地并偷窃他人妻子、拒绝臣服的“食人族”。这种“刻板形象的二元主义”（stereotypical dualism）[②] 一方面为西班牙占领西印度群岛，清洗当地民找到了合理的借口：食人的加勒比人是入侵者，有必要将之从这一土地上驱逐出去。同时，关于温和的阿拉瓦克这一话语遮蔽了作为当地民的阿拉瓦克人所进行的各种抵制或军事抵抗，强调其顺从性与合作性，如此，

---

① PETER HULME. Colonial encounters：Europe and the native Caribbean，1492 – 1797. London：Methuen，1986：pp. 49 – 50.

② PETER HULME. Colonial encounters：Europe and the native Caribbean，1492 – 1797. London：Methuen，1986：p. 50.

欧洲殖民成为一个互惠的行为，即在帮助阿拉瓦克人，且受到后者的欢迎。然而休姆认为："互惠本身就指一系列实践，它对任何的经济、社会、政治和意识形态的崩塌均不承担责任。"①所谓的互惠，不过是欧洲人占有土地和资源的合理借口罢了，尤其是当地民以这种二元对立的形象出现，殖民被美化为对当地民的一种解放。另一方面，这种刻板形象的二元主义打破了殖民旅行叙事的单一性，即对他者形象的固定化、贬低性描写，但依然没有跳出殖民话语的框架，反而使得这种刻板形象可消解一些矛盾的明证，得以存留下来。刻板形象可分裂为两个面向，一个是好的，另一个是恶的，由此，西方的他者也分裂为阿拉瓦克人和加勒比人，友善的和残忍的，他者世界由此呈现出某种多样性，所谓的食人族也分为野蛮的与高贵的，引用蒙田的话，食人族成为"高贵的野蛮人"。旅行者的描述不仅基于自身的目的和先在的倾向性，也依赖于当地民的态度，将对之友好的、乐于合作的描述为和平文明的，而反之，则是野蛮残暴的。如果萨义德认为自18世纪到20世纪70年代是连续的压迫表征实践的历史，假定了欧洲对他者表征实践的某种稳定性和整体性，那么休姆所陈示的他者刻板形象二元主义则在肯定殖民旅行文本表征的某种稳定性时，更加强调游记的僭越特质，试图发现多种殖民话语。休姆认为，二元形象的出现不仅基于旅行者、殖民者与传教士"各自的目的和先在的倾向性"②，也标识出殖民话语对旅行地民的态度或感受。换言之，旅行地民对于旅行者的态度决定了他们在游记中的形象，是温和的农垦者还是好斗的食人族，从而旅行地民在某种程度上决定了自身形象的塑造，使得游记的书写成为斗争与协商的结果，而非书写者的单边想象。

因此，殖民相遇内在地包含了食人话语，但这一话语同时包含另一相对立的话语。霍尔对这一话语形构做出如下总结："欧洲人将当地民表征为富有吸引力的和充满诱惑的同时，也表现了其相反面：野蛮与堕落的本性。"并且，从这一食人话语中可辨识出以下的"话语策略"（discursive strategies）："①理想化；②欲望与堕落幻想的投射；③不承认亦不尊重差

---

① PETER HULME. Colonial encounters：Europe and the native Caribbean，1492 - 1797. London：Methuen，1986：p. 149.

② PETER HULME. Colonial encounters：Europe and the native Caribbean，1492 - 1797. London：Methuen，1986：p. 45.

异；④倾向于将欧洲的范畴与标准强加于他者，并通过西方的表征与感受模式看待差异，这些策略在程式化描述的过程中不断得到固化。”[①] 如是，食人话语成为一种流行的殖民叙事策略，并且广泛地运用于南太平洋和非洲，以及亚马孙的欧洲游记中。罗德·埃德蒙德（Rod Edmond）研究了约瑟夫·班克斯和库克船长（Thomas Cook）等人的游记发现，塔希提人（Tahitians）在首个游记中的记述确定了欧洲对之的想象：将一塔希提女子比喻为维纳斯，由此，好客、乐于合作的塔希提人成为衡量其他南太平洋居民的标准，毛利人被书写为食人族，而塔希提岛成为食人场景地。[②]埃德蒙德的研究不仅显现出殖民相遇描述的重要性——与异域的首个相遇场景的描述基本确定了这一地区的整体形象，而且也说明了刻板形象的二元主义话语策略在其他地区游记中被广泛应用，同时食人形象也成为跨大洲的形象。不可否认的是，这一描述范式在展现为殖民话语策略的同时，打破了被殖民者形象的单一性，从而使得跨文化相遇场景在整个旅行书的他者书写中呈现出多样化的趋势。

也正是基于哥伦布对美洲原始民的不同描述，休姆认为，欧洲对于他者世界的反应显示，殖民主义话语并非“无缝之网”[③]（用克利福德的话说，“铁板一块”）。因而，他将这种二元主义的叙事技巧置于全球旅行话语的背景之下，从“地理与意识形态”双层领域来探究殖民旅行文本，将殖民旅行分为两种话语实践：一是去往已经占领地域的旅行以及与当地民的相遇，在这种情形下，当地民已经或者即将被剥夺土地，从土地上被驱逐出去，如美洲；二是去往未占领地区，但依靠贸易或某种殖民行政管理控制地区的旅行，如早期的印度之旅行。这两种情形导致了不同的殖民话语：对于前者，殖民旅行者往往将当地民看作是野蛮的，需要被清洗的；对于后者，殖民旅行者基于当地民的配合与合作，常将之看作是文明友好

---

① S HALL. The west and the rest：discourse and power. In S HALL and B GIEBERN. Formations of modernity. Cambridge：Open University Press/Polity Press，1992：pp. 306 – 307.

② ROD EDMOND. The Pacific/Tahiti：queen of the South Sea isles. In PETER HULME and TIM YOUNGS. The Cambridge companion to travel writing. New York：Cambridge University Press，2002：pp. 139 – 155.

③ PETER HULME. Colonial encounters：Europe and the native Caribbean，1492 – 1797. London：Methuen，1986：p. 152.

的。休姆试图通过比对两种文本（分别是关于被殖民国家文本，以及保持独立政府，但与西方有贸易往来的国家的文本）的话语结构中描绘这些差异。①话语也随着时间及其产生的社会经济状况的变化而变化，因此，关于在安全的新德里白人区的定居生活的文本与西非探险的描述会截然不同。

虽然休姆的研究焦点是食人话语的形成，及其在各种旅行文本或故事中的出现，但休姆采用了一种精神分析的马克思主义框架，旨在“获得更多文本之外的信息”②，从而说明殖民旅行话语并非单一的，而是存在着诸多的差异性，只是差异性不足以改变整个殖民话语对他者的控制权力，以及殖民存在的事实。殖民相遇是乌托邦式的，还是暴力的，完全取决于当地民对欧洲来访者的态度，也确定了对当地民的书写策略。从休姆的叙述可知，这些差异源自语境的差异；那些抵制殖民入侵的文化被描述为野蛮的食人族，殖民权力试图清洗他们，被描绘为是正确合理的行为。那些接受殖民统治，或者与殖民当局合作，建立居住地的文化通常被刻画为文明的、热爱和平的。

萨义德从形象演进到话语的客体，以说明东方主义建构了一个世界——“东方”，或地理空间或族群，而不仅仅是已经存在的一种特殊感受。休姆赞同这一做法。他对于游记中食人族这一相遇话语的研究便是典型的例子：食人话语建构了加勒比地区。他认为殖民话语以语言为基础的实践通过殖民关系而统一起来的总体，可将最为官僚与公式化的政府文件与最不功利、最没有偏见的浪漫小说结合在一起。③他将五个与加勒比地区有关的欧洲旅行文本——哥伦布的《航海日志》、莎士比亚的《暴风雨》、约翰·史密斯的游记［后改编成电影《风中奇缘》（*Pocahontas*，1995）］、笛福的《鲁滨孙漂流记》和英寇（Inkle）与雅瑞卡（Yarica）的“罗曼司”——关于食人场景的描述放置在一起，发现了食人话语在殖民相遇中的互文性，但同时发现了殖民话语的复杂性。

休姆关于殖民相遇及其常用的他者化策略——食人话语的分析，是在

---

① SARA MILLS. Discourse. London and New York：Routledge，1997：pp. 118 – 119.

② PETER HULME. Colonial encounters：Europe and the native Caribbean，1492 – 1797. London：Methuen，1986：pp. 11 – 12.

③ PETER HULME. Colonial encounters：Europe and the native Caribbean，1492 – 1797. London：Methuen，1986：p. 2.

论述一些有害的刻板形象，而他的探寻不仅有助于解码和批判更大的意识形态含义及其地理政治，还揭示了欧洲帝国主义强加于他者之上的不公正性，以及游记在帝国的种族信仰与意识形态中所起的同谋作用。基于休姆等人的溯源研究，食人成为欧洲的野蛮他者形象的一种文化描述而不断地被程序化，并在不断地复写与传播中固定化，最终成为一种他者的象征符号，而食人最终对于欧洲白人的臣服也在无声地强调着欧洲中心主义的种族优越感。食人话语成为西方对他者不倦的迷恋，也得益于现代欧洲的社会或文化符码，这一社会集体想象物保证了食人形象的传播与有效性。然而作为殖民时期的特定话语，食人族这一概念在当代当地社会的缺席或消失，再次表明食人族是由欧洲人所想象与书写出来，并试图在征服之时重构当地社会的表象的一种策略性话语。而游记，也并非如坎贝尔所界定的，是“一种亲眼所见：这一体裁以真实为目的。旅行作家的权威既非来自其权力，亦非来自其才华，而仅仅来自亲历”①，而是包含了旅行者的诸多想象、期待，而这些想象与期待与旅行者的旅行目的和母国的集体文化密不可分。

将加勒比地区食人族这一殖民旅行中特有却常见的相遇场景作为研究他者程式化描述的切入点，休姆意欲说明殖民旅行话语的文化政治性以及多样性。任何地理大发现和各种探险旅行，“其动因既有好奇心和科学热情，也包含一种统治精神。这种精神在白人登上某片遥远的未知土地并受到当地土著的反抗时表现得最为明显”②，食人话语便可视为对这种抵抗的反应式书写。食人形象在探险叙事中如此普遍，以至于米尔斯声称，“任何的探险游记都包括食人族的描述”③，而马丁·格林（Martin Green）在探讨个人英雄式的探险游记与帝国行为时，将食人族视为“原始文化中一

---

① PETER HULME. Introduction：the cannibal scene. In F BARKER，PETER HULME and M IVERSEN. Cannibalism and the colonial world. Cambridge：Cambridge University Press，1998：pp. 2 – 3.

② 爱德华·萨义德：《虚构、记忆和地方》，见米切尔编，杨丽、万信琼译：《风景与权力》，南京：译林出版社，2014 年，第 267 页。

③ SARA MILLS. Discourse of differences：an analysis of women's writing and colonialism. London：Routledge，1991：p. 77.

切怪异可怕之物的原型”①。从食人形象在殖民时期探险游记的普遍性来看，休姆对于食人族的探源性研究是颇有意义的，然而遗憾的是，他没有选择女性旅行文本中关于食人的看法与描述。尽管食人族话语是典型的异域相遇描述他者的话语，但普拉特与休姆都认为，这并非唯一的形象，对于他者形象的描述更多取决于当地民对于旅行者的态度，由此，跨域游记并非如《东方主义》中所说的，是旅行者母国集体想象的投射，它同时在一定程度上也描绘出旅行地的自然与人文形象，成为两种文化的交汇与斗争协商的场域。然而，不论是食人话语，还是温和的阿拉瓦克话语，都确立了欧洲旅行者的权威，强化了帝国的等级制话语，是以，殖民时期作家的旅行文本在某种程度上会出现对典型殖民叙事的某种偏离，但同时却以一种隐匿的形式重复前人的旅行书写，改变的是形式与策略，不变的是深层的意义，出现了游记书写中帝国话语的多样性的共存。

第二节　女性游记与帝国话语

休姆在批判欧洲相遇话语中的殖民性质时说，“本着欧洲的传统，‘新’大陆被寓言化为女人”，女人在吊床上，赤裸着，周围充满了各种异域景观的标志：奇草异兽，最重要的是，食人宴。②休姆道出了女性与异域景观的表征作为殖民化场域的事实，而这种殖民景观的女性化一方面表明了女性也是作为他者而存在，处于被殖民的地位，另一方面也凸显出殖民话语的男性特征，加之，旅行也常认为是由男性逻辑所主导的活动③，殖

① MARTIN GREEN. Dreams of adventure-deeds of empire. London：Routledge & Kegan Paul Ltd.，1980：p. 80.

② PETER HULME. Colonial encounters：Europe and the native Caribbean，1492 - 1797. London：Methuen，1986：p. 12.

③ 历史学家艾瑞克·李德指出旅行本身就是男性主导的活动，甚至将旅行称为“精液的旅行”，见 ERIC LEED. The mind of the traveler：from Gilgamesh to global tourism. New York：Basic Books，1991. 詹姆斯·克利福德在界定旅行时，从历史的视角将其界定为“男性的”，见其文章 Traveling Cultures，Cultural Studies；希多尼·史密斯（Sidonie Smith）则将性别作为媒介，论述了旅行的男性逻辑，见其著作 *Moving Lives：Twenty Century Women's Travel Writing* 中的绪论与第一章。

民旅行也因之成为最性别化的话语。正是基于此，一些女权主义者认为，女性旅行者本身就是对男性主导的旅行活动的颠覆，女性旅行书写自然会反对性别化的帝国与其不公，会对当时的帝国话语进行对抗，[①] 从而将女性游记排除在帝国知识生产和帝国话语之外。然而从文化研究的视角来看，这种观点在强调男性与女性的差异性的同时，不仅将女性同质化，忽略了女性群体自身身份地位等的多样性，而且也忽视了旅行书写是具体语境化的文化产品这一事实。

自20世纪90年代，文化研究者对女性游记的批评表明，白人女性在殖民主义中扮演着各种角色，甚至是主动参与到这一进程之中，但因其方式相对隐晦，以致使传统上的研究忽略了这一点。米尔斯基于同辈们对于女性与殖民关系的研究，指出“帝国活动并非仅是依靠军队而强加的统治，或是探险者对某一国家的“发现”，帝国主义可以是发生于公共与私人空间的多种活动，这些活动也参与生产知识以确认帝国的存在并将其自然化[②]。这一说法打破了帝国主义的公共空间性，将私人的日常生活活动也纳入帝国框架下进行考量，说明女性游记参与殖民主义实践的可能性。此外，雪莉·福斯特（Shirley Foster）和米尔斯均坚持认为，游记是由许多变量，如“种族、年龄、阶级、经济地位、教育、政治理想和历史阶段”等相互作用而生成的，性别只是其中的一个变量而已[③]，以反驳许多女性评论者认为女性游记完全不同于男性游记的观点。因此，文化研究学者在研究女性游记时，将之与阶级、族别联系在一起，并且放置在具体的语境之中，而不是孤立地进行，从而发现了女性游记与殖民主义的某种潜

---

① 旅行作家与评论家玛丽·莫里斯（Mary Morris）认为，女性在世界的移动方式完全不同于男性，因此，女性游记所具有的女性特质使其与男性游记完全不同，简·罗宾逊（Jane Robinson）则认为男性与女性旅行的关注点是完全不同的。具体可参见MARY MORRIS. The illustrated virago book of women travellers. London：Virgo，1994，绪言部分，以及JANE ROBINSON. Wayward women：a guide to women travellers. Oxford：Oxford University Press，1990，前言部分。

② SARA MILLS. Knowledge，gender，and empire. In ALISON BLUNT and GILLIAN ROSE. Writing women and space：colonial and postcolonial geographies. London：The Guilford Press，1994：p. 32.

③ SHIRLEY FOSTER and SARA MILLS. An anthology of women's travel writing. Manchester：Manchester University Press，2002：p. 1.

在的、隐蔽性的共谋或同构。与此同时，性别作为游记书写的变量之一，的确导致了女性游记书写与男性游记存在某些表征差异，如在叙事空间、知识范畴、叙事对象及对于叙事对象的态度等方面，但这些并未改变其对帝国殖民的某种确认与辩护。本节将以米尔斯、莫妮卡·安德森（Monica Anderson）与尼杰尔·李思克（Nigel Leask）等人对女性游记的研究为主线，从知识范畴、叙事策略两方面来梳理、论述女性游记中帝国话语的差异性同构问题。

一、女性旅行者、知识与帝国

首先，帝国语境是构成女性旅行者的身份地位复杂化的重要因素，因为从某种程度上说，帝国扩张同样为欧洲女性的跨域旅行提供了契机，也赋予女性更多的权威与权力，从而使得女性旅行者的身份地位具有双重性的特质。女性的跨域旅行通常有两种：一是随父、兄、夫（他们或是殖民官员，或是传教士，或是科学探险者）到殖民地的旅行；二是在殖民地独自旅行。这两种旅行都使得女性会借助种族的优越性，获得一定的“权威”。根据玛丽·金斯利（M. Kingsley，1862—1900）在《西非游记》（*Travels to West Africa*，1897）中的描绘，在西非，英国女性常变成“尊贵的男士”，非洲人像对待英国男士一样对待她们，甚至称呼她们为“先生”；[①] 在当地民的眼中，欧洲白人女性和欧洲白人男性享有同等的威严。范妮·帕克斯（Fanny Parkes，1837—1897），一位英国的中产阶级白人女性，在其印度游记中也描绘了她掌管50多位仆人的家庭生活，殖民赋予其在英国无法获得的权威。如此一来，这些女性旅行者便处于“性别上的被殖民者，种族上的殖民者”[②] 这一矛盾的位置，她们身份的双重性导致其与帝国话语的关系也具有了双重性：确认与偏离。一方面，由于帝国秩序使得她们的异域旅行成为可能，并享有在母国无法获得的权威，她们不会公然批判帝国主义，甚至会采用带有种族主义和欧洲中心主义色彩的他者

① MARY KINGSLEY. Travels to West Africa. London：Virago，1965：p. 502.

② INDIRA GHOSE. The power of the female gaze：women travellers in colonial India. Delhi：Oxford University Press，1998：p. 5.

化策略，如野蛮话语去评价异域的人与风俗。另一方面，在有的时候，也出于对“压迫”的亲身感受，她们对殖民地民有一种亲近感和同情心，对他者文化也持有一种相对包容的态度，因而，她们在游记中会更多地描写与当地民的交流，这也包括男性游记作家鲜有涉及的当地女性与儿童的生活，这种交流与描述将当地民作为个人，而不是某一种族的代表，这些构成了女性游记与典型的殖民话语的某种偏离，然而，她们的同情不足以让她们对抗帝国。因此，从某种程度上说，虽然女性游记造成了殖民话语的差异性，但仍以更为隐蔽的方式宣称了宗主国的权威，也生产了不同的帝国知识。

帝国语境赋予了女性旅行者在殖民地以某种权威和权力，说明所谓“性别的差异是一种空间上的差异”①，空间决定了女性的权力与权威。殖民旅行使得女性借助种族的优越性，获得了一定的权威，从某种程度上颠覆了传统的性别空间定位，即殖民旅行使女性旅行者从某种层面上摆脱了她在国内所受到的父权制的压迫。然而，女性作为“家中天使”的父权思想依然存在，这也意味着女性游记依然会受到种种的限制，这种限制不仅作用于游记的“书写方式，更影响到对之的接受与判断”②，但米尔斯认为，相较而言，性别对于游记接受的影响会超过游记的生产。③ 也就是说，女性游记的生产与接受都受到了传统性别话语的影响。例如，一些传统上为男性话语的领域，如政治、经济、公共事物、性、科学和探险等，女性作家的游记一般不会涉及这些主题，一旦涉及，就会引发各种质疑，甚至难以出版。也正是基于传统的惯习，女性的游记会受到种种主题的制约。米尔斯指出，最不能涉及的当属性话题，而在这些陈规之下，女性旅行者应当是描绘花或蝴蝶，这些具有特殊而又安全的女性气质的类型，而不应

---

① ALISON BLUNT and GILLIAN ROSE. Introduction：women's colonial and postcolonial geographies. Writing women and space：colonial and postcolonial geographies. London：The Guilford Press，1994，pp. 1 – 2.

② SARA MILLS. Knowledge，gender，and empire. In ALISON BLUNT and GILLIAN ROSE. Writing women and space：colonial and postcolonial geographies. London：The Guilford Press，1994：p. 30.

③ SARA MILLS. Discourse of differences：an analysis of women's writing and colonialism. London：Routledge，1991：p. 30.

该像金斯利那样成为鱼的专家，或是如范妮·沃克曼（Fanny Workman，1859—1925）发现未知山脉，或是像伊莎贝尔·伯德（Isabella Bird，1831—1904）提供某一国家的数据信息。因为一旦女性游记试图提供科学性的记录，它们就会被视为离经叛道，或是被当作一种完全的虚构。[①] 米尔斯的研究表明，女性旅行文本会呈现为一种传统之内的女性书写范式，但也会采用传统上的男性话语表征范式，作为一种对传统男性话语的僭越，呈现出女性传统之外的一种离经叛道的叙事。是以，女性身份的复杂性会打破传统规定性的性别空间，不仅能提供私人空间中日常生活的琐碎知识，还能提供公共空间的博物学与地理知识。

传统之内的女性游记书写导致了女性旅行者生产出与男性不同范畴的帝国知识，游记也呈现出不同于经典的帝国与殖民话语模式。

第一，欧洲女性旅行者既是边缘、又是中心的身份地位使其会更加关注一些边缘化的知识。随夫、父、兄旅行的女性很少提供典型的帝国活动或探险英雄形象，而是更多地涉及日常生活的琐碎知识，尤其是关于当地女性生活的相关知识。米尔斯在阅读范妮·帕克斯的游记时发现，范妮描述了男性不会关注的当地女性与孩子的生活的诸多方面，然而米尔斯认为，范妮所提供的这些信息主要是为了支撑自己的权威地位，因为别的欧洲女性没有机会和当地女性如此亲近地接触，而对于当地生活的话语，更多是一种评价性的，而非简单的描述。此外，米尔斯的研究还发现，范妮对当地生活的描述也“主要是对先前众多男性旅行书写的直接复制，即主要是幻想的、色情的。因此，她所关注的依然是女性的审美特质”[②]。在对女性表示同情之时，将女性降格为审美之物，一如对于古老建筑的描述。这些带有评判性的描述所产生的关于印度的知识依然在强调欧洲的先进性，印度风俗的野蛮性。如此一来，虽然范妮生产出了与男性主义知识不同的一些文本空间，即妇女与儿童，但其生产出的妇女儿童知识仍然带有帝国主义性质。

---

① SARA MILLS. Discourse of differences：an analysis of women's writing and colonialism. London：Routledge，1991：p. 81.

② SARA MILLS. Knowledge，gender，and empire. In ALISON BLUNT and GILLIAN ROSE. Writing women and space：colonial and postcolonial geographies. London：The Guilford Press，1994：p. 44.

范妮并非唯一一位描述当地女性生活的旅行者，事实上，因为女性旅行者可以融入当地女性的社交生活，她们的文本会涉及当地女性的生活。巴斯奈特研究发现，女性游记对伊斯兰女性日常生活的描述“驳斥了将伊斯兰女性的闺房想象为充满性欲之地的男性幻想”，从而与男性游记中的“带着面纱的女人”“压抑的性欲”“公共浴室”等想象性描述形成了鲜明的对比。[①] 欧洲白人女性旅行者对于当地女性生活去性欲化的描述，展现了另一类型的他者知识，挑战了殖民旅行话语中单一性他者的刻板意象。然而，女性游记对于当地风俗的描写揭示了当地女性所受到的压迫与当地女性的愚昧无知，仍然将当地女性嵌入程式化的“他者”刻板意象的框架之下，同时宣称了欧洲女性的优越性。格瑞高里在分析对比爱德华·雷恩与其妹妹索菲亚·雷恩·普勒（S. L. Poole）笔下的伊斯兰妇女生活时指出，雷恩关于伊斯兰女性的描述都是从当地男性那里获得的二手资料，而普勒则可以深入女性生活的内部，获得第一手的资料，然而后者的描述只是对于前者的补充，并且与前者持有相似的观点。[②] 由此可见，欧洲女性旅行者只是生产出差异性的表征，没有根本改变欧洲中心主义，她们自视是站在道德的高度评判殖民地的各种生活，对当地女性生活表现出不赞同，甚至将她们书写为野蛮。米尔斯认为，女性旅行者对于当地女性悲惨生活的描述及英国人所进行的改良，不仅强化了诸如英国比其他地方更加文明，也更有权力对他人进行道德批判与仲裁，以及英国是唯一能改变现状的人的观念，也确认了帝国存在的正确性。[③] 因此，女性游记虽然提供的知识空间与知识有所不同，但没有改变欧洲中心主义的殖民立场与姿态，仍然是作为生产帝国知识的文本而存在，同时也从侧面说明了知识与权力的关系。

---

① SUSAN BASSNETT. Travel writing and gender. In P HULME and T YOUNGS. The Cambridge companion to travel writing, New York: Cambridge University Press, 2002, pp. 229 – 230.

② D GREGORY. Cultures of travel and spatial formations of knowledge. Erdkunde, 54 (4): pp. 306 – 313.

③ SARA MILLS. Knowledge, gender, and empire. In ALISON BLUNT and GILLIAN ROSE. Writing women and space: colonial and postcolonial geographies. London: The Guilford Press, 1994: pp. 41 – 42.

第二，女性旅行者除了选取当地女性这一边缘化的知识作为书写对象，还会常常有意避开典型的男性话语领域，选取相对安全可信的话题，如花草与情感。传统上，男性旅行书写一般总是会与知识严肃性联系在一起，而女性的旅行则被看作会与知识浅薄或轻松愉悦联系在一起，这就导致了女性游记中涉及知识的部分会受到质疑。乔安娜·特洛普（J. Trollope）甚至以讽刺的口吻建议，女性游记应该更多地涉及植物，因为“植物——只要它们不完全是热带的，便是安全的话题，仅仅属于审美，不涉及任何知识，而且完全是无性的”[①]。然而，在普拉特眼中，对于植物的描写也不是无辜的，而是会以带有某种文化政治功能的知识，参与到帝国的全球意识之中，并将他者有效地纳入欧洲的知识秩序之中。因为所谓的花草描述借助了欧洲的博物学知识体系，而这一体系本身就是充满帝国权力的话语，所使用的命名、分类及其产生的知识将异域纳入欧洲的秩序之中，从而看似是个人努力获取的知识，实际上却仍是帝国主义的一部分。这种帝国扩张是一种“没有臣服与暴力”[②] 的扩张，可称为一种“去征服”的占有。米尔斯赞同普拉特的观点，在评论帕克斯的游记时写道：“这类知识的生产向读者展示了一个安全的女性叙事者形象，将被殖民国展现为凌乱的花房，需要叙事者用其西方的科学将它们一一归类。”[③] 再一次，殖民存在被书写为一种需要，帝国成为拯救者。由此，女性写作看似缺乏一种征服或暴力，容易被剔除出帝国知识的生产体系，然而，它却依然在隐性地生产某种相关的知识，影响殖民的存在，并证明殖民存在的必要性和合理性。

第三，部分女性旅行者打破了女性属于家庭这一私人空间的传统范式，从而进入政治和科学这些公共空间。安德森以伊莎贝尔·伯德（Isa-

---

① J TROLLOPE. Britannia's daughters：women of the British empire. London：Hutchinson，1983：p. 156. 在此，她提到热带不是一个安全的话题，是因为在帝国话语中，热带是充满罪恶的堕落之地，关于“热带”，本书将在第五章有较详细的梳理论述。

② M L PRATT. The imperial eyes：travel writing and transculturation. New York and London：Routledge，2008：p. 57.

③ SARA MILLS. Knowledge，gender，and empire. In ALISON BLUNT and GILLIAN ROSE. Writing women and space：colonial and postcolonial geographies. London：The Guilford Press，1994：pp. 35 –41.

bella Bird）的马来亚游记《金色半岛》（*The Golden Chersonese*，1883）为例，充分说明了这一点。首先，伯德不仅在游记的“前言”部分表示，希望她的书能提供关于马来群岛的知识，因为尽管马来群岛在事实上隶属于英国的统治，但国内人士对之了解很少，她甚至意识到自己的游记“有助于母国殖民文化意识的塑造”[①]。很明显，伯德对于游记在帝国知识的制造，以及对于国内读者殖民意识的培养方面所扮演的角色有着清晰的认识，也意欲通过自己的游记达到相关目的。其次，基于安德森的分析，我们会发现，伯德具有强烈的英国霸权意识，并且认可英国对全球的殖民统治。她不仅坚信英国知识的全球普及化，还认为当地的官员不好，而殖民官员会“以坚定而友好的精神，倾尽时间与精力以促成（马来群岛的）繁荣、良好的秩序与进步”[②]。最后，一方面，伯德将英国殖民官员塑造成能为马来的经济带来繁荣与保障、为马来的政治带来安全与公正的模范官员，以凸显出当地民治理上的无能与无为；另一方面，“她将马来的景观看作是空白的，等待英国的官员填补这一空白，马来半岛需要纳入英国的版图之中”，将英国的殖民文化统治看作是必然的。[③] 伯德的殖民优越性还表现在她赞成通过官方的视角来了解旅行地。她认为，这些官方文件首先提供了中心权威与外围活动现实的缓冲带，有效地锚定了母国空间，缓解了旅行者的经历与新空间之间的陌生与差异。[④] 由此，当女性涉足公共空间知识时，她是以一种充满友好的姿态出现的，但又不自觉地采用了类似于男性的种族话语模式，所产生的知识是对帝国政治的话语的再次确认与强化。

第四，由于传统上对女性的限制，18—19 世纪的女性在使用何种类型的语言、何种经历可以描述等方面都受到制约，因此，部分女性游记更多

---

① MONICA ANDERSON. Women and the politics of travel, 1870 – 1914. Madison N. J.: Fairleigh Dickinson University Press, 2006: p. 94.

② 伯德语，转引自 MONICA ANDERSON. Women and the politics of travel, 1870 – 1914. Madison N. J.: Fairleigh Dickinson University Press, 2006: p. 94.

③ MONICA ANDERSON. Women and the politics of travel, 1870 – 1914. Madison N. J.: Fairleigh Dickinson University Press, 2006: p. 97.

④ MONICA ANDERSON. Women and the politics of travel, 1870 – 1914. Madison N. J.: Fairleigh Dickinson University Press, 2006: p. 98.

地参照男性游记的书写，采用了与男性同样的话语策略，呈现出与男性同样的探险英雄形象和科学知识，尤其是在殖民地独自旅行的女性旅行者。金斯利的游记便是典型的例子。米尔斯认为，一方面，《西非游记》的叙事者采用了男性化的叙事视角与男性冒险传统，接受殖民作家提供的知识，在否认非洲人在演化上低白人一等的同时，又生产出“非洲人比欧洲人更接近于猿人的殖民知识”，将殖民关系自然化；另一方面，她对于非洲女性的叙述采用了西方传统的性欲化话语，甚至将读者也设定为男性，将西非女性的不孕看作是对其毫无节制的性欲的暗示。[①] 如果金斯利的游记是殖民话语与女性话语之间张力的结果，那么金斯利有意地选择殖民话语，从而打破了预设的女性话语。

然而这不意味着她的游记书写与男性游记没有差异，尽管她涉及传统的男性话题领域，但她的书写依然呈现为某种差异性。依米尔斯所述，金斯利涉足了男性探险游记常见的食人话语，如对食人番（fan tribe）——欧洲人将这一部落视为食人族——的描述和大量对于食人族的评价，与休姆所分析的男性游记中关于食人的描述有所不同。由于她的西非之行主要是在番人的陪伴之下，她笔下的番人是“个体的，而非男性旅行书写中的食人话语，即将食人描绘成荒诞的猎取人头的蛮人”，而且会时常提醒她，别的部落会食人。[②] 由此可见，在金斯利的文本中，食人实践也是缺失的，但食人的概念一直伴随整个旅程。此外，尽管金斯利没有将食人番描绘为休姆所分析的那样：“好战的”“残忍的”，但她认为，“他们都是劣等的、孩子气的”。[③] 因此，她的游记颠覆了男性与女性书写主题上的传统限制，并且呈现出对于他者描绘上的差异，但仍采用了传统的男性殖民话语，将非洲贬低化、他者化，从而证明帝国语境赋予她的权威，对他者的书写过程成为一种自我赋权的过程，同时生产出经典的帝国知识。

由此可以得出以下结论：一是种族话语中方能获得的优越权威地位，

---

① SARA MILLS. Discourse of differences: an analysis of women's writing and colonialism. London: Routledge, 1991: pp. 151－172.

② SARA MILLS. Discourse of differences: an analysis of women's writing and colonialism. London: Routledge, 1991: pp. 158－160.

③ SARA MILLS. Discourse of differences: an analysis of women's writing and colonialism. London: Routledge, 1991: p. 92.

让白人女性旅行者在这些话语中愿意为殖民者言说，可能女性旅行者无法像男性旅行者那样去提供他者的各种数据、民俗民风等信息，但她对他者的描述在某种程度上确认了帝国存在的合理性与必要性。二是女性旅行者在殖民地的旅行，与男性的殖民旅行的帝国话语具有许多的相同点，但迫于某种对于女性知识生产与接受的压力，女性会偏向于去建构出相对安全的知识，使之初看起来不具有帝国主义的色彩，却构成了对殖民统治的某种隐匿的确认。不可否认，女性游记比男性游记具有更多更显著的人道主义，更多关注道德和情感，使其更具有个人性的感情话语，从而使这种殖民行为成为一种个人化的行为；女性的书写除了典型的帝国话语外，还采用了不同的话语，如女性日常生活或花草这类个人的看似与国家无关的内容，而被剔除出帝国知识的生产领域。然而，即使是像伯德与金斯利这样勇于打破传统空间限制，进入传统男性公共空间的旅行者，她们的"文本建构了一个积极参与的主体"，在与周围环境的直接接触中，"选择自身的感受"以尽可能地建构自我，但仍然如安德森所说，是在"借助帝国的权威知识"以确定自我[①]。因此，可以说，帝国语境下的女性游记与殖民主义有着复杂纠缠的关系，她们采用了一种更为微妙的占有和剥削形式，隐性地生产知识，影响殖民存在，与帝国话语构成了一种差异性的同谋。

二、女性观看与叙事模式

女性游记中帝国话语的差异性同构不仅表现在知识的生产上，还体现在写作风格上。前文的梳理研究表明，女性会有意识地采用男性的书写风格，以获得读者的接受，但同时，女性独特的旅行生活空间，赋予女性特有的叙事对象与叙事风格。莫妮卡·安德森在考察19世纪的旅行作家时指出，无论是女性还是男性，都"采用了殖民主义写作风格，即呈现出旅行者文化与道德价值观的优越性，将所见之物尽为占有"[②]。这种通过看见的

---

① MONICA ANDERSON. Women and the politics of travel, 1870 – 1914. Madison N. J.: Fairleigh Dickinson University Press, 2006: p. 98.

② MONICA ANDERSON. Women and the politics of travel, 1870 – 1914. Madison N. J.: Fairleigh Dickinson University Press, 2006: p. 93.

控制与占有不禁让人想起恺撒的名句："我来了，我看到，我征服。""看"与"征服"天生具有同一性，现代性框架下的殖民旅行更是恺撒名言的真实写照：到达、亲眼所见与占有，这种占有主要是通过控制性凝视与叙述策略达到的，女性游记也不例外。格林布拉特也论述了游记的"亲眼所见"话语与欧洲人的占有之间的关系。他认为，所谓的"亲眼所见"，不过是欧洲占有之梦的依托点，是一种重要的表征性的观看形式①。因此，基于"亲眼所见"这一基础的旅行话语不过是在一定视野下的观看，是一种凝视，而这种凝视，作为一种权力之眼赋予旅行者至高的权力，从而构成了欧洲游记常采用的"所看之处，皆属王土"（the monarch of all I survey）② 的占有性叙述策略。

19 世纪中期，伊丽莎白 · 伊斯特雷克（Elizabeth Eastlake，1809—1893）在谈及女性游记时提出，"女性的眼睛天生就具有独特的能力"，因为首先，女性习惯于"坐在炉火边数针脚"，所以她们能对男性笼统地一眼扫过的地方看得更细致清楚。其次，女性的活动区域常局限于家中，她们对世界的图景因而是不成体系的，较为独特的，这就赋予女性一种叙事力量，因为在旅行中，她们不会过多地受制于观察中什么比较重要这一预先的观念，也就更容易选取到一些体制忽视之外的材料。③ 伊斯特雷克至少道出了两个事实：一是跨域旅行中的"观看"是受到具体的社会历史语境、思维定式或某种预设影响的，各种看不是随意无辜的，因为正如语言一样，人的眼睛也是社会—文化架构的，存在多种观看方式。看是方式，

---

① STEPHEN GREENBLATT. Marvelous possessions：the wonder of the new world. Oxford：Claredon Press，1991：p. 122.

② 这一短语最早并非以叙事策略的术语出现，而是出现在游记中。巴特莱特（Bartlett）描述他在埃及的油轮上旅行时，写道："I was monarch of all I surveyed."见 W H BARTLETT. The Nile boat，or glimpse of the land of Egypt. London：Hall Virtue，1849：p. 109；在伊莎贝尔 · 伯德的《金色半岛》中，作者在描述自己的自由感觉时写道：有种"I'm monarch of all I survey"的感觉（1883 年，第 321 页），展现了旅行者在异域所享有的特权或权威。普拉特在其著作《帝国之眼》中，将之概述为游记的殖民叙事策略之一。

③ ELIZABETH RIGBY（LADY EASTLAKE）. Lady travellers. Quarterly review，1845（76）：pp. 98 – 100.

注定了“我们只会看到我们有意去看的东西。而有意去看乃是一种选择行为”[1]。观看是具有性别的，相较于女性，男性旅行者的观看是被社会组织化的，是系统的，是一种对于“他者”的凝视，凝视是男性的。如此一来，看到是人眼所为，凝视则是社会建构的看或话语性限定的视域。我们能看到什么，如何看，不仅仅是自然能力的一部分，而且是一种后天习得的能力，更是一个社会文化建构的过程，单纯无辜的观看好似一个神话。

伊斯特雷克与格林布拉特的观点都表明，帝国语境下的女性观看很难脱离殖民主义的视野或帝国凝视，但女性旅行者身份地位的双重性使得女性的观看更为复杂，既会是体制化的凝视，也会是规训之外的个人反思，从而女性的旅行叙事具有双重视野。安德森对伯德游记中视觉行为的分析充分说明了这一点，也展现了19世纪女性旅行者的凝视是如何建构的，又是如何在塑形英国的殖民主义文化意识的同时削弱男性凝视的。依安德森所述，首先，伯德身份的双重性使其旅行叙事既包括公共空间，又包括私人空间，伯德在马来的各种景象空间的旅行活动不仅打破了已设立的性别角色，也打破了殖民者对其本土的他者——女性的期待，由此构成了安德森所说的“女性镜像政治”（female specular politics），即“两种身份地位——表演者与观看者的聚合”。[2] 在公共空间旅行，借助于帝国凝视，伯德成为一位景观的目击者而享有权威。“为了突出其叙事视角的独特性”，她宣称她对金色半岛的描写是全新的、真实的，甚至声称是“现场写作”以突出其“亲眼所见”或“亲历”的特质，然而，她又有意识地使用了自己的判断以决定哪些是会吸引现代读者的重要事实叙述，哪些不是，以改变女性旅行者只能作为“走马观花的游客”的传统角色[3]，确立生产出独立的旅行自我，由此，她既是旅行空间的观看者，也是努力将这一景观空间空白化以填写自己故事的行动者。通过将自己展现为观察者，伯德不仅解构了欧洲传统上观看者与被看者之间的性别对立，也确认了凝视具有规定性的权力。

---

① JOHN BERGER. Ways of seeing：a book. Penguin Books，1972：p. 8.

② MONICA ANDERSON. Women and the politics of travel，1870 – 1914. Madison N. J.：Fairleigh Dickinson University Press，2006：pp. 85 – 86.

③ MONICA ANDERSON. Women and the politics of travel，1870 – 1914. Madison N. J.：Fairleigh Dickinson University Press，2006：pp. 98 – 99.

为了确保自己既是目击者又是行动者的镜像政治，安德森认为，伯德采用了“否定”（negation）的叙事策略，将旅行地描述为自然化景观，即使用了如画美（picturesque）这一主要的女性叙事模式。一方面，如画美的模式重构了伯德的欧洲主体性，将之作为唯一享有王权的活动者，成全了她一直追求的“所看之处，皆属王土”的自由感觉。游记中描述了大量风景，甚至是无人发现的风景，而原住民是缺失的，唯一存在的人是旅行者本人，从而旅行地被描述成“一个没有历史、没有文化的原始的神秘的自然”[①]。这种景致自然化的叙事也是一种否定性策略，用大卫·斯珀的话说，是一种“临时性的抹除”或“空间的清场”，[②] 当原住民被这种欧洲话语驱逐出他们的国土，将他们与他们控制的土地分离开来之后，这一东方空间成为伯德进行自我主体性建构的空间，也成为绘制个人探寻的空间。另一方面，如画美的模式确保了伯德作为凝视者的权威地位。普拉特认为，这种叙事模式属于“维多利亚时期的发现修辞”，主要通过景观的审美化，即将所看到的景致当作一幅油画，并按照远近、前后的顺序来进行画面的描述，从而显现出观看者对于被看者的宰制权力。[③] 按照这一理论，如果马来西亚的景色是一幅画，那么观看者伯德则成为评判者与欣赏者，同时马来西亚的景色也成为静止的、供欧洲人消费的商品。如此看来，这种如画美的模式将视觉的考量从历史、政治或道德思考中隔离出来，从而确保了凝视者的另一种特权与权力，与此同时，它又并非单纯的景致描写，而是一种通过“去征服”的、略带新颖的书写模式，承载起殖民叙述，去表达欧洲的占有之梦。

另外，伯德的双重视野还体现在帝国凝视与个人反思的张力之中，主要体现在对于科学话语的涉足与疏离方面。尽管受到传统的限制，伯德无法自由地进入严肃科学，但《金色半岛》在“描绘植物与动物的同时，相对详细地描写了英国的权力在远东地区的延伸”的过程，这就使得伯德的

---

① M L PRATT. The imperial eyes：travel writing and transculturation. New York and London：Routledge，2008：p. 128.

② DAVID SPURR. The rhetoric of empire：colonial discourse in journalism. Travel writing，and imperial administration. Durham & London：Duke University Press，2001：p. 92.

③ M L PRATT. The imperial eyes：travel writing and transculturation. New York and London：Routledge，2008：p. 200.

旅行叙事呈现出半科学与半个人自传的面貌，伯德也被“展现为好奇的观察者，建构着她所需要的景致”①。关于这一点，安德森进行了简短的介引与分析。当伯德依据空白之地的叙事策略来描述马来西亚的林中风景时，她意识到了科学话语的侵入，诸如昆虫学家或鸟类学家那种有组织的凝视、技巧与结构化的信息，并渴望能远离这一科学话语，从而自由地感受林中风景。然而她同时意识到，目击者与游记书写的受众空间也会交汇于“女性镜像政治这一混杂空间”，因而她不断地拓展视野，利用身份的双重性，在引用科学话语的同时，加入个人的反思与勘误，打乱已有的知识，以挑战读者的真理观念。② 从安德森的分析来看，伯德在一开始就意识到了无论是对殖民实践反对还是同意，视野都是有立场的，殖民者的身份会使得她的叙事被界定为帝国话语，然而她试图带入某些偏离因素以挑战既定的帝国话语。因此，在她的书写空间中，她在自己、读者和当地景观之间进行相互协商，在挑战传统对于女性的期待之时，表明了观看的多样性以挑战官方给定的景观。

就此而言，可以说，伯德的女性镜像政治在借助其种族优越性的同时，也因性别差异的输入打破了传统的限制，因而，她对旅行地的凝视既借用了帝国凝视的权威，又通过确立主体的位置反抗了帝国凝视。

伯德的观察将自己既放置在帝国主义的二元对立之内，同时又在其外。一方面，她或其他女性旅行者将异域的自然景观看作是个人或性别自由之地；而另一方面，它成为与帝国主义方案、进程与立场的共谋空间。换言之，这一空间摆脱了他者的束缚性凝视——此处的他者，基于语境，是指欧洲凝视所设定的宗主国价值。与此同时，这一空间也注定要受到政治上、经济上和个人的凝视。③

---

① MONICA ANDERSON. Women and the politics of travel, 1870 – 1914. Madison N. J.: Fairleigh Dickinson University Press, 2006, pp. 78 – 79.

② MONICA ANDERSON. Women and the politics of travel, 1870 – 1914. Madison N. J.: Fairleigh Dickinson University Press, 2006: pp. 109 – 111.

③ MONICA ANDERSON. Women and the politics of travel, 1870 – 1914. Madison N. J.: Fairleigh Dickinson University Press, 2006: p. 102.

按照安德森以上的逻辑与分析，19 世纪女性的殖民旅行势必会处于个人自由与充满政治的文化空间的二元对立当中，而不得不处于主体/客体的双重位置。一方面，殖民旅行在女性解放与转变中起着重要作用，女性由旅行的符号，丈夫、兄长或父亲的旅行附属品，最终成为独立的旅行个体，展示了旅行世界是如何赋予女性在母国无法获得的自由与权力，削弱了宗主国价值观中的性别对立。另一方面，作为观者的旅行者，受到政治语境的影响，会不自觉地接受殖民划分，将旅行地凝视为西方的他者，文明的对立面，并通过凝视对其各方面进行控制。

19 世纪的女性旅行者与伯德有着相似的女性凝视位置，因而如画美的叙事模式在女性游记中尤为常见，以至于李思克将这一模式称为“女性的如画美”①，尽管这一叙事模式并非女性旅行者所专有。米尔斯在解读帕克斯的印度游记时指出，帕克斯使用了两种叙事模式：一是如画美，二是家庭生活。米尔斯认为，游记的名字将叙事置于如画美的叙述框架之下，而这一叙述模式的使用“意味着她含纳各式各样的毫不相干的事件和信息，而不必依赖坚实的叙事结构。这种如画美的模式在深层次上属于帝国主义之举，因为所有相关的场景都被解语境化，即没有给出历史，由此叙事者仅仅是在回应景象和事件，从而只有叙事者享有文本中稳定的知识位置”②。这一叙事模式确保了女性旅行者的观者权威。莎拉·苏勒瑞（Sara Suleri）则从另一方面说明了女性游记中风景描写的意识形态功能，她指出，这些景色描写创造出熟悉而又吸引人的异域景观，一方面为殖民读者与观者提供某种安全感，另一方面通过抹除当地民的不满与反抗，将殖民书写为合理的、仁慈的和道德的。③ 基于以上的分析，这些评论者不管采用什么理论，都基本达成了某种共识，那就是，如画美是典型的帝国叙述模式。

---

① NIGEL LEASK. Curiosity and the aesthetics of travel writing，1770 – 1840：from an antique land. Oxford：Oxford University Press，2002：p. 204.

② SARA MILLS. Knowledge，gender，and empire. In ALISON BLUNT and GILLIAN ROSE. Writing women and space：colonial and postcolonial geographies. London：The Guilford Press，1994：pp. 42 – 43.

③ SARA SULERI. The rhetoric of English India. Chicago：University of Chicago Press，1991：pp. 75 – 110.

李思克也表达了类似的观点，甚至将之称为“帝国的如画美”①，但他以英国游记中对印度的风景描写为研究对象，从反功利主义、好奇和联想主义审美三方面展现了如画美在情感方面的殖民功能。依李思克所述，从反功利主义的层面看，作为视觉话语的风景叙事可有效地屏蔽功利主义所带来的工业或现代性的噪音，从而提供一种强迫性的“宁静，经历、历史与叙事的停滞感”，以迎合英国盛行的浪漫主义审美，将印度景色组织成为宗主国的消费商品，以使国内与殖民地的英国人均能以同样的方式消费英国化的印度，并借此去“强化帝国统一的纽带”。鉴于印度是古老的国度，对于印度的好奇心与针对新奇独特事物的好奇凝视有所不同，前者总是与时空转换联系在一起，因而更重视废墟风景。因此在好奇心层面上，“如画美的静止感可抑制历史的混乱，以一种怀旧的冷静沉思其过去”，这些帝国废墟，在旅行者眼中，成为“英国自由战胜东方专制主义”的明证，从而“抹除了殖民征服的过去与未来”，废墟景色表现为“自由战胜暴政的历史，而不是殖民剥夺的罪恶”。从联想主义的审美视角看，当英国的印度成为商品而被消费时，事实上是一种情感的消费，因此“风景的联想力可以跨越距离”，“缝合殖民地与宗主国的视野”，通过引发旅行者对家园的情感回忆，将殖民地民与帝国联系在一起。② 李思克的论述表明了如画美的叙事模式与殖民主义的深层联系，它可通过将异域熟悉化，或者说，将遥远的地方拉近，从而达到驯化他者、美化自我的目的。

在这一理论基础上，李思克以三位女性旅行者的游记为分析文本，展现了她们是如何通过如画美模式来驯化这一遥远国度的。依照李思克对玛丽娅·格莱厄姆（Maria Gramham，1785—1842）、爱玛·罗伯特（Emma Robert，1794—1840）和范妮·帕克斯游记的分析，可以看到，一方面，这些女性旅行者采用了印度风景英国化的形式来进行自然景观的描述，消除了英国与印度之间的距离，达到了驯化异域的目的。如，在描写当地景观时，她们往往会采用沉思的方法，使用能够令人联想起苏格兰高地或尼

---

① NIGEL LEASK. Curiosity and the aesthetics of travel writing，1770 - 1840：from an antique land. Oxford：Oxford University Press，2002：p. 157.

② NIGEL LEASK. Curiosity and the aesthetics of travel writing，1770 - 1840：from an antique land. Oxford：Oxford University Press，2002：pp. 166 - 178.

斯湖这样的表述话语。如果说游记是“将远方的未知世界通过语言而熟悉化”[①]，那么如画美便是满足这一旨趣的最佳书写模式。另一方面，她们将当地的人也一并看作景观的一部分，并以一种疏离的冷静态度，对之进行道德上的评判。如描述当地妇女儿童的衣着或行为时，便会指责当地民缺乏文明与美德，从而隐示了另一层意思，即英国的价值观是可以帮助当地民获得公民的美德的。米尔斯曾指出，帝国语境下的多数女性旅行书写似乎“主要在象征层面起作用，而不占据任何观念上或真实的空间”，而且女性也是主要作为“帝国的道德判断力量而存在的”[②]。这似乎可以从某一侧面说明殖民女性旅行书写为何如此青睐如画美的叙事模式。

基于以上的研究梳理，我们会发现，如画美的叙事模式成为女性旅行者主要采用的修辞策略，这确保了她们作为审美、评判者的权威地位。当然，由于女性身份本来既有的多样性，女性游记内部存在着观察与叙事上的一系列差异。如果说伯德代表了维多利亚时期敢于挑战欧洲传统性别空间的勇敢女性，从而形成了对帝国凝视既赞同又抵抗的双重视野，那么还有一些较为传统的女性旅行者，则多愿意接受并遵从维多利亚时期英国的性别限制，在殖民地甘当“家中天使”，主动或习惯于采用一般的凝视视野，用伊斯特雷克说的“坐在炉火边数针脚”的独特眼力，去制造出一种琐碎的家庭生活话语。这类旅行者多属于克利福德所说的“旅行中的居住”[③]，她们的游记在叙事方式与内容上与勇敢女性也略有不同，多以家书为基础编撰而成，因而缺乏一种由于空间的变化而引发的线性的叙事结构。虽然她们也会外出旅行，但正如普拉特所观察到的，女性记录的结构不是“指向目的的、线性的征服叙事情节”，而是以一种向心的模式：出

---

① BILL ASHCROFT. Afterword：travel and power. In JULIA KUEHN and PAUL SMETHURST. Travel writing，form，and empire：the poetics and politics of mobility. New York and London：Routledge，2009：p. 229.

② SARA MILLS. Knowledge，gender，and empire. In ALISON BLUNT and GILLIAN ROSE. Writing women and space：colonial and postcolonial geographies. London：The Guilford Press，1994：p. 38.

③ JAMES CLIFFORD. Traveling cultures. In L GROSSBERG，C NELSON and P TREICHLER. Cultural studies. London and New York：Routledge，1992：p. 108.

发—归来，[1] 也就是说，她们的旅行是以其在殖民地的家为圆心的一种向心运动，游记则大量描述室内空间，呈现出一种女性旅行文本中独有的家庭生活（domesticity）叙事模式。

就此而言，这种自愿保持传统女性职责的态度更易固守在帝国的主流话语中，然而又不全然如此，引起对家庭式的叙事话语的采纳，似乎又会使这种书写偏离或远离帝国政治。这种潜在的张力曾一度引发了学者对女性游记家庭叙事模式的关注与思考，它究竟是对帝国旅行话语的强化还是偏离呢？首先，萨义德在探讨文化与帝国主义的关系时，将帝国作为一个无处不在的背景，探寻了旅行话语中的日常生活层面也可见到西方社会权力的痕迹。

> 呈现宗主国以外的生活场景的权力，即使出现在随意的对话中，也是来自帝国主义社会的权力，这种权力以话语的形式将这些“未作任何加工的”或原始的数据重塑或重新排列整理，并进入欧洲的叙事或正式的对话中，或者，如法国一样，进入学科秩序的系统之中。这些再现没有义务使任何当地民信服，而是以当地人的沉默为前提的。对宗主国欧洲以外世界的再现，再现的艺术与学科——一方面是小说、历史和游记、绘画；另一方面是社会学、行政和官僚写作、语文学和种族理论都依赖于欧洲的力量将非欧洲世界带入表征，以便能更好地了解它、控制它，尤其是保有它。[2]

据其所释，帝国赋予欧洲言说他者的权力，不论是关于他者的学科知识还是日常生活的知识，都不是自然的，都是经过了重新的排列与组合而再现的，是以他者的沉默和西方的优先言说权力为前提的。而且，对于他者的表征，不论是科学知识，还是日常生活的描述，都成为控制占有异域的手段，家庭与国际权威是同步进行的。其次，巴巴也曾论及家庭空间与传统公共空间的联系。他论述说，家庭空间变成了“最为错综复杂的历史入侵场域，离乡混淆了家与世界的界限，令人吊诡的是，私人与公共变成

---

① M L PRATT. The imperial eyes：travel writing and transculturation. New York and London：Routledge，2008：pp. 157 – 159.

② E SAID. Culture and imperialism. New York：Vintage Books，1993：p. 99.

了彼此的一部分”①。这些离开英国来到殖民地的女性旅行者，虽然依然将重心放置在家庭生活上，但这一家庭生活从其功能上看，已然成为帝国殖民的一部分了。他们之所以能在那里旅居，在某种程度上，是受到帝国庇护的，同时也为帝国服务。

如果萨义德与巴巴提供了理论设想，那么这种家庭叙事与帝国的关系在依道音·艾格纽（Eadaoin Agnew）的《家庭生活的迁移》（Relocating Domesticity）一文中却得到了充分的印证。艾格纽通过对海瑞特·杜福瑞（Hariot Dufferin）书信体游记的分析发现，她的游记主要描述自己在殖民地的家庭与当地印度人的社交生活，甚至细致到婚丧嫁娶的着装与仪式，展现了英国之于印度社交生活的影响。按照艾格纽的分析逻辑，19 世纪读者将家庭与社会生活的描写当作娱乐，社交和家庭生活中的闲谈并非直接与帝国意识形态和殖民占领相联系，然而，从英国对印度各种习俗和着装服饰的影响看，这种类似于殖民空间的驯化为英帝国的巩固贡献颇大。因为杜福瑞的信件表明，这种简·奥斯汀式的聚焦于家庭和社交生活的叙述，对于帝国扩张的思想其实也至关重要，因为它将秩序井然的英国社会观念、携带着英国的文化价值与编码，输送到了英国之外的空间，② 实现了英国家庭生活方式的迁移。尽管欧洲中心主义的优越感所携带的殖民结构会通过家庭生活这一看似非政治的话题和闲谈的非政治性语调所遮蔽，但在文化研究的视域下，一切都是政治的，家庭日常生活也无法脱离政治，更何况殖民地的家本身就是一种政治的产物，从而使得家庭被抬到了帝国的层面，二者的关系也就变得相对明了了。

如画美和家庭生活叙事作为女性书写的两种主要的叙事模式，与审美化书写（estheticization）——以西方的美学标准来凝视、描述和评判旅行地的自然与人文景观——密切联系在一起。普拉特将之列入“帝国文体学”（imperial stylistics）的书写策略之一，并以金斯利的《西非游记》为研究文本，探讨女性审美化书写。依照她的逻辑，尽管金斯利是以昆虫学家和鱼类学家的身份前往西非旅行的，但“发现”这一英雄探险话语是男

---

① H BHABHA. The location of culture. London and New York：Routledge，1994：p. 9.

② EADAOIN AGNEW. Relocating domesticity：letters from India by Lady Hariot Dufferin. In JULIA KUEHN and PAUL SMETHURST. Travel writing，form，and empire：the poetics and politics of mobility. New York and London：Routledge，2009：p. 96.

性化的，女性依然无权采用。然而金斯利“通过反讽与倒转，从君王式的男性宰制与干涉话语的材料中建立了自己的意义创造机制”，因而，“这种君王式的女性声音在否认宰制、戏仿权力的同时，确认了自身的某种控制力”。[①] 这一分析只能说明，女性旅行者越界采用审美话语是对男权话语的一种颠覆与超越，但不意味着挑战了帝国话语。“如果站在山顶上的尼罗河探险者是国王的话，那么在泥土和黑暗中前行的玛丽·金斯利就是女王，尼罗河上的克莉奥帕特。”[②] 普拉特的这种类比是为了道出金斯利将自己安置于帝国事业之中的事实，并且她的传记也表明，在英国，她积极地参与到扩张政治之中。[③] 由此可见，审美化书写是一种充满了欧洲中心主义的帝国修辞。

在殖民旅行研究的视野中，性别的介入使得女性旅行者采用了不同的叙事模式，异域如画美式的描写，或是对于异域的家庭生活的叙述，使其对室内与公共空间的描述表现出一种不同的“构成知识与主体性的模式”[④]，但仍然是在帝国话语的疆域之内。因为尽管这些女性的描述范式与“征服、占有土地、改变信仰和奴隶化这些公开的帝国做法完全不同”，但是一种“乌托邦式的、无辜地表达欧洲的全球权威，可称为去征服”的范式[⑤]。鉴于后殖民批评是建立在占有的观点之上，因此从这一视角出发，旅行者就会总将自己的价值铭刻在他者的空白页上，从而成为母国文化传奇的编制者。女性旅行者当然也不例外。然而她们有特殊的性别身份，其内部也复杂多样，由此会导致其对异域的多样性凝视，会塑造出不同的人物形象，在其文本中占据中心位置的，不再是探险英雄或政府官员这些男性旅行者笔下的典型帝国形象，而是出现了其他角色，如护士、家庭主

---

① M L PRATT. The imperial eyes：travel writing and transculturation. New York and London：Routledge，2008：p. 209.

② M L PRATT. The imperial eyes：travel writing and transculturation. New York and London：Routledge，2008：p. 210.

③ M L PRATT. The imperial eyes：travel writing and transculturation. New York and London：Routledge，2008：p. 211.

④ M L PRATT. The imperial eyes：travel writing and transculturation. New York and London：Routledge，2008：p. 156.

⑤ M L PRATT. The imperial eyes：travel writing and transculturation. New York and London：Routledge，2008：p. 38.

妇、母亲或妻子等，这些看似女性气质的叙事者，由于帝国语境而获得了权威与权力，但同时也构成了反霸权的某些声音，使得帝国知识与殖民话语呈现复杂的多样性。这同时表明，“女性游记的建构是在殖民文本与性别的双重限制的过程中进行的，并由此而决定了其文本建构的方式、作者的视界以及她们呈现‘自己’和自己经历的方式，因此，对于女性游记当研究关注各种因素，包括社会政治的和文本的因素”①。对于女性殖民旅行来说，最关键的“社会—政治”因素就是殖民语境，而鉴于跨域旅行书写“总是某个特定时间特定文化的产物”②，因而，帝国语境下的女性游记虽然带来了诸多差异，但依然无法改变其与帝国的某种共谋关系，甚至将帝国话语的疆域从公共空间扩展到了私人空间，帝国由此而成为无处不在的存在。

第三节　当代西方游记的帝国怀旧与全球视野

前两节的研究表明，殖民时期的旅行书写，尽管并非如《东方主义》所述的那样，创造了单一的殖民话语，而是由于当地民对于欧洲旅行者的不同态度，以及性别的介入等，呈现出复杂的多样性，然而这种多样性没有改变欧洲中心主导的帝国话语，反而更加清晰地展现出显在的与隐匿的欧洲中心主义，同时扩大了帝国的话语疆域，也揭示了帝国语境下旅行形式的多样性。那么在解殖民后，语境的变化会给当代西方游记带来怎样的变化？游记与殖民和帝国又会存在怎样的关系呢？是对帝国殖民的重新书写还是批评指责？抑或是殖民过去的延续？这些问题的探讨也凸显出殖民旅行研究的意义所在。

正如萨义德曾说过：“回顾过去，是解释现在最常用的策略。使用这一策略的原因不仅仅是对于过去之事和过去的面貌存在分歧和争议，还因

---

① SARA MILLS. Discourse of differences：an analysis of women's writing and colonialism. London：Routledge，1991：p. 39.

② SUSAN BASSNETT. Travel writing and gender. In PETER HULME and TIM YOUNGS. The Cambridge companion to travel writing. New York：Cambridge University，2003：p. 239.

为某种不确定：过去是否真的已经完全过去，还是它依然存在，不过是以不同的形式而存在。”[①] 萨义德为此还引用了艾略特关于传统与个人天才的论述，以表明书写传统是具有某种承继性的，即“几代作家叙事的有机连续，其实是一种隐性的帝国主义”[②]，从中也暗示出了对以上问题的解答。为进一步解读帝国话语的复杂性，及其在当代的延续性，萨义德提出了“对位解读法”（contrapuntal reading），即在“确定的帝国划分线”上有意识地来回做记号的阅读。既然哪里有统治，哪里就有反抗，那么通过来回做记号，不仅在拒不认账的宗主国文化文本中可以发现帝国的指称物，而且可以发现已被宗主国文化文本排除的历史过程。[③] 由此看来，这是一个重新发现的阅读过程，不仅仅是为了发现殖民地被排除的历史，同时也是为了借此去挖掘出隐匿的“帝国的指称物”，因为只要这种“指称物”依然存在，排除的修辞就会依然存在，我们就可以得出殖民叙事依然存在的结论。萨义德的对位解读还规定了年代错位法——通过现在解读过去，即“回溯性的和多调演奏性的”[④] 解读。这些都表明了更好地理解过去，有助于更好地理解现在，反之亦然。因此，有必要在此梳理学者对于当代游记与帝国关系的研究，一方面探寻后殖民时期的欧洲游记与帝国的关系有何变化；另一方面，将之作为殖民旅行书写研究的延续或是补充。

事实上，鉴于旅行与殖民的密切关系，解殖民化的确给旅行带来了巨大的变化。一方面，解殖民运动引发了西方旅行者的某种旅行/书写焦虑。英国作家伊夫林·沃（Evelyn Waugh）在第二次世界大战即将结束时，表达了这一焦虑：“我不期待在未来能读到许多游记”，因为“我们再也不能带着信用卡和护照到国外……并且感觉整个世界都是对我们开放的了”。[⑤] 虽然沃的挽歌有些过早与草率，因为全球旅游工业的大众化，依然会维持游记的生产与流行，但他的哀叹也再次确认了殖民与跨域旅行的直接关系，透露出对于帝国过去的无限留恋。沃的这一焦虑至文学评论家保罗·福塞尔处，则达到了顶点，后者在研究两次世界大战期间的游记后，甚至

---

① E SAID. Culture and imperialism. New York：Vintage Books，1993：p. 1.

② E SAID. Culture and imperialism. New York：Vintage Books，1993：p. 75.

③ E SAID. Culture and imperialism. New York：Vintage Books，1993：p. 51.

④ E SAID. Culture and imperialism. New York：Vintage Books，1993：p. 161.

⑤ EVELYN WAUGH. When the going is good. London：Duckworth，1946：p. 11.

宣称“旅行已是不可能之事”[①] 以抨击旅游工业。其次，随着第三世界的崛起，旅行从“单行道”变成了“双行道”，不再主要以欧洲为始发地，去往非欧洲之地，也出现了一些“逆向旅行”（counter travel）[②]，即从原殖民地到欧洲的旅行，因之也产生了一些可称为“反击书写”[③] 的游记作品。因而，当代游记呈现了关于欧洲与他方的再创造，与殖民时期的欧洲游记在某些层面上构成了一种协商与对话。

旅行者的心态、文化身份与旅行路线的变化势必会带来游记书写上的某些变化，这也引起了殖民旅行研究者的关注。普拉特在《帝国之眼》中分两章从帝国文体学入手分析了1860—2007年间欧洲与拉丁美洲之间的旅行书写（包括欧洲游记与“逆向旅行”文本），以阐释当代游记与殖民时期的游记在叙事与书写模式上的些许变化和承继性。帕特瑞克·郝兰德与格莱海姆·付甘则针对“旅行已死”所引起的游记书写的焦虑，论述了当代游记作者所怀有的迟到感，并认为这使得一些旅行文本会呈现出怀旧式的叙事模式，其中也涉及对殖民遗产的处理的问题。德比·李斯尔将游记本身作为文化表征的一部分进行分析与评价，从政治的角度论述了当代西方游记与殖民、帝国的复杂关系。鉴于本节的目的是探寻帝国之后，西方游记与殖民过去的关系，故只涉及梳理那些以西方游记作为研究对象而产生的观点或理论。

一、迟到的旅行者与帝国怀旧

20世纪60年代见证了西方世界诸多的思想、政治和社会变化，包括个别学者对于游记的批评。首先是列维—斯特劳斯在其民族志旅行文本

---

① PAUL FUSSELL. Abroad：British literary travelling between the wars. Oxford：Oxford University Press，1980：p. 41.

② PATRICK HOLLAND and GRAHAM FUGGAN. Tourists with typewriters：critical reflections on contemporary travel writing. Ann Arbor：University of Michigan Press，1998：p. 198.

③ 这一术语来自后殖民研究者比尔·阿什克罗夫特（Bill Ashcroft）等，详见BILL ASHCROFT. The empire writes back：theory and practice in post-colonial literatures. London and New York：Routledge，2002.

《忧郁的热带》中批评各种游记只为吸引人的眼球而不考量其内容是否有价值①，然后是波西·亚当姆斯，指责游记为了商业目的而相互剽窃②。这些批评一方面指出了游记所具有的浓厚商业气息，另一方面也质疑了游记中关于人与地方的真实性，这使得西方当代游记的书写更多地带有一种焦虑感。郝兰德与付甘则认为，这种焦虑感主要来自两方面：一是意识到与旅游业的共谋，“因为旅行作家显然参与到他们所蔑视的旅游工业中”；二是意识到了一种迟到感或过时性，“旅行作家显然要倾听前人，在怀旧的文化神话中为混乱的当下寻求慰藉”。③ 依据这一观点，我们会发现，不论是出于商业化的旅游目的，还是某种“过时感”，都在某种程度上意味着游记的书写会更倾向于采用怀旧模式，且更加类型化或程式化。

（一）帝国主义怀旧的生成语境

根据福塞尔对于旅游与旅行的区别，旅游的兴起源自浪漫主义的尚古主义，这意味着旅游所要获得的是一种过去所能赋予的安全感，或是用福塞尔的话：“纯粹的陈词滥调式的安全感。”相对于旅游的群体性、肤浅性和感性，旅行缺乏安排性，而更加多样化，这在“知识理性、教育、好奇与精神”方面都优于旅游。④ 也正是基于这一旅游与旅行的二元对立观点，旅行者拒绝被认为是有着道德优越感的肤浅观光者，更愿意将自己的书写看作是反商业化的现实版本，因而会怀念旅行时代。此外，随着帝国的结束，帝国游记的“发现模式”也随之淡出，游记作为一种文学或文化形式，其目的已然不再是提供信息（人们阅读游记的目的不在于获取信息知识），而是去追求新经历的好奇与愉悦，同时保留或恢复过去的某种感觉，提供一种心理上的满足。是以，商业化旅游的兴起与帝国的解体都引发了一种旅行者的迟到感。

---

① CLAUDE LEVI-STRAUSS. Tristes tropiques（1955）. London：Hutchinson & Co.，1961：pp. 17－18.

② PERCY G ADAMS. Travelers and travel liars 1600－1800. Berkeley and Los Angeles：University of California Press，1962：pp. 9－17.

③ PATRICK HOLLAND and GRAHAM FUGGAN. Tourists with typewriters：critical reflections on contemporary travel writing. Ann Arbor：University of Michigan Press，1998：p. 11.

④ PAUL FUSSELL. Abroad：British literary travelling between the wars. Oxford：Oxford University Press，1980：pp. 37－50.

然而，让当代欧洲游记作家感到焦虑的迟到感并非帝国消解之后才出现的。阿里·白戴德认为，游记本身表达了“对异域情调与消失的他者的渴望”①，如19世纪“迟到的东方主义者”福楼拜，努力“忍受他们的欲望客体——东方的消失，因为东方已经为欧洲殖民主义所消解”，因而福楼拜的游记铭写了“复原之梦的不可能性”。② 然而这种迟到的旅行者又清晰地表达出要保留过去的某种渴望，这种渴望体现在20世纪中后期的游记中，尤其是英国的游记采用了一种怀旧的模式，这一模式被人类学家雷萨托·罗纳尔多（Renato Rosaldo）称为“帝国主义怀旧”（imperialist nostalgia）③，即带着一种怀念来描述帝国主义。根据罗纳尔多的描述，“帝国主义怀旧”是一种挽歌式感受的商业化模式，通过这一模式，西方人可以为帝国与其殖民地之前的关系表示伤感，这种伤感是文化产业策划并培育出来的感觉，用于祭奠那个因他们而改变的世界。这一模式的吊诡之处在于，它是充满矛盾的话语模式，因而他给出了如下率直的解释：

> 帝国主义怀旧围绕着一种自相矛盾：一个人杀了另一个人，又去吊唁这一受害者。用比较温和的说法：某人故意改变了生活形式，然后又后悔没有将事物按照他介入之前的样子保留下来；或者说，人们破坏了他们的环境后，然后崇拜自然。在以上任何一种说法中，帝国主义怀旧都使用了一种“无辜”怀念的姿态，既要激发人们的想象力，又要掩盖它与残酷宰制的共谋。④

在这种矛盾性话语的背后，欧洲中心主义再次显影，因为在当下的全球化视野下，这些迟来的旅行者与19世纪浪漫主义者因崇尚原始而具有的

---

① ALI BEHDAD. Belated travelers：orientalism in the age of colonial dissolution. Durham and London：Duke University，1994：p. 14.

② ALI BEHDAD. Belated travelers：orientalism in the age of colonial dissolution. Durham and London：Duke University，1994：p. 66.

③ RENATO ROSALDO. Culture and truth：the remaking of social analysis. London：Routledge，1993：p. 68.

④ RENATO ROSALDO. Culture and truth：the remaking of social analysis. London：Routledge，1993：pp. 69 – 70.

迟到感有所不同，当代的旅行者所怀念的并非殖民者到来之前这一世界的样子，而是怀念这一地方还未商业化之前的样子，怀念他们想象中的殖民时期井然有序的样子，这种怀旧情绪在列维—斯特劳斯对于殖民之后的南美丛林的肮脏与衰敝的描写中便可见一斑。

当然，当代游记中的帝国主义怀旧并非仅仅来自殖民的瓦解，还源自大众旅游业。事实上，这一语境下，怀旧确立了一种欲望的辩证法。约翰·福罗（John Frow）将这一欲望辩证法及其在游记中使用的深层原因做了细致的解释。他认为，怀旧寻求其自身创造出来的过去，并且预先知道这无法实现，但当对“堕落”的当下心存不满，而怀旧为之提供了一剂具有欺骗性的灵丹妙药时，它变得如此令人着迷。换言之，怀旧的欺骗性成为其推动力：旅游业与游记因此利用这一怀旧的永恒性来获取更多的商业效益。[①] 福罗的解释在某种程度上是对罗纳尔多的呼应，从商业的视角辨析当代游记中具有挽歌式的悲伤语气的原因。

当然，在全球化的语境下，商业并非仅仅与经济有关，还具有深刻的政治意味，这一点从当代旅游工业开发的“殖民地”旅游中可见一斑。这一旅行（旅游）本身也便浸满了帝国主义怀旧的意识，甚至是公开地在创造一个神话的过去。因为旅游业的商业运作和传销模式会基于帝国怀旧的模式，建构出一个可见空间，然后不断地通过旅游者进行书写、建构，以便将殖民怀旧植入跨域旅行话语中，从这一角度，我们便可清晰地洞悉出殖民地旅游的文化政治或意识形态话语。这种帝国主义的怀旧也证明了霍尔的观点，即后殖民并非单指在新的语境接合处，颠覆旧有的殖民/被殖民这一二元对立，而是要提请我们注意，殖民化并非只是针对帝国宗主国的外部社会的，它也深深铭刻于其内部，正如其铭刻于被殖民者的文化中一样。[②] 是以，解殖民化后这种帝国怀旧的伤感逐渐进入当代欧洲旅行者的视野，并开始出现在各种表征（游记、电影）中。

（二）“白人男性的哀叹”

普拉特是首个关注当代游记中的帝国怀旧话语的文化批评家，她将之

---

① JOHN FROW. Tourism and the semiotics of nostalgia. 1991，10（57）：pp. 123－151.

② S HALL. When was “the post-colonial”：thinking at the limit. In IAIN CHAMBERS and LIDIA CURTI. The post-colonial question：common skies，divided horizons. London and New York：Routledge，1996：p. 246.

命名为“白人男性的哀叹”（white man’s lament）[①]，取代了殖民时期西方游记的典型叙事——“白人的责任”（white man’s burden）。作为加拿大的学者，严格地说，普拉特是后殖民社会的学者，因而她试图辨识出帝国文体学，以便远离之，对怀旧话语的关注也是出于她对帝国文体学在后殖民语境下是否存在这一问题的探寻。为了清晰地展现殖民前后游记的这一转变，她对比分析了殖民前后的两组游记的文体特征。依照她对当代旅行作家保罗·索鲁（Paul Theroux）与殖民时期的旅行者伯顿的游记的论述，我们可以看出，二者的差异主要表现在以下三个方面：第一，前者对于拉丁美洲古怪、毫无乐趣的城市景观的描述与后者对于壮观、令人激奋的全景描述形成了鲜明的对比；第二，当代游记中也有审美化，只是与殖民旅行前辈不同，前辈们发现了“美丽、协调、秩序和崇高”，而当代旅行者发现了审美的另一极：“丑陋、不协调、无序与琐碎”；第三，殖民前辈面对壮丽的景色，觉得管理这一土地是白人的职责，而当代游记作家面对城市景观的古怪、丑陋、衰败，和乡村景观的无意义，感到悲痛，因为这些地方对于西方的依赖已经遭到了破坏。因而，普拉特认为，当代西方游记“不论是对非洲乡村还是对南美洲的描写都使用了纯粹的欧洲—帝国（Euro-imperial）的方式，将之与史前历史联系起来”，以强调这一地区“缺乏意义，缺乏区别性”。[②] 这些差异展现了当代西方游记作家的某种迟到感、无奈感与疏离感。

当然，普拉特的分析同时表明，这种哀叹并不意味着当代游记没有采用她所总结出的帝国文体学常用的三种策略：控制景观或全景式的描述（“所看之处，皆属王土”）、审美，以及通过形容词性的修饰语赋予文本以密集的意义[③]，不同的是，当代游记作者的视角并非来自山顶，而是来自城市建筑物的天台，或是火车的车窗。与此同时，帝国怀旧让他们的话语充满了矛盾性，一方面意欲“谴责他们所看到的一切，将之琐碎化，并与

---

① M L PRATT. The imperial eyes: travel writing and transculturation. New York and London: Routledge, 2008: p. 213.

② M L PRATT. The imperial eyes: travel writing and transculturation. New York and London: Routledge, 2008: pp. 213 - 214.

③ M L PRATT. The imperial eyes: travel writing and transculturation. New York and London: Routledge, 2008: pp. 197 - 204.

之断绝一切联系”[1]；另一方面又“通过隐喻表达臣属与占有关系”[2]，试图回到一种高度概括化的、充满希望回忆的田园模式的过去。

在后殖民社会“欠发展”与解殖民语境下，这种“白人的哀叹”以及由此而引发的非欧美地区的丑陋化与衰败化的描述也可视为欧美世界关于他方世界的新编码。普拉特认为这种“白人的哀叹似乎具有惊人的一致性（uniform），存在于不同国家的西方人对不同地方的表征之中，它是如此单一而庞大的体系（monolith），就好像是官方建构的第三世界编码”[3]。虽然普拉特只通过两个当代的欧美游记文本[4]分析，且篇幅不长，只有四页纸，就得出这一结论，甚至使用了“一致性”或“单一而庞大的体系”这样的词汇，有些过于武断，但她对这一问题的探寻思路还是值得借鉴的，尤其是她将西方游记作者对第三世界国家的偏见性逻辑与修辞放置到历史的传统脉络与现实语境之中，以剖析其生成机制的方法与视角。

> 索鲁与莫拉维亚都广泛地阅读过经典作家的作品，他们的游记呈现了典型的否定（negation）、宰制和贬低（devaluation）话语，以及存留于20世纪晚期的一种忧虑（fear），这种忧虑也成为西方意识中最强有力的意识形态构成部分，使其要努力保持住这种征服（hold in subjugation）。它是宗主国关于第三世界的官方符码，它的修辞，诸如琐碎、非人化和拒绝排斥与殖民统治的结束是相符的。[5]

普拉特的分析不仅强调了当代西方游记作家对文学传统的某种历史意

---

① M L PRATT. The imperial eyes：travel writing and transculturation. New York and London：Routledge，2008：p. 213.

② M L PRATT. The imperial eyes：travel writing and transculturation. New York and London：Routledge，2008：p. 213.

③ M L PRATT. The imperial eyes：travel writing and transculturation. New York and London：Routledge，2008：p. 216.

④ 这两本游记分别是意大利旅行作家阿尔贝托·莫拉维亚（Alberto Moravia）的非洲游记《你属于哪个部落》（*Which Tribe Do You Belong to*，1972）和索鲁的美洲火车行记《古老的巴塔哥尼亚快车》（*Old Patagonian Express*，1979）。

⑤ M L PRATT. The imperial eyes：travel writing and transculturation. New York and London：Routledge，2008：p. 213.

义上的承继，也表明了典型的帝国话语在当下游记中依然存在这一事实。她从政治层面揭示了怀旧与哀叹所暗含的政治性意味，将书写风格再次与政治语境、民众心理与历史传承等层面联系在一起，正如我们最终所看到的，普拉特希望阐明的依然是当代游记具有殖民旅行书写的思维与叙事程式。

（三）传承与戏仿：旅行者与地方的书写

相较而言，来自欧美的评论者郝兰德与付甘远没有采用普拉特式的犀利、直接的语言，而是以英国绅士旅行者形象，以及欧洲殖民旅行书写中的几个“想象地理”，如“东方”“热带”等作为讨论对象，较为细致深入地描绘出当代英国游记中的帝国主义怀旧与强烈的迟到感。他们以在英国读者中颇受欢迎的游记作家艾瑞克·纽拜（Eric Newby）为例，探讨了当代游记中的英国绅士形象。在他们看来，纽拜的游记与其同龄人一样，“既放置于海外英国绅士的传统之外，又在批评这一传统。他与这一传统的密切联系主要在维多利亚的绅士学者这一形象上——一位其他（主要是非欧洲）文化的学生与消费者，他的博学显示出其母国文化的想象优越性”①。纽拜具有强烈的迟到感，甚至在游记中多次哀叹，自己晚出生了一百多年，不仅仅是因为现代技术力量破坏了旅行者追寻遗址的快乐，还因为他所钟情的“英国绅士的神话已然丧失其道德力量”，英国绅士不再是典范人物，而沦为流行的娱乐形象。② 这种深刻的迟到感使得纽拜一贯坚持着怀旧情结，试图回到或者恢复那个英国绅士获得史无前例成功的光荣年代，也正是基于此，他笔下的海外英国绅士坚守旅行传统，故意避开了旅游区景色，不考虑科学、政治或商业，而是冒险踏上那些文明之人罕到之地，比如去阿富汗登山等。然而，从他们的分析来看，在这个英国绅士已然过时、只能当作娱乐对象的后殖民语境下，对于这一形象的书写也因此多了几分喜剧性与娱乐性，甚至是带有后现代式的闹剧，以一种自嘲的戏仿方式展现出来。

从对郝兰德与付甘的表述分析可知，虽然纽拜在游记中有意识地沿用了探险英雄这一传统形象，但他的游记中所呈现的是一个古怪的英国绅士

---

① PATRICK HOLLAND and GRAHAM FUGGAN. Tourists with typewriters：critical reflections on contemporary travel writing. Ann Arbor：University of Michigan Press，1998：p. 28.

② PATRICK HOLLAND and GRAHAM FUGGAN. Tourists with typewriters：critical reflections on contemporary travel writing. Ann Arbor：University of Michigan Press，1998：p. 28.

旅行者形象。如果传统的英国绅士旅行者形象表现出的是专业、勇敢，那么纽拜游记中的绅士旅行者形象则是“业余、不合时宜、欺骗”的代名词，这一传统的英雄形象也因而被置于戏仿之中。首先，这位绅士旅行者对旅行地一无所知（这是为了将旅行与旅游分隔开来），听不懂当地语言，也不愿听从他人意见，所能依靠的居然是过时的旅行指南。然而郝兰德与付甘却依然将这种不专业视为“一种自我保护”，因为这种不专业性使得他不像职业的民族志者，后者是通过参与性观察，创造出自我与所描述文化之间的某种关系，与之不同，纽拜则是以一个探险旅行者的身份，自由地沉浸于一种“无辜”的追寻奇观的热情之中。然而，从另一面向看，“对于异域民族与文化奇观的凝视，更易于将它们吸纳到欧洲的指涉物框架之下”，由此而去恢复欧洲或者是这一绅士旅行者作为“文化价值的最终仲裁者”的地位。[①]因而，郝兰德与付甘认为，“纽拜的游记有意识地将其放在自我享有特权的这一传统之中”，只是将欧洲的神话——“发现”让位于一种“怀旧式的回忆”。[②] 这一回忆很难与帝国脱离干系，它试图恢复帝国往昔的想象属民，并且试图保留英国海外绅士所代表的行为符码与特权。是以，这一怀旧和回忆均可视为一种帝国话语的延续。

其次，这类旅行作家意识到，英国绅士旅行者的形象有些过时，因此往往会采用一种反讽和自我贬低的英国式幽默，在叙事上也转向喜剧，甚至采用闹剧的形式展现这一形象。如在瑞德蒙德·奥翰隆（Redmond O'Hanlon）的马来西亚丛林游记《深入婆罗洲中心》（*Into the Heart of Borneo*，1984）中，奥翰隆与他的朋友被描写为古怪的、不断犯错的人，并常被当地民取笑。然而，郝兰德与付甘认为，这种自我贬低的英国绅士形象亦是一种保护自己免受伤害的策略，因为在帝国之后的跨文化相遇中，他试图拿着印有英国女王头像的明信片向当地小孩解释他来自何处时，这一明信片却被抽打、抓挠、揉搓，而孩子居然还试图看看图片上的人有什么

① PATRICK HOLLAND and GRAHAM FUGGAN. Tourists with typewriters: critical reflections on contemporary travel writing. Ann Arbor: University of Michigan Press, 1998: p. 34.

② PATRICK HOLLAND and GRAHAM FUGGAN. Tourists with typewriters: critical reflections on contemporary travel writing. Ann Arbor: University of Michigan Press, 1998: p. 34.

变化和反应。[①] 在郝兰德与付甘看来，这段描述看似荒唐好笑，似乎并没有摆脱典型的殖民话语，比如将当地民描述得像过去一样的无知，不知明信片为何物，这显然满足了奥翰隆企图去再次发现未被现代文明开化之地的欲望，满足了他的怀旧感。然而作者却采用了一种极为戏剧化的描述，将自己降低到要仰视当地孩子的地位，而不是传统中的俯瞰评判视角，由此使得整个画面具有了新鲜感。奥翰隆将自己界定为调解人，来展示他个人的帝国视野与商业旅游业的现实之间的差距，当他能回忆的物品都消失了，并非因为帝国消失了，而更多的是由于帝国过去的外部标志如今都转化为旅游物品，变成了剥削性交换过程的象征性标识。[②] 显然，奥翰隆意识到了自己与旅游业的共谋，并可以看出，国外绅士的形象开始看起来已不那么讨人喜欢了，这种描写更像是一种策略，即用来保护旅行者的策略。在后帝国语境下，英国绅士的形象显得略微滑稽，但准确地说，正是这种荒诞使其得以表演，同时，这一形象从某种程度上成功地延续了帝国的话语策略，然而也因为自我贬低的英国式幽默，从而遮蔽了残存的道德优越感。

此外，游记不仅仅是关于旅行者的叙事，也是一种关于地方的书写。自第一次地理大发现到“二战”结束，大量欧洲游记书写生产出了一些著名地带（zone），如“南海”“热带”“东方”和“北冰洋”等等。郝兰德与付甘认为，这些地带经过百年游记的书写，不仅仅是地理术语，而且是具有“地方神话”和自身的“意识形态基础结构”（ideological underpinnings）[③] 的地理与文本空间，如女性化的“东方”可满足一种“诗学化的色情”（poeticized eroticism）欲念；“南海”的传统意象是“未被腐蚀的享乐天堂”；“北冰洋”则是净化与超越极限之地[④]。从他们总结的这些传统

① PATRICK HOLLAND and GRAHAM FUGGAN. Tourists with typewriters：critical reflections on contemporary travel writing. Ann Arbor：University of Michigan Press，1998：p. 30.

② PATRICK HOLLAND and GRAHAM FUGGAN. Tourists with typewriters：critical reflections on contemporary travel writing. Ann Arbor：University of Michigan Press，1998：p. 32.

③ PATRICK HOLLAND and GRAHAM FUGGAN. Tourists with typewriters：critical reflections on contemporary travel writing. Ann Arbor：University of Michigan Press，1998：p. 65.

④ PATRICK HOLLAND and GRAHAM FUGGAN. Tourists with typewriters：critical reflections on contemporary travel writing. Ann Arbor：University of Michigan Press，1998：p. 68.

意象，我们可以看出，每一意象都代表了一种帝国主义怀旧的主题：异域的性、享乐与英雄式的探险超越。按照萨义德的“文本性态度”的观点，当代游记作家对这些地带的书写色调，需要遵循前人的文本，这就意味着他们需要通过个人的或集体的回忆，对这些传统进行某种追寻。郝兰德与付甘也承认游记具有此种内在的保守性，因而会“重复或巩固这些比喻性的神话”，但他们同时认为，当代游记无法采用直接的开拓者式的惊险刺激叙事，只能通过“追忆、戏仿修正或是在某种情况下的反驳以重温之”①。也就是说，在后殖民语境下，当代游记无法沿用殖民时期的“发现”叙事，并且，为了确保游记的新鲜感，会对前辈的叙事进行某种“补充或修正”②。

那么，对我们来说，重要的是要弄清楚，当代西方游记对于这些地带的描写究竟是如何追寻传统的？郝兰德与付甘所说的“补充或修正”又是怎样的？是以何种方式进行的？郝兰德与付甘以以上提及的四个地带为重点，分析了当代游记中对它们的书写。在此，笔者将以他们对“热带”的代表之一——刚果的当代游记分析为例，展示他们的研究结果，并尝试回答以上问题。刚果因康拉德的旅行小说《黑暗之心》（*Heart of Darkness*，1898）而出名，并被视为邪恶与危险之地，或如郝兰德与付甘所云，是“一个高度抽象、隐喻化的文本性场域：具有极端的却又没有差异的‘他者性’的凄惨之地（abject zone），在这一地带，生活的每一方面——景观、人、文化、政治都是被包裹在隐喻和神话之中而被呈现的”。刚果作为地带，是由文本网建构而成的话语地带。

从他们的分析来看，当代游记遵循了将刚果描写为时间上的“他者”和空间上的“他者”这一传统模式，并“以不同的方式再次铭写了康拉德的地带”。③ 例如，保罗·海兰德（Paul Hyland）通过继承其叔父在刚果建立的传教站而确立了在当地的权威，并且将非洲人本质化为两类：神秘的

---

① PATRICK HOLLAND and GRAHAM FUGGAN. Tourists with typewriters: critical reflections on contemporary travel writing. Ann Arbor: University of Michigan Press, 1998: p. 67.

② PATRICK HOLLAND and GRAHAM FUGGAN. Tourists with typewriters: critical reflections on contemporary travel writing. Ann Arbor: University of Michigan Press, 1998: p. 70.

③ PATRICK HOLLAND and GRAHAM FUGGAN. Tourists with typewriters: critical reflections on contemporary travel writing. Ann Arbor: University of Michigan Press, 1998: p. 67.

纵欲者与极度的卑贱者。奈保尔描写了丑陋、衰败的刚果；艾尼克斯·肖尔马托夫（Alex Shoumatoff）[①] 笔下的非洲成为“世界毁灭的预兆，恐怖的应许之地”[②]。他们似乎都没有对“黑暗刚果”这一基本意象提出怀疑或挑战，他们笔下的刚果，依然如郝兰德和付甘所总结的：“在这一地带中，历史是消失的；景观变得阴暗而原始；人要么是超级纵欲的，要么是卑贱的；政治上变成无政府；断裂性的现象被卷入这一备受人指责的中心。刚果旅行严重变形，成为一种错位的罪过（dystopic transgression）。”[③] 由此可见，当代游记严格地追寻着传统，基本没有对这一传统形象提出批判，他们对刚果地带的再铭写反而强化与传播了这一形象，或者说它是对帝国话语的某种补充与维护。

当然，依据郝兰德与付甘的逻辑，当代游记也存在某种对于殖民传统的修正，主要表现在某种叙事方式和语气之上。海兰德的游记通过凸显个人的敏感性，缓和了以往游记印记于刚果之上的“他者性”，循此，他对自我的呈现也与前辈们有所不同：他将自己疏离为“他者”，一个寻找灵魂与家园的现代人。[④] 然而，他们也只是一提，并未对这一问题进行深究，这不能不说是个遗憾。笔者以为，海兰德游记对传统的修正不在于采用个人化的叙事，因为这种个人的、充满感伤的游记在殖民时期也已存在，并且，按照普拉特的殖民旅行研究观点，这种叙事风格与语气虽然将西方旅行家描绘为不怀恶意的、无辜的个人，将西方与非西方之间的关系个体化、浪漫化，但仍没有跳出欧洲优越论的框架。[⑤] 相较而言，海兰德的游

---

① 郝兰德和付甘在此提到这三位游记作家及其作品，但他们只对海兰德的《黑色之心：中非之行》（*The Black Heart：A Voyage*，1988）做了一些比较和论述，对奈保尔的《伊娃·贝隆的回归》（*The Return of Eva Peron*，1980）和肖尔马托夫关于艾滋病源头的调查报告《非洲的疯狂》（*African Madness*，1988）只是简短的引用与评论，未做详论。

② PATRICK HOLLAND and GRAHAM FUGGAN. Tourists with typewriters：critical reflections on contemporary travel writing. Ann Arbor：University of Michigan Press，1998：p. 75.

③ PATRICK HOLLAND and GRAHAM FUGGAN. Tourists with typewriters：critical reflections on contemporary travel writing. Ann Arbor：University of Michigan Press，1998：p. 70.

④ PATRICK HOLLAND and GRAHAM FUGGAN. Tourists with typewriters：critical reflections on contemporary travel writing. Ann Arbor：University of Michigan Press，1998：pp. 70－72.

⑤ M L PRATT. The imperial eyes：travel writing and transculturation. New York and London：Routledge，2008：pp. 72－73.

记讲述的是一位欧洲旅行者，出于疏离感与焦虑感，去往非洲寻求家园，最终通过继承传教站而获得了精神上的稳定。这可视为他对欧洲自身的某种反思与批评，从而在某种程度上动摇了欧洲优越论。

在讨论当代游记对于殖民遗产——帝国话语的继承问题上，普拉特、郝兰德与付甘均采用了跨学科的文化研究的方法，将游记看作是一种文学、文化形式，既考量了整个文学书写的传统，也将书写的社会政治语境的变化考量在内。他们的研究表明，当下的游记书写依然在某些层面上没有摆脱传统的殖民书写，而且后殖民的新语境推动了帝国主义怀旧模式，也会促使当代的游记书写去迎合这种心理需求。因而，一方面，在帝国之后，面对解殖民化与大众旅游业所引发的焦虑感，当代旅行书写者有意识地将自己放在游记书写的传统之中，这一传统是基于文学与历史的，因而可以是对先驱者的某种致敬；另一方面，又带着创新的焦虑，对先驱的书写进行某种拙劣模仿，或是戏仿，进而使得当下的游记呈现出与前辈游记不同的景观与旅行者。与此同时，这种戏仿带来了更多颠覆与自由的可能性，不仅会使得当下游记呈现出更为民主化的特点，也可看作是对于传统殖民旅行书写的某种批判。这两种面向表明了当代游记角色的某种变化：不仅仅提供传统的、人们熟悉的旅行者或空间形象，同时也是对这些形象进行修订或批判的手段。

二、对抗还是共谋：殖民视野与世界视野

殖民旅行理论源于萨义德将旅行书写界定为话语，并对之进行的政治转向研究，而德比·李斯尔的研究不仅采用了话语理论，而且也能从文化研究的角度来考量当代游记的政治性，以此而体现出对殖民旅行理论的灵活应用，以及将这一理论重置于全球化语境予以拓展的一种尝试。她在《当代游记的全球政治》一书开页即将游记当作政治性文本，提出了游记的政治功能：首先，“游记是一种类似于虚构的文学体裁，在理解国际政策文件、政府的新闻发布、议会的辩论以及媒体故事中具有重要作用，因为游记广泛地为民众阅读，可以就大众文化产品是如何生产国际上的权力关系这一问题提供有效的信息”。其次，“在历史上，游记也通过播撒帝国的目标而参与到国际政治领域之中，如‘遥远之地’的故事对于建立不平

等、不公平、带有剥削关系的殖民统治至关重要”。[①] 因而，李斯尔的研究更多地借鉴了殖民旅行研究前辈的理论观点，在明确承认了游记在帝国时期所扮演的重要角色的前提下，进而将研究重点放在当代的游记是如何处理这一殖民遗产的问题上，在全球化语境下，游记与帝国殖民的关系是怎样的？游记又是怎样处理殖民过去的？以及生产出怎样的新的权力关系？

依照李斯尔的论述，当代游记在处理殖民遗产，应对全球化所带来的新变化时，主要采用了两种策略。一方面，旅行书写者感受到全球化新语境所带来的焦虑感，试图通过召回帝国的确定性以消除这种焦虑感，因而他们宁愿回到当初的那种感觉，即“国内与国外、西方与东方、中心与边缘都被清楚地界定，而不被质疑”[②]。这种带有欺骗性的怀旧的魅力就在于，它能创造出某种幻想。因而，一些西方当代游记作家回归帝国意识，试图通过复兴殖民帝国时期的权力关系，以确保旅行作家来自主导的文明，使得旅行作家继续持有对非文明地区的分类、批评和评价的特权，李斯尔将这种全球视野称为“殖民视野”（colonial vision）[③]。另一方面，解殖民运动、人权运动与女权运动都在努力打破种族、性别之间的不平等性，一种对平等多元的全球文化氛围的追求也逐渐成为主流。因而，一些游记作家完全抛开了具有帝国内涵的二元对立，而去称赞所有文化的相互依存性和共同目标，从而将人类抬到了国家民族之上。他们放弃了殖民遗产，侧重于“相遇时的理解、同情、承认差异和共同价值观”，通过多元文化主义和对文化差异的包容与尊重以超越帝国遗产，李斯尔将之称为“世界视野”（cosmopolitan vision）[④]。这一视野似乎可被看作是建立全球范围内平等理解的基石。这似乎是两个截然相反或相对抗的全球视野，但也是在面对新的语境时，对于过去的做法所采用的两种常见的立场：固守与

---

① DEBBIE LISLE. The global politics of contemporary travel writing. Cambridge：Cambridge University Press，2006：p. 1.

② Robyn Davidson 语，转引自 DEBBIE LISLE. The global politics of contemporary travel writing. Cambridge：Cambridge University Press，2006：p. 3.

③ DEBBIE LISLE. The global politics of contemporary travel writing. Cambridge：Cambridge University Press，2006：p. 3.

④ DEBBIE LISLE. The global politics of contemporary travel writing. Cambridge：Cambridge University Press，2006：p. 4.

放弃。

综上可知，李斯尔试图通过展示两种视野在异域旅行书写中所持的态度，以区分它们对待殖民遗产的策略，这可以从她选择出来的两类具体的文本中见出。第一种文本即保罗·索鲁的游记《古老的巴塔哥尼亚快车》，其中有一章节描写了叙事者遭遇一墨西哥卖蒜小商贩的经历。李斯尔认为，索鲁事实上采用了现代国家的范畴来“生产、阐释和评判他所遇到的差异”，从而将墨西哥书写为美国的对立面。他的殖民视野主要表现在，他通过美国与墨西哥的国界来激发一系列的文化、政治、经济和结构的差异，从而使墨西哥永远处在比美国低劣的位置上，因而他还是延续了帝国话语的观察模式。[①] 第二种文本，也为与前一种文本相对照，在阐释世界大同视野以赞美多样性的方式来看待文化上的差异时，她选择了美国旅行作家比尔·布莱森（Bill Bryson）的《既不在这儿，也不在那儿》（*Neither Here Nor There*，1998），这是一部欧洲旅行记。在欧洲旅行的布莱森，当面对所见的任何差异时，用李斯尔的话，他都会“努力去了解、欣赏和赞美，而不是做出否定性的评判”[②]。他笔下的欧洲依照国界而呈现出不同的文化特点，因此，是否带着等级制的眼光来评判异域的对象，就成了判断两种视野的关键。这种细致的文本分析呈现出两种策略的具体书写范式。这一做法的出发点是好的，然而在论述过程中，她似乎犯了文本选择的错误：第一个文本是美国（属于第一世界）旅行者到南美洲的旅行，这种旅行路线、作者与旅行地的关系和殖民旅行是一致的；相反，第二个文本是一位美国（曾经是欧洲的殖民地）人到欧洲这一殖民中心的旅行，于是，它就更像是一场朝圣之旅，对这一旅行线路的确认，也注定了叙事者只能去欣赏、赞美所有的差异了。那么这种文本选择为什么是一种错误呢？因为游记作为文化产品，它是由语境、性别、制度、路线等多元因素决定的，在我们对某一因素进行考量以比较两个文本的差异时，最好的办法是使其他因素都基本相同。而这里，李斯尔选取的这两个对照文本，变量过多，我们无法辨识出究竟是哪种因素导致了旅行作家采用不同的书写

---

① DEBBIE LISLE. The global politics of contemporary travel writing. Cambridge：Cambridge University Press，2006：p. 7.

② DEBBIE LISLE. The global politics of contemporary travel writing. Cambridge：Cambridge University Press，2006：p. 9.

策略。

然而，从李斯尔的主要观点来看，她的这一“错误”是有特殊含义的，正如她采用“视野”来表示当代游记书写者所采用的两种不同的立场。“视野”，正如笔者在第三章论述的那样，并非中立客观，而是复杂的、被高度历史化和社会化的文化实践，这就意味着这两种视野具有某种混合性、变化性和不确定性；这种文本的选择也是有深意的，李斯尔对两种视野关系的分析阐述清楚地说明了这一点。

一方面，在后殖民的语境下，跨文化的相遇已经不是过去那种“简单的控制与臣服的关系”①，因而，李斯尔所说的殖民视野虽仍是指采用经典的殖民思维，即以二元对立的等级制话语来处理差异问题，但并非对传统的殖民话语的照搬，她似乎更愿意赋予这一术语以另外一重意义，并对此做出如下的解释：

> 它不是旧的东方主义版本（unreconstructed version of orientalism）……当我在论说某位游记作者使用了殖民视野的时候，我意欲凸显出文本中的权力、控制与排除在外等修辞话语，但我同时也想要揭示在20世纪后期全球化语境下简单的主导/臣服逻辑所带来的焦虑、不安全感和困难。换言之，“殖民视野”是一个争论性（contested）术语：不仅揭示过时的权威形式，也怀疑、扰乱和质询这些权威得以建立的根基。②

依据她的解释，殖民视野的确与控制/权力这类帝国话语有关，可作为标注游记如何再生产帝国范畴的重要依据。但与此同时，因为在全球化语境中，游记书写的日益民主化，使得强烈的殖民话语或态度已经不再适用，殖民旅行书写中常见的道德优越性和简单的评判用语都不为人所接受。是以，它是一个相对包容、含义更多的术语，甚至具有颠覆过时权威的力量。

另一方面，或许也是更主要的，她在研究第二类文本时特意指出，文

---

① STEVE CLARK. Travel writing and empire：postcolonial theory in transit. London：Zen Books，1992：p. 3.

② DEBBIE LISLE. The global politics of contemporary travel writing. Cambridge：Cambridge University Press，2006：pp. 3 –4.

中在描述差异时使用了一种嬉戏语气，这在某种程度上也揭示出了旅行者即使没有沿用传统的殖民视野，也构造出了一种新的帝国逻辑，质疑了当代游记作家所持的“世界视野”的属性问题。她认为，当代游记书写中的“世界视野”并非如自由主义学者认为的那样，具有解放性，而是“由东方主义、殖民主义和帝国残存思想所强加的”，因为“当下的旅行作家在采用世界视野时并未避开殖民前辈们‘令人尴尬’的态度：他们实际上生产了一种新的权力形式”①。为了证明这一点，她着意引用了德里达对于世界主义（cosmopolitanism）来自何处的质疑，以表明世界视野本身就是一种权力，也受制于帝国逻辑。这里，李斯尔所说的帝国逻辑或“新的权力形式”，可理解为全球化的逻辑，即西方发达国家借“地球村”这一全球化的趋势，力图把自己的文化价值观念普遍化，从而将全球卷入单一的、不断拓展的逻辑之中的幌子。这一逻辑以其前所未有的强度与规模（通过全球传媒）加速着文化同质化倾向，对多元文化造成了威胁。她之所以得出如此的断言，是因为她研究发现，部分当代游记作家是通过使用他们认为是世界主义的价值观来断绝殖民历史对于游记书写的影响，然而，他们所坚信的这些价值观，如平等、宽容、文化多样性，事实上正是西方的遗产②，与殖民有着千丝万缕的联系。如李斯尔所分析的，虽然布莱森持有世界视野，但他所呈现的文化多样性是依照国界来划分的，正如持有殖民视角的索鲁，这就意味着他所依赖的“区分与划界逻辑与嵌入殖民视野中的划界逻辑是同样的”③。既然如此，持世界视野的书写者依然将自己置身于更大的文化结构之中，在批判殖民权力关系的同时，也通过新的结构、系统和边界等概念再次传达出了帝国的逻辑。因而，在李斯尔看来，当下的游记只是采用了某种“政治正确性”，即呈现为多元文化主义，事实上

---

① DEBBIE LISLE. The global politics of contemporary travel writing. Cambridge：Cambridge University Press，2006：p. 5.

② DEBBIE LISLE. The global politics of contemporary travel writing. Cambridge：Cambridge University Press，2006：p. 15.

③ DEBBIE LISLE. The global politics of contemporary travel writing. Cambridge：Cambridge University Press，2006：p. 9.

却“将旧的殖民视野永恒化入当代游记之中”。[①] 由此可以看出，世界视野在某种程度上，是一种新的，或是隐形的、较为温和的殖民视野。

借助以上叙述，李斯尔剖析了世界视野与殖民遗产之间实际存有的关系，并且明示了两种视野处于共同存在的状态，即“有时是对抗的，有时是共生的，有时是模糊不清的”[②]。这一分析是很深刻的，由此也推进了当代游记与帝国殖民关系的研究。在此基础之上，李斯尔也对形塑当代游记书写的方式做了细致的探讨，并将之概括为四种话语形态：旅行话语（本身所携带的政治文化面向）、当代游记书写的主体话语、游记的接受和空间观念，以揭示出当代游记的世界视野在与传统的殖民话语进行对抗以适应全球化的当下时，会不可避免地受制于传统的殖民视野的影响，形成某种层面共谋的内在原因。

首先，依照游记书写的传统，要成为游记，书写者必须进行旅行，因而确定了游记书写者的唯一权威地位。在全球化语境之下，西方旅行者无法像乔安妮·夏普（Joanne P. Sharp）所说的那样，“采用一种殖民主义的写作方式，这种写作方式不仅携带着旅行者文化与道德价值观的优越性，而且使旅行者可采用一种窥淫式的凝视”[③]，而是受到“现代主体性话语”[④] 的制约，成为男性的、帝国主体性与自由的、世界主义主体性之间的斗争场域。简言之，现代西方旅行书写者本身就成为两种世界之间协商与斗争的场域，而游记则成为表达身份政治的又一文化场域。尽管在这一后殖民的语境下，帝国与父权态度都会遭到拒绝或批判，但李斯尔坚持认为，当代游记作家所采用的世界视野也嵌入了“重构的殖民主义与父权制

---

① DEBBIE LISLE. The global politics of contemporary travel writing. Cambridge：Cambridge University Press，2006：p. 15.

② DEBBIE LISLE. The global politics of contemporary travel writing. Cambridge：Cambridge University Press，2006：p. 5.

③ JOANNE P SHARP. Writing over the map of Provence：the touristic therapy of a year of Provence. In J DUNCAN and D GREGORY. Writes of passage：reading travel writing. London and New York：Routledge，1999：p. 203.

④ DEBBIE LISLE. The global politics of contemporary travel writing. Cambridge：Cambridge University Press，2006：p. 69.

观念基本结构”[①]，她做出了如下的解释：

> 所有游记都要生产差异，因而世界视野不必一定要对抗或逃避殖民主义和父权制观念的遗产，只需要作者能区分出哪些是熟悉的，哪些是异域的，以便满足读者的要求，即他们所遇的人与地方完全是外国的。虽然旅行作家意识到，在全球多样性与多元文化主义时代进行贬低性的评价是让人无法接受的，甚至是大忌，但这种区分的实践并没有因此而消失。更确切地说，通过宣称是遵循世界主义的观念来展示差异，旅行作家采用了与殖民过去同样的区分机制——只是这些机制以更为巧妙和想象性的方式呈现出来。[②]

从李斯尔的解释论述可知，虽然写作主体会依据当代语境进行各种考量，但他们依然会在某种程度上沿用殖民时期的某些价值评判标准或分类系统，从而使得他们所持的世界主义只能成为殖民主义观念的一种隐性的表达，或者是它的某种转型。

茨维坦·托多洛夫（Tzvetan Todorov）对于当代游记读者与游记写作之间的观察也可视为李斯尔这一观点的明证。托多洛夫认为，当代的读者会不断回到殖民旅行叙事，以缓解痛苦，寻求慰藉，是因为“作为今天的读者，我们保留着殖民主义者的意识形态”，他继续解释，他青睐于老的殖民旅行叙事而不是当下的旅行叙事，因为“它提供了我需要的棱镜以便于更好地利用我的旅行……我所认同的旅行者的形象，与此同时，又将自己与之保持一定的距离，如此可使我免除各种罪孽”。[③] 当代读者依然青睐于过去的殖民旅行叙事，依然会采用殖民视野，其根本原因就在于，西方的优越感依然存在。托多洛夫对于这一现象做出这样的解释：“我们都赞成人要有自我决定权，我们也深信种族之间的自然平等。然而尽管如此，

---

① DEBBIE LISLE. The global politics of contemporary travel writing. Cambridge：Cambridge University Press，2006：p. 70.

② DEBBIE LISLE. The global politics of contemporary travel writing. Cambridge：Cambridge University Press，2006：p. 71.

③ TZVETAN TODOROV. The journey and its narrative. In ALYSON WALTERS. The morals of history. Minneapolis：University of Minnesota Press，1995：p. 70.

我们仍然相信我们的文明优越于“他们的”，我们为什么这样想？因为他们似乎都想模仿我们，并且梦想着到我们的国家来工作。”① 如此一来，具有世界视野的西方旅行作家不必非要反对殖民与父权，他们的游记依然会受到青睐。由此可见，在后殖民时期，殖民所造成的结果——认为西方优于第三世界的观念依然存在，因而殖民视野与世界视野共生，生产出现代主体性，并通过这一自由的主体性话语转变为帝国逻辑，当代西方游记也以创造差异为名，在呈现多元文化的同时，以一种更为隐蔽的方式植入了西方的某种歧视。

其次，游记的书写受制于传统上对于世界空间的划定，即世界被自然地划定为文明与非文明这一话语。为了说明这一问题，李斯尔分析了为何布莱森的欧洲、北美洲的游记均受到欢迎与好评，为何他的非洲游记《非洲日记》（*African Diary*，2002）却遭遇到读者与评论者的冷遇，以失败告终。在她看来，最关键的原因在于，布莱森这种幽默的、自我贬低式的叙事在欧洲、澳洲与美洲这些富有国家和地区是可以接受的，当用来描述非洲，这是无法让人接受的，因为非洲可以是严肃的游记、政治新闻或慈善呼吁的目标，因为这些可以激发读者的可怜之情、关注或愧疚，然而非洲无法作为喜剧的目标，因为它在读者的期待视野中是贫困的、饱受战争之苦的、腐朽的、衰败的地方，这种地方是无法令人大笑的。值得注意的是，帝国时期的地理政治空间推测在后殖民时期仍然存在，通过旅行书写，“空间的生产和他者性的生产一样，也被框定在殖民视野与世界视野的并置之中”，殖民时期的对立空间被转化为被摧毁的第三世界受控于西方国家，或者是文明的国家因为平等、民主和正义这些核心价值观而团结起来。② 不论是哪一种地图，殖民的，还是世界的，文明的疆界都是现代绘图的延续，影响着当代游记对于不同地理空间的表征，而旅行作者与旅行地的关系也成为恐惧、渴望、模棱两可和戏仿的奇特混合体。郝兰德与付甘也就当代游记是如何延续几大经典区域，如热带、南海、北冰洋和东

---

① TZVETAN TODOROV. The journey and its narrative. In ALYSON WALTERS. The morals of history. Minneapolis：University of Minnesota Press，1995：p. 70.

② DEBBIE LISLE. The global politics of contemporary travel writing. Cambridge：Cambridge University Press，2006：p. 137.

方的程式化意象[①]，阐明了现代制图话语是如何影响当代游记对于地方的形塑的，这一观点与李斯尔的研究结果是一致的。因而，在某种层面上，文本地带的理解需要从意识形态的角度，而非仅仅当作地理术语。

事实上，传统的地理政治空间不仅限制了当代西方游记的书写，也限制了游记的研究。以论文集《剑桥游记研究指南》为例，对于游记的分析也将世界分为几个大家公认的地区，然后再追寻游记是如何生产这些区域，多年来，游记又是怎样通过不断的书写保持住这一区域形象的，如中东/阿拉伯，南美洲/亚马孙，太平洋/塔希提岛，印度/加尔各答，非洲/刚果。[②] 当这些西方的殖民旅行研究者在阐释游记是如何书写、传递这一文化生产空间时，他们并没有质询这一现代制图学话语，从而他们的分析在某种程度上强化了这一制图的权力。正如霍尔指出的，“殖民化如此重构了世界的地带区域，以至于自那以后，身份区隔的世界观以及孤立或可分的自给自足的文化和经济观念，被迫屈服于所设计的各类范式，以便抓住这些不同而关联的各种相关、互联和断联形式”[③]，然而，在后殖民社会，这种疆域的空间划分依然在延续，并通过沿用殖民作家所创造的他者形象在继续。

最后，空间观念导致了一些旅行作家对历史的线性理解，从而仍采用了时间旅行或者哲学旅行的观念，将其凝视对象（国外的土地与人民）安置到遥远的过去，而自己则在当下。“重新想象过去的欲望，使得追寻逝去的黄金年代的清纯成为旅行文学的关注中心之一”[④]，而依据这一充满殖

---

① PATRICK HOLLAND and GRAHAM FUGGAN. Tourists with typewriters：critical reflections on contemporary travel writing. Ann Arbor：University of Michigan Press，1998：pp. 70 – 109.

② PETER HULME and TIM YOUNGS. The Cambridge companion to travel writing. New York：Cambridge University Press，2002：pp. 105 – 222.

③ S HALL. When was “the post-colonial”：thinking at the limit. In IAIN CHAMBERS and LIDIA CURTI. The post-colonial question：common skies，divided horizons. London and New York：Routledge，1996，pp. 252 – 253.

④ HEATHER HENDERSON. The travel writer and the text：my giant goes with me wherever I go. In MICHAEL KOWALEWSKI. Temperamental journeys：essays on the modern literature of travel. Athens：Georgia University Press，1992：p. 233.

民视野的哲学旅行观念，“过去就是国外的土地”[①]。然而后殖民语境下的哲学旅行观念不同于现代殖民时期，它意欲通过多元文化主义与世界主义来建构一个未来的多文化乌托邦，而非仅仅是对于纯净之地的怀旧记忆。李斯尔对于当代游记中时间设想的分析表明：部分旅行作家将西方的自由民主看作是获得多元文化世界的必由之路，从而推崇西方化与现代化。[②]这一做法使得怀旧欲望与乌托邦幻想遮盖了嵌入世界视野的殖民遗产，也遮蔽了这一时间设想中所携带的帝国权力关系，生产出异托邦空间，重新建构了帝国的等级制。

以上的分析表明，当代游记中不论是殖民视野，还是世界视野，其核心都是生产差异，只是使用的策略不同。根据萨义德所论述的文化与帝国主义的逻辑，帝国主义与殖民都不是一个简单的积累行为，而是为一些意识形态观念所支持驱使的，当传统的话语依然存在时，单单采用世界视野是行不通的，也无法与殖民过去彻底再见，只能是一种“新瓶装旧酒”的做法。殖民主义作为物质性的行为的终止，是相对明显而容易的，如军队与国旗从远方属地的撤离就可标识出殖民占领的结束，但这不意味着帝国和殖民的真正结束，依然留存的也许还有“对帝国的留恋之情，它在被征服者心中引起的愤怒与憎恶”或者是帝国“作为共有的记忆，作为充满矛盾的一整套文化、意识形态和政策，仍然发挥着巨大的影响”。[③] 事实上，因物质性殖民的消失而期待当下游记颠覆宗主国与原殖民地在阶级、种族和土地的纽带都统统消失，这是不太现实的。格瑞高里也表达过类似的观点，认为我们可能轻易地相信，我们所批判的殖民旅行实践及其书写属于过去，然而无论是多么无意识的欧洲中心论，都有效地揭示了对他者的贬低性的表征依然存活在西方的文化和想象之中，并且，“殖民怀旧所具有的致命的诱惑也被铭刻于当代游记之中”，就像是埃及被书写为古代世界

---

① DEBBIE LISLE. The global politics of contemporary travel writing. Cambridge：Cambridge University Press，2006：p. 201.

② DEBBIE LISLE. The global politics of contemporary travel writing. Cambridge：Cambridge University Press，2006：p. 207.

③ E SAID. Culture and imperialism. New York：Vintage Books，1993：p. 9.

的永恒景致。[①] 似乎很难在短时期内找到未受殖民经历污染，亦不受欧洲世界观所影响的视角，这样的一个视角也成为后殖民研究者追寻的目标。

本章小结

本章所讨论的殖民旅行研究的三个议题：相遇、女性与后殖民语境，呈现出帝国话语的多样性，同时也展现了这些具有颠覆性的因素仅仅使得帝国话语充满了差异性，但更加证明了一点：跨域旅行书写是帝国话语的载体与实践。

关于当代西方游记的研究，尽管依然采用了对于殖民时期旅行文本的研究方法，从文化政治的方面进行考量，将游记置于更大的表征结构中，以说明游记的再现或表征不是简单的文学活动：读、写和解释都是涉及读者、作家和他们所生活的社会世界之间的权力关系的政治行为。无论是郝兰德和付甘将欧洲游记放置在帝国解体之后，大众旅游商业化和工业化的背景之下，还是李斯尔对全球化逻辑下的西方游记的研究，他们更多地强调了游记的政治经济面向，以及当代游记对于殖民过去的继承。然而他们仔细检视旅行书写的复杂性，力图在显影其连续性时，发现游记书写内在演变中的对比性，拒绝将后殖民语境下的跨文化相遇简化为控制与臣服。换言之，每一个旅行文本的分析解释不仅要承认二者的同谋，也要承认文本在重塑和激发一种更为良性的他者伦理观方面的力量，或者说，游记的民主化趋势。虽然当代西方游记目前仍然在一个受控于帝国逻辑的充满斗争、对抗与不确定性的政治领域中运行，成为“表达欧洲中心主义的傲慢或种族偏狭的媒介”，但从好的方面看，如波特所言，它们也是“通过持久的理解构成了克服文化疏离的有益尝试”[②]。当代西方游记所呈现出的多元文化现象、对于自身文化反思的可能也是殖民旅行研究者所要寻找的。

因而，笔者想要强调的是，对于跨域游记的研究考量了地区、性别与

---

① D GREGORY. Colonial nostalgia and cultures of travel：spaces of constructed visibility in Egypt. In NEZAR ALSAYYAD. Consuming tradition，manufacturing heritage：global norms and urban forms in the age of tourism. London：Routledge，2001：p. 113.

② DENIS PORTER. Haunted journeys：desire and transgression in European travel writing. Princeton：Princeton University Press，1991：p. 3.

后殖民语境这些对于殖民旅行具有颠覆性的因素，尽管这些研究的结果似乎表明，帝国的疆域在不断地延伸，帝国逻辑依然存在，这让人不免有些悲观，但是辨识出这些帝国话语的形式与其形成机制，本身就是迈向平等和相互理解的第一步。

第五章　书写景观：想象地理与旅行知识空间的建构

随着整个学术界的文化转向和后殖民主义批评的广泛发展，人类学、历史学等学科在20世纪80年代的反思研究也在加速促成地理研究领域的文化转向，即关注文化、知识与权力的关系，尤其是帝国主义/殖民与地理的关系。对生产语境的认识使得地理学学者更加关注地理书写的文本来源和文本性，从而意识到地理书写不再是中性、客观的描述过程。此外，他们也意识到，传统上所采用的旅行活动和地理文本的书写绘制主要由白人男性所承担，或由其他白人男性资助并认可，隶属于如皇家地理协会这样的宗主国体制，[①] 因而具有排他性。基于以上的认识，地理学者研究发现，“前辈们的书写为殖民与帝国主题所渗透充满，以至于质询他们的角色便是在挑战整个现代学科”。然而，要想“探寻当下的智识与政治机遇”，需要深思殖民的过去。[②] 正是在这一探寻过程中，旅行问题进入地理学者的视野。首先，基于地理学科的历史性回顾，地理学家认为现代地理学科起源于航海与探险这一旅行活动[③]，这就意味着“作为空间实践的旅行，一直处于地理学的核心，创造并且形塑着地理知识，尤其是当地理作为生产关于其他地方的学科时，探险形式的旅行成为地理书写的主导修辞

---

① R PHILIP. Travel and travel writing. International encyclopedia of human geography, 2009（11）：p. 476.

② F DRIVER. Geography's empire：histories of geographical knowledge. Environment and planning D：society and space，1992，10（1）：p. 26.

③ 关于这一观点，详见 MIKE HEFFERNAND. Histories of geography. In N CLIFFORD，SARAH HOLLOWAY，S P RICE，etal. Key concepts in geography. London：Sage Publications Ltd.，2009：pp. 3 – 20.

之一”[①]。其次，多娜·哈拉维（Donna Haraway）认为地理书写是“西方探险和旅行文学的内含体裁”，“地理科学一直是旅行话语”，[②] 将地理科学完全置于旅行的范式之下。由此可以看出，地理书写，在某种意义上，也被看作是殖民旅行书写的文类之一，由此也可成为探究欧洲中心主义的知识与权力向异域扩展的重要场域。

地理书写作为对地球表象的一种描述，它不仅仅描述土地及其特点，还描绘土地上的居民，探寻自然与人类景观之间的空间关系，因而，它与民族志、博物史（natural science）等领域也有部分的交叠。此外，马修·埃德尼（Matthew Edney）赞成哈拉维的说法，声称地理书写与旅行探险叙事有诸多的交叠点，以至于不受主导文学形式影响的地理书写几乎不存在。[③] 所以，地理书写，不论是在内容上还是在叙事形式上，都是更为混杂的文类，但它又有其自身的学科关注焦点，即景观、地方或空间，因而往往侧重于某一地方或区域的描写，亦不排除想象与虚构。这种对地理景观和空间独特的敏感性，使得地理学者一方面会以萨义德的“想象地理”为切入点，分析地理旅行书写，重点关注欧洲旅行家是如何在异域建构想象性的地理；异域景观的生产是如何与母国的政治、文化与心理需要相契合的，从而揭示“地理、知识和权力之间的一致性”[④]。另一方面，地理学者也试图探寻殖民时期的地理旅行探险者是如何通过地理想象、欧洲中心主义的测绘、命名以及其他空间测量来建构他者知识空间，书写地理知识的。由此，地理旅行书写呈现出表征的空间性，从而说明地理知识是情境

---

① MIKE CRANG. Travel/Tourism. In D ATKINSON, P JACKSON and D SIBLEY, etal. Cultural geography: a critical dictionary of key concepts. London and New York: I. B. Tauris, 2005: p. 34.

② DONNA HARAWAY. Simian, cyborgs, and women: the reinvention of nature. New York: Routledge, 1991: pp. 205 – 221.

③ MATTHEW EDNEY. Mapping an empire: the geographical construction of British India, 1765 – 1843. Chicago: University of Chicago Press, 1997: pp. 65 – 66.

④ E SAID. Orientalism. London and Henley: Routledge & Kegan Paul Ltd., 1978: p. 215.

化的①，即具体的、部分的，“有着某一立场的表演者在各种不同的场所生产出来的”②，而地理学者则是“从事知识的生产与表征这一政治性工作的情境化行动者”③。这种在旅行范式下对地理书写的反思，打破了其科学客观性的特性，使得地理书写表征异域的能力受到质疑。想象成为以上两种路径的核心，因为地理学者认为，“地理学科中的许多话题和方法是由想象将各种视觉体验与实践——从地区造型到景观的象征，再到地图绘制的模式——塑造成为意象制造和阐释的形式”④，想象成为地理知识生产的重要环节与过程而得到关注，同时，地理知识生成的其他环节，如命名、分类、旅行路线和绘图等都从殖民旅行的视角得到重新考量。

不论采用何种路径，地理学者往往都会选定一处旅行地或旅行空间作为考察的对象，进而从旅行的视角来说明地理知识的书写性质，及其与帝国/殖民的共谋。如毕晓普即以中国西藏为焦点，考察了近200年来英国对西藏的书写，说明西藏作为一处想象地理，其意象的变化是英国的政治、经济和以审美为中心的文化合力作用的结果。格瑞高里则以关于埃及的旅行书写为重点，说明埃及地理空间的文本化特征，埃及被不断地改写，从而成为一处透明的展览世界，被置于欧美旅行者的凝视之下；此外，他还从后殖民角度探寻了旅行文化对地理实践与知识的塑形作用；邓肯则从英国对斯里兰卡景观的驯化入手，以说明帝国与景观生产的关系。大卫·利文斯通（D. Livingstone）等人探寻了“热带”这一欧洲旅行话语中建构的想象空间，他认为，地理学文本和语境是“在历史的杂乱偶然性中相互建

① “情境化知识”（situated knowledge）这一术语是由女权地理学者多娜·哈拉维在1990年回应科学的客观性时提出的，后被地理学者广泛应用，这一提法与克利福德对民族志书写的“部分真理”的观点很是相似。关于“情境化知识”的详论，可参见DONNA HARAWAY. Situated knowledges：the science question in feminism and the privilege of partial perspective. Feminist studies，1988，14（3）：pp. 575－599，后该论文收录入她的著作 *Simian*，*Cyborgs*，*and Women*：*the Reinvention of Nature* 中，并作为第九章。

② IAN COOK，et al. Positionality/Situated knowledge. In D ATKINSON，P JACKSON and D SIBLEY，etal. Cultural geography：a critical dictionary of key concepts. London and New York：I. B. Tauris，2005：p. 16.

③ C KATZ. All the world is staged：intellectuals and the projects of ethnography. Environment and planning D：society and space，1992（10）：p. 496.

④ STEPHEN DANIELS. Geographical imagination. Royal geographical society，2011：p. 182.

构的”，而且这些地理旅行书写为维多利亚的公众制造了一个“想象地带——热带，即一个寄生虫和病理学之地、一个要求殖民占领和管理的空间、一个自然选择和种族斗争的实验室，以及一个道德危险和审判的场所”①；埃德尼则以英国对印度的地理勘探与测绘实践为地理叙事重点，探讨了旅行绘制对于帝国的地理想象与建构的重要作用。他们的研究有一个共同点，即将地理书写解读为帝国话语——为知识划界与编码、生产殖民地他者、激发权力和欲望的方式——作为基本的出发点，探寻其中的知识与权力的关系，以及各种充满殖民权力的书写修辞与空间策略。

第一节　想象、帝国欲望与景观的流动性

从殖民旅行的视角出发关于对地理书写的反思，首先是从“想象地理”这一概念开始的。在批判东方主义时，萨义德提出了这一概念，以说明某些我们认为客观存在的事物，不过是我们人为的想象与虚构，如对于地理边界的划分，如“我们的土地”“他们的土地”“野蛮的土地”等，然而，一旦这些想象性的地理划分在我们的头脑中确定下来，各种地理空间就会对我们产生各种影响，② 这就是空间的诗学与政治学。我们暂且撇开“划分”这一具有政治意味行为的任意性，单单是旅行者的“想象”本身，就不是一个中立的行为，而是先在的包含自己的民族记忆和对他者的集体想象，如此一来，对于萨义德来说，“想象地理”是一种话语形构，通过不断将距离建构成差异，从而形象化地标识出自我与他者的空间，以便使得“本来是中性的或空白的空间对我们产生了意义”③，从这个角度上说，“想象地理”便成“权力、知识与空间性的星云”，④ 对之的研究也就

① D N LIVINGSTONE. Tropical climate and moral hygiene：the anatomy of a victorian debate. British journal of tropical science，1999（32）：p. 109.

② E SAID. Orientalism. London and Henley：Routledge & Kegan Paul Ltd.，1978：pp. 54－55.

③ E SAID. Orientalism. London and Henley：Routledge & Kegan Paul Ltd.，1978：p. 55.

④ D GREGORY. Between the book and the lamp：imaginative geographies of Egypt，1849－1850. New series，1995，20（1）：p. 29.

成了揭示地理书写知识与帝国权力的最佳场域。

显然，毕晓普深受萨义德“想象地理”这一地方空间建构观点的影响，他在《香格里拉的神话：西藏、旅行书写与西方对圣地景观的创造》（*The Myth of Shangri-La*：*Tibet*，*Travel Writing*，*and the Western Creation of Sacred Landscape*，1989）中开篇就用“想象地理”为标题，强调说：“在某种意义上，自然的景观是不存在的。我们不可避免地在塑造世界，即使只是用我们的思维，而不是用我们的双手。在我们塑造世界的同时，我们创造了地方。”① 这段文字道明了景观、思维和地方的关系。首先，景观成为一种用物质（也许是绘画，也许是书写）形式体现的文化意象，投射出书写者的想象与欲望，传递着书写者所赋予的意义，与想象书写者的文化密切相关。其次，地方也不是自然存在的，而是我们用思维给它命名，并为之建构特定意义。由此，地方以及能标识出地方的景观都“不是发现的，而是具体的社会与想象关系的结果”，同时，地方不仅仅是社会进程的结果，也有助于社会进程的组织与连贯。② 毕晓普认为，中国西藏就是这样一处被思维想象创造出来的地方，而且西藏的景观是依据英国的政治、经济、文化与语境及其心理需要而变化的。为了阐明这一点，他以某些与英国、西藏有关的事件为分界线，将二者的交往划分为五个不同的时期，且旅行书写分别呈现出五种既有联系又有区别的西藏景观，展现了西藏作为圣地这一想象地理的盛衰过程。在本节，笔者将细致梳理毕晓普关于英国地理旅行书写中西藏景观的演变的反思研究，以期能够借此而较完整地看到帝国欲望是如何左右旅行书写、建构想象地理，并且书写地理景观的。

一、帝国扩张、审美转向与矛盾之地的想象

从整个旅行的演变史中，我们可以看到，无论是个人还是政府、各种

① PETER BISHOP. The myth of Shangri-La：Tibet，travel writing，and the western creation of sacred landscape. London：Anthlone Press，1989：p. 1.

② PETER BISHOP. The myth of Shangri-La：Tibet，travel writing，and the western creation of sacred landscape. London：Anthlone Press，1989：p. 12.

机构，每一个时代都有其自身的旅行意图与旅行方式，从而会发现不同的地方或地理景观，而中国西藏景观就是在英国的经济扩张这一帝国欲望下产生的一件想象之物。根据毕晓普的分析，1773 年的英国东印度公司因波士顿倾茶事件，以及英国与不丹的边界之争，亟待寻找新的贸易地区，并解决边界问题。为此，东印度公司总督沃伦·黑斯廷斯（Warren Hastings，1732—1797），派遣乔治·伯格（George Bogle，1747—1781）进入西藏，因为他通过西藏喇嘛的来信与礼物，相信“西藏有望成为自信、有朝气的和充满冒险的——但又井然有序的——商业资本主义想象中至关重要的地方”[①]。伯格的西藏之行被认为是现代西藏被西方发现的开始，而他的出行受派于东印度公司——英国在印度的殖民机构——就注定了此次旅行的政治倾向。对于他来说，旅程与目的地不是首要目标，其首要目标是贸易的可能性，换言之，西藏的发现与制造是发生在全球想象和全球帝国主义扩张的大语境之下的，且被想象为商业地理，由此，“西藏，作为一种景观出现在现代西方的幻象之中”[②]，提供了各种可能性。

然而，18 世纪晚期特有的社会文化语境——欧洲的全球扩张与浪漫主义的兴起使得伯格发现的西藏具有了与他者之地不同的轮廓。正是浪漫主义的兴起，使得英国对西藏的想象稍稍脱离了萨义德所说的西方对东方无所不在的优越感，用毕晓普的话说，西藏获得了一种脱离了东方主义的、“独立的他者性，一种受限的优越感”[③]，同时殖民主义的旅行家也赋予西藏景观矛盾性。这种矛盾性，依照毕晓普的论述，大致源于以下两种原因：

第一，新兴的浪漫主义思潮将景观审美的旅行想象转向山区——山区提供了一幅由于好奇而引发的充满想象的兴奋图景，一种崇高感，然而古典主义对审美的观察习惯依然存在，这就使得对西藏的景观想象受制于四种不同的景观审美方式：古典的（正式的、有规律性的）、风景如画式的

---

① PETER BISHOP. The myth of Shangri-La：Tibet，travel writing，and the western creation of sacred landscape. London：Anthlone Press，1989：p. 29.

② PETER BISHOP. The myth of Shangri-La：Tibet，travel writing，and the western creation of sacred landscape. London：Anthlone Press，1989：p. 25.

③ PETER BISHOP. The myth of Shangri-La：Tibet，travel writing，and the western creation of sacred landscape. London：Anthlone Press，1989：p. 145.

（亲密、快乐和多样化）、浪漫主义式的（崇高的、充满感情的高尚感）和博物学式的（注重细节、客观）[①]。这四种方式相互斗争，最终构成了英国对西藏的最初想象，即西藏是充满了矛盾和极端相对照的地方，即使是自然景观也不例外。

第二，西藏地处亚洲，对于西藏的想象很难摆脱欧洲与亚洲的关系这一大的语境，而由于西藏受到中国的巨大影响，要想理解英国人对西藏景观的想象，首先要清楚18世纪欧洲对中国的想象。在毕晓普看来，处于古典主义与浪漫主义之交的欧洲对于中国的想象充满了张力："一方面，欧洲着迷于中国文化——古老、有序、精致、高级、自制，中国似乎是一处和谐、和平、美好而静谧的广阔土地，是文明的巅峰"，对于中国的美学充满热情；另一方面，受到浪漫主义的冲击，欧洲又试图摆脱千年文化的重负，回归到最原初的非文明的自然状态，以便涤清欧洲社会的各种腐化。[②] 西藏恰恰符合这一张力所构成的想象。因此，从一开始，在现代英国的想象中，它的"景观与文化似乎呈现出相反的两级：一面是贫瘠与艰苦的自然景观，另一面是丰富且复杂的文化景观"[③]。西藏成为文化世界与自然世界的交汇之地，成为一个充满了对立性的他者之地。

通过重点分析伯格与特纳的旅行书写，毕晓普突出了旅行书写对地方的建构性。例如，在论述伯格开篇即描写"天葬"这一景观时，毕晓普做了这样的解释：

旅行日志创造地方，而不是发现地方。它们通过以下方式建构这些地方：选择性的感觉，给予各种主题不同的重视，并通过各种方式将这些感觉与主题放置在一起，使之产生相互联系。从这一视角看，这些第一时刻、第一瞥都是至关重要的。我们总能回想起对一个新地方——一个国家、小镇或工作环境——的第一时刻……这些初次的印象和观察清晰地讲

---

① PETER BISHOP. The myth of Shangri-La：Tibet，travel writing，and the western creation of sacred landscape. London：Anthlone Press，1989：p. 45.

② PETER BISHOP. The myth of Shangri-La：Tibet，travel writing，and the western creation of sacred landscape. London：Anthlone Press，1989：p. 35.

③ PETER BISHOP. The myth of Shangri-La：Tibet，travel writing，and the western creation of sacred landscape. London：Anthlone Press，1989：p. 29.

述了我们对自身的幻想和对这一地方本身的幻想。问题在于，不是伯格和特纳看到了什么，而是他们选择、认为更具有意义的是什么；不是呈现在他们面前的是什么，而是他们选择进行评论的是什么，又是用什么样的顺序……如果西藏不是充满神秘与美丽之地，那么它至少要表现出极端的他者性。它是一个真正的未知之地。奇怪的葬礼，如特纳所言，“与其他国家的做法迥然不同”，可成为 18 世纪英国对西藏他者性想象最理想的能指。①

可见，旅行日志并非按照旅行时间对旅行的实际记录，它更多的是受制于预先的想象，有选择地建构其旅行空间，在将旅行地纳入英国的全球秩序的同时，突出其他者性。所以，除了葬礼，伯格还介绍了以下让欧洲人着迷了一百多年的主题：狗、外交、宗教、一妻多夫、风景和喇嘛的权力，这些介绍在突出了西藏他者性身份的同时，将西藏纳入欧洲确立的有序时空之中。西藏，“作为地方，在英国的想象中开始成形”②。

萨义德认为，18 世纪的四个因素对关于地方的现代东方主义想象至关重要：“全球扩张、历史性的交锋、同情和分类”。③ 毕晓普所论述的对于西藏的发现与探索基本上也是在这一结构中进行的，不同的是，西藏的地理位置与浪漫主义审美的结合使得“自相矛盾成为英国对西藏这一地方想象的核心”④。这种对西藏模棱两可的想象，这种由古典主义与浪漫主义并存而引起的张力，既是对 18 世纪英国智识转型的回应，也是英国精神困境的体现，这些结合在一起赋予了西藏圣地想象的某种可能性。

---

① PETER BISHOP. The myth of Shangri-La：Tibet，travel writing，and the western creation of sacred landscape. London：Anthlone Press，1989：pp. 40 – 41.

② PETER BISHOP. The myth of Shangri-La：Tibet，travel writing，and the western creation of sacred landscape. London：Anthlone Press，1989：p. 28.

③ E SAID. Orientalism. London and Henley：Routledge & Kegan Paul Ltd.，1978：p. 120.

④ PETER BISHOP. The myth of Shangri-La：Tibet，travel writing，and the western creation of sacred landscape. London：Anthlone Press，1989：p. 57.

二、想象性审美、地理与宇宙轴心的圣地想象

基于不同的文化思潮和政治背景，想象地理也不断发生变化。19 世纪，浪漫主义想象占据了英国的思想主流，山区替代了岛屿，成为理想社区的想象所在地。正如浪漫主义想象的景观常具有以下四个要素："无尽的广阔、自然的力量、相对照的极端和不断变化的垂直高度"[①]，西藏满足了西方对浪漫主义景观的所有想象。由此，对西藏景观的描写也便呈现出典型的浪漫主义高山审美，比如对喜马拉雅山的描述多会被涂抹上一种梦幻诗意，充满了美丽与狂想。从毕晓普引述的英国中尉乔治·怀特（George White）的西藏描写中可见一斑："积雪覆盖的山顶似乎将自己托举到另一世界，如此庄严肃穆，整个山区仿佛是一处仙境，交由我们随意想象创造。"[②] 毕晓普认为，约翰·罗斯金（John Ruskin）《现代画家》（*Modern Painter*，1854）的出版，更是为喜马拉雅山脉探险注入了催化剂，因为它系统化了维多利亚时期关于高山景观审美的精髓，其主题便是自然之美的想象性体验，并提出了观看、连接景观与世界的新方式，即将"敏锐的分析眼光与可控的想象结合起来"，而"想象是'真实'描述不可或缺的"。[③] 出于对高山的迷恋，许多英国的旅行探险家来到西藏，出现了许多关于西藏的个性化书写，然而，这些个性化的写作在 1830 年英国皇家地理协会成立后组织的系统探险中被重新书写，置于一种系统全面的科学考察霸权之下。因为"帝国主义和 19 世纪的科学性要求系统的文化、商业、政治和地理的考察，从而创造出一个连贯的、理性的、在地图上绘制出来的西藏"[④]，这种详细的记录不仅激发了帝国想象，也强化了英国的全球存

① PETER BISHOP. The myth of Shangri-La：Tibet，travel writing，and the western creation of sacred landscape. London：Anthlone Press，1989：p. 42.

② 怀特语，转引自 PETER BISHOP. The myth of Shangri-La：Tibet，travel writing，and the western creation of sacred landscape. London：Anthlone Press，1989：p. 65.

③ PETER BISHOP. The myth of Shangri-La：Tibet，travel writing，and the western creation of sacred landscape. London：Anthlone Press，1989：pp. 103 – 104.

④ PETER BISHOP. The myth of Shangri-La：Tibet，travel writing，and the western creation of sacred landscape. London：Anthlone Press，1989：p. 73.

在与身份地位。

依据毕晓普的分析，一系列有关西藏的事件也在推动西藏成为英国的关注中心。首先，在政治上，我们大致可概括为以下四个政治事件：第一，1792 年，廓尔喀人（Gurkha）入侵西藏，被中国所击败，清朝皇权的威严在西藏和喜马拉雅地区不断提升，中英关系也变得紧张起来：清朝关闭了所有进入西藏的通道，英国只得一面加强对印度北部的控制，一面将喜马拉雅地区想象为其北部要塞。西藏成为一个“被封存的景观”①。第二，通过 1814—1816 年与廓尔喀人的战争，英国将其势力与影响延伸到喜马拉雅地区，首次与西藏在领土方面进行了直接的接触。第三，1815 年，锡金②的统治者同意将锡金作为加尔各答—拉萨的连接通道，至此，西藏成为英国人进入中国的门槛，成为贯穿亚洲东西南北的重要通道，西藏被想象与创造为进入不同区域的“门槛”。毕晓普认为，作为门槛的西藏，旅行路线的不同，就会导致西藏景观的不同：

> 西藏景观的大幅度修改主要取决于旅行者是否通过印度，从南部进入西藏，这一路线会带来景观、文化和气候的急剧变化；或者是穿过中国，从东部进入，这些变化会是渐次和缓的。另一种情况，从拉达克进入的旅行者，他们已经在从喀什到拉达克的途中经历了迅疾的转变，到达西藏后不会注意到景观和气候的任何变化；同样地，从俄国的领土，喜马拉雅山的北部进入西藏的探险者会有完全不同的期待和经历。③

旅行线路决定了西藏的景观，也将西藏想象创造为一个“阈限地带”

---

① PETER BISHOP. The myth of Shangri-La：Tibet，travel writing，and the western creation of sacred landscape. London：Anthlone Press，1989：p. 83.

② 锡金（Sikkim）位于喜马拉雅山脉南坡，北部和东部与中国西藏相连，东南部与不丹交界，西部与尼泊尔接壤，它原为世袭君主国，1975 年在印度的主导下全民投票成为印度的一个邦。2003 年中国正式承认该邦为印度的一部分。

③ PETER BISHOP. The myth of Shangri-La：Tibet，travel writing，and the western creation of sacred landscape. London：Anthlone Press，1989：p. 85.

(liminal zone)[1]，即西藏景观的独特性由其边界两端的张力构成，如已经被占领的印度，其熟悉的、被管理的景观与西藏的不可捉摸与孤傲形成了强烈对比，这样就会导致“想象的坡度”（imaginative gradient)[2] 变得迅疾与陡峭，西藏俨然成为连接不同地方的交汇地。这种门槛边界的意象是西藏变成圣地的关键点，因为圣地通常是进入或离开之门，联系着已知区域与未知区域。第四，由于俄国在亚洲的存在，英国对喜马拉雅山区西部，即拉达克地区开始产生兴趣，这导致了中国新疆的喀什地区成为英俄角逐的前沿，西藏成为连接喜马拉雅东西地区的通道，连接东西南北的中心。

然而毕晓普认为，将西藏想象为宇宙轴心（axis mundi）式的圣地，不仅仅是因为英国的审美和各种政治变化，而是更多地得益于西藏独特的地理位置、地理景观以及地缘政治学的兴起。为了论证自己的观点，毕晓普引述了以下材料：一方面，西藏，由于其世界之巅和世界屋脊的地理特色，被英国首位到达西藏的女性旅行者尼娜·马祖采里（Nina Mazuchelli）称为“天堂与地球最近的那个点……”[3] 另一位旅行家约瑟夫·胡克(J. Hooker）在置身于西藏时也无法掩饰自己的喜悦之情，发出了“这是世界上最伟大的国家”[4] 的感慨，这些都赋予西藏以宇宙轴心——世界的中心或天堂与地球的连接点，是指南针的四个方向相遇的地方——的意象。另一方面，随着各种地理探险的展开，英国开始在全球进行内陆探险以完成英国的全球想象计划，这一计划试图填补地图上所有的空白或间隙，将所有的事物分类，并按照秩序摆放到合适的位置，西藏和喜马拉雅的系统测绘成为英国想象的连贯性计划的一部分。以德国地理学家弗莱德里克·拉采尔（Friedrich Ratzel，1844—1904）的观点为代表的地缘政治学

① PETER BISHOP. The myth of Shangri-La：Tibet，travel writing，and the western creation of sacred landscape. London：Anthlone Press，1989：p. 83.

② PETER BISHOP. The myth of Shangri-La：Tibet，travel writing，and the western creation of sacred landscape. London：Anthlone Press，1989：p. 83.

③ 转引自 PETER BISHOP. The myth of Shangri-La：Tibet，travel writing，and the western creation of sacred landscape. London：Anthlone Press，1989：p. 97.

④ 转引自 PETER BISHOP. The myth of Shangri-La：Tibet，travel writing，and the western creation of sacred landscape. London：Anthlone Press，1989：p. 122.

在很长的一个时期里主导了西方的全球思维，他认为，现代政治学就是“空间流派”，“国家之间的生存之战其实就是空间的争夺……空间的延伸是精神活力和国家希望之源”。由此，这一时期的帝国主义只关注地理空间的争夺、控制和重新界定。更重要的是，拉采尔相信，地球上会出现一个地理空间无限延伸的单一的新帝国，而且“谁控制了亚洲腹地，谁就控制了世界”①。他的观点备受推崇，也使得亚洲腹地成为全球帝国主义争夺的核心，此时的西藏不仅仅是西方想象的众多地方之一，而且成为有可能拥有权力的地方，成为世界地理争夺的中心。由此，西藏从被发现创造，从多个古老的、有意义的幻想经过时间之流，在特定的语境下汇成了一个包含各种意义的想象意象，所有的一切都变成了这一想象和弦上的能指，作为圣地的西藏景观更加凸显出来。

由此也可以看出，西藏景观聚焦于几个想象话语：民族志、地理、政府与个人经历，作为地方，它不会挑战英国的价值观，也不会引发像对中国那样炙热的兴奋，但它具有足够的想象复杂性以满足19世纪的需求，英国需要这么一个地方，一方面安置19世纪浪漫主义对山地景观的所有想象，另一方面则与英国的海外殖民地印度接壤，成为印度的北部边界，如此，西藏便被置于英国的控制和影响之下。从这一层面看，西藏的“发现”与创造都是及时的，将古老延续到现代世界。

三、现代主义与“时空之外的圣地”想象

正如各种的意象在特定的语境下会汇流成一个主导的意象，在特定的语境之下，各种意象又会从这一中心意象中被激发出来，从而形成多种意象并存的状态，19世纪末20世纪初就为西藏提供了这一特殊语境，从而将西藏创造为超越了时空之外的复合体。19世纪末，在这种全球想象重新界定与划分地理地方的过程中，逐渐出现了多个西藏复杂混合体，正如萨义德对东方这一混合体的论述，西藏也成为具有“适合学术研究的，适合博物馆展览的，适合殖民行政重新建构的，适合人类学、生物学、语言

---

① 转引自 PETER BISHOP. The myth of Shangri-La：Tibet，travel writing，and the western creation of sacred landscape. London：Anthlone Press，1989：p. 141.

学、种族学和历史这些学科对人类和宇宙所进行理论阐述的”[①] 复合体。众多的想象西藏包括“赫定[②]的英雄景观、杨哈斯本[③]的政治与神秘主义的混合体、勃拉瓦茨基[④]的超自然神力的故乡、兰道[⑤]的探险游乐场、罗克希尔[⑥]的民族志天堂。但所有这些都源自一个中心，反映出英国整体关注下的某一碎片”[⑦]。基于对西藏的种种复杂想象，以及西藏在英俄角逐中的地理位置，英国将西藏想象为“超越时空的无人之地” （no-man’s land）、“变幻之地”（limbo place） 和英俄的“缓冲地带”（buffer zone）[⑧]。

毕晓普承认，英国对西藏的发现、想象创造都是在帝国的语境之下展开的，但他明确表示：

旅行者对西藏的景观、文化、民族的态度都不能幼稚地简化为政治阐释。正如我们看到的，在英国的想象之中，西藏有其自身的故事，自身的历史动力。诚然，西藏的创造与英国帝国主义的发展息息相关，但后者没有完全地决定它，西藏自身的特质将世纪之交帝国的政治危机转化为神话事件，由此表达了这一时期的灵魂剧。[⑨]

---

① E SAID. Orientalism. London and Henley：Routledge & Kegan Paul Ltd. ，1978：p. 7.

② 指瑞典的地理探险家 Sven Hedin（1865—1952），在 1894—1908 年对中国的新疆与西藏进行地理测绘，著有多本关于中国西藏与新疆的旅行书写。

③ 指英国中尉、探险者弗朗西斯·杨哈斯本爵士（Sir Francis Edward Younghusband，1863—1942），主要旅行地为远东、中亚，尤其是参与了 1904 年远征西藏。曾任英国的西藏专员、皇家地理协会会长。

④ 指俄国哲学家 Helena Petrovna Blavatsky（1831—1891），打算从尼泊尔进入西藏，并未成功。

⑤ 指意大利探险家与民族志者 Arnold Henry Savage Landor（1865—1924），到过中国的紫禁城、西藏和世界其他许多地区。

⑥ 指美国外交官 William Woodville Rockhill（1854—1914），他是第一个学藏语的美国人，因此被称为美国西藏研究之父。

⑦ PETER BISHOP. The myth of Shangri-La：Tibet，travel writing，and the western creation of sacred landscape. London：Anthlone Press，1989：p. 145.

⑧ PETER BISHOP. The myth of Shangri-La：Tibet，travel writing，and the western creation of sacred landscape. London：Anthlone Press，1989：p. 145.

⑨ PETER BISHOP. The myth of Shangri-La：Tibet，travel writing，and the western creation of sacred landscape. London：Anthlone Press，1989：p. 148.

从这一论述可以看出，毕晓普更加愿意抛去帝国策略这一整体的语境，去探寻和“聆听旅行者与这一隐蔽之所的直接相遇和经历”①，以便加入以往研究中被排除在外的声音。为此，他将这些旅行者对西藏的描述归为以下十种意象：①“历史之外”的西藏；②“地图上的缺席”；③“另一世界的门槛”；④“入门”；⑤“狂欢与地下社会”；⑥“时间的落后与停滞”；⑦“前历史”；⑧“梦幻之地”；⑨“无尽的空间，无尽的光明”；⑩“永恒的圣地”。② 这些对西藏的地理想象呈现出高度碎片化的西藏，同时西藏也被高度文本化。虽然这些碎片化的西藏形象呈现出高度的个人化色彩，但从殖民旅行的视角反观这些意象，我们会发现，这些意象是帝国主义的大语境与国内的社会文化语境相互协商后的结果，看似摆脱了帝国主义，但仍然处在他者化的书写范式之下，也是帝国修辞的一部分。

此外，笔者认为，对西藏的这种“时空之外圣地”的想象与现代主义的兴起有着密切关系，英国现代主义在国内的社会、科技、艺术与文化方面引发了时空焦虑：首先，以时空感变化为核心的现代主义开始冲击维多利亚时代的文化价值观，引发了英国的时空危机。其次，现代主义是一场反现代性的哲学反思，对于和现代性同时兴起的殖民扩展抱有批判的态度，如海伦·卡（Helen Carr）对现代主义与英国海外旅行关系的研究表明：现代主义作家笔下更多的是表现西方的阴暗，所以，他们的旅行书写中会排斥西方优越论，将他者书写成纯净之地③。西藏的各种景观为英国人提供了一个替代工业社会的地理世界，以对欧洲优越观念进行精神超越，原有的地理想象在这种语境之下，发展成为时空之外的地理想象。

通过细致分疏毕晓普对英国与西藏的具体接触与想象的演变的研究，我们发现，在地理上和心理上分别有不同的西藏他者性的形象，二者产生了共鸣：“当地理学家和探险者绘制出西藏这一地理区域的同时，他们确

---

① PETER BISHOP. The myth of Shangri-La: Tibet, travel writing, and the western creation of sacred landscape. London: Anthlone Press, 1989: p. 149.

② PETER BISHOP. The myth of Shangri-La: Tibet, travel writing, and the western creation of sacred landscape. London: Anthlone Press, 1989: pp. 149 – 165.

③ HELEN CARR. Modernism and Travel (1880 – 1940). In PETER HULME and TIM YOUNGS. The cambridge companion to travel writing. New York: Cambridge University Press, 2002: pp. 70 – 86.

立了想象景观的轮廓。同样地，他们不仅设计了通往西藏的实际路线，也勾画出了欧洲与其潜意识的各个面向之间的心理路线”[①]，对西藏的各种想象都与帝国主义的发展息息相关，但同时又伴随着具体的社会文化语境。对于西藏这一想象地理来说，想象的语境是至关重要的。我们可以大致总结出三种想象的语境：第一，包含着探险、绘制地图、贸易和全球地缘政治的帝国主义想象，尤其是在印度的殖民，对于英国与西藏的交流的形成与确立施加了重大影响；第二，19 世纪发展成熟的地理想象，尤其是对荒野景观的审美热情主导了英国与西藏的关系；第三，关于个人经历的思想观念发生了深刻的变化，由此，神秘性想象构成了英藏关系持续不断的连接线。虽然“每一种想象范式都有其传统，但都属于更大的社会历史语境中的一部分。因此，旅行探险者对西藏景观的各种想象与速写不是孤立的”，而是与整个社会语境中对于宗教、文化、旅行和审美的观念相映照的。[②] 毕晓普通过细致研究想象西藏形象的变迁：边界、圣地与乌托邦，描绘了地理想象形成的过程，而这些想象过程都与政治密切相关。由此，西藏这一地方，成为文化幻象与地理景观对话的产物而不断变化，地理景观不是凝固的，而是流动的，其流动的意义来自英国特定的政治、文化与社会因素的接合，以及英帝国的欲望与权力。毕晓普以英国的探险者和旅行者对中国西藏的书写为研究对象，探讨了“地理、想象与精神之间的复杂关系”，从而发展成了一种将地理旅行文本看作心理记录的阅读方式[③]，提供了将西藏这一地理位置转换为英国的想象景观的考古学分析的经典案例。

---

① PETER BISHOP. The myth of Shangri-La：Tibet，travel writing，and the western creation of sacred landscape. London：Anthlone Press，1989：p. 8.

② PETER BISHOP. The myth of Shangri-La：Tibet，travel writing，and the western creation of sacred landscape. London：Anthlone Press，1989：pp. 11 – 12.

③ PETER BISHOP. The myth of Shangri-La：Tibet，travel writing，and the western creation of sacred landscape. London：Anthlone Press，1989：p. 7.

第二节 从“想象地理”到殖民空间：景观的改写与铭写

一、文本化想象与景观的改写

如果说毕晓普是通过对西藏这一想象地理的历时性变化的研究，展示了关于地理景观的生产与社会文化语境所引起的社会心理有着直接的联系，从而强调了关于地方的书写是一种话语，那么格瑞高里则从“文本性态度”这一视角明确说明前人对某一地理空间的书写也会影响到后来者的想象与旅行路线，因而他认为各种旅行探险和航海发现都是“发生在复杂的文本化网络之中，对于新奇的渴望也在文本化的复杂展示中被捕捉到的，这是一个编造、捕捉与展示的过程，一个不均衡、不对等的铭写过程”[①]。由此可见，格瑞高里是很赞同萨义德的“文本性态度”这一观点的，而同时期的旅行文化研究者阿里·白戴德也阐明了旅行与旅行书写的关系，他认为，从某种意义上说，旅行是受到旅行书写中的想象召唤而出的，“对旅行的渴望看似是一个自然现象，其实这种渴望来源于旅行书写……一个内在文本（即另一旅行叙述）使得旅行的欲望活跃起来”[②]。如此一来，旅行与旅行书写是互为塑造与促进的。格瑞高里也正是基于以上的理论观点，将旅行看作是对前人旅行书写的改编，或是对旅行地的“改写”（scripting，该词的基本语义是剧本改编），以探究文本想象、旅行是如何建构想象地理进而生产景观的。

同毕晓普一样，格瑞高里的研究集中于某一地理空间的旅行书写来探讨想象地理的问题。他选择埃及作为这一地理空间，我认为大概基于以下三个主要原因：第一，基于萨义德的东方主义理论，根据《东方主义》一

---

① D GREGORY. Between the book and the lamp：imaginative geographies of Egypt，1849－1850. New Series，1995，20（1）：p. 29.

② ALI BEHDAD. The politics of adventure：theories of travel，discourses of power. In JULIA KUEHN and PAUL SMETHURST. Travel writing，form，and empire：the poetics and politics of mobility. New York and London：Routledge，2009：p. 83.

书中的论述，埃及可以视为萨义德的“东方”这一“想象地理”的物质地理中心，同时，萨义德指出，“表征这一概念是戏剧性的：整个地理上的东方（the east）被限定在想象的东方（orient）这一……隶属于欧洲的戏剧舞台”之上。[①] 由此，埃及被想象为剧场，而格瑞高里在《改写埃及：东方主义与旅行文化》（Scripting Egypt：orientalism and the cultures of travel）一文的开头就点明了各种旅行文本将埃及想象描绘为剧院。第二，关于埃及的旅行书写浩如烟海，已然形成了文本网。在谈及想象的景观时，德国地理学家丹尼斯·考斯哥鲁夫（Denis Cosgrove）指出，“自古代以来，尼罗河对欧洲人来说，就是一个神秘的地理”，这种神秘性一是来自尼罗河一年一次的洪水所带来的丰饶与地图上所标识出的难以进入的荒野形成的对比，二是关于野人的传说，[②] 这种神秘性也引发了大量的尼罗河埃及探险之旅。同时，《圣经》中对河流与花园的描述也引发了英国人对于尼罗河源地的想象与探险活动。第三，萨义德在论述“文本性态度”时引用的例证都是关于埃及的书写。然而，格瑞高里主要考量了19世纪英美旅行者对埃及景观书写的差异，提出了旅行是对某一他者空间的“改写”，而在这一过程中，对于地理空间的想象不论是物质上还是行为表演上，均是真实的，由此，想象地理遂最终变成了另一种殖民的空间。

事实上，用“改写”一词来强调旅行中对地理景观的书写是一种文化实践活动，并非格瑞高里首创，詹姆斯·巴扎德（J. Buzard）在研究19世纪欧洲的观光游时，他通过不断地将旅行活动回归到文本中去，从而将欧洲变成“被改写的大陆”（scripted continent）[③]。进而，巴扎德认为，由于旅行作家是在其之前的文本所绘制的疆界中书写的，由此，他所关涉的空间是一种文本性的空间，而非作家实际旅行所穿越的空间。相较而言，格瑞高里也更加重视进行实践活动的这一空间与文本空间之间的协商。关于“改写”，他做出了如下解释：

---

① E SAID. Orientalism. London and Henley：Routledge & Kegan Paul Ltd.，1978：p. 63.

② DENIS COSGROVE. Geography and vision：seeing，imagining and representing the world. London and New York：I. B. Tauris & Co. Ltd.，2008：pp. 63 – 65.

③ J BUZARD. The beaten track：European tourism，literature and the ways to “culture” 1800 – 1918. Oxford：The Clarendon Press，1993：p. 156.

（它不仅）强调了超越狭义文本的空间生产（和消费），也凸显出语言的施为功能（performative），由此将正在发生的实践行为带入视野。相应地，我将“改写”理解为一系列逐步显影的步骤和讯号，因为它一部分是由结构预先确定好的，一部分是临时拼凑的，由此生产出一种叙事化的活动顺序，在这些活动中，通过不断地征集各种反应，改写的功能不断地被创造、再制造。①

通过这段论述，格瑞高里对他的“改写”概念做了一个清晰的表呈，即所谓“改写”，强调的是“剧场”或“文本”隐喻的非无辜性，以证明权力和空间的生产，以及这一空间中所进行的实践活动都是无辜的，由此，格瑞高里将旅行及其地理景观的书写都赋予了文化、政治的维度。同时，格瑞高里强调了语言在改写中的施为功能，从而从侧面说明了“文本性态度”的生成机制。

首先，“改写”概念介入旅行与地理景观的生产之中，使得某一地理空间的可见性具有预先建构的意味，凸显出地理景观想象与建构的文化政治面向。关于这点，格瑞高里做了简短的论述，他认为旅行书写与某一即将被呈现的特殊地方之间关系密切，由旅行线路所连接的“场所”与按文化意义的等级制所组织的“景象”（sight）往往是同时被生产出来的，如此一来，“旅行改写便会生产出一系列建构的可见空间，事物只能被特定的观众以特定的方式看见。地方由此而被标记出来，旅行者能借之发现这些‘场所’（site），并将其放置在想象的景观之中，‘场所’由此而成了富有意义的‘景象’”②。在此，格瑞高里描述了景观生产的过程或几道工序，清晰地展示了自然之物是如何通过文化的手段成为可见之物，又是如何被赋予意义的。这种对于景观产生的论述与史蒂夫·丹尼尔斯（S. Daniels）等人对景观的界定是相互呼应的。丹尼尔斯等认为，“景观就是文化意

① D GREGORY. Scripting Egypt：orientalism and the cultures of travel. In J DUNCAN and D GREGORY. Writes of passage：reading travel writing. London and New York：Routledge，1999：p. 116.

② D GREGORY. Scripting Egypt：orientalism and the cultures of travel. In J DUNCAN and D GREGORY. Writes of passage：reading travel writing. London and New York：Routledge，1999：p. 116.

象”，是一种想象地理的物质性、想象建构性与文化政治同时生产并接合在一起的[1]。这种从地理场所转化为景观的文化实践在工业化的观光游中尤为清晰，各种景区的建造都呈示了景观生产的过程，由于观光游不是本文的关注点，在此不表。

其次，作为改写的旅行表明：旅行书写是标识着移动世界的旅程的书面呈现，尽管它们对经历的记录不是完整或真实的，但都携带了主体穿行于物质景观这些实际移动的痕迹。这就要求我们对旅行书写的阅读不能局限于书桌或图书馆这一阅读空间，而是要将这些文本放置在更为具体的实际旅行的语境之中。在此，旅行文本的施为功能再次得到体现，因为旅行者不仅要通过阅读埃及将埃及放入脑中，还要通过实际的旅行去检测由文本引起的对埃及的想象，埃及因之成为双层想象地理：既是想象的，也是物质的。我们可以将格瑞高里的“改写”观念看作是对萨义德的“想象地理”的一种疏离，因为它一方面强调景观生产中的想象性，另一方面又强调景观的物质性和旅行的情境性。

最后，也是最重要的，改写表明旅行的文化是集体的，尽管它是具体的和情境化的，但旅行的“文本性态度”注定了它的集体性。萨义德认为，文本化本身就是集体的，因为他确信：“单个作家对于文本集合体具有决定性的影响，然而正是这些文本集合体构成了东方主义这一话语形式，如果没有这样的话语形式，单个作家的文本将会湮没无闻”，而且“单个文本或作家与其所属的复杂文本集合体之间具有动态关系”。[2] 也就是说，对于某一地区的个人旅行书写，只有依赖于关于这一地区的集体文化书写传统才能得以保留下来，话语传统之外的，则会被忽视而后被遗忘。格瑞高里似乎很同意以上观点。他认为，改写明确了旅行书写的施为功能，即后来者会采用前者的旅行路线，会以文本作为指南，指导自己的旅行经历和旅行路线，这在一定的程度上会巩固想象地理，塑造后来旅行

---

① S DANIELS and D COSGROVE. Introduction: iconography and landscape, the iconography of landscape: essays on the symbolic representation. Design and use of past environments. Cambridge: Cambridge University Press, pp. 1 – 10.

② E SAID. Orientalism. London and Henley: Routledge & Kegan Paul Ltd., 1978: p. 23.

者的期待与经历。[①] 旅行者在出发之前都会研读有关旅行地的书籍，埃及的旅行尤为如此，甚至在埃及尼罗河的轮船上就有关于埃及的各种书籍，包括欧洲人书写的各种埃及志或埃及游记，都以一种知识权威的姿态描绘埃及的景观。阅读前人关于埃及的书写对于埃及的旅行是如此的重要，以至于道格拉斯·斯拉登（D. Sladen）提醒旅行者："如果你不进行大量阅读，你会在埃及迷路。"[②] 因此，埃及的旅行具有明显的文本性特征。也正是基于这种"文本性态度"，或萨义德所谓的"征引结构"，旅行者对埃及的地理景观产生了双层想象，从而绘制出双层地理景观。格瑞高里以为，查尔斯·吉布森（Charles Gibson）的《埃及略图》（*Sketch in Egypt*，1899）对这一现象进行了完美的呈现："那些乘船溯河而上的人喜欢这种感觉：他们正和一些作家乘坐同一艘船，而且他们从纽约到塞得港一直在读这些作家的旅行文本。"[③] 在 19 世纪末期，当人们认为"现代性已经入侵埃及之时，这种与先行者同乘一艘船的感觉，为旅行者提供了一种自身经历的真实性"[④]。因此，这些旅行书写绘制出双层地理：一方面，通过这些文本实践，旅行者有机会观看到古老、充满异域情调的景观；另一方面，旅行文本在心理地理上绘制出旅行者的期待与想象之物，从而使得埃及的景观既具有异域情调，又如此熟悉，埃及的景观也就是在文本想象中不断地固定传承下来，成为对埃及的集体想象。对于埃及书写的集体性似乎验证了萨义德对地理书写的界定，即是"一种经过社会的方式建构和保持的地方感"，而且地理是可以"被篡改、虚构及刻画，完全远离一个地方的实际

---

① D GREGORY. Scripting Egypt：orientalism and the cultures of travel. In J DUNCAN and D GREGORY. Writes of passage：reading travel writing. London and New York：Routledge，1999：p. 117.

② D GREGORY. Scripting Egypt：orientalism and the cultures of travel. In J DUNCAN and D GREGORY. Writes of passage：reading travel writing. London and New York：Routledge，1999：p. 117.

③ D GREGORY. Scripting Egypt：orientalism and the cultures of travel. In J DUNCAN and D GREGORY. Writes of passage：reading travel writing. London and New York：Routledge，1999：p. 119.

④ D GREGORY. Scripting Egypt：orientalism and the cultures of travel. In J DUNCAN and D GREGORY. Writes of passage：reading travel writing. London and New York：Routledge，1999：p. 119.

情况”的[①]，这种含纳想象与虚构的观点在关于埃及的景观书写中尤为明显。

格瑞高里将一次次的旅行和书写看作是对埃及地理景观的改写，而且“埃及想象地理的建构与当地民少有关涉”[②]，正如艾略特·沃伯顿(E. Warburton)所宣称的那样：“将一个国家变成富有情趣或充满欢乐的地方，重要的不是它是什么样，而是我们是什么样的。”[③] 这也验证了欧美对埃及想象地理的生产更多地基于自身的想象与需要，而随着时间的推移，以及旅行线路的生产与确定，“场所”变成“景象”，成为可见性空间，也正因如此，欧美的旅行者了解的不是真正的埃及，而是文本化的地理建构，或是“西方的埃及”。在这一可见性的地理空间中，埃及以特定的方式为特定的观众所看见，这种舞台化的布局通过多个场所，包括埃及的内部以及外部（如后面会论述的世界博览会的埃及观或是在宗主国的各种陈列埃及物品的博物馆），分散开来，通过一系列的权力、知识和地理的延伸机构植入话语与实践而发挥作用。由此，传统的埃及被生产成一个可被理性化的空间。建构埃及的编码便是由一系列的想象地理或“征引结构”组成的，通过此，其景观作为一种全景而呈现：“永恒”“可靠”并且“真实”。[④] 格瑞高里认为这些对于“西方埃及”的改写，将埃及描述为剧场、文本或一系列的文本，从而将埃及生产成为一个“透明、易读的空间”，在想象与书写、旅行与改写中不断将他者地理景观文本化为“可展览的世界”——从将埃及想象描绘为剧院，到露天美术馆，再到民族志博

---

① 萨义德：《虚构、记忆和地方》，见米切尔编，杨丽、万信琼译：《风景与权力》，南京：译林出版社，2014年，第266－267页。

② D GREGORY. Scripting Egypt：orientalism and the cultures of travel. In J DUNCAN and D GREGORY. Writes of passage：reading travel writing. London and New York：Routledge，1999：p. 145.

③ D GREGORY. Scripting Egypt：orientalism and the cultures of travel. In J DUNCAN and D GREGORY. Writes of passage：reading travel writing. London and New York：Routledge，1999：p. 145.

④ D GREGORY. Colonial nostalgia and cultures of travel：spaces of constructed visibility in Egypt. In NEZAR ALSAYYAD. Consuming tradition，manufacturing heritage：global norms and urban forms in the age of tourism. London：Routledge，2001.

物馆[①]，埃及成为各种想象地理的综合体。

尽管埃及这一地理空间的生产不是任何超验的逻辑或设计的结果，这些空间的可见性是由各种力量汇合而成，不是单纯的资本主义和殖民主义便能将其标志铭刻其上，而是多种合力的结果。然而，格瑞高里对于埃及景观的这种改写，从某种意义上，也是一种西方的占有行为，因为它不仅创造了一个“充满异域风情的东方”，将这一想象地理建构成可见的空间，一个展示的世界，而且将现代旅行者构建成“观察—窥视者、消费—收藏者和至高无上的主体，以上三个层面都暗含在殖民主义的权力与实践之中”。[②] 由此，埃及成为不断上映着各种改写剧本的剧场或博物馆，充当欧美旅行者的观看客体，通过这种视觉的占有，埃及这一想象地理由此成为殖民空间而被占有，并且，这种视觉的占有涉及殖民主义霸权，确认并且重构这一具体的占有空间，使得对于埃及的各种想象与改写依然是在殖民主义的“东方”这一传统话语之下，使原有的地理景观成为一种西方权力的铭写物。

二、殖民占有与景观的熟悉化铭写

鉴于想象地理是一种话语的形构，那么“对于任何一个景观的阐释都离不开文化、经济和政治进程的持续交叠”[③]，当想象地理成为殖民空间之后，对于景观的生产又会采用怎样的机制呢？抑或又会赋予景观怎样的意义呢？地理学家邓肯以斯里兰卡的康提高地（Kandyan Highland）为物质地理空间，通过分析关于这一地区的英国旅行文本，对这一问题进行了详细回答。康提高地处于“热带”这一西方想象地理，根据大卫·阿诺德

---

① D GREGORY. Scripting Egypt：orientalism and the cultures of travel. In J DUNCAN and D GREGORY. Writes of passage：reading travel writing. London and New York：Routledge，1999：p. 115.

② D GREGORY. Scripting Egypt：orientalism and the cultures of travel. In J DUNCAN and D GREGORY. Writes of passage：reading travel writing. London and New York：Routledge，1999：p. 146.

③ J DUNCAN and D LEY. Introduction：representing the place of culture，place/culture/representation. London：Routledge，1993：p. 12.

（D. Arnold）的分析，“北方温带被认为是正常的，而热带地区被认为是所有一切的他者，不论是气候上、地理上还是道德上，热带已成为持续塑造知识生产和消费的一个持久的想象地理”①。热带是一处他者之所。而英国对于热带的康提高地的书写则打破了这一定式，对该地的景观采用了熟悉化的书写策略，赋予其“家园”的镜像，提供了景观生产是由帝国欲望和地方自身特色之间的协商结果的又一例证。

萨义德认为，帝国语境下的帝国旅行者可通过地理书写，图绘“有待耕耘、收获和保护的地理空间”②，与这一观点相似，邓肯也认为，1840年后的英国地理书写将康提高地描绘成需要英国人进一步培育与保护的地理空间，从而将其塑造成世界上最美的地方，再次提供了旅行书写与帝国共谋的明证。英国对这一高地的殖民占领，需要将它创造为“热带”的一块飞地，或者说，野蛮异域的一处文明之所，对这一想象空间所使用的如画美的书写策略，更多是源自英国的帝国欲望或政治需要。

康提王国因其神圣的高山、河流、城镇布局、宫殿与庙宇，一直被想象为佛教主神在地球的天堂之地……在1815年后，这一想象地理很难持续下去，因为英国统治者要留居此地；新的政治想象生产出新的想象地理：英国人将之想象为风景如画之地，这一想象有时与主神天堂的想象并行，有时则凌驾于其上。这种想象是一种转换的形式，以便为英国读者复原高地景观……这种对文化与自然的转换生产出的是一个混杂的制造品，它作为一种话语、观看和谈论某一地方的方式开始，以重新建构那一地方，或那一新的想象地理的具体化而结束。③

这一语段提供了四个方面的信息：

---

① D ARNOLD. Illusory riches：representations of the tropical world，1840－1950. Singapore journal of tropical geography，2000，21（1）：p. 7.

② E SAID. Orientalism. London and Henley：Routledge & Kegan Paul Ltd.，1978：p. 219.

③ J DUNCAN. De-orientation：on the shock of familiar in a far-away place. In J DUNCAN and D GREGORY. Writes of passage：reading travel writing. London and New York：Routledge，1999：p. 152.

第一，想象地理是话语，处于不断的建构之中；基于不同的语境，有必要建构不同的想象地理。而且，对于某一空间的地理想象，不是单一的，有可能是多个想象地理相并存或交替出现。

第二，想象地理需要满足政治想象，政治关系或政治目的是想象地理的关键因素。以康提为例，在英国对其进行殖民占有和统治之前，康提是个他者之地，一个佛教神的居住之地，这在英国的基督教徒看来，是异教之地，是野蛮之地，需要他们承担其“白人的责任”对之进行改造与驯化。但是当英国占有了这一地理空间，并需要居住在此时，旅行书写则采用了风景如画的策略为“英国读者复原高地景观”。由此，对康提高地的景观生产采用了熟悉化的策略，即将这一遥远的热带地区描绘为英国的景观，如邓肯所言，“这一地方看起来很像英国的高地，因而可作为家的镜像。但它又不是家”①，然而其景观与英国的湖区——19 世纪中期英国的旅行圣地又是如此相像。“家园”的地理想象有效地安置了定居下来的英国公民，同时吸引更多的英国人来此定居，并且从心理上强化了英国与远方殖民地的帝国纽带。

第三，想象地理的创造要依据该地具体的物质特点。也正是基于以上原因，英国地理旅行文本中的康提高地景观具有了某种去东方主义化的色彩。山区地形赋予了康提高地凉爽的气候，使其想象地理的生产不同于别的热带地区，而是具有某种英国性。旅行者有种回到英国的感觉，将高地比作自己熟悉的地方，如英国的湖区。这就说明，对于新的想象地理的建构并非完全来自书写者的想象与政治需要，还需要这一地方的具体的地理特点，正如我们前面所看到的，将西藏建构为圣地这一想象地理与其世界屋脊的地理特质是密不可分的。邓肯对旅行书写的物质性的强调是对的，不论是虚构的，还是非虚构的，地理书写用某种方式来回应现实物质世界，同时也对这一世界进行塑形。正如萨义德所说的，地理表征不仅仅是真实世界的复制或是错误表征，事实上，它们经常支持、赞同一些东西，反对或者取代另一些东西，如欧洲对东方的表征，不应该看作是“东方精

---

① J DUNCAN. De-orientation：on the shock of familiar in a far-away place. In J DUNCAN and D GREGORY. Writes of passage：reading travel writing. London and New York：Routledge，1999：p. 153.

髓的错误表征”，而应看作是有目的的建构物，以干预“具体的历史、智识甚至是经济”场景[①]。从这一点看，地理叙事不单单是要描述地方和行程，也许它会打开政治干预和理解的另一场域。

第四，两种想象地理之间的更替与冲突。当两种想象地理的更替是一种政治行为时，它便会引发诸多的冲突，而解决这一冲突的最佳策略便是一种去政治化或审美化的叙事，由此，如画美的叙事往往会成为地理叙事最佳的选择。这种风景化描述的开始，基本上具有两种效果：一是聚焦于风景，从而将风景与当地民分离开来，有效地抹除了当地民的存在，将这一空间书写成无人区，为英国的占有提供了合法性；二是意味着要将那一地区人们迄今为止的生活记录全部抹去或部分抹去，重新输入意义。为了将“家园”这一想象地理具体化，英国的旅行探险者与殖民者对康提进行了双重的抹除与铭写，不仅在于想象中，也在于实践中：一方面，在地理空间，康提的一些文化景观，如寺庙被抹除，铭写上英国的建筑，如教堂以及其他植物；另一方面，将那些留下的康提特色从大脑中抹除，植入想象的英国景观特点，借用故乡本土的意象对之进行空间的构想。[②] 通过一个“家园”的想象，一个世界出现了。如此看来，如画美不仅仅是一种“观看范式，同时还是一种行为方式，一种制造世界的方式”[③]。这种将异地打造成熟悉之地的做法在殖民旅行书写中是常用的策略，因为“占有一个国家依赖于展示英语的功效，但在某种程度上，也依赖于景观的文明化，将之变为有序的存在。最为根本的，是要教会景观说话”[④]，通过在思维上和物质上将英国特色注入康提景观，康提不再是他者，而成为第三世界中的第一世界。也正是在这一意义上，安·伯明翰认为，“在 18 世纪的

---

① E SAID. Orientalism. London and Henley：Routledge & Kegan Paul Ltd.，1978：p. 273.

② J DUNCAN. De-orientation：on the shock of familiar in a far-away place. In J DUNCAN and D GREGORY. Writes of passage：reading travel writing. London and New York：Routledge，1999：p. 165.

③ J DUNCAN. De-orientation：on the shock of familiar in a far-away place. In J DUNCAN and D GREGORY. Writes of passage：reading travel writing. London and New York：Routledge，1999：p. 153.

④ PAUL CARTER. The road to botany bay：an essay in spatial history. London：Faber，1987：p. 67.

英国，风景——即使是如画的风景——都是一种政治话语模式”①，因为它不动声色地重申了对秩序与控制的需求，将自身的各种制度与实践合法化，并且得到遮蔽。

然而康提并非唯一一处采用如画美模式重新想象与铭写的地区，这一模式还被广泛地用于其他热带地区殖民地的旅行书写中，用李思克的话，如画美的模式“尤其适合混合温带景观与热带审美特质”②。他通过聚焦与分析印度的旅行书写发现，英国如画美的模式基本上不涉及繁荣的农业和畜牧业、各种复杂的地形，或者是村庄与人，总而言之，它不追求这种忙碌的景观，而是要提供某种“强制性的平静，一种经历、历史和叙事的静止感”，而这种静谧景观的获得主要依赖于画家般的眼睛，将令人视觉愉悦的风景与其他不适的感觉分割开来。③ 如此一来，画家般的眼睛具有了至高的权力，主宰着想象和表征，观者的视角决定了风景呈现的方式，赋予西方旅行者无上的特权，而旅行地则成为观看、凝视客体；该模式所提供的“静止感”也将旅行地的文化或历史定格在某一时刻，而失去了历史感。这些都使得如画美的模式具有很强的殖民主义色彩。最为重要的是，如普拉特所言，“由于风景的审美特质是由探险者母国文化的社会和物质价值所构成的，那么，风景的缺陷部分需要探险者的母国文化进行社会和物质的干预”④。由此，这一模式不仅使得想象地理成为旅行者母国欲望的集体投射地，也将殖民空间的殖民行为自然化。

通过以上的分析，我们发现，这些地理学者对旅行书写与想象地理的研究与萨义德有所不同，后者强调“想象地理”是一种地理空间的发明和建构，不太关注居住者的地理现实不同；而前者不仅强调想象建构性，也强调物质性，即一方面，想象性建构反映了帝国的欲望与需求；另一方

---

① 安·伯明翰：《系统、秩序及抽象：1795 年前后英国风景画的政治》，见米切尔编，杨丽、万信琼译：《风景与权力》，南京：译林出版社，2014 年，第 83 页。

② NIGEL LEASK. Curiosity and the aesthetics of travel writing，1770 – 1840：from an antique land. Oxford：Oxford University Press，2002：p. 166.

③ NIGEL LEASK. Curiosity and the aesthetics of travel writing，1770 – 1840：from an antique land. Oxford：Oxford University Press，2002：pp. 168 – 169.

④ M L PRATT. The imperial eyes：travel writing and transculturation. New York and London：Routledge，2008：p. 201.

面，这种建构不是纯粹的编造，也并非构造虚构之物，而是基于一定的现实地理指示物。同时，对于想象地理的生产过程与书写的研究揭示了这一事实：想象地理更多地承载着书写者的文化与想象，而非被表征的土地与人们，正如普拉特所抱怨的，旅行经历主要“从自我优先的想象内部来加以考察，这种想象一开始就框定了旅行和旅行书籍”①；阿什克罗夫特更是指出，“旅行书写总是关于另一在脑中的地方，一个想象的空间”，这一空间是一个远方的世界，通过书写，这一陌生的地方变得离我们很近，使我们对之占有并驯化它。②与此同时，这种带有强烈立场的想象与占有式书写也引发了后殖民旅行研究者对西方旅行作者表征他方的能力的质疑，认为关于异域的地理知识需要重新审视。这种反思引发了旅行与地理书写之间的空间性、生产知识的策略与帝国权力等方面的研究。

第三节　表征的空间性与地理知识的形构策略

克利福德最先提出了旅行文化的观点，并认为，旅行不仅仅是文化意义生产的补充，而且是其生产的构成部分，即“旅行与接触是未完的现代性的重要场域”③，由此而需要高度重视这类知识。也正是有基于此，他将民族志复原到旅行范式下，并试图借此以考量其权力与知识本质。他的这一看法为地理研究学者所采纳，不同的是，后来的地理学者因偏向于从空间性上来考量知识的生产特征，从而认为克利福德对旅行知识的研究过多地强调它是“物质的空间实践”，而相对地忽略了“旅行的空间性，以及所暗含的知识形构的空间性”④。从空间上考量知识的形构，也等于是将地

---

① M L PRATT. Review of Duncan and Gregory. Writes of passage. Journal of historical geography，2001，27（2）：p. 280.

② B ASHCROFT. Afterword：travel and power. In JULIA KUEHN and PAUL SMETHURST. Travel writing，form，and empire：the poetics and politics of mobility，New York and London：Routledge，2009：pp. 229－230.

③ JAMES CLIFFORD. Routes：travel and translation in the late twentieth century. Cambridge，M. A.：Harvard University Press，1997：pp. 10－11.

④ D GREGORY. Cultures of travel and spatial formations of knowledge. Erdkunde，2000，54（4）：p. 298.

理知识从一开始就当成话语，或是文化的建构，因为考虑空间，就意味着“在现实或表征中，事物和活动的分布、边界的形构和移动模式都被看作是文化生产或文化建构的一部分”①。地理知识由此而成为一种书写建构的结果，其书写建构性则主要源自旅行书写的表征空间性、地理发现书写对非欧洲社会在地理知识和领土上所采用的空间剥夺策略，对这两方面的研究也成为地理学者探寻地理旅行文本的书写性，以揭示地理知识的情境性与欧洲中心主义的重要路径。

一、表征的空间性与知识的形构

旅行不仅参与知识的形构，并且形塑这一形构过程②，这似乎是个不争的事实。然而朵瑞达·奥特莱姆（D. Outram）对探险旅行者的研究表明：在穿越空间的持续行进中是无法形构新知识的，即旅行不创造知识，对于大自然秩序的理解与把握来自旅行行进中的休息间歇，这些探险者认为，真正的知识不是即时的观察，而是从直接的经历中创造出有序的结构，这就需要和所观察到的自然保持一定的距离，换言之，就是形构知识的地点与所书写的知识不在同一地点。③ 奥特莱姆将旅行这一活动更精细地划分为两种状态：行进与旅行过程中的停歇，以呈现出观察与书写地点的非一致性，由此而引出了表征的空间性，即书写表征的空间与实际旅行的空间之间的差距与张力，彰显出各种旅行文本的书写本质和知识的建构性。根据德·塞都的观点，书写本身就是在“空白的空间（一页纸）建构

---

① PAUL SMETHURST. Introduction. In JULIA KUEHN and PAUL SMETHURST. Travel writing, form, and empire: the poetics and politics of mobility. New York and London: Routledge, 2009: p. 114.

② 具体参阅以下两本书观点：V DEN GEORGES ABBEELE. Travel as metaphor. Minneapolis: University of Minnesota Press, 1992; CAREN KAPLAN. Questions of travel: postmodern discourses of displacement. Durham and London: Duke University Press, 1996.

③ DORINDA OUTRAM, On being perseus: new knowledge, dislocation, and enlightenment exploration. In DAVID LIVINGSTONE and C W J WITHERS. Geography and enlightenment. Chicago: University of Chicago Press, 1999: pp. 281 - 294.

文本”[1]，而“叙事结构具有空间句法学的功能，通过一整套的编码，有序地按照既定路线的行进和某些限制，它们控制着空间中的一些变化”[2]。由此，书写本身建构了一个文本空间或表征空间，而旅行与书写旅行作为一种在空间中的移动，会涉及不同的地点，这种旅行的空间性势必会带来旅行书写的空间性。事实上，旅行书写也发生在多个地点，且与旅行不是同步的，这就导致了表征的空间性。因此，旅行书写具有双重的表征空间性，一是旅行书写行为的空间与旅行的空间不一致性；二是表征的空间与真实空间之间的间隙，这些都导致了知识的建构性属性。第一种情况的发生易于理解，不必多论，基于邓肯和格瑞高里的分析，我们可将第二种情况的发生归纳为以下两种原因：

首先，通过邓肯与格瑞高里对已出版的库克航海日志的分析，我们可以清晰地看出产生表征空间性的过程与结果，并且库克船长第三次航海的记录就是一个混合物，而非航海的真实记录。第一，据考证，这一官方版本是第四阶段的航海日志，融入了库克的日志和其他船员的所见所闻，再由约翰·道格拉斯（John Douglas）修改编辑而成，因此书写与其所要表达的事件和场景在时空上都有着较大的距离，而且每一个日志在嵌入整个文本时都进行了修改与调整。[3] 这种书写本身就是在将不同的空间性建构成另外一个单独的空间。第二，船是靠岸静止的，但旅行日志却在继续，换言之，旅行是阶段性的，有停歇的，但旅行书写却是一个连续的，没有中断的过程。第三，也是最重要的，库克日志本身也是根据随后的经历不断重写其观察的一个结果，其书写往往更多的是基于比较，由此，库克的书写在生产出一个观察空间的同时，也生产出了一个对比空间。正因此，卡特也认为，库克的“地理书写与不断的追寻是不可分的”[4]。表征的空间性

---

① M DE CERTEAU. The practice of everyday life. trans. STEPHEN RENDELL. Berkeley：University of California Press，1984：p. 135.

② M DE CERTEAU. The practice of everyday life. trans. STEPHEN RENDELL. Berkeley：University of California Press，1984：p. 115.

③ J DUNCAN and D GREGORY. Writes of passage：reading travel writing. London and New York：Routledge，1999：p. 3.

④ Carter 语，转引自 D GREGORY. Cultures of travel and spatial formations of knowledge. Erdkunde，2000，54（4）：p. 299.

展现出旅行书写不仅是一种空间化的建构，而且是一种断裂性的建构。

其次，旅行书写的表征空间性还来自不同的表达介质或书写风格所造成的表征差异与间隙，从而形成各个表征空间的对话。一方面，关于真实旅行的记录中常常会有插图[①]——可能是照片、绘画或地图等其他文本形式，以增加记录的真实性，但同时也造成了表征空间的多层性，使得旅行书写成为具有断裂性的合成体。文字与图片是不同的表征形式，具有不同的意指过程，生产出不同的表征空间，地图则将旅行在特定时间经过的不同地点绘制成连贯的空间。事实上，旅行书写，作为一种跨文化交流的文本并非简单的叙事，而是一种阐释，即在叙事的一开始，就表明了书写者的态度、立场与解释，也就框定了展示的内容及其展示方式。由于书写主体的不同、视野的不同，这几种文本形式构成的表征空间总是会存在着间隙，也处于对话的状态之中，旅行书写因此也就成了缝合各种表征空间的建构物。另一方面，有时因一次旅行而生产出的两种不同类型的文本之间，也会出现不均等的对话，以此可进一步表明表征是具有构成性的。如第二章中提及的马林诺夫斯基的情况，他的民族志书写与日记之间存在的缝隙与冲突，就曾直接引起了一场民族志表征的危机。格瑞高里对洪堡的美洲之行的分析也表明，他的科学报告以殖民权力为底线，对美洲地理进行了有序、线性的描述，力求将“热带地带”转化为可绘制的理性空间，但其游记《个人叙事》（*Personal Narratives*）却突出了知识空间的临时性、情节式和无序性等特点。[②] 由此可见，表征的介质（文字或图片）的不同，书写风格的不同，形构了两种不同的知识空间。

当然，表征空间性不仅凸显出地理旅行书写中知识的形构属性，还表明了“旅行书写是不断生产出充满张力的中间空间（space in-between）的

---

① Barbara Maria Stafford 特意研究了带有插图的科学旅行书写，详见 BARBARA MARIA STAFFORD. Voyages into substance：art，science，and the illustrated travel account，1760－1840. Cambridge：The MIT Press，1984.

② D GREGORY. Cultures of travel and spatial formations of knowledge. Erdkunde，2000，54（4）：pp. 301－303.

一种转化行为（act of translation）"[①]。书写者将现实空间所观察和经历的事物转化到书写空间，这一过程涉及对差异的辨识与复原的问题，也会产生表征空间性。从邓肯与格瑞高里使用"translation"一词来界定旅行书写的行为来看，他们一方面借用了克利福德的观点[②]，意在强调旅行书写涉及种族、性别与阶级等多个因素；另一方面意欲通过将旅行书写类比为翻译行为，以凸显出书写的过程也是对异域知识的处理过程。正如文本间的跨文化翻译会因语言所携带的文化差异而造成翻译中的误译、错译、多译或少译一样，旅行书写者也不能做到将真实空间移码到书写空间。西蒙·沙玛（Simon Schama）对于《景观与记忆》（*Landscape and Memory*，1996）的研究更是提醒我们，社会记忆常会通过在空间中的传播而沉积下来，当地理书写者在重新呈现异域的文化和自然时，在这种移码的过程中，地方与景观的许多象征价值往往会丢失。此外，根据美国翻译家劳伦斯·韦努蒂的观点，翻译要么采用"归化法"（domestication），将异域文本打上使本土特定群体易于理解的语言或文化价值的印记，要么采用异化法（foreignizing），保持异国的各种文化差异，保留其异域风情。[③] 以此类推，旅行书写也会采用这两种方式来处理异域知识，如此一来，这一转化过程"势必导致某些缺失与添补，并且各种描述只能在'中间空间'中进行循环"[④]，这一"中间空间"既非旅行地空间的真实再现，亦非旅行者母国的欲望投射空间，而是书写者通过异化法和归化法对异域知识重新整理而创造出的空间。

如此看来，"中间空间"是旅行书写者将母国欲望期待与旅行地的景观进行协商后的建构结果，这一空间的形成可借用普拉特所说的交往地带的"文化嫁接"（transculturation）过程。普拉特对这一术语做出如下解释：

---

① J DUNCAN and D GREGORY. Writes of passage：reading travel writing. London and New York：Routledge，1999：p. 4.

② 克利福德《旅行文化》（*Traveling Cultures*）的结尾处提及，愿意将旅行看作是"翻译术语"，以强调跨文化旅行的政治面向，对于这一点，本书在第三章第二节有详细论述。

③ 劳伦斯·韦努蒂：《翻译与文化身份的塑造》，见徐宝强、袁伟编，查正贤译：《语言与翻译的政治》，北京：中央编译出版社，2000 年，第 358 – 382 页。

④ J DUNCAN and D GREGORY. Writes of passage：reading travel writing. London and New York：Routledge，1999：p. 5.

民族志者曾用这一术语来描述一些附属的或边缘的群体依据主导文化或宗主国文化对之的描述材料以进行选择与创造的做法。尽管被征服民族可能无法控制主导文化会将什么强加于他们身上，但他们却能决定在何种程度上，吸纳什么材料到自我的文化表述之中，如何使用这些材料，并使其具有何种意思。①

尽管普拉特的解释侧重于描述边缘群体如何利用已有材料重新建构自己的民族志，但从较为普遍的意义上看，“文化嫁接”可视为在现有的材料中进行的重新挑选、整理和重新赋予意义的转化行为，因而地理旅行书写者所创造的这一“中间空间”并非中立无辜的，用邓肯等的话说，“而是贯穿着权力关系或欲望关系的”②，似乎再次突出了书写主体的权力性。但是，这一空间的独特性在于，它并非完全出于旅行者的想象或欲望期待，而是受制于旅行地的地理地貌与人文文化，因而成为旅行地空间与旅行者母国的欲望投射空间协商后的结果，这势必会导致地理知识的情境化，就此而言，“中间空间”的概念可用于质疑西方关于异域的地理知识，并探寻这一知识形构中的权力问题。

二、空间驱逐策略与知识生产

在殖民旅行研究者看来，空间也是由一系列的策略想象、建构、驱逐并占有的。在此，结合地理学者的研究，笔者将占有性观看、命名与绘图等地理学科获得知识的手段称为空间驱逐策略。根据德·塞都的逻辑，“策略试图按照抽象的模型创造地方……（并且）能够生产空间，将空间图表化并对之施加影响”，尤为重要的是，“策略是行动，多亏了权力之地的建立，详细论述理论的地方（即系统或整体话语）”。③ 因此，策略不仅

① M L PRATT. The imperial eyes：travel writing and transculturation. New York and London：Routledge，2008：p. 7.

② J DUNCAN and D GREGORY. Introduction. Writes of passage：reading travel writing. London and New York：Routledge，1999：p. 5.

③ MICHEL DE CERTEAU. The practice of everyday life. Berkeley：University of California Press，1984：pp. 29 – 38.

能生产控制空间，而且它是一种宏观的具有操控性的行动。格瑞高里从殖民旅行的视角将德·塞都的策略理论与殖民主义的关系联系起来，提出了策略在以下三个方面可用于对殖民旅行的分析：第一，“策略标志着空间战胜了时间（生产一个‘专属的空间’——某人所拥有的空间）”；第二，“策略涉及视觉（通过一套监督系统）控制地方”；第三，策略揭示了“将不确定的历史转化为可读的空间”的能力。[①] 由此，策略具有生产无时间感的空间，并按照某种计划或臆测来安排组织空间的权威能力，这就意味着，这些从宗主国来到殖民地的探险旅行者，无意识地采用了以上提及的空间策略，建构了地理知识。

首先，地理学是一门观察学科，考斯哥鲁夫将地理学科的两个主要研究对象界定为景观与地图，而这两个充满图片感的术语，将地理文本与视觉内在地联系在一起。[②] 这就意味着地理探险旅行者会不断地对旅行地进行观察、观看、扫视、凝视，而各种观看行为在整个地理空间知识的生产与制造中起着决定性的作用。然而所谓的“看”，如前文所述，是一种有选择的看，而选择的依据则来自地理学者所受的训练，是带有某种预期的目的的。如此一来，看也是一个“制造意义”的行为过程，“一种进入社会关系的方式，一种将自己嵌入总的社会秩序的手段，一种控制个人眼下的个别社会关系的手段”。[③] 这同时意味着，当我们在观看某种事物的时候，我们并不是孤立地单纯地在看这一事物，而是在看这一事物与周边的关系，尤其是与观看者的关系。这也就是说，人怎么观看和看到什么实际上深受社会文化的影响，并不存在纯然透明的、天真的和无选择的眼光。

对旅行地怀有期待的地理探险者，他们对某地的期待如果不是通过幻象建立，就是通过各种与旅行有关的物，如游记、图片和地图等获得的，这种携带着期待、目的和优越感的看就是一种凝视（gaze）。这种凝视由旅行者身份所建构的社会话语所决定，将旅行者所遇到的人与物组织成为“他者”。美国社会学家约翰·厄里声称，游客凝视“如医学凝视一样，是

---

① D GREGORY. Geographical imaginations. Oxford：Blackwell，1994：p. 169.

② DENIS COSGROVE. Geography and vision：seeing，imagining and representing the world. London and New York：I. B. Tauris & Co. Ltd.，2008：pp. 1 – 2.

③ 约翰·费斯克著，杨乃强译：《解读大众文化》，南京：南京大学出版社，2001 年，第 38 页。

被社会组织化和系统化的"，"游客的凝视虽然与受到制度或机构支持的专业人士的凝视不同，但各种专家的凝视促成了游客凝视的建构与发展"。[①] 显然，厄里认为受到机构组织的专家凝视更加系统化。当旅行者凝视成为一种权力实施的有效手段时，观者便被权力赋予凝视的特权，通过凝视确立自身的主体地位，而被凝视者则沦为凝视的客体，被不断地重塑与物化。由此，凝视潜在地含有西方/东方、主体/客体、男性/女性、白人/有色人这些传统的二元对立的含义。在现代欧洲旅行中，欧洲白人男子作为凝视主体，在欧洲话语的主导下，"顺从地用其帝国之眼向外观看并占有"[②]，将"他者"建构成景观，置于西方理性的凝视之下。凝视是以窥测的角度赋予欧洲观看者对被观看者占有与控制的权力，或者是将当地民驱逐出这一旅行空间的有效策略。

与他者化这一空间剥夺策略有些交集的是命名与分类的驱逐策略，卡特在对澳大利亚的探险旅行研究中明确论述了这一策略。他认为，"空间历史开始的地方不是具体的哪一年，或某一个特定的地方，而是始于命名行为"，因为通过给地方命名，空间象征性地转变为地方，即具有历史的空间。与此同时，命名者将自己的旅程永远铭刻于世界上[③]。事实上，给一个地方命名，就意味着将其带入可见性空间，使其由不可见的存在，变成可见的、可被谈论的地方，因而这一命名的过程便是赋予其意义，对其进行书写的过程，也是由世界的物质存在转化为知识客体的过程。由此，命名便成为发现与探险这一空间话语的重要手段，通过命名，某一地理空间进入文化循环之中，成为发现之地，地方便产生了。同时，这一地方也成为命名者的空间，土地上原本居住的人因丧失了命名权而丧失了对这一土地的所有权。"通过命名，景观变为文本存在，将之带入欧洲理性，使其为殖民者所熟悉，而当地民对之一无所知。"[④] 命名抹除了这一地理空间原本的样子，使之纳入欧洲的历史地理体系。

---

① JOHN URRY and JONAS LARSEN. The tourist gaze 3.0. New York：Sage，2011：p. 1.

② M L PRATT. The imperial eyes：travel writing and transculturation. New York and London：Routledge，2008：p. 9.

③ PAUL CARTER. The road to botany bay：an essay in spatial history. London：Faber，1987：p. 24.

④ D GREGORY. Geographical imaginations. Oxford：Blackwell，1994：p. 173.

因为命名的过程就是空间转化为地方的过程，从而使得事件得以在某一时空中展开，成为一种历史叙事，从这一层面上，卡特认为，命名行为有助于“帝国历史”的书写。所谓“帝国历史”，按照卡特的界定，就是“将空间降格为舞台，只关注事件沿着时间之轴的展开……最主要的目标不是理解或阐释，而是合法化，因此历史与帝国主义联系在一起，常诉诸因—果”，然而，“因—果的叙事历史意在给人这样的印象：事件根据他们自己的逻辑展示，既不提及地方，也不提及人”。[①] 看似客观的形式，实则浸透着政治文化意识与倾向，抹除人与地方性所带来的客观效果，因此也可看作是在符号层面对当地民进行驱逐的过程。但是卡特的表述中也有自我意识上的冲突之处，比如一方面，其意在批判这一帝国；另一方面，却同时又认为，澳大利亚的历史源自欧洲对澳大利亚东海岸的发现与绘制，为此而又一次陷入欧洲中心主义话语之中。

命名，这一空间驱逐并占有的过程，意味着语言参与到空间的建构与知识的形构之中，而语言不是中性的，这也得到了学界的共识。段义孚（Tuan Yi－fu）甚至认为，“地理学者用言语建构地方——从中性的环境中创造出一个与人类的需求与欲望共鸣的世界”[②]。他也以澳大利亚为例，指出“通过命名、测量、绘图、写旅行日志，探险家与测量家将这块大陆转化为地带或通道，其间标注出一些地方”，然而，有些地名与地貌不符合，如××山、××草场等，只是这些词的使用可令英国人产生联想，提供一个促使探险者继续前行的动力[③]。此外，从探险家命名的那一刻起，便将空间转化为个人的地方，后经过书写、出版，这一命名进入公众意识并被确定下来，尤其是专有地名，常融入了人们的意识与某种地理特征。[④] 命名成为一种权力和意识的铭写，而“对域外的一块土地进行命名，把这块

---

① PAUL CARTER. The road to botany bay：an essay in spatial history. London：Faber，1987：pp. 16－17.

② TUAN YI-FU. Language and the making of place：a narrative-descriptive approach. Annals of the Association of the American Geographers，1991，81（4）：p. 687.

③ TUAN YI-FU. Language and the making of place：a narrative-descriptive approach. Annals of the Association of the American Geographers，1991，81（4）：p. 687.

④ TUAN YI-FU. Language and the making of place：a narrative-descriptive approach. Annals of the Association of the American Geographers，1991，81（4）：p. 688.

土地的方方面面都转化为文本存在物，这就是一种主宰和控制”[①]。如此一来，命名成为一种话语占有，命名行为也自然成为殖民化的工具或策略，旅行也不仅仅是认识的途径，而是一种认知策略，对于异域空间的知识建构往往更多是基于母国的文化与社会期待。

除了凝视与命名，地图测绘也是地理探险书写常用的空间驱逐策略，而地图则成为另一种占有性的书写空间。地图在旅行中占据重要的作用，通过标识出旅行路线，从而将景观与时间结合起来，构成了旅行的空间，然而地理学文化转向后，地图被认为是不牢靠的，甚至是具有欺骗性的。埃德尼则以英国在印度进行的地理测量与图绘，说明了地图在殖民统治中的重要作用，并在书中用了很多篇幅证明，英国在其殖民地印度进行的旅行测量活动“将英国在南亚的统治建构为科学的、理性的、自由的，与亚洲的统治截然相反，后者被刻板化为神秘的、非理性和专政的”[②]。依据他的逻辑可知，整个地图绘制业对他们所创造的地理空间的意识形态意象起到了很重要的作用，因为它有效地将印度简化为连贯的、精确的、一成不变的帝国空间，一个理性空间，借助此空间，将印度的景观与人建构为一种系统的知识档案。这一测量工作主要是由英国人来做的，通过地图的铭写，重新界定印度，帝国的意义被铭写到每一幅地图中，将南亚由无法理解的景观变为可控的帝国知识。

作为地理档案，测量与绘图生产出的是一种单一的产品，它在抹除了印度内部的诸多差异之后，有助于英国“认识”印度，并对之进行理性、有效的统治，而不必再担心其多样的特殊性。测量的科学性所带来的地理档案的确定性也嵌入制图意象中。依照埃德尼的论述，虽然制图采用了看似不同的符号——地图语言，实则具有同样的意指实践，因为看似每位制图人员都是在按照自己的想象与计划绘制地图，但他们的想象都受到现存的制图设计与结构传统的限制。[③] 所有的意指都在将这一最基本的信息铭

---

① 博埃默著，盛宁、韩敏中译：《殖民与后殖民文学》，沈阳：辽宁教育出版社，1998 年，第 20 页。

② MATTHEW EDNEY. Mapping an empire：the geographical construction of British India，1765 – 1843. Chicago：University of Chicago Press，1997：p. 319.

③ MATTHEW EDNEY. Mapping an empire：the geographical construction of British India，1765 – 1843. Chicago：University of Chicago Press，1997：pp. 332 – 333.

刻于地图之中，即“这是英国的领土，如果不是，那么它有可能成为英国的领土，这是一个帝国空间，有待我们的治理”①。制图将印度编入索引之中，使之高度文本化、统一化与抽象化，而英国正是通过这样一种地图来认识印度的。从这一视角看，英国所认识的印度不是真正的印度，而是英国建构的印度。如果按卡特的说法，英国探险旅行者通过命名为澳大利亚书写了帝国历史的话，那么埃德尼的研究则表明：英国通过测量与绘制，“将印度简化为一个舞台，历史学家只需将过去的事件与现象按照严格的顺序摆放在这一舞台上，英国创造了他们自己对印度空间的阐释”②。通过欧洲科学的测绘与制图法，英国的印度地图成为一个理性与统一的空间，但这一空间并非中性的，而是负载着英国的价值观，充满了权力关系，并由此生产出一个具有边界的帝国空间。

地图作为景观的书写表征形式，有些与众不同，因为它既可以解释为视觉的，也可以是文本的。将地图看作文本来阅读，就会凸显出其社会建构性和生产者与消费者的多种阐释可能，而地图所表现出的景观也被书写成文本来阅读，因而景观也可被看作是视觉的。但无论怎样，地图空间与现实空间存在着张力，因为地图的表征与文化密不可分。埃德尼对于英国的印度地图的分析，揭示了英国的印度这一地理空间的建构本质：

> 地图是文化与社会界定并重新生产自己的诸多方式之一，是知识的表征。作为表征，它们就是根据文化界定的符号编码来建构的；通过使用各种思想与工具技术，知识得以建构，因此，知识与其表征都是由各种社会机构工作的个人依据文化期待而建构的。也就是说，英国没有错误地再现印度，或者依照他们宣称的那样，真实地再现印度，而是在帝国系统内，创造了为他们所用的地理概念上的印度。③

---

① MATTHEW EDNEY. Mapping an empire：the geographical construction of British India，1765－1843. Chicago：University of Chicago Press，1997：p. 325.

② MATTHEW EDNEY. Mapping an empire：the geographical construction of British India，1765－1843. Chicago：University of Chicago Press，1997：pp. 333－338.

③ MATTHEW EDNEY. Mapping an empire：the geographical construction of British India，1765－1843. Chicago：University of Chicago Press，1997：p. 338.

他一再强调的是，作为表征空间的地图是和整个英国的帝国语境相结合的，只有跳出这一语境，方能看到地图所建构的地理档案中所含的英国的自欺欺人与神话特质。这也印证了布赖恩·哈雷（B. Harley）对地图表征的研究与判断："地图在很大程度上是权力的语言，而非抗议的语言。"[1]地图作为殖民旅行的空间驱逐策略，便不是稀奇之事了，它们直白的表达与帝国征服有关，将殖民合法化，当地理空间得以确定，以及地理知识确立后，其他的知识方可相应地得到确定，因而地图提供了对旅行地监控的便利性，使帝国统治变得容易。

就此而言，地理书写者所创造的空间，便不是地理学者的，而是文化得以显示其在场的空间形式，它和制图学一样，"一直是完全实践性的、深刻政治化的话语"[2]。这些"空间历史的书写——家书、探险者日志、未完的地图——都是书写痕迹"[3]，每一个词的使用与寻找，或者是地图上的线条，都能让我们辨识出空间转变成地方或是有意图的文本世界的过程。而在这一文本化的过程中，书写所创造的是另一个不同的世界，这不仅源自各种原因所导致的表征空间性，也归因于书写者的凝视、命名和绘图是自身文化与欲望的叠加，是有限的、有倾向性的。关于这一点，萨义德曾有过明确的表述：

> 表述、描绘、叙事和再现的能力不是任何社会的任何成员都可获得的，另外，在表述"事物"的"什么方面"和"如何表述"上，虽然允许有相当大的个人自由，但仍然有诸多限制，并受到社会控制。最近几年，我们已经意识到了对于女性文化表征的诸多限制，以及对于次等阶级和族别进行创造性表征所遭受的压力。在性别、阶级和种族这些领域里，现代西方社会的体制力量受到集中批评，这是正确的，因为这些力量塑造并制约了对于那些被认定为从属者的表征。因此，表征本身的特点就在于

---

① J B HARLEY. Maps, knowledge and power. In DENIS COSGROVE and STEPHEN DANIELS. The iconography of landscape: essays on the symbolic representation, design, and use of past environments. Cambridge: Cambridge University Press, 1988: pp. 277 –312.

② D GREGORY. Geographical imaginations. Oxford: Blackwell, 1994: p. 8.

③ PAUL CARTER. The road to botany bay: an essay in spatial history. London: Faber, 1987: p. 31.

将附属永远保持为附属，次等永远为次等。①

各种机构限定了观看与表征的内容和方式，而表征的特点似乎就在于强化固定的模式或刻板的意象，而表征自身所含的权力——“不是任何社会的任何成员都可获得的”更是说明了欧洲旅行者所具有的特权与优越性。难怪法国地理学者拉伦西耶·勒奴里（La Ronciere Le Noury）说，只有当白种人培养起旅行的强烈兴趣——这是其所谓的智识优越性的一个标记——殖民扩张才可能发生。② 能够旅行就是一种智识的优越性，而这一优越性又赋予旅行者书写他人，在他人领土上建构地理空间的权力。

由此，旅行书写所具有的表征空间性与空间剥夺策略暗含了知识的空间形构，质疑了殖民时期地理知识的权威性与真理性，显现出欧洲地理书写中的欧洲中心主义。地理书写中所运用的选择、编辑、比较、翻译改写等各种策略，导致了吉莉安·罗斯（Gillian Rose）所说的地理学传统的“镜像空间性”（specular spatiality）——“某些人被集结进入这一（空间），而另一些人被放逐出去”，并将欧洲的秩序以理性与文明为名强加到这些未知的世界。③ 格瑞高里坚持认为，地理书写者是情境性知识的产物与创造者，而现代地理学科在本质上是欧洲中心主义科学”，而且，欧洲中心主义自身就携带了一个被格瑞高里称为“地球—书写（geo - graphs）的系统，以组织其表征”。这一地球书写主要采用“时空绝对化”“世界展示化”“主体规范化”“自然和文化抽象化”等话语实践将自然生产成殖民空间，将非欧洲世界纳入欧洲的秩序之中。④ 因此，地理书写铭写着权力与知识，充当了帝国与殖民的工具。

---

① E SAID. Culture and imperialism. New York：Vintage Books，1993：p. 80.

② E SAID. Orientalism. London and Henley：Routledge & Kegan Paul Ltd.，1978：p. 219.

③ GILLIAN ROSE. Tradition and paternity：same difference. Transactions of the institute of British geographers，1995（20）：pp. 414 – 416.

④ D GREGORY. Power，knowledge and geography. Geographishe zeitschirift，1998（86）：pp. 75 – 90.

第四节　旅行空间的建构：旅行的物与书写博览会、博物馆

旅行不单单是人的旅行，还包括各种物的旅行和文化的旅行，因为“旅行意味着想象的期待，而到了遥远的彼岸之后，所接触到的实实在在的宝藏与古董、各种奇珍异兽，以及截然不同的文化生活中的人类，又都会进一步增强这种期待”①。现代欧洲的跨域旅行也不例外，不同的是，物的旅行与人的旅行方向是相反的，是从他方进入欧洲而成为个人或机构的收藏品。这些包括植物、动物和各种珍宝、艺术品和各种标本等在内的物成为旅行的动力与附属品，也正是得益于这种物的旅行，欧洲建立了植物园、动物园、展览观和博物馆，这些建构的景观，不仅自身逐渐成为旅行空间，如大英博物馆成为负有盛名的旅行观光地，而且激发着更多的跨域旅行的欲望。地理学者更是将展览馆与博物馆看作是帝国时代的“象征性建制”，“展览馆为欢庆帝国扩张的未来向前看，而博物馆则收集并展示所有那些在文明扩张的觉醒中需要加以抢救的东西”。② 从这一意义上，宗主国建构的某些展览馆与博物馆可视为一种视觉化的地理书写，它不仅是现代欧洲殖民旅行的结果或具有持续性的效果，同时，这一以展示异域文化、确定殖民秩序为主要目的的景观，满足了部分无法进行跨域旅行的欧洲民众对于异域的渴望，也形塑了跨域旅行的想象。

一、世界博览会埃及馆的书写与东方之旅

据考证，19 世纪 30 年代，圣西门主义者旅行至开罗，试图从埃及开始他们的全球工业化计划，结果失败，于是产生了举办世界博览会的想法。1851 年，伦敦海德公园水晶宫展览馆成功举办了所有国家的工业品展

---

① 博埃默著，盛宁、韩敏中译：《殖民与后殖民文学》，沈阳：辽宁教育出版社，1998 年，第 15 页。

② 简・雅各布斯：《导言：帝国之后》，见凯・安德森等主编，李蕾蕾、张景秋译：《文化地理学手册》，北京：商务印书馆，2009 年，第 345 页。

览会，这一旨在展示欧洲工业商品，并将之推向全球的模式吸引了六百万观众，提供了“人类发展的鲜活画面”[1]。这一展示自我领导地位的展览迅速为英法两国采用，进而发展出世界博览会，以展示世界各国的面貌。这种世界博览会通过收集或购买所有所需物品，将它们组织安排在一起，以表达某种意义，展现进步与历史、人类工业与帝国，由此，整个世界被建构为一幅画，供旅行参观者观看、体验与思考。正如我们在第三章中所提到的，此时的英法社会主导思想是社会达尔文主义，世界文化不仅被看作是一种由西至东的开拓进程，而且也可以由玻璃柜下排列有序的物来表示，并且这些物是以演变的顺序排列的，从而使这种线性历史的理解也体现在展览馆的设计与书写之中，不仅可由此反映出帝国的政治确定性，博物馆等也在不断地生产这种确定性。此外，非欧洲国家也被邀请参加博览会，而被拉入现代资本主义之中，整个展览成为世界文化与英法殖民秩序的象征性表征空间。

19 世纪的英法博览会中，东方之“物”是最常见的展品，并且引起了欧洲公众对于东方的好奇与渴望。最初的 1851 年伦敦万国博览会，印度馆即引起了巨大的轰动，用谢尔顿的话，“给英国的公众留下难以磨灭的印迹”[2]。当时的大英博物馆中所展出的东方物品很少，因而博览会的印度展区中的东方工业品和奇珍古玩受到了高度的赞扬，印度博物馆的历史学家雷·戴斯蒙德（Ray Desmond）对当时的场景做了如下的描述：

博览会中的阿拉丁洞穴：参观者完全被吸引住了，那些闪闪发光的珍珠、钻石、祖母绿和红宝石，有着精美图案的针织地毯，用金、银做成的手工艺品，还有精美的石刻、象牙雕刻和木刻，以及诸如鲜艳的华盖、丝制的轿子和大象身上披的用金线和银线缝制而成的天鹅绒面料的花毯等异

---

① TIMOTHY MITCHELL. Colonizing Egypt. Cambridge：Cambridge University Press，1988：pp. 5 – 17.

② ANTHONY A SHELTON. Museum ethnography：an imperial science. In ELIZABETH HALLAM and BRIAN V STREET. Cultural encounters：representing “otherness”. London and New York：Routledge，2002：p. 161.

域物品。[1]

尽管印度展区的名字“阿拉丁洞穴”让人有些匪夷所思，但关于印度展区的各种赞誉不仅出现在《泰晤士报》上，也出现在维多利亚女王的皇家日记中，更是在英国公众的心中激发出对“异域物品和古物研究的强烈兴趣”，以及“商业扩张和爱国热情”。[2] 展览创造了一种审美与情感的语境，激发了更多的东方旅行。

在此之后，1867 年、1889 年法国国际博览会中的埃及馆也很受瞩目。蒂莫西·米歇尔（Timothy Mitchell）的研究，便是基于这些博览会，探寻埃及展区的表征政治及其与东方旅行的关系。依据米歇尔对 1889 年法国世界博览会以及埃及学者对之观感的表述分析，世界博览会中的埃及展厅具有以下两个特点：一方面，法国人建造的埃及展览有意在传递一个古老的开罗意象，蜿蜒曲折的街道，两边的房屋，做得如此精细，甚至连建筑物上的油漆都是脏的；另一方面，埃及展览有意地呈现出一个混乱的埃及，与展厅中的其他规范的几何线条形成鲜明的对比，如所有的房屋的上层都突伸出来，巴扎的店铺拥挤，物品随意地摆放，甚至驴子在街上行走。法国的展览设计者如此精细、认真，意欲模拟出埃及的现实。然而只有埃及的参观者知道这一“真实世界”的虚妄性。这种虚妄的呈现也曾让埃及的学者无法忍受，认为这是百年前的开罗，而让他们感到最为尴尬的则是，展览中模仿开罗盖贝依城堡的清真寺，它和其他街道一样，有着“欧洲人所称的建筑立面”，外形是清真寺，但里面却搭建着咖啡屋，埃及女孩在和男伴表演舞蹈，伊斯兰教的苦行僧也与他们一起舞蹈、一起旋转着。[3] 暂且抛开埃及学者对展览的否定与厌恶所揭示出的展览的某种错误表征，

---

① RAY DESMOND. The India museum, 1801 – 1879. London: Her Majesty's Stationery Office, 1982: p. 72. 转引自 ANTHONY A SHELTON. Museum ethnography: an imperial science. In ELIZABETH HALLAM and BRIAN V STREET. Cultural encounters: representing "otherness". London and New York: Routledge, 2002: p. 163.

② ANTHONY A SHELTON. Museum ethnography: an imperial science. In ELIZABETH HALLAM and BRIAN V STREET. Cultural encounters: representing "otherness". London and New York: Routledge, 2002: p. 163.

③ 埃及学者 Muhammad Amin Fikri 对自己参观法国巴黎世界博览会的描述，转引自 TIMOTHY MITCHELL. Colonizing Egypt. Cambridge: Cambridge University Press, 1988: p. 1.

单单看法国设计者对这一展览世界的书写策略：各种事物的具体细节的仿真实性，包括专门从埃及买来的驴子，这些展品的“物质性”，如亨利埃塔·利奇（Henrietta Lidchi）所言，“提供了对稳定性和客观性的某种保证，表明了一个稳定清晰世界的存在”①。如此一来，这一展厅共同营造了一个“真实世界”——开罗。在这一幻象下，清真寺中的情景，即使是有悖常理，也会让参观者信以为真，如此，伊斯兰文化以一种错误的表征被真实地植入西方世界，显现出展览的政治性书写属性。

当然，展览馆所创造出的这种细节的真实感（如建筑物上的油漆都是脏的）是以一种客观的形式展现的，因而这一错误的表征并不为所有观者所察觉，反而为旅行参观者提供了某种想象性结构，去追寻外部的真实世界。米歇尔认为，想象性结构虽独立于我们所说的外部现实世界，但它会影响到我们对目标人群的体验和理解。② 如果我们从这种想象性结构的生成机制与效果来看，它有些类似于萨义德所说的“文本性态度”。为了方便参观者能够客观地理解这一物的世界，组织者提供了必要的分类、平面图、指示牌、指南、说明、教育讲座、数据撰写（基于本文前面章节的研究，以上这些行为与文本都是具有政治意味的）等，这些辅助性文本限定了展品的结构与意义，将组织者所赋予展品的意义有效地传达给了观者，如此，参观者对这一展示世界所表征的外部世界具有了某种想象性结构。正如旅行者在出发前会阅读相关的游记、旅行指南等，从而预先形成对于旅行地的某种理解，并按照这一理解框架指引旅行视野，这些通过观看展览而获得想象性结构的观光者，当他们来到现实的外部世界，会携带着一种类似于游客凝视的想象性结构，来引导其在真实世界的旅行。因而，这种结构是预先植入旅行者的旅行期待之中的，会直接影响到旅行者在真实的外部世界的旅行感受。

为了进一步说明展览会与实际旅行的关系，米歇尔对前往东方的欧洲旅行者所遭遇到的某种困境进行了探讨。首先，他认为展览会激发或促成

---

① HENRIETTA LIDCHI. The poetics and the politics of exhibiting other cultures. In S HALL. Representation: cultural representations and signifying practices. New York: Sage, 2012: p. 162.

② TIMOTHY MITCHELL. Colonizing Egypt. Cambridge: Cambridge University Press, 1988: p. 21.

了更多的实地旅行，并指出，在19世纪，东方（the Orient）不仅“成为现代欧洲博览会中最常见的展示对象，一个重要的所指，也成为其重要的‘外部现实’”[①]。如19世纪50年代，托马斯·库克（Thomas Cook）推出火车旅行，组织大批游客参观了水晶宫展览馆，随后又推出了参观埃及这一真实物的集体旅行；雷恩、福楼拜、内瓦尔和边沁等纷纷来到埃及。但是，依据米歇尔的描述，这些欧洲旅行者来到埃及，由于试图采用和展览馆同样的观看策略与书写策略，或者说想象性结构，因而造成了某种迷失感，或是理解困境。受到展览世界所提供的全景式画面的影响，他们刻意地强调，要真实地再现埃及，因而追求一种有序的全景画面或图片世界。当福楼拜来到开罗的街头，他茫然不知所措，不知道能写些什么，因为他首先要消除自身在开罗所经历的“视觉混乱”，以获得某种可以描述的秩序感。然而，他在街头所经历的却是“陌生语言的争执、擦身而过的陌生人穿着颜色怪异的奇装异服、陌生的声音，以及陌生的气味。所有的一切都没有了一种画面的秩序感”[②]。当福楼拜置身于这一外部世界之中，他的感觉器官，如眼睛、耳朵和鼻子均成为直接的接触点，与所观看的事物之间没有了距离感，就无法获得秩序感，因而也就不知该写些什么了。

从米歇尔所述可见，并非只有福楼拜遭遇到这种困惑，大多数的东方旅行者都有此困惑。为了解决这个问题，多数东方旅行者会选取一个视角，以获得整体的或全景化的视角，开罗城以西的吉萨（Giza）城内的大金字塔逐渐成为旅行者攀爬以获得全景视野的最佳地点。内瓦尔在其东方书写中也描述了他寻找合适视角的经历。他到达开罗的第二天，遇到一位有着银板摄影术的画家，由于开罗市本身并非如博览会所展现的那样，以至于二人置身于真正的埃及，却找不到合适的角度进行拍摄，最终二人来到城外，摄影师方能架起设备来绘制开罗。[③] 从这一描述看，欧洲旅行者重视的是视角的选择，认为只有全景的视角，方能真实地再现开罗。然而

---

① TIMOTHY MITCHELL. Colonizing Egypt. Cambridge：Cambridge University Press，1988：p. 21.

② TIMOTHY MITCHELL. Colonizing Egypt. Cambridge：Cambridge University Press，1988：pp. 21 – 22.

③ 出自内瓦尔的描述，转引自 TIMOTHY MITCHELL. Colonizing Egypt. Cambridge：Cambridge University Press，1988：p. 27.

这也无法确保能够真实地再现埃及，即使是用照相机，也无法证明这一再现是真实的，因为文化研究者认为，取景框就意味着进入取景范围的东西是被组织的，被人为地构建为可见的空间。此外，从这些旅行者寻找视角的经历来看，基于全景视野的需求，旅行者需要将自己置身于所看的事物之外，从而获得一种观看的权力，因而，他们依然将真实的埃及或开罗当作展品来进行观看或书写。

这些旅行者在现实中的埃及所遭受到的迷失感或无法再现开罗的挫败感，在米歇尔看来，恰恰是由展览会自身的矛盾所引发的。因为“展览会要说服观者，这一作为展示的世界分为不同对立的基本领域：表征领域与真实世界；展览与外部世界；文本与世界。所有展品的组织安排似乎都在表明这一点。而“现实世界”好像是可以被呈现的，或是可以像展览品一样摆放于观者的面前。所谓的“外面的”真实世界也仅仅是作为更多的系列表征，一种展览的延续而被体验和认识。[1] 由此，展览会将自身描绘为某种真实世界的镜像，以至于带着想象性结构去往东方的旅行者将自己真实的旅行世界看作被展览世界的延伸，因而他们所追寻或经历的现实不过是那些可以被表征的或是可被拍照的“现实”，是能够以全景图片的方式展现的现实。用米歇尔的话说，去往东方的欧洲旅行者“一方面没有意识到他们已经离开了作为展览世界的埃及，另一方面，他们又将自己设想为已经远离了真实世界的表征”[2]，即展览馆。也就是说，他们在真实的埃及世界追寻展览馆中的埃及，同时又宣称，展馆中的埃及并非真实埃及的正确呈现。因此，这些受到埃及展览的鼓舞而来到埃及的旅行者，没有从根本上摆脱展览所赋予他们的想象结构，使得他们依然试图将东方作为展览世界来理解。

然而，并非所有的东方旅行者都会受到这一困扰，米歇尔认为，爱德华·雷恩的东方之行与东方书写也展现了这一矛盾性，但他又是将这一矛盾处理得极为成功的东方旅行书写者。根据米歇尔的考证，雷恩在观看了

---

① TIMOTHY MITCHELL. Colonizing Egypt. Cambridge：Cambridge University Press，1988：p. 29.

② TIMOTHY MITCHELL. Colonizing Egypt. Cambridge：Cambridge University Press，1988：p. 29.

皮卡迪利埃及博物馆[①]的复制品与油画后，萌生了埃及之旅的念头，然后受到《埃及志》的鼓舞，他怀着修正《埃及志》中的“误差”的目的来到埃及。[②] 首先，为了获得全景的视角，雷恩很快找到了一处制高点，即开罗城外小山上的军事观测塔，他使用投影描绘器对整个城市、郊区与开罗城堡的景致做了精心的图绘。然后，他乔装进入当地民的生活社区，从而对当地民的生活习俗进行了民族志式的描述。他实现了旅行者的双重欲望——渴望完全抹去自我，直接感受或经历这一物的世界，同时渴望能将自己与所要表征的世界分割开来，保持一定的距离。也许正因为如此，雷恩写出了后来的东方旅行者的必读书《埃及风情录》，也成为多个东方旅行书写复制或引用的对象。

米歇尔的研究重点不在于埃及展览对于埃及旅行与书写的影响，而在于欧洲殖民者是如何按照展览来重新建构埃及这一物质地理空间的，以对之殖民的。但他关于埃及展览馆与东方旅行及其书写的研究试图说明，欧洲举办的世界博览会中对于东方的展览激发了欧洲人的东方旅行，且这些旅行者都试图使用展览的图片术语，从全景的视角书写东方，再现真正的东方。尽管他的研究分析不是很详细，但他的研究视角为殖民旅行研究中空间建构与旅行书写之间的关系提供了些许启发。如果我们仔细检视博览会埃及馆的设计与各种模拟物，如某种混乱感与怀旧，兴许也会找到福楼拜或其他人的东方旅行书写痕迹。所以，从某种意义上说，关于异域的旅行书写（民族志、游记还是地理书写）与该地的展览书写是相辅相成、互为建构的。

---

① 皮卡迪利的埃及博物馆（Egyptian Hall）于1812年建成，是伦敦首个受到埃及建筑风格影响的建筑物，因而得此名。它受英国收藏家威廉姆·巴勒克（William Bullock）委托，用来陈列他的各种收藏品，包括库克船长从南海带回的奇珍古玩；它也承办各种展览，如在1816年举办了拿破仑时代的文物展。现有各种叫法，如伦敦博物馆、埃及大厅或埃及博物馆，或巴勒克博物馆。

② TIMOTHY MITCHELL. Colonizing Egypt. Cambridge：Cambridge University Press，1988：pp. 28－29.

二、东方博物馆的书写：从藏品到展品

与博览会力图展示当前状态，以确定欧洲的工业化领导地位有所不同，博物馆试图通过过去的物品讲述自己的或他人的文化，或者借用一个通俗的说法："博物馆的存在是为了获得、保护、保藏和展示各种不同类型的物品、手工制品和艺术作品。"① 然而文化研究的学者认为，博物馆和福柯研究的诊所、监狱等机构一样，也是权力与知识接合的机构，并且与殖民有着直接的关系。本尼迪克特·安德森（B. Anderson）在《想象的共同体》（*Imagined Communities*，1983）中对此有过细致的论述。他在讨论欧洲对东南亚的殖民统治时，将博物馆、人口调查和地图界定为三大"权力机构"，并认为，尽管"这三大机构在机械复制时代改变了其作为被殖民地带的功能与形式"，但仍隐藏于殖民意识形态与政策之中，而且对之进行指导，因为它们"深刻地形塑了殖民地政府对其统治领地的想象"。② 然而不论是博物馆，还是"博物馆化的想象都具有深刻的政治性"，因为殖民政府将当地古迹博物馆化后，这一古迹便成为世俗的殖民地政府统治权威的标志，而纳入殖民地地图之中，最为重要的是，这一"政治的博物馆化"的做法依然为获得独立后的后殖民政府所继续沿用。③ 由此可以看出，博物馆作为一种特殊形式的旅行空间或景观，其建制在根本上是政治的。格瑞高里在论述西方旅行如何将埃及舞台化，并将埃及改写为不断演示的幻灯片或者是展览世界，从而将之转变为殖民空间时，他总结了三种

---

① P VERGO，The reticent object. The new museology. London：Reaktion Books，1993：p. 41. 转引自 HENRIETTA LIDCHI. The poetics and the politics of exhibiting other cultures. In S HALL . Representation：cultural representations and signifying practices. New York：Sage，2012：p. 155.

② BENEDICT ANDERSON. Imagined communities：reflections on the origin and spread of nationalism. London and New York：Verso，1983：pp. 163 – 164.

③ BENEDICT ANDERSON. Imagined communities：reflections on the origin and spread of nationalism. London and New York：Verso，1983：pp. 178 – 183.

方式：博物馆的形构、观光地的生产和旅行指南书的编写①。由此可见，博物馆作为人造的空间景观，具有较强的政治性功能。然而，安德森和格瑞高里所谈的博物馆主要是在殖民当地所建的，那么，在宗主国所建的他方文化博物馆会有同样的功能吗？这些展品为西方旅行者所选中，离开自己原来的所在地，经旅行，然后在欧洲再语境化为博物馆的展品，这一过程究竟蕴含着什么样的权力或机制呢？物品的意义是静止不变的，还是发生了某些变化？博物馆这一旅行空间会产生怎样的观者感受呢？在这一部分，笔者将从殖民旅行的研究视角，梳理与勾连谢尔顿、克利福德与伊万·卡普（Ivan Karp）等人的相关研究，尝试回答以上问题。

首先，在宗主国所建的他者文化博物馆（人类学家将这种类型的博物馆称为民族志博物馆，后文将这种博物馆泛指东方博物馆）的诞生及其发展与殖民旅行有着直接的关系。在英国，最早的以展示他方文化的博物馆为东印度公司所设立的印度博物馆②，主要是作为东方物品的储藏室，坐落于东印度公司的伦敦总部。东印度公司在1858年解体之前，由于其在亚洲各个地区的政治经济控制，收集了大量物品，构成了早期的印度博物馆的藏品。虽然博物馆名为印度博物馆，但其藏品基本来自亚洲的各个国家，以及埃及等非洲国家，引发了英国民众对于东方的极大兴趣。法国的东方主义学者萨西（Sacy）基于世界博览会的展览模式提出建造东方博物馆的设想，他建议，“建立一个储存各种物品的仓库，包括绘画、原版图书、地图、航海记录，均可提供给那些致力于（东方）研究的人”③。谢尔

---

① D GREGORY. Scripting Egypt：orientalism and the cultures of travel. In J DUNCAN and D GREGORY. Writes of passage：reading travel writing. London and New York：Routledge，1999：p. 133.

② 该博物馆的英文名为 India Museum，其成立时间，还有一种说法是在1801年。关于其成立后的前30年的资料，相关记载较少。1858年东印度公司解体后，该博物馆由国家印度事务部接手，并移至英国政府的法夫大屋（Fife House in Whitehall）。1879年，印度博物馆解体，其藏品被分成四部分，分别被送至大英博物馆、皇家植物园、国家历史博物馆与南金士顿博物馆（该博物馆在1851年万国博览会会后一直在收集印度艺术品）。1880年南金士顿博物馆正式建立，主要展出东方美术，共9个展厅，但印度博物馆这一名字依然保留下来，直到1945年才彻底废除。

③ 这一建议由法国学者 Sylvestre de Sacy 提出，转引自 E SAID. Orientalism. London and Henley：Routledge & Kegan Paul Ltd.，1978：p. 165.

顿认为，从其本源上看，这类民族志博物馆称为“帝国的科学”，这不仅仅是它源自东印度公司这一帝国的机构，还因为此类博物馆中的物作为殖民旅行的附属品，是能标识出“他者性”的物品，从而某些知识形式被组织起来并获得了特权，这些物也在阐释与展示中获得意义，成为表征，进入文化循环。[①] 而且，这一以科学为名书写他国的历史和文化的文本空间，从人类学家对于“表征危机”的阐释看，能够制造表征，这本身就不是一个抽象问题，而是政治规划，权力与知识的共谋，标识出欧洲旅行者与展示书写者的殖民权威。

其次，东方博物馆景观的书写主要是由收藏与展示构成的，而在这两个过程中，欧洲与他者的关系结构赋予了东方的物以意义与价值，而且殖民主义充斥在收藏品的阐释之中，以至于这些旅行的物所激发出的沉思依然处于帝国的认知与政治框架之下。依据谢尔顿的逻辑，从物的收集这一过程来看，它首先包含了一种选择，而选择的标准在很大程度上是基于母国的审美、经济与政治需求的，且这一标准在不断变化，但“他者性”是这一标准的核心。他认为，18 世纪到 20 世纪中期的收藏主要暗含了三种帝国假想，即好奇、进化主义与传播主义、实证功能主义，这三种假想与东方主义、商业兴趣和审美结合在一起，使得收藏的目的与视野不再是单一的，但这种多样性并不否定其意识形态效果，因为母国的这些展览依然基于种族、国家民族身份观念所建构的殖民主义这一官方文化。[②] 从这一意义上看，在宗主国，“欧洲帝国最有说服力的表达便是博物馆展览”[③]，而展示也成为欧洲权威再生产的方式。这就说明，旅行中的收藏行为并非单一的，而且收藏的动机也在不断地变化。如早期的海员会出于好奇收集并带回异域物品，以证明自己的海航和所遇到的独特文化，同时这样的物

---

① ANTHONY A SHELTON. Museum ethnography：an imperial science. In ELIZABETH HALLAM and BRIAN V STREET. Cultural encounters：representing “otherness”. London and New York：Routledge，2002：p. 155.

② ANTHONY A SHELTON. Museum ethnography：an imperial science. In ELIZABETH HALLAM and BRIAN V STREET. Cultural encounters：representing “otherness”. London and New York：Routledge，2002：pp. 155 – 160.

③ ANTHONY A SHELTON. Museum ethnography：an imperial science. In ELIZABETHHALLAM and BRIAN V STREET. Cultural encounters：representing “otherness”. London and New York：Routledge，2002：p. 157.

品也会在它们回国后带来一定的经济收益。正如尼古拉斯所言，“对于旅行者来说，旅行地的人工制品事实上成为他们阅历广泛，又进行过神秘的环球航行的奖杯”①。而且，早期的印度博物馆的收藏品也更多的是基于好奇和古物收藏的兴趣。事实上，直到19世纪后期，进化人类学成为主导叙事后，收藏与展示开始采用一种线性的历史思维，按地理区域进行收集与展示，从而将博物馆演变为民族志物质文化的档案馆。

关于博物馆的收藏，克利福德也表达过类似的观点。他聚焦于个人主体形成、分类学和政治这三个过程”，分别展示了收藏与西方主体发展的关系，以及19世纪的西方是如何通过“艺术—文化”这一意识形态和体制系统将异域的物语境化并赋予它们价值的。② 克利福德认为，从个人主体发展的过程上看，个人会通过收集占有、组装物质世界以标识出自我的领域，而非他者的领域；这就意味着收藏是一个排除选择的过程，尽管该行为所依据的是任意的价值和意义系统，但这些系统是强大的，并且受到某种规则的制约，是随历史而变化的。从这一意义上看，“收藏品反映出更广泛的文化规则，如理性分类法、性别与审美等，这些都需要收藏者学习如何选择、整理、归类，以制造出好的收藏”③。同样地，在收藏异域的物，以标识出“他者性”时，旅行者采用了类似的策略与过程。并且，这种异域的物的收藏与展示因表明了差异性，而进入西方身份形构的重要过程之中。从分类学的角度看，基于不同的收藏目的，如知识的、审美的还是商业的，收藏品被分为（科学的）文化制品、（审美的）艺术作品或（商业的）产品，但每一类别都有其特定的价值系统，这决定了收藏行为。从以上的表述中可知，“收藏与保存都不会是一件自然而单纯的事情，而

① NICHOLAS THOMAS. Entangled objects, exchange, material culture, and colonialism in the Pacific. Cambridge, M. A. and London: Harvard University Press, 1991: p. 143, 转引自ANTHONY A SHELTON. Museum ethnography: an imperial science. In ELIZABETH HALLAM and BRIAN V STREET. Cultural encounters: representing “otherness”. London and New York: Routledge, 2002: p. 157.

② JAMES CLIFFORD. The predicament of culture: twentieth-century ethnography, literature, art. Cambridge, M. A.: Harvard University Press, 1988: pp. 215 - 251.

③ JAMES CLIFFORD. The predicament of culture: twentieth-century ethnography, literature, art. Cambridge, M. A.: Harvard University Press, 1988: p. 217.

是与国家政治、法律和对于过去与未来有争议的编码联系在一起”[①]。收藏的标准与分类的本质都不是单一固定不变的，也是由多元决定的。由此，收藏品的价值观投射出收藏者的情趣、欧洲的分类学及其所隐含的政治意味，收藏本身就成为一种文化政治行为。

当这些异域的收藏品以某种主题的形式，按照特定的方式被摆放在博物馆成为展品时，书写博物馆的过程方才完成。利奇在《他者文化展览的诗学与政治学》（The poetics and the politics of exhibiting other cultures）一文中，将博物馆展览定义为表征他者文化的一种方式，并以特雷德斯坎特博物馆为研究对象，强调博物馆的本质主要体现在表征、分类、动机、阐释四个层面上。[②] 这四个层面共同凸显出博物馆的书写性：首先，博物馆需要基于自身的定位和表征这一世界的动机，制定和设计展览的内容以及展览的形式，然后基于对收藏品的理解，将它们按照特定的价值体系（科学的或是审美的）进行归类，并附上相关的文本说明，诸如物品的背景介绍，或是阐释，选择性的表达文字，最后按照所设定的方式将这些物品及其文本介绍组合摆放于密闭的空间之中，呈现出来，意义的制造被神秘化为足够的表征。由此可以看出，展品是被收藏、解释并展出的，而展品的时间与顺序抹除了制造它的具体社会劳动，将之从原产地的语境中隔离出来，再重新放置到欧洲博物馆所设定的语境之中。所以，从收藏品到展品是一个高度书写的过程，同时也是一个物品的意义建构和再语境化的过程，这一过程遮蔽了物的获得过程中的历史权力关系。

旅行的物从原来的地方来到欧洲，离开了自己的语境，又被欧洲博物馆人首先建构一个特定意义，通过操作物品的展览方式，把它们融入既定的语境中，赋予他们想要给予的价值，这本身就进入一种权力运作中。正如利奇所言：“物品的意义既不是自然存在的，也不是固定不变的：它是根据所使用的分类体系，以文化的方式被建构的，并发生着从一种语境到

---

① JAMES CLIFFORD. The predicament of culture：twentieth-century ethnography, literature, art. Cambridge, M. A.：Harvard University Press, 1988：p. 218.

② HENRIETTA LIDCHI. The poetics and the politics of exhibiting other cultures. In S HALL. Representation：cultural representations and signifying practices. New York：Sage, 2012：pp. 159 – 160.

另一种语境的变化。”[①] 卡普等人对印度的一件工艺品“提普虎”在英国维多利亚和阿尔伯特博物馆展出时意义的各种变化的研究清楚地展示了这一点。依他们所云，这一工艺品是由印度人苏尔坦·提普（Sultan Tippoo）所建的手摇风琴，整体看上去，是一只老虎站在倒地的英国人身上。根据卡普等的表述，这一工艺品最初是“抵抗英国帝国统治”的象征，但英国在劫掠印度城市时获得，最终为英国维多利亚和阿尔伯特博物馆所收藏，因其展示了自我与他者这一殖民意象而作为“帝国战利品”展出。对于参观的儿童来说，其意义在于拉老虎的尾巴，物品会发出虎啸声。第二次世界大战后被损坏，后又修复好，再次在博物馆展出，并被列入名为“印度南部王朝”的永久性展厅之中，在此，“提普虎”成为异域帝国的代表。[②] 这一工艺品最初是以英国人被印度虎所降伏这一意象，表达了印度人要求独立的宣言，但在英国博物馆的展览语境下，它暗示了英国共同体国家的共同帝国经历，抵抗、独立的意义完全被抹除了。这一手工艺品在意义建构过程中，携带着历史以及不断叠加的意义，以创造文化的“他者”或文化的“自我”，这一展品意义的变化也展现出博物馆的展览可以是“无中生有的创造工具”[③]。

展品“提普虎”的故事表明，欧洲博物馆通过挪用与再语境化赋予旅行的物以不同的意义，同时也表明：博物馆并不是仅仅处置物品，还处理某种观念。换言之，“各个博物馆并不仅仅发布客观描述或是形成一套组合逻辑，还会生产出各种与特定的历史视野或分类系统相一致的表征、属

---

① HENRIETTA LIDCHI. The poetics and the politics of exhibiting other cultures. In S HALL. Representation：cultural representations and signifying practices. New York：Sage，2012：p. 168.

② ANTHONY A SHELTON. Museum ethnography：an imperial science. In ELIZABETH HALLAM and BRIAN V STREET. Cultural encounters：representing “otherness”. London and New York：Routledge，2002：p. 194.

③ ANTHONY A SHELTON. Museum ethnography：an imperial science. In ELIZABETH HALLAM and BRIAN V STREET. Cultural encounters：representing “otherness”. London and New York：Routledge，2002：p. 194.

性价值和意义”[1]。由此，要真正理解被展示物的意义建构机制，需要了解博物馆形构他者表征的技术、惯例和视觉语言。卡普从多种交叠的、构成复杂历史的语境中总结出影响博物馆展览意义建构的四个主要因素：第一，启蒙时代形成的分类系统，认为可以像了解自然一样了解他人的文化，从而将他人文化归入博物史；第二，殖民扩张时期的历史，借此，其他民族与其文化产品为人所知，并为博物馆收藏，因而收藏品是有历史的，但多为被挪用的历史；第三，表征“他者”的历史，历史上有着多种表征他者的方法，如否定被征服的异域人民有文化，将阶级意象投射到其他文化之上以形成文化的等级制，或是将他者的意象同化到西方自身的表征体系之中；第四，自19世纪以来各种语境下展示异域文化的历史，各种展示技巧与策略在各种语境下或不同的历史时期，会相互借用或承继下来。[2] 从这一概述可以看出，博物馆展览的表征或他者知识的组织形式都是隶属于更大的历史社会语境，这些历史的模式和关系会塑造展示技巧或策略，展示技巧也许会源自其他语境，如影院、主题公园、百货商店的展示也会为博物馆所挪用，这些都说明博物馆与更大的文化、历史和商业空间的重要关系。如此一来，博物馆对于异域文化的展示呈现出托尼·本内特（Tony Bennett）所说的“展示综合体”，不论是临时性事件（如博览会）还是永久性机构（如博物馆、动物园等），这种“展示综合体”将异域的他者建构成为视觉化的奇观范畴，并以奇观的形式，让欧洲的普通民众见证权力的展示。[3] 因此，对于博物馆展示的研究，需要重点检视博物馆展览所安置的各种历史，以及博物馆文化权威通过表征技术再生产的方式，以洞悉博物馆展示的诗学与政治学。

以上学者对于博物馆书写的研究表明：作为储存和展示物品的空间景观，博物馆主要通过展示的政治学与审美学建构他者，体现出西方的优越

---

① HENRIETTA LIDCHI. The poetics and the politics of exhibiting other cultures. In S HALL. Representation：cultural representations and signifying practices. New York：Sage，2012：p. 160.

② IVAN KARP and CORINNE KRATZ. Reflections on the fate of Tippoo’s tiger：defining cultures through public display. In ELIZABETH HALLAM and BRIAN V STREET. Cultural encounters：representing “otherness”. London and New York：Routledge，2002：pp. 199 – 202.

③ T BENNETT. The exhibitionary complex. New Formations，1988（4）：pp. 73 – 102.

感，并且通过博物馆的权威再生产各种权力关系。然而，这些研究主要是从博物馆展览这一文化文本的书写过程，说明了权力与经济优越性在建构他者文化时的殖民意识，对于博物馆书写的接受反应少有涉及，克利福德对于观者接受方面的研究似乎能稍作弥补。从受众的视角出发，他倾向于将博物馆看作是“不可回避的交往（冲突地带）”，因为观者会携带着不同的历史经验进入这一展厅，虽然展览作为再语境化的“文化文本”，其表征多为文字文本（导言、物品介绍等）所限定，但是解读的位置或角度是无法固定的。[①] 他以 1989 年在皇家安大略博物馆所举行的以“进入非洲中心”为题的非洲物品的展示所引发的各种批评为例，展示了一次失败的博物馆书写。该展览的动机，借用馆长的话，是将“博物馆作为手工制品来研究，将收藏作为文化文本来解读，以发现物的活的历史”，从而“理解跨文化相遇的复杂性”。[②] 依据克利福德的描述，非洲的手工艺品旁边摆放着一些传教士或帝国当局充满殖民主义意味的文字陈述，参观者基于各自的背景，从展示中获得不同的信息。简言之，这一美化的殖民主义形象和对非洲人盛气凌人的话语遭到了非洲裔加拿大人的强烈不满，最后致使在多个博物馆进行巡展的安排都取消了。这一失败的原因在于，在后殖民语境下，如此露骨地表现出种族主义和殖民化，可视为对非洲的成就以及非洲裔加拿大人经历的持续性压制。由此，在当代语境下的他者文化博物馆展示更像是两种文化的斗争协商场域，一改西方可随意书写东方的局面。所以，当有人将这些民族志博物馆比拟为“历史文化的记忆剧场”时，当代文化研究者不禁要追问：“是谁的记忆?”“目的何在?”[③] 因而，博物馆展示的文化政治研究可视为殖民旅行研究的延伸，可更加清晰地展示出这一点：物的旅行方向——从他方到西方本身就是殖民控制和殖民旅行的结果。

---

① JAMES CLIFFORD. Routes：travel and translation in the late twentieth century. Cambridge，M. A.：Harvard University Press，1997：p. 207.

② JEANNE CANNIZZO. Into the heart of Africa. Ontario：Royal Ontario Musuem，1989：p. 92. 转引自 JAMES CLIFFORD. Routes：travel and translation in the late twentieth century. Cambridge，M. A.：Harvard University Press，1997：p. 206.

③ JAMES CLIFFORD. The predicament of culture：twentieth-century ethnography，literature，art. Cambridge，M. A.：Harvard University Press，1988：p. 248.

基于以上的学者对于博览会和博物馆这一特殊的地理书写形式的研究，他们不仅关注了展示的诗学，也探讨了展示的政治学。在此，所谓的诗学与政治学主要是借鉴霍尔针对表征研究而划分的两个途径：符号学途径与话语途径。这两种途径虽存有一些相似性，但最大的区别在于“符号学途径关心表征如何运作，语言如何产生意义，即人们常说的‘诗学’；而话语研究途径更关心表征的后果与影响，即表征的‘政治学’。它不仅考察语言和表征如何生产意义，而且考察一种特有的话语所生产的知识是如何与权力链接，规范行为的”①。因为这些学者不仅从旅行的视角探寻了物体离开自身语境被重新植入西方博物馆所设定的新语境后，意义是如何通过西方的分类机制与各种领域的价值体系被赋予新的意义的，也检视了展览的知识与帝国殖民的关系，收藏与展览是如何与西方的主导意识形态和价值观同构的，在帝国扩张中又起着怎样的作用，对于旅行与旅行书写赋予怎样的文化想象。由此，我们得出这样的结论：欧洲博物馆对于东方之物的展览作为一种文化文本，其表征的方式略有不同，但其书写的内在机制、思想与殖民旅行书写是一致的。

本章小结

从以上的梳理、解析与论述中我们可以看到：

第一，从殖民旅行的视角，对于地理书写的反思研究与民族志的表征政治研究，尽管关注主题不同，但基本采用了相似的方法，不仅将自身的学科放在旅行的范式之下，而且强调文本的书写性、获取知识和呈现知识的方法，以及其中所含纳的欧洲特权。这一方面反映出地理知识与民族志密不可分的关系；另一方面，这也表明殖民旅行研究对于帝国语境的重视与强调，认为这两个帝国语境下产生的现代学科，势必与帝国有着各种联系。这种反思从地理学科的产生开始，首先将这一学科确定为具有深刻的

---

① S HALL. Representation：cultural representations and signifying practices. New York：Sage，2012：p. 6. 译文参考了斯图亚特·霍尔编，徐亮、陆兴华译：《表征——文化表象与意指实践》，北京：商务印书馆，2003 年，第 6 页。

欧洲中心的学科，从殖民主义时期，德里弗所称的“地理好战者”①，不仅直接推动地理占领、剥夺与挪用——勘察土地、编写资源目录诸如此类，也在认识论意义上将欧洲放置在理性知识发展的中心，然后如克莱顿所总结的，“地理学者已经显示出该学科的大量发现以及与众不同的知识和实践——有关探险与旅行、地图和资源目录以及空间比较、分类和规划体系——作为物质上和智力上的剥夺工具”，从而地理学的研究方法被看作是“引发并维持帝国关系的强大建筑”。② 地理书写，包括作为人造地理景观的博物馆的书写，作为殖民旅行的延伸，其提供的知识不仅帮助了帝国的延伸，也维系了帝国的存在。因而地理学者反思了各种地理景观的书写与建构的策略，如凝视、绘图、命名和展示，以揭示地理书写表征的诗学与政治学，以作为殖民旅行或殖民书写在后殖民语境下是否存在的判断依据。

第二，萨义德的东方主义批评让我们相信，因为所有的地理都是“想象地理”，那么我们也是通过特定的表征技术获得世界的，然而从毕晓普到格瑞高里，再到邓肯，他们对“想象地理”这一观念与地理景观的书写的研究中，可以看出，对于景观与想象关系的些许变化，即从心理到文本再到政治需求，其中，“想象地理”这一观念是他们研究的共同出发点和关键术语，但又借此表达了不同的观点立场。分疏来看，毕晓普着意于将欲望视为旅行者母国文化、政治、审美、人文以及母国与旅行地的政治、经济关系作为景观的决定因素，由此，异域景观成为旅行者所携带的母国文化与欲望的浮动所指物。格瑞高里则更为遵从萨义德所说的文本性态度，以强调景观是通过文本不断改写并建构为可见性空间的。相较于前两位，邓肯在强调异域景观受到母国与旅行地的政治关系所左右的同时，强调了景观的物质性，即其自身的特点，而此种观点将景观呈现为协商的结果，突出了当地地方特色的地位，这可视为重新发现帝国与殖民主义的多样性、复杂性和相互矛盾性的一种努力。

地理旅行书写的反思研究主要探究了地理学科与帝国相互纠缠的历

① FELIX DRIVER. Geography's empire：histories of geographical knowledge. Environment and planning D：society and space，1992，10（1）：p. 23.

② 丹尼尔·克莱顿：《批判性的帝国与殖民地理学》，见凯·安德森等主编，李蕾蕾、张景秋译：《文化地理学手册》，北京：商务印书馆，2009 年，第 541 页。

史，意欲说明“地理学者被社会化而进入一门学科和话语中，其假设、概念和研究方法总是且处处与权力之网相通，地理学并非只是某种发现世界秩序的方法，同时也是与秩序的创造和要求相关的方法”①。然而后殖民语境中，从旅行的范式下所进行的这一追寻与评判，意在揭示欧洲中心主义系统，以便将被排除在外的声音，如女性、其他阶级和种族的声音纳入地理学科的研究中，意在为“排除在外的声音与反传统开辟一个空间，延伸‘合法’的地理知识的领域”②，从而为当下研究寻找智识机遇。

---

① 丹尼尔·克莱顿：《批判性的帝国与殖民地理学》，见凯·安德森等主编，李蕾蕾、张景秋译：《文化地理学手册》，北京：商务印书馆，2009 年，第 555 页。为与本文文风一致，文字略有改动。

② FELIX DRIVER. Submerged identities：familiar and unfamiliar histories. Transactions of the institute of British geographers，1995，20（4）：pp. 410 – 413.

第六章　结　语

文化知识分子的工作不是去接受所给定的身份政治，而是要展示：所有这些表征是如何被建构的，出于什么目的，由谁建构的，又有哪些构成部分。

——萨义德《文化与帝国主义》

通过前文对殖民旅行研究的梳理，业已可知，殖民旅行研究是后殖民主义时期，文化知识分子以旅行文化为着眼点，“对殖民过去的重访”，借用格瑞高里的话，是为了“追忆殖民过去的各种强权，挽回殖民过去抹除和压制之事物”（retrieves its impositions and exactions，its erasures and suppressions）①。这种重访，意欲通过一种批评式阅读，“考量旅行中的腐蚀性交叠（corrosive overlaps）和对抗状态，以挑战北半球（或西方）的霸权及它对旅行特权的控制”②，从而发掘隐藏于旅行背后的政治经济和文化权力的含义。从已为我们整体梳理出来的情况看，这一研究通过对19世纪以来所建立的严密的知识分工系统和学科壁垒的突围，将与旅行有着密切联系亦是表征“他者”文化的三大文类——民族志、游记与地理书写置于旅行的范式之下，探寻并展示其表征的书写性与建构性，有效地揭示出了隐藏在各类文本之后的知识的生产与权力之间的内在联系，质询了欧洲在殖民主义时期所建立的并强加于异域的“他者”知识体系。而其研究在国际学界的泛行，则是与其他批判性知识潮流一起，加深了现代西方人文社科的“表征危机”。此外，介入这一研究类型的学者也都试图从具体的语境出

① D GREGORY. Colonial nostalgia and cultures of travel：spaces of constructed visibility in Egypt. In NEZAR ALSAYYAD. Consuming tradition，manufacturing heritage：global norms and urban forms in the age of tourism. London：Routledge，2001：p. 112.

② RAMINDER KAUR and JOHN HUTNYK. Travel worlds：journeys in contemporary cultural politics. London：Zed Books Ltd.，1999：p. 1.

发，通过对大量的殖民相遇与交往档案的细致考察，呈现出殖民旅行叙事的多层性与多义性，这也包括在他们的研究中已注意到的殖民旅行者与当地民之间的互惠与对立关系、因性别与种族问题的缠绕所造成的问题的错综性，以及当代旅行中的殖民视野与世界主义视野的对抗与同谋等，这些都反映出了围绕着这一主题本身即带有的多重复杂性。从更深的含义来看，重访也并非为简单地展现殖民过去，以批判做告结，更是试图彻底地告别殖民过去，以开拓出一种多民族平等融合的新的目标。本书对之的梳理解析较为清晰地呈现出殖民旅行研究的理论观点与发展态势，为旅行文化的研究提供了一个较为全面的认识理解框架。

然而，梳理论述殖民旅行研究理论的意义并非仅限于此，它在当下依然具有重要的学术批评价值与实践研究的启示意义。从学术研究上看，基于前面几个章节的论述，我们可以看出，殖民旅行研究视域下的旅行书写，事实上是回到了旅行书写的本源，即旅行的延伸或记录，而没有各种文类或体裁的划分，是各种文类共同织成的网。为了将殖民旅行中所涉及的某一主题剖析论述得更为细致，殖民旅行研究者不仅跨域了多个体裁文类的边界，而且采用社会学、心理学、哲学与文学等理论，如休姆对于“殖民相遇”中食人话语的研究，主要采用了马克思的哲学理论，以及文化研究的方法，涉及多种旅行文学书写形式，从旅行日志到书信，再到戏剧、小说、传奇和罗曼司等。殖民旅行研究，在普拉特看来，不仅仅是一种对现代欧洲跨域旅行书写的“意识形态批判，也涉及体裁研究”①，因而，它打破了学术研究的某种专业化。如果如约翰·麦克劳德（John McLeod）所言，“20 世纪 80 年代出现了各种令人耳目一新的文本分析模式，折中和跨学科为其显著特征，这些模式积极甚至令人倍感刺激地融合了女权、哲学、心理、政治、人类学和文学理论的不同观点”②，那么，殖民旅行的文本研究模式恰巧是一个很好的范例。如此看来，对这一研究模式进行谱系化的梳理与探讨亦可提供一种跨学科的学术批评范式，有助于将当代一些盘根错节、相互缠绕的问题纳入学科研究之中。

---

① M L PRATT. The imperial eyes：travel writing and transculturation. New York and London：Routledge，2008：p. 3.

② JOHN MCLEOD. Beginning postcolonialism. Manchester：Manchester University Press，2000：p. 23.

当然，从本书所构建的理解框架来看，这一研究并不单纯地就是一个跨学科的现象，还是在已有的学科设置平台上的跨学科研究。一方面，它呈现出普遍意义上的学科跨界现象，如历史学学者会研究民族志和游记，地理学者也会涉足游记的研究，文化批评对于游记的研究会借用马克思理论、女性主义理论等，地理学者借鉴人类学学者的理论成果，从而带动了多个学科间的互动。另一方面，这一研究并不对抗已确立的学科，依然是来自不同学科体系的殖民旅行研究者从旅行范式对本学科现行的学术规范或知识的反思与质询，是基于共同的问题意识，共同的方法论视野（解殖、文化研究等），打通了学科间的界限，研究旅行问题。因而这一研究的跨学科性更加贴近于罗兰·巴尔特所说的“跨学科性在于创造一个不属于任何原有学科的新对象”[①]。就此而言，这一新的研究对象——旅行问题——调动了多个学科的互动，从而有利于将某些在学科内部忽略的事实或问题拉入研究视野。

其次，这一领域的研究者不仅发掘出了自18世纪以来欧洲跨域活动中生产出来的巨量文本，而且在系统的考察中纳入了新的理论视角，从而完成了一次对原初文本解释的再理论过程。在他们的研究中新的理论的使用与发明可谓是层出不穷，而最为重要的一个方面，或许还是将殖民旅行及其书写视为一种特殊的话语，如约翰·哈特努克（John Hutnyk）意谓的“旅行经济学”，便打破了将旅行做平面化、自然化、惯常化处理的认知模式，更多地倾向于追问谁旅行、谁书写旅行这些隐含主体的问题[②]。为此，它所讨论的就不再是旅行书写是真实的还是虚构的，是准确的还是错误的，是主观的还是客观的，而是去探寻欧洲的旅行书写是如何“将世界放在纸上”的[③]，也就是将旅行书写视作一种话语生产的模式，一种赋予异域世界以意义的意指实践。正如萨义德、克利福德、巴斯耐和普拉特等人

---

① 巴尔特语，转引自 JAMES CLIFFORD. Introduction：partial truths. In JAMES CLIFFORD and G E MARCUS. Writing culture：the poetics and politics of ethnography. Berkeley：University of California Press，1986：p. 1.

② JOHN HUTNYK. Argonauts of western pessimism：Clifford's Malinowski. In S CLARK. Travel writing and empire：postcolonial theory in transit. London：Zen Books，1992：pp. 45 -62.

③ PETER HULME and TIM YOUNGS. The Cambridge companion to travel writing. New York：Cambridge University Press，2002：p. 17.

的理论观点：旅行与旅行书写既可当政治、军事、科学和经济权力的工具，也可当种族主义和男性至上的工具，它们本身就是施加于他人的权力器具。旅行书写自身便成为一个充满价值选择与定位的文本，是经过了彼时话语编码，并需要再度解码的文本，其中的内容选择与风格再现等，都已成为构想、链接与建构他者世界的一种方式。诚如劳瑞尔·理查德森（Laurel Richardson）所言，“任何的文本表演都不是无辜的，我们总是将价值观铭写入我们的书写之中”①，因而对其的解读，也势必需要去考量种族、性别、社会结构和日常生活等文化的因素，以及书写者所处时代的旅行意识，书写者与被书写地之间存在的各种社会、政治关系等。总体来看，只有当我们将这些文本放置在更大的社会经济与政治实践之中进行考量之时，才有可能发现其全部的内在蕴义。

返回到我们自己的历史中，毫无疑问，对各种西方殖民旅行理论的梳理，也将对与本土经验相关的考察具有重要的启示意义。从历史上看，中国与西方早期的接触也主要源自欧洲人的旅行，从早期的商人马可·波罗，到16世纪的意大利传教士利玛窦，再到鸦片战争之后来华的瑞典探险家斯文·赫定、英国的探险军人荣赫鹏、英国考古学家奥雷尔·斯坦因，以及诸多欧美女性旅行者等，他们留下了大量关于中国的旅行文字，需要对之加以新的发掘与考察。从总体上看，目前这方面的解读还主要停留在将欧洲旅行者作为彼时中国社会风貌的见证者，或是认为他们的书写展示了当时中国社会的图景，对旅行书写的文化政治维度考量较少。最为典型的例子是2012年7月中央电视台播出了由新疆导演宁照宇执导的五集纪录片《百年新疆——新疆的历史》，令笔者惊讶的是，该纪录片主要是基于20世纪初欧洲的五位探险家的游记拍摄而成，并声称展现了新疆百年的变化。笔者并不否认，这些西方游记在一定程度上反映了20世纪上半叶新疆的社会人文面貌，但如果参照于殖民旅行的理论观点，那么到中国内陆与边疆来的欧洲旅行者，其书写绝不会是对旅行地做单纯的复制式描写，而是一种被某种观念结构过滤与加工过的文本，也非只是凭借一系列自己的民族记忆和对他者所做的集体想象，在更多的情况下则是母国欲望的投射

① LAUREL RICHARDSON. Writing strategies：reaching diverse audiences. Newbury Park：Sage，1990：p. 12.

与旅行地自身地域特色相协商的结果。并且，将中国新疆历史的确认交由五位欧洲探险旅行者的书写来完成，本身也带有某种讽刺性的意味，由此必然会将我们置身于一种自身历史文化描述的“失语”困境，完全丧失了书写自身历史文化的主体地位。就此而言，就很有必要重新反思对待西方游记文本等的盲见，从当代西方殖民旅行研究中汲取一些可贵的惊醒视角，以便在处理这些欧洲的中国书写时，能够穿越表象，发现其中蕴藏的一套观念体系，通过以对话的方式展开的批评性的文本阅读，重新确立中国与欧洲之间的主体间性。

当然，对殖民旅行研究进行梳理与解析，甚至将之作为新的研究的参照，并非仅是为了照搬这些理论，以套用到对中国的研究之中，因为采用文化研究的方法来研究旅行与旅行书写，实际上就已经意味着需要对文化研究所提出的语境问题加以充分的考虑，而从中国这一相对特殊的语境中产生的发现，也将对已有的西方殖民旅行理论做出进一步的补充或者纠错。换言之，当殖民旅行理论旅行至中国，完全有可能会发生些许的变化，为此可以去重建一套我们自己的旅行批评理论。

正如我们所看到的，殖民旅行研究自身也会存在着某些不足或问题。首先，这一研究是基于共同关注的问题而构成的，因而缺乏学科研究所具有的某种系统性，导致这些研究成果相对分散，且枝节横出。其次，它过分地强调帝国语境的重要性，忽略了旅行话语也是由多元因素决定的，以至于将帝国看作是决定因素，帝国的话语疆域也不断扩大，难免会引起一种悲观的情绪。令人欣慰的是，从殖民旅行研究的发展态势来看，关于旅行话语的差异性研究正在逐渐增多。欧洲旅行书写所呈现出的多元文化现象或是对于自身文化的反思可能性也是殖民旅行研究者所要关注追寻的。

尽管有以上的不足之处，但这一研究由于其立足于在移动中洞悉权力关系的变化，因此也将对更好地理解当今全球化语境中文化资本的分布与流动、文化权力在各种书写活动中的呈现与博弈等，具有重大的启示意义。单就旅行活动而言，毕竟其作为多种文化相遇、斗争最为重要的场域之一，并不仅仅是一个观光型的活动，而是在其中进行政治、经济与文化层面上的多种相遇、斗争与协商。诚然，在新的世界格局下，跨域旅行不再是单车道——其流向仅表现为从西方国家向第三世界国家的移行，而是呈现出双向与多向移动的态势，由此而使得旅行所带来的文化交锋一方面会更多地反映出意义竞争与协商的复杂性。另一为面，权力的不平衡也并没有就此消失。以后者而言，比如在商业化旅游盛行的今天，原殖民地国家推出的殖民地旅行规划，有不少还是依照西方旅行者的想象与期待来建造各种不同的旅游区，甚至将整个旅游区还原为原初的状态，这也包括让旅行区内的居民穿戴传统的服饰等，从而使得这些旅游区看似是西方人眼中的一块飞地。而非西方国家在渴望被凝视的同时又试图抵制这种凝视，这一矛盾心理也使得跨域旅游交往活动中的权力分配关系变得愈加错综复杂，扑朔迷离。因而，在全球化语境下，旅行的政治性依然成为对之研究不可忽视的维度。

由于本书的立意在于以书写为重点，梳理文化研究视域下当代学者对殖民旅行的文化政治研究，这也决定了眼前所呈示的文本会受到诸多限制，以至于某些与旅行相关的重要主题，如上文提及的当代旅游景区的建构及其飞地的性质，原住地居民被凝视的渴望，以及旅游因与国家政策相关而演化为政治行为的现象等全球化后旅行的重要命题，均无暇涉足，而这些也将是今后旅行文化研究的重要话题。尤其是新自由主义与消费主义盛行的语境下，以获取异域知识为目的的旅行其实已被商业化的观光游所取代，这似乎也表明了，旅行背后所隐含的权力政治没有削弱，反而更加强化了，其深层的原因也亟待研究。因而，殖民旅行研究的梳理只是打开了一扇门，便于我们今后能够更为深入地探寻跨域旅行文化中所反映出来的多种问题。

参考文献

一、英文文献

（一）专著

[1] A BERGER. Deconstructing travel: cultural perspectives on tourism. California: AltaMira Press, 2004.

[2] AKHIL GUPTA and JAMES FERGUSON. Culture, power, place: explorations in critical anthropology. Durham and London: Duke University Press, 1997.

[3] ALEX CALDER and JONATHAN LAMB and BRIDGET ORR. Voyages and beaches: Pacific encounters, 1769 – 1840. Honululu: University of Hawaii Press, 1999.

[4] ALEXANDER WILLIAM KINGLAKE. Eothen: traces of travel brought home from the east. Evanston: The Marlboro Press, 1997.

[5] AL-HAJRI, HILAL. British travel-writing on Oman: orientalism reappraised. Bern and New York: Peter Lang, 2006.

[6] ALI BEHDAD. Belated travelers: orientalism in the age of colonial dissolution. Durham and London: Duke University, 1994.

[7] ALYSON WALTERS. The morals of history. Minneapolis: University of Minnesota Press, 1995.

[8] ANDRE LEFEVERE. Translation, history and culture: a source book. London and New York: Routledge, 1992.

[9] ANDREW THACKER. Moving through modernity: space and geography in modernism. Manchester: Manchester University Press, 2003.

[10] ANIA LOOMBA. Colonialism/ Postcolonialism. London: Routledge, 1998.

[11] ANNETTE KUHN. The power of the image: essays on representation and sexuality. London: Routledge & Kegan Paul Ltd., 1985.

[12] ARJUN APPADURAI. Modernity at large: Cultural Dimensions of

globalization. Minneapolis: University of Minnesota Press, 1996.

[13ALISON BLUNT. Travel, gender and imperialism: Mary Kingsley and West Africa. New York: Guilford, 1994.

[14] B ASHCROFT, G GRIFFITHS and TIFFIN HELEN. The post-colonial studies reader. London and New York: Routledge, 1995.

[15] BARBARA MARIA STAFFORD. Voyages into substance: art, science, and the illustrated travel account, 1760 – 1840. Cambridge: The MIT Press, 1984.

[16] BARD MOORE-GILBERT. Postcolonial theory: contexts, practices, politics. London and New York: Verso, 1997.

[17] BENEDICT ANDERSON. Imagined communities: reflections on the origin and spread of nationalism. London and New York: Verso, 1983.

[18] B ASHCROFT. The empire writes back: theory and practice in post-colonial literatures. London and New York: Routledge, 2002.

[19] C ROJEK and J URRY. Touring cultures: transformations of travel and theory. London: Routledge, 1997.

[20] CAREN KAPLAN. Questions of travel: postmodern discourses of displacement. Durham and London: Duke University Press, 1996.

[21] CARL THOMPSON. Travel writing. London and New York: Routledge, 2011.

[22] CAROL TRAYNOR WILLIAMS. Travel culture: essays on what makes us go. Westport: Praeger, 1998.

[23] CHARLES BURDETT and D DUNCAN. Cultural encounters: European travel writing in the 1930. New York and Oxford: Berghahn Books, 2002.

[24] CHRIS BARKER and DARIUSZ CALASINSKI. Cultural studies and discourse analysis: a dialogue with language and identity. London: Sage Publications, 2001.

[25] CLAUDE LEVI-STRAUSS. Tristes tropiques (1955). London: Hutchinson & Co., 1961.

[26] COLIN GORDON. Power/Knowledge: selected interviews and other writings 1972 – 1977. New York: Pantheon Books, 1980.

[27] D ANTHONY KING. Culture, globalization and the world-system: contemporary conditions for the representation of identity. Minneapolis: University of Minnesota Press, 1997.

[28]D ATKINSON,P JACKSON and D SIBLEY,etc. Cultural geography:a critical dictionary of key concepts. London and New York:I. B. Tauris,2005.

[29]D GREGORY. Geographical imaginations. Oxford:Blackwell,1994.

[30]D GREGORY. The colonial present. Oxford:Blackwell,2001.

[31]D JUSTIN EDWARDS. Postcolonial literature. New York: Plagrave Macmillan,2008.

[32]DAVID MILLER and PETER REIL. Visions of empire:voyages,botany and representations of nature. Cambridge:Cambridge University Press,1996.

[33]DAVID MORLEY and CHEN KUAN-HSING. Stuart hall:critical dialogues in cultural studies. London and New York:Routledge,1996.

[34]DAVID SPURR. The rhetoric of empire:colonial discourse in journalism, travel writing, and imperial administration. Durtham & London: Duke University Press,2001.

[35]DEBBIE LISLE. The global politics of contemporary travel writing. Cambridge: Cambridge University Press,2006.

[36]DENIS COSGROVE. Apollo's eye:a cartographic genealogy of the earth in the western imagination. Baltimore:Johns Hopkons University Press,2001.

[37]DENIS COSGROVE. Geography and vision: seeing, imagining and representing the world. London and New York:I. B. Tauris & Co. Ltd. ,2008.

[38] DENIS COSGROVE and STEPHEN DANIELS. The iconography of landscape: essays on the symbolic representation, design, and use of past environments. Cambridge:Cambridge University Press,1988.

[39]DENIS PORTER. Haunted journeys:desire and transgression in European travel writing. Princeton:Princeton University Press,1991.

[40] DIANA KNIGHT. Barthes and utopia: space, travel, writing. Oxford: Clarendon Press,1997.

[41] DONNA HARAWAY. Simian, cyborgs, and women: the reinvention of nature. New York:Routledge,1991.

[42]E SAID. Culture and imperialism. New York:Vintage Books,1993.

[43] E SAID. Orientalism. London and Henley: Routledge & Kegan Paul Ltd. ,1978.

[44] E SAID. The world, the text, the critic. Harvard: Harvard University Press, 1983.

[45] EDWARD SOJA. Postmodern geographies: the reassertion of space in critical social theory. London and New York: Verso, 1989.

[46] ELAINE BALDWIN et al. Introducing cultural studies. Beijing: Peking University Press, 2006.

[47] ELIZABETH HALLAM and BRIAN V STREET. Cultural encounters: representing "otherness". London and New York: Routledge, 2002.

[48] EMILE BENVENISTE. Problems in general linguistics. Coral Gables: University of Miami Press, 1971.

[49] ERIC LEED. The mind of the traveler: from Gilgamesh to global tourism. New York: Basic Books, 1991.

[50] EVELYN WAUGH. When the going is good. London: Duckworth, 1946.

[51] F BARKER, P HULME and M IVERSEN. Colonial discourse/postcolonial theory. Manchester and New York: Manchester University Press, 1994.

[52] FANON FRANTZ. The wretched of the earth. New York: Grove Press, 1963.

[53] FRANCIS BACON. Essays. Beijing: Beijing Foreign Language Teaching and Research Press, 1997.

[54] F BARKER, PETER HULME, M IVERSEN. Cannibalism and the colonial world. Cambridge: Cambridge University Press, 1998.

[55] FREDERIC JAMESON. The political Unconsciousness: narrative as a socially symbolic act. London: Routledge, 1981.

[56] G C SPIVAK. The post-colonial critic: interviews, strategies, dialogues. New York: Routledge, 1988.

[57] G E MARCUS and M J FISCHER. Anthropology as cultural critique: an experiential moment in the human sciences. Chicago: University of Chicago Press, 1986.

[58] GASTON BACHELARD. The poetics of space. New York: The Orient Press, 1964.

[59] GERMANN JENNIS MOLZ. Travel connections: tourism, technology and togetherness in mobile world. New York and London: Routledge, 2012.

[60] GLENN HOOPER and TIM YOUNGS. Perspectives on travel writing. Farnham:Farnham:Ashgate,2004.

[61] GRAEME TURNER. British cultural studies: an introduction. London and New York:Routledge,2003.

[62] GRAHAM HUGGAN. Interdisciplinary measures: literature and future of postcolonial studies. Liverpool:Liverpool Univ ersity Press,2008.

[63] HAL FOSTER. Vision and visuality. Seattle, W. A.: Bay Press Seattle,1988.

[64] HALLEN,NICKLAS. Travelling objects:mordernity and materiality in British colonial travel literature about Africa. Umea:Umea University,2011.

[65] H BHABHA. The location of culture. London and New York: Routledge,1994.

[66] IAIN CHAMBERS and LIDIA CURTI. The post-colonial question : common skies,divided horizons. London and New York:Routledge,1996.

[67] INDIRA GHOSE. The power of the female gaze: women travellers in colonial India. Delhi:Oxford University Press,1998.

[68] J BUZARD. The beaten track: European tourism. Literature and the ways to "culture" 1800 – 1918. Oxford:The Clarendon Press,1993.

[69] J DUNCAN and NANCY DUNCAN. Landscapes of privilege: the politics of the aesthetic in an American suburb. London and New York: Routledge,2004.

[70] J DUNCAN and D GREGORY. Writes of passage: reading travel writing. London and New York:Routledge,1999.

[71] J DUNCAN and D LEY. Place/Culture/Representation. London: Routledge,1993.

[72] J DUNCAN,NUALA JOHNSON and RICHARD SCHEIN. A companion to cultural geography. Oxford:Blackwell Publishing Ltd. ,2004.

[73] J HABERMAS. The philosophical discourse of modernity. trans. FREDERICK LAWRENCE. Cambridge:Polity Press,1987.

[74] J MACKENZIE. Orientalism: history, theory and the arts. Manchester: Manchester University Press,1995.

[75] J TROLLOPE. Britannia's daughters: women of the British empire. London: Hutchinson, 1983.

[76] JACQUELINE TIVERS and TIJANA RAKIC. Narratives of travel and tourism. Farnham: Ashgate, 2012.

[77] JAMAICA KINCAID. A small place. New York: Farrar, Straus and Giroux, 1988.

[78] JAMES CLIFFORD and G E MARCUS. Writing culture: the poetics and politics of ethnography. Berkeley: University of California Press, 1986.

[79] JAMES CLIFFORD. On the edges of anthropology: interviews. Chicago: Prickly Paradigm Press, 2003.

[80] JAMES CLIFFORD. Routes: travel and translation in the late twentieth century. Cambridge, M. A.: Harvard University Press, 1997.

[81] JAMES CLIFFORD. The predicament of culture: twentieth-century ethnography, literature, art. Cambridge, M. A.: Harvard University Press, 1988.

[82] JAMES GIBSON. The ecological approach to visual perception. Boston: Houghton Mifflin, 1979.

[83] JANE ROBINSON. Wayward women: a guide to women travellers. Oxford: Oxford University Press, 1990.

[84] JAS ELSNER and JOAN PAUL RUBIES. Voyages and visions: towards a cultural history of travel. London: Reaktion Books, 1999.

[85] JOAN-PAU RUBIES. Travellers and cosmographers: studies in the history of early modern travel and ethology. Farnham: Ashgate, 2007.

[86] JOHANNES FABIAN. Time and the other: how anthropology makes its object. New York: Columbia University Press, 2002.

[87] JOHANNES FABIAN. Time and the work of anthropology: critical essays 1971 – 1991. Amsterdam: Harwood Academic Publishings, 1991.

[88] JOHN BERGER. Ways of seeing: a book. New York: Penguin Books, 1972.

[89] JOHN CULBERT. Paralyses: literature, travel and ethnography in French modernity. Lincoln, Nebraska: University of Nebraska Press, 2011.

[90] JOHN MCLEOD. Beginning postcolonialism. Manchester: Manchester University Press, 2000.

[91]JOHN URRY and JONAS LARSEN. The tourist gaze 3. 0. New York: Sage,2011.

[92]JOHN URRY. The tourist gaze. Thousand Oaks:Sage Publications,2002.

[93]JOHN ZILCOSKY. Writing travel: poetics and politics of the modern journey. Toronto:University of Toronto Press Incorporated,2008.

[94]JONATHAN RABAN. For love and money: writing, reading, travelling. London:Collins Harvill,1987.

[95]JOSEPH-MARIE DEGERANDO. The observation of savage peoples (1800). trans. F C T MOOR. London:Routledge & Kegan paul Ltd. ,1969.

[96]JULIAN KUEHN and SMETHURST. Travel writing,form,and empire: the poetics and politics of mobility. New York and London:Routledge,2009.

[97]JUSTIN STAGL. A history of curiosity: the theory of travel, 1550 – 1800. Chur,Switzerland:Harwood Academic Publishers,1995.

[98]K FLINT and H MORPHY. Culture,landscape and the environment. Oxford: Oxford University,2000.

[99]KEVIN MEETHAN. Tourism in global society:place,culture,consumption. New York:Palgrave,2001.

[100] LAUREL RICHARDSON. Writing strategies: reaching diverse audiences. Newbury Park:Sage,1990.

[101]LYNNE WITHEY. Grand Tours and Cooks' tours:a history of leisure travel,1750 – 1915. New York:W. Morrow,1997.

[102] M BELL, R BUTLIN and M HEFFERNAN. Geography and imperialism,1820 – 1940. Manchester:Manchester University Press,1995.

[103]M FOUCAULT. The archaeology of knowledge. trans. SHERIDAN SMITH. London:Tavistock Publications Limited,1972.

[104]M FOUCAULT. The order of things: an archaeology of human sciences. trans. LES MOTS ET LES CHOSES. New York:Ransom House,1994.

[105]M L PRATT. The imperial eyes:travel writing and transculturation. New York and London:Routledge,2008.

[106]MARSHALL BERMAN. All that is solid melts into air:the experience of modernity. New York:Penguin Books,1982.

[107] MARTIN DAUNTON and RICK HALPERN. Empire and others: British encounters with indigenous peoples, 1600 – 1850. London: UCL Press,1999.

[108] MARTIN GREEN. Dreams of adventure-deeds of empire. London: Routledge & Kegan Paul Ltd. ,1980.

[109] MARY BAINE CAMPBELL. The witness and the other world. New York: Cornell University Press,1988.

[110] MARY FULLER. Voyages in print: English travel to America,1576 – 1624. New York: Cambridge University Press,1995.

[111] MARY KINGSLEY. Travels to West Africa. London: Virago,1965.

[112] MARY MORRIS. The illustrated virago book of women travellers. London: Virgo,1994.

[113] MATTHEW EDNEY. Mapping an empire: the geographical construction of British India,1765 – 1843. Chicago: University of Chicago Press,1997.

[114] MDNICA ANDERSON. Women and the politics of travel, 1870 – 1914. Madison N. J. : Fairleigh Dickinson University Press,2006.

[115] MICHAEL CRONIN. Across the lines: travel, language, translation. Cork: Cork University Press,2000.

[116] MICHAEL KOWALEWSKI. Temperamental journeys: essays on the modern literature of travel. Athens: Georgia University Press,1992.

[117] MICHEAL FOUCAULT. The birth of the clinic: an archaeology of medical perception. Taylor and Francis E-Library,2003.

[118] MICHEL DE CERTEAU. The practice of everyday life. Berkeley: University of California Press,1984.

[119] MICHEL FOUCAULT. Discipline and punish: the birth of the prison. New York: Vintage Books,1979.

[120] N JARDINE, H A SECORD and E C SPARY. Cultures of natural history. Cambridge: Cambridge University Press,1996.

[121] N ZORA HURSTON. Dust tracks on a road. New York: Arno Press and the New York Times,1969.

[122] NEZAR ALSAYYAD. Consuming tradition, manufacturing heritage:

global norms and urban forms in the age of tourism. London: Routledge, 2001.

[123] NEIL RENNIE. Far-fetched facts: the literature of travel and the idea of the South Seas. Oxford: Clarendon Press, 1995.

[124] NEIL ROBERTS. D H Lawrence, travel and cultural difference. New York: Palgrave Macmillan, 2004.

[125] NICHOLAS THOMAS. Colonialism's culture: anthropology, travel and government. Cambridge: Polity Press, 1994.

[126] NIGEL LEASK. Curiosity and the aesthetics of travel writing, 1770 – 1840: from an antique land. Oxford: Oxford University Press, 2002.

[127] P MONGIA. Contemporary postcolonial theory: a reader. London: Arnold, 1995.

[128] PATRICK HOLLAND and GRAHAM FUGGAN. Tourists with typewriters: critical reflections on contemporary travel writing. Ann Arbor: University of Michigan Press, 1998.

[129] PAUL CARTER. The road to botany bay: an essay in spatial history. London: Faber, 1987.

[130] PAUL FUSSELL. Abroad: British literary travelling between the wars. Oxford: Oxford University Press, 1980.

[131] PERCY G ADAMS. Travel literature and the evolution of the novel. Lexington: The University Press of Kentucky, 1983.

[132] PERCY G ADAMS. Travelers and travel liars 1600 – 1800. Berkeley and Los Angeles: University of California Press, 1962.

[133] PETER BISHOP. The myth of Shangri-La: Tibet, travel writing, and the western creation of sacred landscape. London: Anthlone Press, 1989.

[134] PETER CHILDS and R J PATRICK WILLIAMS. An introduction to post-colonial theory. New Jersey: Prentice Hall/Harvester Wheatsheaf, 1997.

[135] PETER HULME and RUSSEL MCDOUGALL. Writing, travel, and empire: in the margins of anthropology. London and New York: I. B. Tauris & Co. Ltd., 2007.

[136] PETER HULME and TIM YOUNGS. The Cambridge companion to travel writing. New York: Cambridge University Press, 2002.

[137] PETER HULME. Colonial encounters: Europe and the native Caribbean, 1492 – 1797. London: Methuen, 1986.

[138] PETER JACKSON. Maps of meaning: an introduction to cultural geography. London: Unwin Hyman, 1989.

[139] PHILIP BOUCHER. Cannibal encounters: Europeans and Island Caribs, 1492 – 1763. Baltimore and London: John Hopkins University Press, 1992.

[140] R WILLAMS. The long revolution. London: Chatto & Windus, 1961.

[141] R WILLIAMS. Culture and society, 1780 – 1950. New York: Anchor Books, 1960. (First published in 1958)

[142] RALPH BAUER. The Cultural geography of colonial American literature: empire, travel modernity. Cambridge: Cambridge University Press, 2003.

[143] RAMINDER KAUR and JOHN HUTNYK. Travel worlds: journeys in contemporary cultural politics. London: Zed Books Ltd., 1999.

[144] RANA KABBANI. Imperial fictions: Europe's myths of orient. Bloomington: Indiana University Press, 1986.

[145] RENATO ROSALDO. Culture and truth: the remaking of social analysis. London: Routledge, 1993.

[146] RICHARD HOGGART. The uses of literacy: changing patterns in English mass culture. London: Chatto & Windus. Ltd., 1957.

[147] RICHARD SHARPLEY and PHILIP STONE. The darker side of travel: the theory and practice of dark tourism. Briston, Buffalo and Toronto: Channel View Publication, 2009.

[148] ROBERT DIXON. Prosthetic gods: travel, representation and colonial government. St. Lucia: University of Queensland Press, 2002.

[149] ROBERT M BURROUGHS. Travel writing and atrocities: eyewitness accounts of colonialism in the Congo, Angola, and the Putumayo. New York and London: Routledge, 2011.

[150] ROBERT SCHOLES. Semiotics and interpretation. New Haven: Yale University Press, 1982.

[151] ROBERT YOUNG. Postcolonialism: a historical introduction. Oxford: Blackwell Publishing, 2001.

[152] ROBERT YOUNG. White mythologies: writing histories and the west. London and New York: Routledge, 2004.

[153] ROLAND BARTHES. Writing degree zero, and elements of semiology. Boston: Beacon, 1970.

[154] ROLAND BARTHES. Writing degree zero. trans. ANNETTE LAVERS and COLIN SMITH. New York: Hill & Wang, 1968.

[155] S HALL. Representation: cultural representations and signifying practices. New York: Sage, 2012.

[156] S HALL, DAVID HELD and TONY MCGREW. Modernity and its futures. Cambridge: Polity Press, 1992.

[157] S HALL. The west and the rest: discourse and power. Formations of modernity. Cambridge: Open University Press/Polity Press, 1992.

[158] SACHIDANANDA MOHANTY. Travel writing and empire. New Deli: Katha, 2003.

[159] SARA MILLS. Discourse of differences: an analysis of women's writing and colonialism. London: Routledge, 1991.

[160] SARA MILLS. Discourse. London and New York: Routledge, 1997.

[161] SARA MILLS. Knowledge, gender, and empire. In ALISON BLUNT and GILLIAN ROSE. Writing women and space: colonial and postcolonial geographies. London: The Guilford Press, 1994.

[162] SARA SULERI. The rhetoric of English India. Chicago: University of Chicago Press, 1991.

[163] SHIRLEY FOSTER and SARA MILLS. An anthology of women's travel writing. Manchester: Manchester University Press, 2002.

[164] SIDONIE SMITH. Moving lives: twentieth-century women's travel writing. Minneapolis: University of Mineesota Press, 2001.

[165] SIMON DURING. The cultural studies reader. London and New York: Routledge, 1993.

[166] SIMON DURING. Cultural studies: a critical introduction. London and New York: Routledge, 2005.

[167] SLAVOJ ZIZEK. The sublime object of ideology. London and New

York: Verso, 1989.

[168] STEPHEN GREENBLATT. Marvelous possessions: the wonder of the new world. Oxford: Claredon Press, 1991.

[169] STEPHEN KERN. The culture of time and space 1880 - 1918. Cambridge, M. A.: Harvard University Press, 1983.

[170] STEVE CLARK. Travel writing and empire: postcolonial theory in transit. London: Zen Books, 1992.

[171] SUSAN BASSNETT and ANDRE LEFEVERE. Constructing cultures: essays on literary translation. Shanghai: Shanghai Foreign Language Education Press, 2001.

[172] SUSAN BASSNETT. Comparative literature: a critical introduction. New Jersey: Blackwell Publisher, 1993.

[173] SUSAN MORGAN. Place matters: gendered geography in victorian women's travel books about Southeast Asia. New Brunswick, N. J.: Rutgers University Press, 1996.

[174] SUSAN ROBERSON. Defining travel: diverse vision. Jackson: University Press of Mississippi, 2001.

[175] TALAL ASAD. Anthropology and the colonial encounter. Atlantic Highland: Humanities Press International Inc., 1973.

[176] TERRY CAESAR. Forgiving the boundaries: home as abroad in American travel writing. Athens, G. A.: University of Georgia Press, 1995.

[177] TERRY EAGLETON. Literary theory: an introduction. Minneapolis: University of Minnesota Press, 1983.

[178] TIM EDENSOR. Tourist at the Taj: performance and meaning at a symbolic site. New York: Routledge, 1998.

[179] TIM OAKES. Tourism and modernity in China. London: Routledge, 1998.

[180] TIM YOUNGS. The Cambridge introduction to travel writing. Cambridge: Cambridge University Press, 2013.

[181] TIM YOUNGS. Travellers in Africa: British travelogues 1850 - 1900. Manchester: Manchester University Press, 1994.

[182] TIMOTHY MITCHELL. Colonizing Egypt. Cambridge: Cambridge

University Press,1988.

[183]TREVOR BARNES and JAMES DUNCAN. Writing worlds:discourse, text and metaphor in the representation of landscape. London:Routledge,1992.

[184]TUAN,YI-FU. Space and place:the perspective of experience. London and Minneapolis:University of Minnesota Press,2001.

[185] V DEN GEORGES ABBEELE. Travel as metaphor. Minneapolis: University of Minnesota Press,1992.

[186]WILLIAM MCNEIL. The pursuit of power. Chicago:Chicago University Press,1982.

[187]ZWEDER VON MARTELS. Travel fact and travel fiction: studies on fiction, literary tradition, scholar discovery and observation in travel writing. Leiden,New York:E. J. Brill,1994.

(二)期刊

[1]AIJAZ AHMAD. The politics of literary postcoloniality. Race and class, 1995,36(3).

[2]ARIF DIRLIK. The postcolonial aura:third world criticism in the age of global capitalism. Critical inquiry,20(2).

[3]ARJUN APPADURAI. Putting hierarchy in its place. Cultural anthropology. 1988,3(1).

[4]ARLA ALMEIDA SANTOS. Cultural Politics in contemporary travel writing. Annals of tourism research,2006,33(3).

[5]B CAROLINE BRETTELL. Travel literature,ethnography,and ethnohistory. Ethnohistory,1986,33(2).

[6]CARLI COETZEE. Sihle Khumalo, cape to cairo, and questions of intertextuality:how to write about Africa,how to read about Africa. Research in African literatures,2013,44(2).

[7]CHRIS JENKS. The centrality of the eye in the western culture: an introduction. Visual culture. London:Routledge,1995.

[8] D ARNOLD. Illusory riches: representations of the tropical world, 1840 – 1950. Singapore journal of tropical geography,2000,21(1).

[9] D GREGORY Cultures of travel and spatial formations of knowledge.

Erdkunde,2000,54(4).

[10]D GREGORY Power,knowledge and geography. Geographishe zeitschirift, 1998(86).

[11]D GREGORY. Between the book and the lamp:imaginative geographies of Egypt,1849 – 1850. New series,20(1).

[12]D GREGORY. Imaginative geographies. Progress in human geography, 1995,19(4).

[13]D N LIVINGSTONE. Tropical climate and moral hygiene:the anatomy of a victorian debate. British journal of tropical science,1999(32).

[14] DONNA HARAWAY. Situated knowledges: the science question in feminism and the privilege of partial perspective. Feminist studies,14(3).

[15] DORINDA OUTRAM. On being perseus: new knowledge, dislocation, and enlightenment exploration. In DAVID LIVINGSTONE and C W J WITHERS. Geography and enlightenment. Chicago:University of Chicago Press,1999.

[16]DOUGLAS IVISON. Travel writing at the end of empire:a pom named Bruce and the mad white giant. English studies in Canada,2003,29(3).

[17] E SAID Identity, authority, and freedom: the potentate and the traveler. Transition,1991(54).

[18]E SAID Invention,memory,and place. Critical inquiry,2000,26(2).

[19]E SAID Narrative,geography,and interpretation. New left review,1990 (180).

[20]E SAID Representing the colonized:anthropologists,interlocutors. Critical inquiry,1989(15).

[21]E SAID The politics of knowledge. Raritan,1991,11(1).

[22]E SAID. Orientalism reconsidered. Cultural critique,1985(1).

[23]ELIZABETH RIGBY(LADY EASTLAKE). Lady travellers. Quarterly review,1845(76).

[24]ELLA SHOHAT. Notes on the "post-colonial". Social text,1992(31/32).

[25]FELIX DRIVER. Geography's empire:histories of geographical knowledge. Environment and planning D:society and space. 1992,10(1).

[26] FELIX DRIVER. Submerged identities: familiar and unfamiliar histories. Transactions of the Institute of British Geographers, 1995, 20(4).

[27] G C SPIVAK. Can the subaltern speak. In L GLOSSBERG (ed). Marxism and the interpretation of culture. Urbana and Chicago: University of Illinois Press, 1988.

[28] G E MARCUS and JAMES CLIFFORD. The making of ethnographic texts: a preliminary report. Current anthropolog, 1985, 26(2).

[29] GILLIAN ROSE. Tradition and paternity: same difference?. Transactions of the institute of British Geographers, 1995(20).

[30] GYAN PRAKASH Who's afraid of postcoloniality? . Social text, 1996 (49).

[31] GYAN PRAKASH. Postcolonial criticism and Indian historiography. Social text, 1992(31/32).

[32] H BHABHA. The other question... Homi K. Bhabha reconsiders the stereotype and colonial discourse. Screen, 1983, 24(6).

[33] HEIKE JONS. Academic travel from Cambridge University and the formation of centres of knowledge, 1885 – 1954. Journal of historical geography, 2008(34).

[34] I S MACCLAREN. Exploration/Travel literature and the evolution of the author. International journal of Canadian studies, 1992(5).

[35] INNES M KEIGHREN and CHARLES W J WITHERS. The spectacular and the sacred: narrating landscape in works of travel. Cultural geographies, 2012: 19(1).

[36] IVONA GRGRUINOVIC. Anthropology and travel: practice and text (Translation). Stud. Ethnol. Croat., 2012(24).

[37] JAMES CLIFFORD. Anthropology and/as travel. Etnofoor, 1996, 9(2).

[38] JAMES CLIFFORD. Fieldwork, reciprocity, and the making of ethnographic texts: the example of Maurice Leenhardt. Man. New series, 1980, 15(3).

[39] JANET WOOLF. On the road again: metaphors of travel in cultural criticism. Cultural studies, 1993, 7(2).

[40] JOHANNES FABIAN. Presence and representation: the other and

anthropological writing. Critical inquiry,2000,16(4).

[41] JOHANNES FABIAN. The anthropology of religious movements: from explanation to interpretation. Social research,1979,46(1).

[42] JOHN FROW. Tourism and the semiotics of nostalgia. October,1991,10(57).

[43] JOUANNES FABIAN. The other revisited: critical after thoughts. Anthropological theory,2006(6).

[44] JUSTIN STAGL and PINNEY CHRISTOPHER. Introduction: from travel writing to ethnography. History and anthropology,1996,9(2-3).

[45] JUSTIN STAGL. The methodising of travel in 16th century: a tale of three cities. History and anthropology,1990(4).

[46] L NAS. Postcolonial travel accounts and ethnic subjectivity: travelling through Southern Africa. Literator,2011,32(2).

[47] LEONARD GUELKE and JEANNE KAY GUELKE. Imperial eyes on South Africa: reassessing travel narratives. Journal of historical geography,2004(30).

[48] LOREDANA POLEZZI. Translation, travel, migration. Translator,2006,12 (2).

[49] M L PRATT. Arts of contact zone. Profession,1991.

[50] M L PRATT. Review of DUNCAN and GREGORY. Writes of passage. Journal of historical geography,2001,27(2).

[51] MARK POSTER. Foucault and history. Social research,1982(49).

[52] MARK POSTER. Foucault. The present and history. Cultural critique,1987(8).

[53] MOHAMED AL-MHFEDI. Edward Said's imaginative geography and geopolitical mapping: knowledge/power constellation and landscaping palestine. The criterion: an international journal in English,2011,2(3).

[54] MUIREANN O'CINNEIDE. Oriental interests, interesting orients: class, authority, and the reception of knowledge in Victorian women's travel writing. Critical Survey,2009,21(1).

[55] PETER BISHOP. Review of Elsner and Rubies. Voyages and visions. Journal

of historical geography,2001,27(2).

[56] PHILIP DODD. The views of travellers: travel writing in the 1930s. Prose studies: history, theory, criticism, 1982, 5(1).

[57] RICHARD PHILLIPS. Travel and travel writing. International encyclopedia of human geography, 2009(11).

[58] ROBERT THORNTON. Narrative ethnography in Africa, 1850 – 1920: the creation and capture of an appropriate domain for anthropology. Man, 1983, 18(3).

[59] ROBERT BURROUGHS. Imperial eyes or "the eyes of another race"? Roger Casement's travels in West Africa. The journal of imperial and commonwealth history, 2009, 37(3).

[60] S BASSNETT. Travel writing within British studies. Studies in travel writing, 1999, 3(1).

[61] S HALL. Cultural studies, two paradigms. In J STOREY. What is cultural studies: a reader. New York: Arnold, 1996.

[62] S HALL. Richard Hoggart. The use of literacy and the cultural turn. International journal of cultural studies, 2007, 10(1).

[63] SARA MILLS. Discourse of difference. Cultural studies, 1990, 4(2).

[64] STEPHEN DANIELS. Geographical imagination. Royal geographical society, 2011.

[65] T BENNETT. The Exhibitionary complex. New formations, 1988(4).

[66] THOMAS NICHOLAS. Anthropology and orientalism. Anthropology today, 1991, 7(2).

[67] TUAN YI-FU. Language and the making of place: a narrative-descriptive approach. Annals of the Association of the American Geographers, 1991, 81(4).

[68] VIJAY MISHRA and BOB HODGE. What is post-colonialism? Textual practice, 1991, 5(3).

[69] WILFRED NIPPEL. Facts and fiction: Greek ethnography and its legacy. History and anthropology, 1996, 9(2 – 3).

(三)博士学位论文

CLIVE BARNETT. Impure and worldly geography. Oxford: University of

Oxford,1996.

二、中文文献

(一)专著

[1] 爱德华·萨义德著，谢少波等译:《赛义德自选集》，北京：中国社会科学出版社，1999 年。

[2] 爱德华·萨义德著，王宇根译:《东方学》，北京：生活·读书·新知三联书店，2000 年。

[3] 爱德华·萨义德著，李琨译:《文化与帝国主义》，北京：生活·读书·新知三联书店，2003 年。

[4] 爱德华·萨义德著，章乐天译:《开端：意图与方法》，北京：生活·读书·新知三联书店，2014 年。

[5] 爱德华·苏贾著，王文斌译：《后现代地理学——重申批判社会理论中的空间》，北京：商务印书馆，2004 年。

[6] 艾勒克·博埃默著，盛宁、韩敏中译:《殖民与后殖民文学》，沈阳：辽宁教育出版社，1998 年。

[7] 阿君·阿帕度莱著，郑义恺译：《消失的现代性：全球化的文化向度》，台北：群学出版有限公司，2009 年。

[8] 阿尔都塞著，陈越编译:《哲学与政治：阿尔都塞读本》，长春：吉林人民出版社，2003 年。

[9] 包亚明:《现代性与空间的生产》，上海：上海教育出版社，2002 年。

[10] 包亚民:《后现代性与地理学的政治》，上海：上海教育出版社，2001 年。

[11] 包亚民编，严锋译:《权力的眼睛——福柯访谈录》，上海：上海人民出版社，1997 年。

[12] 巴特·穆尔—吉尔伯特等编，杨乃乔等译:《后殖民批评》，北京：北京大学出版社，2001 年。

[13] 本尼迪克特·安德森著，吴叡人译:《想象的共同体：民族主义的起源与散布》，上海：上海人民出版社，2003 年。

[14] 丹尼·卡瓦拉罗著，张卫东等译：《文化理论关键词》，南京：江苏人民出版社，2006 年。

［15］德里克·弗里曼著，夏循祥、徐豪译：《玛格丽特·米德与萨摩亚——一个人类学神话的形成与破灭》，北京：商务印书馆，2008 年。

［16］郭少棠：《旅行：跨文化想象》，北京：北京大学出版社，2005 年。

［17］詹姆斯·克利福德、乔治·马库斯编，高丙中、吴消黎、李霞等译：《写文化——民族志的诗学与政治学》，北京：商务印书馆，2008 年。

［18］凯·安德森等主编，李蕾蕾、张景秋译：《文化地理学手册》，北京：商务印书馆，2009 年。

［19］雷贝嘉·索尔尼著，刁筱华译：《浪游之歌》，台北：麦田出版社，2001 年。

［20］列维—斯特劳斯著，王志明译：《忧郁的热带》，北京：生活·读书·新知三联书店，2000 年。

［21］罗刚、刘象愚主编，陈永国等译：《后殖民主义文化理论》，北京：社会科学出版社，1999 年。

［22］罗兰·巴特著，许蔷蔷、许绮玲译：《神话——大众文化诠释》，上海：上海人民出版社，1999 年。

［23］马丁·刘易士、卡伦·魏根著，杨瑾等译：《大陆的神话：元地理学批判》，上海：上海人民出版社，2001 年。

［24］迈克·克朗著，杨淑华、宋惠敏译：《文化地理学》，南京：南京大学出版社，2005 年。

［25］中共中央马克思恩格斯列宁斯大林著作编译局编译：《马克思恩格斯选集》（第二版，第 1－4 卷）．北京：人民出版社，1995 年。

［26］马尔科姆·安德鲁斯著，张箭飞、韦照周译：《寻找如画美：英国的风景美学与旅游，1760—1800》，南京：译林出版社，2014 年。

［27］陶家俊：《思想认同的焦虑：旅行后殖民理论的对话与超越精神》，北京：中国社会科学出版社，2008 年。

［28］米切尔编，杨丽、万信琼译：《风景与权力》，南京：译林出版社，2014 年。

［29］吴冶平：《空间理论与文学的再现》，兰州：甘肃人民出版社，2008 年。

［30］西蒙·沙玛著，胡淑陈、冯樨译：《风景与记忆》，南京：译林出版社，2013 年。

［31］徐宝强、袁伟编：《语言与翻译的政治》，北京：中央编译出版社，2000 年。

［32］张德明：《从岛国到帝国：近现代英国旅行文学研究》，北京：北京大学出版社，2014 年。

［33］美国不列颠百科全书公司编著：《不列颠百科全书》（第 10 册），北京：中国大百科全书出版社，1999 年。

［34］上海辞书出版社编：《辞海》，上海：上海辞书出版社，1979 年。

（二）期刊

［1］黄卓越：《文类，文体及在“话语”中书写》，《社会科学家》2014 年第 1 期。

［2］彭兆荣：《失落的主题——旅行文化作为民族志的表述范式》，《世界民族》2012 年第 1 期。

［3］王小伦：《旅行与西方文化——〈旅行者的思想〉内容介绍》，《西安外国语学院学报》2003 年第 1 期。

［4］王小伦：《文化批评与西方游记研究》，《国外文学》2007 年第 2 期。

［5］杨宝林：《旅行文学三题》，《中南大学学报》（社会科学版）2010 年第 6 期。

［6］杨金才：《英美旅行文学与东方主义》，《外语与外语教学》2011 年第 1 期。

［7］张德明：《旅行文学、乌托邦叙事与空间表征》，《国外文学》2010 年第 2 期。

［8］张德明：《英国旅行文学与小说话语的形成》，《国外文学》2011 年第 2 期。

［9］张德明：《英国旅行文学与现代性的展开》，《汉语言文学研究》2012 年第 2 期。

［10］张德明：《英国旅行文学与现代“情感结构”的形成》，《浙江大学学报》2011 年第 1 期。

（三）博士学位论文

苗壮：《边疆书写：清帝国时代北部边疆的表征建构》，北京语言大学博士学位论文，2013 年。

后 记

此书的出版，为我的博士学习和生活画上了令我满意的句号，也同时开启了我的另一段航程。也许当年，告别了十四年的大学讲台和丈夫、女儿，从边城来到“帝都”，来到这个汇聚了多国文化气息的美丽校园，做一名纯粹的学生，安安静静地读书、思考，便注定了我已经登上了一艘只有停泊港，没有终点站的航船。

感谢一路走来，遇到这么多美好而重要的人。首先，要感谢我的导师黄卓越教授，先生严谨的治学态度、中西贯通的学识、国际化的广阔视野都让我佩服。四年来，在他悉心教授与指导下，我从一个文化研究的门外汉逐渐了解这一学科的系脉与理论倾向，并有幸参加了伯明翰文化研究中心成立50周年的学术大会。正是在先生的启迪下，我成功地获得了教育部的课题立项；也正是在先生的坚持与鼓励下，我放弃了将课题研究作为结业论文来做的初衷，从而又多了一份收获。如果没有先生的指导，这篇论文不可能完成，因为从论文的框架到具体的语词都浸透着先生的心血。仍然记得，在论文写了半年后，我问先生，这篇论文的意义在哪里？（所有听到我讲这件事的人都会说：导师还不把你骂死！）先生很高兴地给我由表及里地讲了三个层面的意义。也正是在先生的各种肯定与建议中，我少了很多人所经历的焦虑与彷徨，能师从先生，于我，是一件幸运至极的事。

感谢我的师门兄弟姐妹们，黄门这个大家庭给我带来了许多美好的时光。苗壮与风岸组织的郊游，各种师门小聚……与珂文和陈晨在伦敦街头的疯癫状，让我仿佛重返了学生时代。感谢大师兄孙勇，从我入校到毕业论文的写作为我收集、提供了难以计数的材料，感谢行坤与珂文，帮我收集论文所需资料；感谢苗壮，给我在论文写作上的帮助；感谢段慧，我的同屋亦是同门、挚友，在加拿大为我扫描整本书的资料，在论文写作中，相同的经历与境遇让我们相互理解、安慰和鼓励，并坚持到了最后；感谢师妹庄新和珂文当我的答辩秘书，谢谢你们的辛苦付出。

还要感谢我的朋友新疆大学的张玉霞、邹赞和李先游，对我论文的关心并提出写作建议，感谢我的大学好友李梅，在美国为我用手机对整本书进行拍照；感谢我的研究生好友杨莉、路庆梅的鼓励与帮助；感谢我的同事、好友，北京语言大学博士安家、玉婷和亚冰，博士生活有你们相伴，真好。还要感谢一直关心我、不断鼓励我的朋友们。

同时还要感谢新疆工程学院，给我三年脱产学习的机会，让我衣食无忧，能够静下心来读书，在这个“喧哗与骚动”的时代，能够有如此机会，实乃我的福分。要感谢李坚主任，在我论文的最后写作和答辩阶段，为我提供便利，让我从容地完成学业。感谢徐艳萍对我工作上的各种关照。

感谢答辩委员会的各位专家老师：王岳川、曹莉、高建平、金惠敏和陈戎女等教授给予的肯定和建议，让我有勇气将论文付梓出版。感谢暨南大学出版社的曹军编辑所做的专业、负责、细致的工作，为本书增色不少。

最后，我要感谢我的家人，我的母亲、公公、婆婆、丈夫和女儿，你们是我坚实的后盾，是快乐与力量的源泉，没有你们，我不可能一路上如此从容、快乐。我的母亲放弃了她退休后的悠闲生活，为我操持家务，从而让我能安心待在北京学习。丈夫的支持与爱护，没有让岁月的刻刀在我脸上留下过多的划痕，只是雕琢出一颗更加恬静从容的心。我的宝贝女儿安琪，一位真正的天使，在此期间，也从一位快乐无忧的小学生到开朗、自信并且独立的初中生，现在已经是一位积极向上的高二学生了。她的快乐大大缓解了我因缺席她的成长而产生的内心愧疚感。现在我们是“闺蜜”，一起读书、旅行，一起谈天说地，相互鼓励：Keep Fighting。

有如此多美好的人相伴，有如此多的幸福，让我常常忘乎所以，感谢上天对我的垂青。

最后，本书即将付梓出版，谨以此书献给我的母亲！

张文瑜

2016 年 10 月 16 日于乌鲁木齐